孙甘露中短篇小说编年

孙甘露——

时间玩偶

著

孙甘露

　　作家。著有《千里江山图》《呼吸》《我又听到了郊区的声音》《时光硬币的两面》《被折叠的时间》等。现居上海。

目次

情感化石

下午，他们漫步在小公园的水泥道上。公园不太大，你可以听见外面汽车驶过的嗡嗡声，不远处大楼里传来的音乐声。他们许久没有说话，只是默默地注视着沐浴在夕阳中的落叶。你可以闻到树叶的香味，淡淡的，从你的周围慢慢地聚拢来。公园里几乎看不见游人了。只有香樟树叶浮动着，开始不停顿地扑向土地。那是春天。

他们在公园里一共只待了十五分钟，没说一句话，就在公园门口分手了。和十五分钟前一样，他们相互注视了一眼，也没照往常那样握握手，然后一同穿过马路，走了。他们谁也没从对方的眼里看出什么，察觉什么，两次都没有。他们生怕自己的秘密叫过路人瞧见。但他们谁也没有抑制自己。

他们总是在这个公园里见面，有好几年了。每次分手时，约好下次见面的时间，雨天顺延。有时，他们中间的一个来了，而不见另一个。这常发生在局部地区有雨，阴有时有雨的日子里。他们从没通过电话，这就免不了白跑。几年间，他们经常相视而笑，在心里感到由衷地高兴。但他们从没有吻过对方，尽管有好几次他们都从对方微张的嘴唇上看到了欲念。

他们在雨天，同打过一把伞，他们同去看过一场电影，但座位隔着走廊。为赶那场电影，他们又一同去挤电车，一大群陌生的人把他们拥到一块。他们闻到对方的气息，他们惊讶而又努力地分辨着。因为车厢里空气的成分实在复杂。

他们像所有的人一样匆匆地赶路。他们又像所有的人一样，作悠闲到不自在的散步。他们从没下过饭馆，每次约会他们都带着钱，可他们心想不能叫对方掏钱，而又怕对方硬想掏钱可又没带够数。他们相互间交换过一个理想，但因对方的理想与自己的相去不远，感到一种莫名的沮丧。他们总是设想对方有一个远比自己高得多的理想。但他们很快就恢复了信心，因为他们总是在一个有阳光的日子里相会。

就像什么事也没有发生过一样（真是这样吗？），他们分手了，并不是对方有什么不能容忍的弱点，也不是因为通过接触对自己有了新的发现和认识。他们在转身的一瞬间，在心里祈求这个世界相安无事。不要因为他们两人曾经像老熟人一样会意地微笑，今后像从没见过似的漠然相视、擦肩而过而无端地生出许多是非来。他们相信自己永远善良，他们鼓励自己永远记住对方，不要因为将来的某一方面歪曲对方。他们为自己的纯朴而激动不已，同时又为自己的成熟和冷静分析而暗暗得意。他们几乎同样都忘却了公园，这个他们经常约会的地方。他们一定发现这个公园一无可取，因为它毫无特点，犹如他们自己。

……

依然是在下午，一个将会有晚霞的下午，香樟树叶又开始坠落的时候。作者听到了音乐声，最好是柴可夫斯基的。另外，作者还想到了一些格言，看到了一些精彩的绘画。于是，给他们带来了光彩，他们也给作者带来了可以表现光彩的机会。因为，他们由于一个偶然的缘由，由于都没有忘记对方，由于都没有另找新朋友，由于年龄都长了一岁，由于好多其他诸如此类的事情，也由于什么事情都没有发生，他们重又走到一起来了。

作者下决心要写出他们性格中光彩夺目的一面，写出他们的感情涟漪，一反从前那种不动声色的单调气味。他们绝不是那样的。

于是，作者和读者一同看到，他们又在公园门前相遇了，他们熟练地握了握手，互相凝视了片刻。他们似乎忘却了周围的一切。他们忘情地凝视，心里充满了温情。他们几乎同时想到不到公园里去了，他们为什么早没想到上大街逛逛呢？就这样，他们永远地告别了只有在春天才落叶的香樟树，告别了这个没能给他们之间带来乐趣和美的小公园，告别了仅有的宁静和偶尔才能体味到的早春的温暖，重又回到充满了喧响和流动的生活中去了。他们以一年的别离为代价悟到了这一点。他们需要另一种宁静。那是在繁忙中刹那间的一瞥，是在匆匆行走中因石子路的不平坦而大不乐意的停顿，是在柜台前挤来挤去时全神贯注的凝视，是在急诊室里因安乃近注射而心惊肉跳的深呼吸。总之，他们和谐了，他们开始不紧不慢地在大街上晃悠。他们不去注意观察对方的神态，以便从中窥视对方心灵深处的秘密，他们相敬如宾（谁也分辨不出他们是在热恋还是早已成婚），他们融为一体了。

如果读者没有意识到，作者有义务在此作一提醒，这中间的发展过程呢？那惊心动魄而又能深刻揭示人物的灵魂，同时反映社会现实的一幕上哪儿去了呢？没有那关键的一段，这算什么小说呢？如果真是这样，作者也毫无办法。作者丝毫不想隐瞒，作者曾在那个小公园里目睹了一切，只是公园中的一切，而那背后的一幕上哪儿去找呢？作者当时是应该上前拉住他们问一问的。可谁知道呢，作者以为他们还有像从前那样再来公园的时候。于是，当香樟树叶再落的时候，作者打算再去公园瞧瞧。

访问梦境

到了结束的地方，

没有了回忆的形象，只剩下了语言。

——卡塔菲卢斯

如果，谁在此刻推开我的门，就能看到我的窗户打开着。我趴在窗前。此刻，我为晚霞所勾勒的剪影是不能以幽默的态度对待的。我的背影不能告诉你我的目光此刻正神秘地阅读远处的景物。谁也不能走近我静止的躯体，不能走近暮色中飞翔的思绪。因为，我不允许谁打扰死者的沉思。

这显然不是最初的事件。这些目光游移的人骑马来到海边。黎明前夕，岸边的风吹打他们。这种潮湿而充满暗示的抚摸使他们绝望地守候天明。时临正午，他们中间有人发现他们的皮肤渐趋棕色，他们意识到有什么东西正开始发生变化，就是这种对变化的意识使他们驻足不前。他们面对大海朝后退去，仿佛那蓝色是生命的一种威胁。当一些植物在他们膝间摇曳时，他们中间的一部分人倒下了。作为对倒地的崇拜，所有的人也都仪式般地倒向大地。当一行飞禽掠过之际，他们化作了泥淖，并且宣布：我们是沼泽。

与此同时，在远方山脉的另一侧，一些面容枯淡的人预言：一切静止的东西终将行走。于是，树开始生长。平原梦想它们褪去了干草和瓦砾的遮掩，向临近他们的人物和故事开始吟唱追忆的歌曲。世纪的帷幕拉上了。死者的窗户也已关闭。一只手在我的眼帘上画下了另一只手。

我行走着，犹如我的想象行走着。我前方的街道以一种透视的方式向深处延伸。我开始进入一部打开的书，它的扉页上标明了几处必读的段落和可以略去的部分。它们街灯般地闪亮在昏暗的视野里，不指示方向，但大致勾画了前景。它的迷人之处为众多的建筑以掩饰的方式所加强，一如神话为森林以迷宫似的路径传向年代久远的未来。它的每一页都是一种新建筑。对这种新建筑的扼要解释，在我读来全是对某个显而易见的传说的暗示。在页与页之间，或者说在两种建筑之间，我读到了一条深不可测的河流，读到了它污秽的色彩，读到了它两岸明丽的传说以及论述河流与堤岸关系的许许多多的著作和文献。我的眼睛随着书页的翻动渐渐地湿润。一个声音在地平线上出现，它以一种呓语般的语调宣称：最终，我将为语词所融化。我的肉体将化作一个光辉的字眼，进入我所阅读过的所有书籍中的某一本，完成它那启示录的叙述。

但是在此之前，我还必须以一种平凡的方式，阅读我梦一般的内心，以此守候我的奇异的苏醒。

修枝时节。鸽羽般洁白的书页为我棕色的手指所翻动之际，我听不见任何音响，战争在远方。当我孤独地默读讨论情感流放那一节文字的时辰，一枚暗红色的植物标本从书页间落到我的怀里。我把它举到我的眼前。我惊异地意识到，这枚勿忘我就要引导我踏上遗忘之舟，逐渐远离具体事物。由我的阅读方式所造成的语感，将使我无以表达我的痛楚，我墓地般的神情只能给人以扫墓者的追悼之感，我肃穆的语气将我的纯洁转化成了不诚实的成熟。我用年轻的目光打开缅怀之门，我又以垂暮之年的仁慈注视它关闭。我的激情在此之间无影无踪。悲痛因此遭受时代的非难和指责，个人私情因此写入祖国纪事之中。

这时我的手指移开。下午的风吹拂我的书籍，并且依次翻动它，直至尾声和黎明。

天色将暗。那些在深夜进港和出航的船只此刻正在锚地宁静地停泊和对停泊的向往中行驶，我沿堤岸行走，我断定，我对这次航行会有所记忆。我甚至早已认出了无可避免的干枯的河道。我渴望我能体验在水边生长的人们对风景的感受，我察觉到人类有能力复制他们隐秘的感情和愿望，并对此进行有节制的批判和扬弃，无色的风帆就要扬起，我看到我这个婴儿被置入理性的澡盆，在情感的潮汐之间，随水而去。

丰收神站立在夜色中的台阶上迎接我。她的呼吸化作一件我穿着的衣服，在星月隐约的夜色下，护卫着我也束缚着我。

室内灯光昏黄，语声充满柔情蜜意。这一切在我看来既是引语也是诚言。一年前，我们共同途经一家古玩商店的时候，她忽然转身对我说，我们家族的历史是秘不示人的。你要想赢得我，就得首先赢得我的家族，也就是进入我的祖先的内心深处。此类箴言似的告诫，当时我只能以沉默应之，我幼稚的心灵不容我设想，我拥抱我的情人，就是拥抱我情人身后一切与之有关的人物和事件。

这时辰，我只能任我的印象安慰我的感觉，让城市生活培育的陌生意识安慰肉体进入恐惧。

在我假想的相遇中，她曾经以异族神话的方式坐在一株千年古树的枝丫上，在我处子的仰视中飘飘欲仙，她以传说和现实编织目光的眼睛放射着迷惘的圣女的贞洁。我内心平凡的冲动为她的眼睛所揭示。我幼稚而荒谬的情感方式因她的话语而享受到时代的阳光。丰收神在我迟疑的时刻直率而委婉地向我表白了她对潮汐和新月的热爱。这种对超越生命和沉溺生活所作的奇妙而诗意的结合，指引我跨越了异性介入的水线。在鸽子的咕咕声中，完成了青春期的自我接纳，从此驶入布满情感暗礁的智慧之泽。

丰收神向我走来，她在夜色中朝我伸出手。那姿态仿佛正行走在史前的平原上。

在这种时候，你还能那么健康，我真是高兴。

我猜想她所说的"健康"可能指的是"正常"。我确实是通过航行开始驶入某个港湾的，大海的波涛在摇晃中培养了我的飘逸感。

你选择夜晚来访，的确意味深长。

我并不是有意选择，只是我赶到此地已是夜幕降临。

你是怎么找到这片橙子林的？我们居住的这一带家家门前都有一大片橙子林，几乎很难分辨。你是怎么找到的？

我看到了梯子，那架靠在门前的白色梯子，就是你告诉我的那架由一位闪闪血统的老人在他双目失明之前，用他裱书手艺制成的白色梯子。这架梯子是你们家的标志。

我不喜欢你这么说，你这是在模仿我，而我只是在心境恶劣时才会这样说，请你以后再也不要模仿这些，我不喜欢阿谀的模仿，尤其是我的恋人，你别想用这种方式混入我的家族。

我非常难过。我告诉她，确实是因为看见了这架白梯子才没有使我因夜晚和橙子林的香味而消沉以致迷失。我确实将这件家传的古物看作一种文明的象征，才没有被途中所见的所有那些少女和大同小异的橙子林所蛊惑，直接抵达了她的宅邸。

不！她大声宣告。你因此错过了天赐的良机，你途经湖泽而不饮水，正好说明了你天性的软弱，你害怕得病，夭折乃至半途而废，你想表明你以完美的形式寻求到达完美的完美途径。而我的家族，我身后的这扇门正好是歧路。说完，她扭过身去，用手指点了一下那扇带纹饰的漆成玫瑰色的大门。大门应了咒语似的无声地打开了。室内的灯光照射到门前的台阶上，给清凉的夜色增添了几分寒意。

她转过脸来。我感到恍若隔世。

丰收神的身后站着一位穿睡袍的男子。他的脸修整得干干净净。

我父亲。说完，丰收神径自走进屋去。

我通常是在我祖先为我留下的院子里会客的。我对年轻客人的来访尤其满意，这是我的家族兴旺的体现。我这个人对下一代如此宽容，我自己也感到奇怪。我遵从简化了的闪闪人的习俗，在饭桌上和我的子女讨论爱情和性爱喜悦的从属关系。但你不要因此误以为我们漠视世代相传的清规戒律，我们内心的节制是以我们体验朗诵理论的快感来补偿的。我的祖先很早就认为：谈论吃比吃这一行为本身更具光彩，更何况谈论吃什么和谈论怎么吃比之具体吃什么和能够吃到什么来得更有现实意义也更具有超脱精神。总之，你不难从我的言谈中领悟到：惯例对我们这样一个有历史可追溯、有传统可依附的家族来说是崇高的。

他做了一个短暂的停顿，清理一下喉咙中的杂音，俯身凑近我的耳际，神秘地宣布：我愿意在我的余年，忍受你这样有理论倾向的贫民，你来自下层，刚好可以补充我们家族的混乱的血系。

远处传来一阵歌唱般的哭泣。丰收神的父亲消失在橙子林中。那哭泣像是一个女性在缅怀她的初次分娩，又像是一个男人在搜寻他的私生弃儿。

你不用对此感到惊讶。

我身后传来一位女性的温柔的嗓音。我丈夫过的是一种理想的生活。我打断她的话，告诉她，我并没有对她丈夫的这番演说感到惊讶，我只是说，用这样一种别出心裁的方式待客，容易使人气馁。她没有理睬我，两眼注视着漆黑的夜幕，咏叹似的继续她的解释。那是一种文字的回忆，一种尚未泯灭的纯朴的愿望，这的确幼稚，但可以奉献，并且是以自己意识不到的方式。说着，她将手伸给我，引我走进门厅。我丈夫有一种不健康的阅读方式，他总是熟记那些不能被死亡抹去的名字。

你指的是像群居的企鹅这样一些概念吗？我好奇地问道。

不是！你不要以为我在为我丈夫辩护，他无时无刻不在检阅他内心森林般的欲望，你别以为这是冲着你说的，他是个病人，他这一辈子就被澳大利亚肝炎折磨得不行，你应该原谅他，这我求你了。你务必答应我，我以一个妻子、一个女人的名义求你了。你自便吧，我要找他去了，他还是个孩子呢！

她把我独自一人撇在这过道里，往橙子林深处去了。

我从傍晚时分开始。走过迷人的街道，走过诱人的橙子林，走进这座令人生畏的楼房直到现在，我不知道时间过去了多久。这些彼此相似的街道，林子和院落给人一种迷宫的感觉。处处都是希望。而每一步都是陷阱。我的乐趣此刻已不在于何时走出，而在于备受折磨。

我记得丰收神对我说过，她爱我，我是她的理想的化身，但你是我阴暗的理想。我揣测，她大概想将她所意识到的所有罪恶通过我得以具体化。我因此成了罪恶的化身，值得庆幸的是，她时常爱抚她的罪恶。

这个客厅似乎是夜晚的化身。它具有夜晚所具有的由远而近的寒意，渐渐降临又缓缓升起的黑暗，音乐般的遐想以及自我暗示的恐惧。我惊喜于我以如此具体实在的方式迈入了我渴望已久的抽象的历史。

我正面对一扇窄门，迎门置放的一把椅子几乎意味着一种邀请，而椅背上挂着的一条鲜艳如血的围巾又似乎是对邀请的某种解释，而围巾的悬挂方式又像是对任何试图理解解释的劝阻。我在这把木椅前逡巡不止。在我贫乏的记忆中罗列以往无数世纪的那些著名的狂想：侏儒的诞生和巨人的死亡，愚昧的早产和聪慧的夭折，图腾的变迁和祭祀的延续，恋尸者的欣悦和牧羊人的忧伤。由此，将我对具体事物的注视引入对暴力和爱的思考。这个在门前摆设象征物的家族理应被载入典籍，以便为后世赋闲的人们所引用。

越过这把白色的木椅和血色的围巾，沿墙是一排褐色的陶罐。它们一共是十二只，分别盛放着十二种动物的尿液。它们的用途和它们联合散发的气味是我无法臆想和讨论的。我草率地把它们归结为对飞禽走兽的崇拜而导致的"爱物及尿"的心理所为，随即便掩鼻越过了它们。这一由感官决定的忽略是由我固有的偏见所规定了的，而面对旷世的奇臭我们有保留偏见的权利。可是，对这一明显的错误的认识能力是在我进入街道拐入橙子林远远地看见那架白色的梯子的瞬间丧失的。在这迷宫里，我的理性是无所作为的，我只能为我遐想的冲动所驱使，在悲观的侥幸中择路而行。

每当我经历了什么平凡而亲切的事物，我的热情总为我的虚荣所鼓荡，为自己勾画恢宏的远景好在它前面放声高歌。有时，我们日常的对话也是诗，也是舞蹈，没有目的，只是我们内在情感和欲望的折射或剪影。这是我们语言发展的一个较次要的原因。我唯有取这种态度，方可容易地克制对丰收神父母的厌恶感。他们的滔滔不绝的说话欲只能使这块地方徒增语言垃圾，有朝一日，他们说过的话将充满在大气之中，直至我们的唇边，使我们无法启齿。倘若不能有效地控制丰收神父母这一类说话狂，总有一天，人类的交往要依靠细致而准确地吞吃字眼、短语、长句来维持了。在这幢房子里没有沉默。但四周静得可怕。我很想找一个人聊聊，即使是跟一个死去的人说几句不相干的废话。

你可以到剪纸院落去。

我现在开始回忆。我将排除时间的因素，就是说将彗星的漫游和星宿的静止现象从我们的印象中剔除出去。

我在橙子林中迷失了方向。

一个有着一张修女般脸孔的少妇坐在树下吃橙子。她嘴里不断发出的咀嚼声，听起来像是在啃纸板。在她的身边公猫和母狗偎依着沉溺在缺乏宗教倾向的幸福之中。

你在寻找剪纸院落吗？

是的，但请你告诉我，你是怎么知道我要往剪纸院落去的呢？我惊异于她美妙的嗓音。

从你脸上的神情可以看得出。所有到剪纸院落来的人都呈现出相同的迷惘。

难道这里就是剪纸院落？在我的想象中剪纸院落即使不是神圣的，至少也不至于平庸到和别的橙子林毫无二致。

那少妇点点头，继续嚼她的硬纸板。不同的只是比起先前更加起劲，那声音近乎一个男人在夜间磨牙。她身旁安于与异族异性杂处的动物的脸上浮现出如梦的甘甜与和谐来。

她似乎看出了我为在进化的行列里落伍于人类的低能动物所吸引。她起身朝我走来，脸上那纯洁的笑意令我神魂颠倒。我期待着从她的嘴里吐出些涉及高级动物情感的话题来。我并非兀自作此妄想，是她的神态指引着我的向往。

你是个了不起的小伙子，你如此热爱动物，真是令我感动。我的祖上是干狩猎这一行的，后来，他们和他们捕杀的对象结下了深厚的感情，那真是一些富于情感的动物，它们中间的一部分具有高贵的气质，它们在与我们祖先的交往中表现了良好的教养，我的祖先就是在它们的帮助下逐渐脱离了那野蛮的生活，告别了原始森林，跋山涉水来到这块丰饶之地的。他们告别时的场面感人至深，有一千匹雄性斑马为他们舞蹈。其中有一匹领舞的斑马在表演一组模拟交配的动作时，为四匹跳群舞的小斑马踢碎了生殖器。鲜血和精液混合着喷射出来，那场面真是壮观，我这一生始终沉浸在那样一种狂热的向往中。我养了二十七条母狗，一百十三只母鸡，四十六条母狼，还有少量的雄性动物，这跟我崇拜它们有关。

我怀疑在这番话的背后隐藏着某种哲学上的偏见，但是，这样一个像疯子一样具有魅力的家族是不会因为哲学史上的某次大论战而败落到今天这种耽于口舌之乐的地步的。

你生活在一个直觉高于思辨的家族里。我装扮出我有非凡的归纳力。

我们热爱梦想就如我们热爱光荣。她说这话时，两眼流露出悲戚的目光来。

此刻，透过茂密的橙子林，可以看见远方天际的云霞，她从怀中取出一本白色封皮的小册子。她的眼眶里漾起了忧郁的泪水，她的胸脯山峦般地起伏着。

我负有使命，将这本书交给你。你务必熟记它的每一个字，直至你的内心深处。好吧，现在你随从我吧。今年的反陈述节，就由你和我来共度。

在夕阳的余晖中我们相随而行。我手中的这本记载伟人们的日常生活的小书，是一本连环画。书名叫作《审慎入门》。它的每一页都充满了谶语似的独白。它由十三位不同时代，不同种族，不同性别的伟人的事迹片断所组成。我揣测，它的每一个字都来源于史前流行的咒语，它暗指我们这些行走着的活人全是应运而生。

在我们这里，所有的事物都诞生于一夜之间。我们生活在一个一开始就有文字记载的环境里。这就是在你们外人看来，我们生活得如此轻松的原因。我们没有想象的义务，我们思维中所有的形象都取决于未来。这又是我们的生活为创造的混乱所充斥的原因。这就是反陈述节的由来。我想，你选择这样一个具有历史意义的反历史的日子来造访剪纸院落是怀有阴谋的。

当然，我丝毫也不怀疑我的妹妹有什么不清白的可为我们家族所指责之处。她交上你这么个丑陋的小伙子，不会是基于什么性的考虑。这一点，我可以断定。好了，接下来的散步必须在静谧中度过。你留神你的眼睛，你看见什么，就将是什么了。

《审慎入门》是参观剪纸院落的导游手册。这个院落的所有一切都与伟人们的所作所为有着对应关系。

在暮色中阅读这本书，无异于做一次内心故乡的漫游。从内心生活来看，伟人们的故乡就是我的故乡，只是当伟人们悄然离去之后，我无法辨认出他们而已。

在十三位伟人中间，有七位是女性。而其中有四位来自尼姑庵。其余的各位不是翻山而来，便是涉水而至。甚至从这些记载他们光辉业绩的文字中都可以看出旅途的疲惫来。《审慎入门》的编撰者把他们最初的长途跋涉说成是精神上的求索，而非肉体的流放。致使我这样的读者无以领会超验的陌生感，只是沉溺于快意的体验之中。

我觉得我生来就是属于剪纸院落的。属于它美丽的无需耕种的土地（当然它寸草不生，橙子树是一种理论上的例外）。属于它众多的庙宇和同样众多的心不在焉的信仰者（我即是其中之一）。属于它平静而大量繁殖同时又迅速为时间之潮湮没的守林人。他们不分性别穿同样的衣服，怀里揣着同样的书。他们以同样神圣的方式向过路人掏出他们并不认为神圣的典籍。这个院落因此变成福址。

你能告诉我，你此刻正行走在何处吗？

她在我前面两米处突然转过身来。从她的目光来推测，这与其说是询问，还不如说是诱导。

我正走入审慎之门。

剪纸院落如纸一样单薄、脆弱，跟纸一样光滑、冰冷。那位来自落日故乡的伟人，一路上扶老携幼、风餐露宿，历尽了千辛万苦。他喝遍了三江四海之水，把五脏六腑呕了个干净。最终，才以他独有的规矩劲挤入了伟人行列。《审慎入门》里收入了他亲笔抄写的唯一一封情书。字迹端端正正，十分宜人。尽管这封情书文笔拘谨，仍可以从中略窥伟人的当年风采。这封措词怪异的情书详尽地介绍了从古至今的各种冷兵器，并且客观而雄心勃勃地对未来的冷兵器作了实有远见卓识的预测。正是在这封情书里，这位喝葫芦水长大的远祖的后裔，有史以来首次明确提出在不远的将来，在和平环境里兴建冷兵器纪念馆的设想。

他的热情没有白费，在这位孤家寡人于某个风清月朗之夜溘然长逝之后不久，他的精神上的一部分远亲，坐在一种竹制藤编、前后两人抬着行走的玩意儿里匆匆赶到此地。凭着对这句话的创造性的理解，加之他们自己的特殊爱好，于一昼夜之间，盖成了冷兵器纪念堂。当时不知是由于疏忽还是有意篡改，纪念馆变成了纪念堂。就此堂馆之争成了历史遗留的悬案。

我为我手中的著作所指引来到冷兵器纪念堂。我惊讶地向她表示，没想到橙子林中竟有这等美妙的去处。

我这人有古癖。我打小就嗜铁器，尤其嗜熟铁，对从土里挖出来的铁器更是视若珠玑，奉若神明。你们女人不知，只有这些冷冰冰的东西，才能使我们男人热血沸腾。

你也算男人？你还是个孩子呢，孩子不能跟那些真正的男人混为一谈。你还是乖乖地跟着我四处看看吧。我看你是叫那股子潮湿、腐烂的味儿熏昏了头啦。

从前，我是能够自由出入我的冥想的。现在，我冥想的门户，全叫一些不伦不类的疯子扼守着。他们把我挡在我的冥想之外嘲弄我。你知道，有些人一旦离开了他的冥想就立刻化为乌有了。我深知我的处境险恶。

这个纪念堂为一张凉席隔为两个部分。正面叫作远征时期，反面叫作和平时期。由一些过分注重形式的文字作为它们的解释。远征时期遗留下来的冷兵器在今天看来非常威严。依我之见，用这些东西来演戏或者用于某种仪式要比用之冲着什么人和动物乱比划要合适得多。和平时期的冷兵器在风格上则迥然不同。它们制作得更为精致、锋利，适宜直接佩戴在肉体上，或者，捅到肉里面去。一看，就知道它们与鲜血啦、头颅啦、骨骸啦什么的有着密切的联系。

据《审慎入门》记载，和平时期也叫作雨季时期。因为它牵涉到两次象征性的远征，并且完全是为雨水所遏止的，要不是之那半岛每年有一半时间是为雨季所控制，《审慎入门》的篇幅很有可能是今天的一倍。

据说，之那半岛原本是一块四季如春的土地，那儿居住着的人个个如花似玉，连干粗活的男人也不例外。后来，有一部分上身发达、下身萎缩的人鉴于战事频繁、四处奔波实在倒胃口，便一致决定，将这个地方划为永久战场。同时，考虑到接连不断的大规模斗殴，肯定会使战场污秽不堪，便将一年中的一半时间划为雨季，以此，清扫战场，冲洗血污。

对于我们某些祖先的这一举动的含义，《审慎入门》的编撰者不置可否，只是含糊其词地说什么：金戈铁马啊啊啊。这种念书人的词藻让我这个武夫的后代大动肝火。

我想知道，写这本书的混账东西如今躲在哪儿？

你指的是我吗？我才不是什么混账东西呢，我描写的那些人才是混账东西呢。她并没有气恼的意思。

怎么，《审慎入门》是谁都可以编的吗？我为如此神圣的东西出自这个疯疯癫癫的女人之手大为不满。

不！这种事情适宜心灵手巧的女性来做，这是个细致活，既要有耐心，又得沉得住气，要是男人来做的话，那必须是个阉人。说完她做了一个含混的手势，似乎是宰割什么。

这一类对著书立说者的全新解释，真是闻所未闻。它使古往今来的一切文稿转瞬间全成了阉人的私语。以往，我们那些光辉灿烂的年代顿时黯然失色。我们必须在女人和阉人之间小心翼翼地寻找通向历史源头的坦途。

我躲避瘟疫似的逃离看来阴暗、想来苍白的烂铁堆，没入眼前的一片橙子林。远处，仿佛是天际尽头传来一阵悠扬的钟声。

这很美。我对《审慎入门》的编撰者说。令人想到战争之外的事情，比如，爱情和友谊，沉思或者奉献。

啊。你弄错了。这是澡堂子的钟声，是在招呼那些阵亡将士的灵魂去洗澡呢。

此刻，我确信，我已陷入迷宫。

在橙子林以往的历史中，死者们总是在反陈述节这天从天堂和地狱的各个角落赶到剪纸院落的池塘来洗凉水澡。于是，反陈述节就成了所有死者和生者会晤的节日。由于这一会晤是在澡堂子里进行的，所以，会晤双方都是裸体出现的。区别仅在于死者裸露的是灵魂，而生者裸露的是肉体。这一习俗沿袭至今，对我这样一个外来的、涉世未深的少年来说，反陈述节意味着暴露。总之，是一个性感的节日。

沐浴是在向往尼姑庵生活的未成年的少女所组成的合唱队的伴唱中进行的。她们自始至终以无伴奏的形式反复咏唱一首无词歌。这种圣咏般的倾诉寄托着无数时代天上人间的相互向往和相互影响，乃至相互模仿。

这萦绕在耳际的歌声渐渐地充溢于用作沐浴的这片金色的池塘，和钟声、晚霞、水汽以及生者和死者的呼吸混为一体在橙子林间飘荡，使生者感到飘飘欲仙，使死者重温尘世之乐。尽管他们之间存在着无法逾越的奇异的间隔，但他们以持久的袒露赢得了彼此之间的宽容。

同样奇异的是，在每次反陈述节之后的相当一段时间里，裸露这一方式被保存着。这个家族的全体成员世代相袭，于今全都染上了裸癣。他们以生者的方式暴露肉体，以死者的方式祖露灵魂，使橙子林沉浸在毫无遮掩的狂热之中。在此之间我倒成了唯一真正的隐秘所在。

你是一个窥视者。我的女友——丰收神，以我刚才详细论述过的方式出现在我的面前。她的脸上带着谜一样的微笑。

在我们家的这些日子，你过得愉快吗？

这些日子，你这是什么意思？难道我不是在今天晚间赶到此地，而是在一个世纪之前的某个傍晚？

哎呀！你真是老糊涂了，一个中年人，怎么还可以像一个少年那样跟人拌嘴呢？

等等，你说清楚，我是中年人？我什么时候成了中年人的？

我内心极为恐惧，尽管我的肉体是以空间的方式存在着的，但我对时间的流逝还是充满敬畏。

好啦，只要我还爱着你，我们是否还像从前那样年轻又有什么关系呢。

没关系？明天早上我还要赶去会考呢。你知道什么叫作会考么，从前那叫作考状元。

已经太晚了。

她安慰我道，剪纸院落在夜晚是封闭的。也就是说，逝去的岁月在夜晚是封闭的。否则，你将走出历史之外。现在跟我来吧，我给你安排一个睡觉的地方。要知道，在历史里睡一夜是很舒服的，这不比在母亲的子宫里睡一夜差。这一点不假。

我随手将《审慎入门》弃入路经的杂草丛，满怀对新的良知的期待扬长而去。

我们穿过一片有晨晖的北方旷野，丝毫没有感到寒冷。一个渔夫打扮的中年人坐在田埂上吹笛子。他表情忧伤，但吹奏的乐曲倒是让人感到无比快乐。我上前和他攀谈，他满不在乎地告诉我，他是个木匠，纯粹是一个偶尔的机会，被大街上一位自称是幻术大师的人拉到此地，幻术大师一再告诫他：从前是什么，现在做什么，这中间没什么必然的联系，关键在于体验。说完继续吹他的笛子。

我和丰收神继续前行。忽然，她指着不远处的一栋小木屋对我说：看见没有，穿过这片牧场，你今晚住宿的地方就到了。你自己去吧。

丰收神很有可能是一位向导，领我在偌大的假想世界中漫游。我所耳闻目睹的一切极有可能全是布景和效果。我得找人问个明白。我不能永远置身于这种杜撰的真实之中。

你就是我姐姐的情人，是不是？

一个精瘦的小男孩倚在小木屋的门上，他手中正捏着一团褐色的泥巴。他手指修长，简直不是一双孩子的手。我惊异于他的手艺，不一会儿工夫，他就捏出一只狗来。

杂种狗。你看得出吗？他头也不抬地问我：你想进屋吗？

不！我想看你的手艺。我想，他是我在这个家族见到的唯一可亲可近的人。在这个意义上，他倒有可能是这个家族里的杂种。

我的手艺只传儿子，外人是不可以看的。这哪里是一个孩子在说话。

你以此为生吗？我岔开话题，我得制服这个孩子。

这门手艺靠我得以传世。我只消看一眼，就知道你是个势利小人，你以为我姐姐会嫁给你这样的人吗？她是在逗你玩呢，这就叫玩弄。你懂吗？

说话间他又捏成一只狐狸，随后便捧起它们走了。

我目送他消失在橙子林间，然后进屋躺下。此刻，我疲惫不堪，又困又饿。不多一会儿，我就睡着了。这个家族所给的一切冷遇全都扔给了这个醒着的家族，扔给了这些精力充沛的疯子。

但出乎我的意料之外，丰收神推门走了进来。她如出席反陈述节般来到我的床边，在我的面前俯下身来。我闻到了她皮肤的气味。我几乎可以说，我闻到了橙子林的气味。我原本打算对这样一个家族做一次意念上的清算，在我的想象中将他们一个个打翻在地，往他们的身上、脸上吐唾沫、擤鼻涕，好好宣泄一番。现在我只能收回这一幼稚的打算，我并不是热衷于报复的人，我如此善良，我早就料到是能够打动他们的。他们至多是有些变态，这完全无关大局。他们这样的家族以延续体现了诞生、死亡和复活这一壮举，真是独辟蹊径，不可多得。

我向她伸出手去。她说，你想知道我的过去吗？我是指我个人的过去，也就是所谓的私生活。

你要知道，打听隐私是我的爱好，你快说吧。我已经迫不及待了。

今天看来，这似乎不是我的故事，它就像是一个传说世代留传，已经开始发生变化了。

我的祖先，你不反对我稍稍谈谈我的祖先吧。在我表示赞许之后，她凑近我继续说，我的祖先是些打鱼的人，他们惯于逆水而行，便得到一些鱼类之外的东西，诸如海马和水龙，他们将这些东西饲养起来，长年累月，越积越多，它们便开始死亡和腐烂。于是，土地开始肥沃，渔夫便开始耕耘，他们撒下一些海龟的卵，企望从土地长出海龟来。当然，他们大失所望，这导致了他们对土地和大海同样地失望，他们便开始流浪，但他们曾经以四海为家，于是，他们又为似曾相识而苦，又只好安营扎寨，过起游牧生活来。渐渐地，河水流到他们那儿，一艘火轮在黎明时分抵达他们的茅舍，从上面下来一些面容和善的人，他们自称是信使，我的祖先便留他们住宿，夜间，那些信使就着月光从信封中取出匕首将他们一一宰割。然后，装箱送走，我的祖先，由此消失。

我发现我自己时，我已成年。当时，我在一所外国人办的学校里念书，我念洋码也念洋字，比如，拉丁文。在今天听来，简直不可思议，我居然成绩优异。我在冥想中重复我未曾谋面的祖先的业绩，想象他们的痛苦和甘甜。很快我们中间一部分人拥到远方的一个岛上去做岛民，其余的或戎装出征，或艳装下海。总之，我们独自人生。

我先把自己嫁给一个老人，同时打算在此之后再嫁一个中年人和一个青年人，也就是你。这没有什么特殊理由，仅只是爱好而已。人人都有爱好，这无可非议。

我攒下许多钱，同时也积累了不少经验，但最重要的是，我发现我不会生孩子，这或许可以说我大概不会死亡。我陷入极度的沮丧之中，我开始整天想象死亡，搜集这方面的著作和研究资料，为自己勾画死亡的蓝图，设计死亡的各种方案以及实施这种种方案所需的一切准备。是的，死亡高于一切。但很快我就淡漠了，我觉得盯着死亡不放是幼稚的表现。于是，我重新开始学习生活，恢复我从前的一切能力。

夜晚的小木屋如此潮湿，天长日久，墙角已经长出许多无以名状的小花了，它们像童话中的植物一样能说会道，想来让人不寒而栗。一些无性繁殖的动物在草木间舒展身姿，一幅歌舞升平的景象。

他们这一家人最初前呼后拥地来到这个城市，在城墙外稍作停顿，对这个城市根本不加打量，便开始英勇地穿越它。一旦进入这个城市他们便转晕了头，一家人刚经过一座废弃的宫殿和一个才兴建的屠宰场就走散了。被这个可怜的城市溶化掉了。许多年以后，他们逢人便说，几乎是到处倾诉。也许，他们期待着这种倾诉可以像瘟疫一样四处传播，最终，通过瘟疫找到他们失散了的祖先抑或是他们祖先的后裔也行。但是，这个城市中走散了的人遍地皆是，他们早已成立了失散者协会。在协会的聚会上，人们有组织地痛哭流涕，互诉衷肠。随着活动的日益频繁，他们依恋起这种可爱的悲天悯人的聚会来，于是，从失散者的心中，升起一股对走散了的亲人的厌恶感来。一开始，这种厌恶是没有具体指向的，久而久之，这种莫名其妙的厌恶已不能满足他们的痛恨，他们便将厌恶投向协会中那些与他们亲人相近似的人来。相貌啦，脾气啦，口音啦，到后来甚至吃饭时咂嘴的声音啦，口吃的程度啦，趴着睡觉的习惯啦，全成了厌恶的缘由。就这样，在一个阳光灿烂的早晨，失散者协会解散了，人们以一种老练的失去可亲近的人的神态消失在集市中，码头上，大街小巷之中。他们深知，不久一种崭新的组织将应运而生，而他们将是这新协会的当然成员。果不然，他们在度过了漫长夏季中的短暂的一天之后，又在集市拐角处碰头会面了。

这个家族中的一位乐于体验再见这种情感的男子，是失散者中唯一没有加入协会的人。他刚慢慢悠悠地和家人走散便遇上了一场革命。这个城市每逢农历的初一和十五便要发生革命。革命的内容是相当广泛的，形式也是极为多样，搞革命的人经验丰富得有些可疑。

这位美男子碰上的这场革命是关于算卦的。据历史的记载，在这个城市里，算卦最先是以业余爱好的方式出现的。在城中居住的各民族人民在茶余饭后，三五成群，于街头巷尾展开自发的激烈的讨论。在那个时代，算卦是一项高尚的嗜好，这不仅因为算卦体现了大众对未来命运的深切关注，更为重要的这是人与超自然力量的平等对话。那个时代人们崇尚促膝谈心，许多罪恶因此避免，但同样多的罪恶也因此而诞生，物换星移，岁月流逝，男女老幼渐渐醒悟，算卦可以换饭谋生。于是，人们这一受人尊敬的余兴就蒙上了功利主义的色彩。更有甚者，还因为算卦在一辆行驶的电车上爆发过一场有争议的闪电式的战争。人们意识到，终于到了该清算算卦这一行为本身的时候了，如果任其发展下去，它必将毒化人类的心灵乃至日常生活，更为可怕的是它亵渎了人们对神秘事物的向往。

美男子在革命的大街上行走，他深感欣慰。并不是任何人都有机会一进城就遇上大革命的，更何况这是一场涉及人们理想的纯洁性的革命。大街两旁所有的商店大门洞开，店员们挥舞长短不一、大小各异的刷子干得正欢，他们起誓说要在一天之内将城市粉刷一新。鉴于革命的领导者还没有最后决定到底要将城市刷成什么颜色，而店员又都早已按捺不住要使城市旧貌换新颜的决心，便依据各自的爱好将各种颜色先刷将起来。忽然传来消息，因为革命爆发得过于匆忙，一时找不到领导者。这一下店员们议论纷纷，他们认为领导者一时找不到倒也罢了，关键是要搞清楚粉刷和算卦有什么必然关系。店员们全是有头脑并且也肯动脑筋的人，他们并不满足于挥动几下刷子便了事。这样一来，一场关于算卦的革命演变成了一场关于先找到领导者再粉刷城市还是先自刷起来边干边等领导者自己出现的大论战。

美男子乘着市民沉溺于思辨热潮之中，走进了他路经的一家镜子商店。

玩镜子的男人。事后人们追忆他的时候这样说。他迈进镜子商店的店堂的头一分钟里，就意识到，他余下的日子将在对自己的注视中度过。像他这样的美貌，对于这个不断爆发革命的城市显然显得过于奢侈。街上的行人根本不会注意到他这盖世的容颜。流浪的人们总是美的，比这群挤在这个闹哄哄的城市里的店员要漂亮千百倍。而这些伶牙俐齿的店员根本无心过问他人的相貌，他们总是说，内心生活是第一位的。这句话是为革命的领导者所推荐的。至于这位热衷于推荐格言的领导者谁也没有见过。关于他有许多流言。但能说会道的人们并不看重这些流言，他们有绝对的把握来修正、润饰、篡改、发挥以至全盘否定而另起炉灶散布更出色的流言。流言是这个城市的一种标志。日报上辟有流言版，招聘录用要测验撰写和传播流言的技能。流言是公立学校的必修课，人们娶亲时总要打听：此人流言怎样。

美男子最终没有找到他的家人，他有了镜子，他找到了自己。据传说，他死时美丽异常，但他脖子以下已全部瘫痪。人们猜测，是因为他用毕生的精力注意自己的脸，把其余的部分赔了个干净。他的遗容人们争相瞻仰，许多少女少妇当场晕倒，醒来后便就地翻滚。她们在心中暗暗地推举他为丈夫的偶像。就连他生前下肢毫无知觉也全然不顾。从人们搜集到的，仅存的关于美男子的资料中得知，美男子在世时每天单单洗脸要花费十二小时，照镜子十一小时，这还不包括边洗脸边照镜子的时间。他每天仅用一个小时来处理诸如大便小解、吃饭喝汤之类的琐事。人们奇怪的是，找不到任何关于美男子睡觉的记载，人们甚至断定美男子是不用睡觉的。这种观点盛行了相当长的一段时期。其间，经历了两次革命（一次是关于行车是靠左还是靠右，另一次是关于冬天是否一定洗澡）也没有衰落，只是经过很久很久，人们才小心翼翼地猜想，他可能是边照镜子边睡觉的。

美男子对镜子有特殊的秘不示人的研究。他并非如别人揣度的是拥有世界上最大一面镜子的人，他用极薄的铜片打磨以后，制成鸡心形状，用一根麻绳吊在前胸。

你看，就是这一枚。

这是一块烂铁皮吗，我大不以为然。

丰收神陷入对往事的追忆之中。美男子是她的兄弟，到底是哥哥还是弟弟她搞不清。他平日讲话就像朗诵一般，他是一个理想主义者，他是她们家族中最需要照顾的一个人。就因为他不加入任何协会，致使他失去了与家人团聚的可能。

为了找他，我参加了五百个协会。丰收神伤心地说。他们在他从不光顾的地方找他。在他死之前，我们为什么没有一个人想到镜子呢，据算卦的人说我们家族中只要有一个人哪怕是照一次镜子就会看到他。但那时正对算卦者进行革命呢，我们怎么会听信这种人的劝告呢。这也许是说人们还是有希望通过面容找到自己的亲人的。这太荒唐了。偏偏发生在一个注视灵魂的时期。丰收神至今想起这件事还愤愤不平。

我仔细地端详这枚被称做镜子的烂铁皮，妄想用它来照一照我，好以此使自己漂亮哪怕是一丁点也好。我犯了一个致命的错误，我终于得以清楚地看见我已走入了这个疯狂的家族。

美男子生前就没有留下什么话吗？在一个下雨的下午，我在躲雨的房檐下诚恳地向丰收神提出这一问题，她大为惊讶。

你怎么知道他会留下话呢？

那也就是说这位悲壮地故去的前美男子的所作所为与我的愿望相符。那他究竟说了什么呢？

丰收神像宣读祷文似的张开她的小嘴：我需要爱我的人离我远远的。

这是不是说相爱者彼此是孤独的？是不是说爱的甘醇只有在一定的距离里才体味尤深？是不是说背离也是爱的一种形式？斯人已逝，美男子是否带走了所有关于爱的答案？

我的兄弟曾经是位出色的骑手。他纵马驰骋确实有帝王之风。他如今依然在我的梦中款款而行。令人痛心的是进城后他曾随一些洋人圈地跑马。他从前总是独自奔波，苍穹大地无声地陪伴他。你想象一大群贼眉鼠眼的看客挤在条凳上狂呼乱吼，叫人怎么消受得了。

在某些特殊的日子里，女人的唠叨自有特殊的魅力。恰似鼓书艺人口中的故事，令人百听不厌。其实我们并非在听取他人口中的故事，只是随着故事想自己的心事而已。

美男子显然算不上他们家族中最优秀的代表，充其量不过是个犯有幼稚过失的小小的叛逆。最为出类拔萃的要数丰收神的表兄。俗话说：一表三千里。这个家族藏污纳垢的本领由此可略见一斑。这位表兄长相平平，无丝毫惊人之处，但是位闭门思过的楷模。尽管他从不出门，未见过有何过失，但据这个家族的古训：没有过失便是最大的过失，他便是罪孽深重。此人一生未曾婚娶，备受伦常的煎熬，但他对床笫之乐云雨之事有非常深厚的理论素养和批判能力。尤为可贵的是，他乐于向人吐露衷肠。

　　我最大的愿望就是当一个廉洁的掘墓人。

　　我们至今仍可看到这位苦行僧端坐在窗前静观院内家禽们的日常生活的身影。

　　你们应该对此有所了解。在革命时期干掘墓这行是能发财的。每一个掘墓人都有自己的领地。外人是不得随意进出的。掘墓人中大多数从前是手工艺者。雕梁画栋、琢瓷刻瓦的行当给他们的掘墓提供了良好的训练。我早已想好了，我先要选好一块风水宝地，然后就在这块土地上种植奇花异草，等到略具规模，我就开一家花店，我会买卖公道，和蔼待人，以此招徕游人。紧接着就将它发展成一个小型但非常完备的鲜花的集市。经过一个漫长的萧条时期，来到这里种花、卖花、买花的各色人等相继辞世而去。我就将此地用雕花的栅栏围起来，留下仅供我一人出入的一扇小木门。这时候，我就正式向世人宣称：这是我的墓地。啊，你要知道，这时我就开始施展我掘墓的才华了。这是一个多么广阔的天地呀，这是一个宝藏，待我把它发掘完了，我还将把它改造为一座广场。我就叫它睡意广场。经过如此漫长的一段岁月，我是多么劳累啊，我就在这个广场里睡觉，这真是太奇妙、太令人陶醉了。

　　不过，这种事情一旦做起来，那可就太麻烦了。想到这一点，我就放弃了这一打算，我已把这件事的前前后后想了个透，所以不干也没什么可惜的。只是那真是一块风水宝地呀，倘若你有意从事这一行当，我可以把这块宝地让给你。你不要为难，我可是真想把它送人呢。就送给你吧，你一定要收下它，在我看来你天生就是个掘墓人。你就不要再推辞了。

那么，你所描述的如此动人的地方在哪儿呢？

我不想当什么掘墓人，不过，既然到这个家族来一趟，亲眼目睹那块自封的宝地也是应该的。

你能领我去观赏一下吗？

它在我生前的想象里。

这可真是太遗憾了。那么你生前还有什么理想呢？

怎么，这样一个理想对一个人来说还不够么？难道一个人应该有一个以上的理想么？

这个家族的先人古时与山林为伴，染就凄苦之风，面如土色，心如溪水。天气晴朗他们便走马观花，梅雨时节他们便偷香窃玉。族中人个个身染百疾，经年累月翻查医案，千百年来尝遍世间草本。冬来依山而卧，夏临傍水而坐。他们以山石为墨，以松枝为笔，饱蘸深谷涧流，挥洒旷野青天。走笔随心意，留字为医证。到头来这块不毛之地为山岚瘴气所充盈，路人闻之便得不治之症。

时光流转。他们在山里待腻了，便在山林间遗下一些奇谲多变的故事，径自寻找新生活去了。他们路上的情形无人知晓，大约早已随道旁的野草腐烂消失湮没于泥土之中了。

有一首民谣讲述的是关于一个舞蹈者的故事。

现在由我从一种无所不知的叙述者角度来讲丰收神家族的最后一个故事。

很久以来，人们已经看不到舞蹈者了。人们几乎忘记了舞蹈的含义。这个家庭的成员已经习惯于把舞蹈当作一种巫术来理解。从前，这块土地寸草不生，橙子林只是人们的理想和奢望。一望无际的平原是天然的舞蹈场所，只是因为有一种传说，说是舞蹈是一种高山病，只有山民才跳舞。于是，人们暗自认定舞蹈是疾病的表现，平原人跳舞是对病态的模仿。而在平原，模仿是列入禁忌的。

平原人是有节制的，他们克服了这种为习俗禁止的乱蹦乱跳，把省下来的力气用作谈话和散步。这便是后世闲扯淡和闲逛悠的由来。少数渴望舞蹈的人走入高原，他们天真地幻想搞个折衷，这使他们爱上了骑马和牧羊，这便是后世流浪和驱赶的由来。极少数进入崇山峻岭的人学会舞蹈之后便将余生的全部精力花在跳舞上，他们全在手舞足蹈中死去。这个消息经高原传到平原，节制便成了人们的戒律。舞蹈从此成了一种遥远的传说，它总是和死亡和恐怖联系在一起，因为舞蹈抽象而没有明确的含义，直到有一天，他们这个家族的一个姑娘的诞生改变了这一切。

这布满每一个角落的橙子树，是为了纪念这位姑娘而种植的。这姑娘是这个家族中的唯一舞蹈者。她是平原上过着悠闲生活的人们的唯一例外。遗憾的是，她是个聋哑人。这是她被准许跳舞的原因。她的舞蹈是一种语汇。她不分春夏秋冬舞蹈着与人交往，向认识的和不认识的、可亲近的和可厌恶的人传达她的情感与感受，渴望得到他人的一掬同情之泪。她就如一颗神秘而忠实的星辰，在遥远而固定的轨迹上向人们闪烁她明亮而忧伤的眼睛。但是，这样一种诗意而痛苦的生活过早地结束了。她被她所在的家族纳入了一次宏伟的但最终以失败而告终的远征计划。这个历史悠久但没有族徽的家族认为在出征队伍的前列应当安排一名旗帜式的人物。否则他们在众人眼里无异于一群乌合之众。因这一异想天开的壮举而生发的使命便落到了聋哑人身上。她必须在行列的最前方，舞蹈着直至抵达此行的目的地。她没有被告知行程究竟有多远。这倒不是家族内部认为她知道这一点有什么不妥，这纯粹是因为他们认为必须在远征的途中逐渐确定被征服的对象。

他们以流浪的方式四处漂泊，他们日夜期待有谁自动出现好让他们这支雄伟的大军前去收服。他们不断地派人向家乡送去信札，函告他们的艰辛和勇敢。让家乡的亲人或仇人坐等他们的坏消息或好消息。

终于，在一个风雨交加的早晨，这支大军中的最后一位勇士为自己拟就了一份给家乡的战报，对自己千叮咛万嘱咐了一番，便返转身来，打道回府了。

他们轻而易举地失去了他们的族徽。舞蹈者舞蹈着在家族的思念中消逝了。

等到人们为时间稍稍平复了他们最初的冲动，冷静到了对历史事件能够作判断、下定义的时候，他们便编辑出版了一本书信集：《流浪的人们》，用以追悼和检讨家族历史上的这次声势浩大而又莫名其妙的远足。细心而有闲的人只是在书信集的后记里读到编撰者笼统而模糊地提到一位女性，在远征队伍的前列一路舞蹈，而后越走越远乃至不知去向。让人感到这个舞蹈者似乎是中途退场的，她并未坚持到这次了不起的行动的最末一刻。

倘若我们暂时离开一下这个精力充沛、历来东征西讨的家族，我们有可能在外部世界——也就是距离橙子林不远的港口城市读到另外一部回忆录《流浪的舞蹈者》。这部回忆录的作者是一位美丽聪慧的中年妇女，两个孩子的母亲，一位考古学家的妻子。她本人是烹饪学专家。目前正主持《吃与吃法与吃什么》这一课题的研究工作。

《流浪的舞蹈者》叙述的是一个至今保留着诸多古老习俗的原始部落的故事。这个部落叫闪闪族。

闪闪人除了维持生存的基本需要而外，所从事的主要活动便是舞蹈。闪闪人在他们赖以生存的小岛上舞蹈着四处游荡，使每一天都像在过节一般，闪闪族的妇女甚至是舞蹈着生下她们的后代，这是叙述者目睹的。

闪闪人的祖先是为古希伯来先知所遗弃的后裔的旁支。尽管岁月早已过去千百年，但闪闪人对此事依然耿耿于怀。闪闪人普遍认为他们被遗弃是不公正的，倒是让闪闪人来遗弃希伯来先知那还差不多。《流浪的舞蹈者》总结说，被遗弃的人天生具有一种遗弃的欲望。闪闪人将他人、他物乃至闪闪人自己都列入该遗弃之列。闪闪人以一种渴望遗弃的方式至今被遗弃在一座孤岛上，过着食不果腹的艺术生活，在形而上的玄想中消磨时日。

《流浪的舞蹈者》既非学术著作，又非畅销小说。它印行的一百册全部躺在公立图书馆的书库里，很少有人问津。

该书的作者，我们刚才提到的那位风韵犹存的女性也早已把它忘了，只是在一个桃花盛开的季节里，一位刚刚考进大学的小伙子，偶然在阅览室里翻了翻它，他感到这部书的名字对他来说具有异乎寻常的魅力。于是，他使了一个小手腕，将这本书带出了图书馆，当作爱情的信物寄给了远方的情人。这部蕴含着连原作者自己也未必意识到惊心动魄的内涵的人类学著作，如此结束了它的使命。除非它耐心等待另一位有特殊嗜好的情人为他的女友挑选此书。

有一些事物必须以封闭的形式呈现，有一些话必须以夸张的方式说出，有一种生活是滑稽剧的幕间休息，它没有玩笑和幽默，是因为人们笑累了。一个家族不会因为我的介入或叙述而消亡，所谓最后也只是就我个人而言。时光倒流，也许我会凭栏而坐，而现在我倚在窗前，看着田野里风起草落，鸟走云飞。在这午后，我期待着与陌生的来客会晤直至夕阳西垂，晚餐前的时光需要以消磨的方式度过，有人将人世的空虚化入这一时辰，好使入夜后的睡眠不为噩梦骚扰。

这张宽大的餐桌旁只我一个人，这个家族的其余成员到时便会鱼贯而入。我打开手中的一本菜谱，想象在远方小心打开我的未来的岁月，我能看见的就是在这张餐桌旁的饕餮之徒，我加入他们的行列，迷恋于口腹之乐，装扮出眉飞色舞的模样，终于沦为一名酒囊饭袋。我因饱食暴饮而泪流满面，竟不知这是一桌幽灵的筵席。

我已入知命之年，赴宴早已不再具有社交的意味。更何况与幽灵打交道是无任何经验可依的。我正左右为难，丰收神飘然而至。于是，我们相携而行，内心充满了温暖的感情。

平静的湖面上荡着一只小船。划小船的大概应当唤做舟子。这很美。我和丰收神在沿湖公路旁的斜坡上坐了下来。阳光很好，当你和情人在一块，无须对场景多加描述，你甚至可以不必注意。事后倘若需要，你会惊异于你对环境的敏感。反之，风景是一堆废物。

公路上有两个郊游的年轻人骑车驶过。一切复归平静。我们在一起感受休息的安谧，我们被下午的阳光照耀着像阳光照耀我们一样自然。唯一可能存在的不自然是将来回忆时的追述。而避免的方法是不回忆。

湖边是一些被践踏过的芦苇。它们是不是在等待风来摇曳它们，我不得而知。也许某一天一位画画的人会来描绘这一切。那我就等着看画吧，我们想象中的回忆在别人可能画的图画里，情感在我们审视这一景物时已离我们远去。在户外，我们和他人一同呼吸和感受。

如果我们现在接吻已经不是什么私情。周围阒无人迹。人们对这种事情已经不感兴趣。在高度嘈杂的历史的间隙里可以享受到最充分的休息。

我和丰收神并排躺着。我想我们一同看着那舟子。那小船一动不动，几乎静止。那舟子似乎是在垂钓，或者冥想，或者休息（和我们一样），或者有意等在那儿让我们看他。

公路上有两个郊游的年轻人骑车驶过。一切复归平静，那两个人在斜坡上躺下。那个男的用手遮阳，他们在朝我这边看，他们好像在休息。他们好像喜欢安静，他们一定在想，那是一个舟子。但是他在湖心干吗？太远了看不清。我想要是把我对丰收神家族的拜访从丰收神的角度写下来又会怎样。我奢想，有一些基本的东西不变，比如家族中的人物啦、场景啦，等等。变换的是一个角度。

太阳略微西斜。舟子站起身来。我依然躺着。对舟子来说，站起来的也是舟子（他自己），躺着的是斜坡上的我。

丰收神不吱声。她吱不了声。这不是他们家族的历史，这是我的臆想。这也是我在困境中的逃避和休息。在历史中我只有一种角度。

我们走在空寂的街道上，鹅卵石路面湿漉漉的，迎面吹来的风也是潮湿的。

你要小心，在这样的道路中间行走，是会遇见你的仇人的。

丰收神打着手势加强她的语气，她的手势是从她的那位又聋又哑的一刻不停地舞蹈着的祖先那儿继承下来的。

如果真是这样，那么我首先遇见的将是我自己。我蛮有把握地说。

那么你打算决斗吗？她的目光中含带嘲讽的意思。

我们将相互披露心迹。我确实乐于跟人攀谈，无论在什么样的境遇中都可以做到。我有一些信件和照片要交给他，如果他把我杀了，那么，这些东西他将代我保存。

你提到了你的信件和照片，看来你是在谈论抽象的死亡。你的生命靠文字得以延续，像你这样是体会不到真正的诞生、死亡和复活的，你的细脖子上长着一颗玄而又玄的脑袋，你不会有仇人的。

我曾经在我虚构的决斗中被我虚构的仇人杀死过一回，不过那是以前的事，但虚构的时间倒是未来，严格计算起来，也就是再等一会儿。

你是说现在？或者说迫在眉睫？她问这话时，丝毫也没有露出惊讶感来。

我从前在公立学校念书，同窗中有男有女。这些信件和照片便是那时的留念。想到我临近了我虚构中的决斗，不由得对少年时代的耽于幻想追悔莫及。我希望他能好好保存这些东西。

决斗未必是你输，何况这还是虚构的。她像在安慰我。

那么，你们家族的历史难道不也是虚构的吗？

我们的悲惨之处正在于此。我们应该在一开始就懂得虚构我们家族的历史。

那不成了一个语言的世界了吗？

那么你将面临的也是语言的决斗喽？

这我拿不准。但是，我总觉得，我先谈论它，它会变得更加真实。

这是一个词藻的世界，而词藻不是用来描写想象的。想象有它自身的语言，我们只能暗示它和它周围事物的关系，我们甚至无法逼近它，想象中的事物抵御我们的词藻。

可是虚构不同，虚构可能是真实的，这是它的可怕之处。

虚构几乎是谋划，而想象仅只是憧憬。要说真实，想象倒可能是真实的，而虚构倒荒诞得可怕。

现在讨论这一切为时已晚。我已逼近我虚构的那一刻，路面依然潮湿，并且天空好像飘起了雨丝。

我们还是先去避雨吧，你也好就此机会修改你的虚构。至少你可以把决斗往后推迟，比如放到明天，我还想读一读你的书信呢。

我不能让丰收神接触我的书信和照片，我在这些书信和照片中虚构了我的过去和与我相关的一切。这些东西是秘而不宣的。

或者这样。她提醒我。你把我虚构进你的将要来到的决斗去，我来扮演你的仇人。

但是，你不是我呀，我希望看到我倒在我自己手下。

天哪，这正是我们家族的传统。

丰收神惊厥得几乎晕了过去。

你还记得我们从前要好的那些日子吗（我不能写相爱的那些日子）？我现在就像爱你那样热烈地爱上了另一位姑娘（我虚构了她的种种美德）。她的家人尽是些浑浑噩噩的窝囊废。在她们这儿做做梦倒是不坏。这不是一块忏悔的土地。这不能责怪她们，她们有病，平常她们总是柔情地歌唱那些死去的人物的事迹（我将要为这些人物杜撰新的事迹），我在这里学会了抽水烟，可能的话，你给我捎些烟草来（你别真的送来，我这是在哄你），我现在执迷于生活的程度与损坏生活的程度相等，我已经学会置生离死别于不顾（你看，我还是像从前那样爱吹牛），在这个地方我感到愚蠢是一桩乐事。一种从前我们讨论过的具有成年人的现实感的回忆在这儿一钱不值。天天都有一种迷失的感觉（我在逗你呢），我可能很快就要结婚了（你别在意，还没准儿呢），结婚给人一种完整的感觉，它不完全意味着到位。它只是把你的位置指给你看（只是你别真的一本正经地去看它），一个严谨而又缺乏幽默感又有同情心的人物的心智应该是健全的。也就是说应该是经受了磨练的（我可是受不了这种磨练），我眼看着自己一天天消瘦，四肢麻木，老眼昏花，我认为是到了用愚蠢来调和某种光泽的时候了（这该是一个恶时辰），我说起话来就像一个堕落的女人在朗诵一首表现无止境的追求的诗歌（我比以前可是粗俗多啦），温情对我来说显得如此突兀，温存对我来说变得无法耐受的冗长。我变得没有丝毫分寸感（我倒是在这儿学会斯斯文文地散步），我已经平庸到了呆头呆脑、笨手笨脚简直没有丝毫乐趣的地步，我开始拿腔拿调地说话（满脸堆着应景的笑容），我变成了流行的通俗音乐，美丽而短暂（我的比喻又烂又臭）。

每当上午，阳光流泻到我的窗棂上（我开始抒情），经常会有一对白鸽子在暖洋洋的光线中飞过，久而久之，这几乎凝成了什么人告别时的一幅图画（我们当初告别，可以用这来描写），不远处是一支悠扬而低回的笛曲，这支才华横溢的笛子（这支该死的笛子），我为它以如此令人神往的方式尾随他人的思绪而去，并在远处向他人的灵魂挥手感叹不已。这是一种神秘的生活（我在这里面爬不出来了），当我们的想象以一种休息的姿态飞翔时，我的全身为一种难以名状的幸福所充溢，我目睹我冥想时的姿态是如此优美，它化入窗外的阳光，化入阳光中的白鸽子，化入那种轻盈的滑翔，远离喧嚣，远离早已远去而又时时切近的罪恶和羞耻（这不是感伤，也不是富于感情，倒像是准备悼念什么人）。

好啦，就写到这里（反正你也收不到。因为我压根儿就没打算寄，写完我就满足了，寄不寄是极为次要的）。

可以与这封信对照着阅读的是一张四寸的黑白照片。照片里一位姑娘背对着镜头，她穿着夏装，她的裙子给人一种丝绸的质感，她的头发梳成一把绾在脑后。遗憾的是看不到她的眼睛。她趴在窗前，窗帘叫某个傍晚的微风吹拂着，窗外是一条宽阔的河流，我们可以看到船和一些飞翔着的什么东西（可以把它们假定为江鸥、鸽子，或者打食的鹰）。沿河是石砌的堤岸，一些人正在此重逢或者告别，另一些人在一旁冷眼相看。堤岸下是一个广场，几个下课了的中学生正在默不作声地穿越它。烦躁的是一个在广场边上踟蹰的中年人。一辆汽车无声地从他身后驶过，进入对着广场的街道，街道两旁的商店已经打烊，商店楼上的窗口里开始飘出扑鼻的油香，过不了多一会儿，街灯就要照亮那些行道树了，树下偎依的情侣就要出现，那些形单影只的人的脚步就要放慢，行色匆匆的是不明身份的人和公务人员。晚场电影开场还有一会儿，戏迷都已在剧场入口处等候入场了。他们找到座位并不急于坐下，而是先打量一下四周，见了熟人便高声招呼或者轻轻扬一扬手，等到脚灯一亮他们便全被卷入黑暗之中。

他们将要看到的正是我接下来所要写的结尾。

这是众神的黄昏。在通往天堂的走廊里，小天使穿着五彩羽衣绕柱飞行。在辞书里，这是一个捷报飞传的时刻，而在千里之外的平原则是一个耕耘的季节，如果诗神飞临这一地区，那么有一种世俗生活将和神话结为一体。送葬的行列如果在此刻路经旷野，死者就会在天宇尽头找到自己的星座。流浪的人们将从此回家。人们终将发现，愿望之树已经开遍了故乡的原野。圈养的牲畜和放飞的理想在云泥之间颔首问候，古河道干枯之际，剪纸和绣花再度开始盛行，人们的衣着渐趋绮靡，交往时使用的语言日见雕琢，橙子林内的居民刻意追求完美的生活，他们为被写入典籍，编入教科书做好了一切准备。

我身后的小径已为橄榄枝和鸟粪所覆盖，我已经无法按原路折回，我把沿路收集的趣闻轶事戏谑地编成可供行吟的断章残卷。在平地上行走，我心中充满快慰。我在周末的傍晚去和橙子林的守夜人厮混，在林间吐露稚气的遐想，其余的日子，我便打起精神收拾我的房间，为互不理解的人安排会见的场所，夜深人静，我便挑选一些假想的人物供我自己怀念，而在睡梦中我又奔向一些似是而非、兴味索然的家伙。我用了大量的时间从事睡眠和梦游。草率打发我余下的时光。

这一天，丰收神来敲我的门。

我是来改造你的生活的！她装作与我素不相识。

我的生活任意改造。我也装作与她萍水相逢。

我们沿橙子林一路走来，似乎是在寻找什么东西。但是天气如此之好，使我们又并不急于要找到它。我刚到橙子林那会儿，总是急切地想见识一切，现在想来不免黯然。如今，我总是说去追忆吧，其实并不追忆。

我的祖先是一个武士，毕生为掠掳美女而奔波。在他的晚年，又为他众多的儿女而操劳。这样的人显然入不了正史，据此，他的后人便纷纷落草为寇，占山为王。直至我的父辈便成了个做首饰的工匠，由走南闯北而至安家乐业。其间着实花费了一点时间，倘若依我则宁愿用它下一盘象棋。方寸之间，楚河汉界，谋划上演一出出短小的戏剧。或者我可以去替人抄书，在书页开合翻动之间，亲历朝廷兴衰、世事变迁。要不我可以给人做伴读，在少年琅琅的读书声中，听闻官话野史，巨细无遗。但我最想干的，还是像我的祖先，走马看花，东游西逛。

我这样游手好闲、无所事事的人，误入迷途，为了一个丰收神跑进这橙子林中也是劫数。这正好验明了我的血液。

你这样低头沉思大可不必，一个人有心思应该讲出来，告诉他身边的人。丰收神劝告我。

我根本没想什么你的那种心思。我只是饿了，你要知道一个人饿了，那神态跟想心思是差不多的。

难道我是在说思想就是饥饿的一种吗？或者说讲食就是思考的结果吗？那么，在我的余生就应当去不遗余力地搜集菜谱，它是我思想的唯一材料。

我把这想法告诉了丰收神。

你明显是饿昏了头，我们家族几千年来，关于吃流传下来无数的界说，如果等到搞清了这一切再行饮食，那我们早就饿死了。我们这个家族早就消失了。丰收神气愤得不行。

那么这就是准许饕餮的理由吗？我小心地追问。

我模糊地感到，这是吃的理论过分丰富的缘故。

那么如此过分地依赖我们的胃，我们是否会撑死？

不会！我们的胃是经受得住考验的，它已经为千百年来的历史所证明。

那么，我们其余的器官是否会因此退化？

这些次要的问题不必考虑过多，要是全像你这么瞻前顾后，我们不知要错过多少美食呢。

这么说，你们已经尝遍山珍海味了。

可悲的是，这可能是我们祖先的享受。如今，我们只是烹饪的理论比较发达。严格地说，我们只吃一种东西。

你是说，一种东西有多种吃法。

不！你没有领悟到我所说的实质，我是说一种东西同时就是一切东西。

在我听来，这似乎是一种离吃这样一种具体行为十分遥远的形而上的学问。

这正是我们家族多少年来，前赴后继追求的理想。

将一种食物化成一切食物？

不！将食物化成非食物。也就是说，我们最终的目的是超越吃这一行为本身。

我惊呆了。我不干！我大声叫唤起来。我这人享受惯了，别的不说，没有吃的那万万不行。况且我的胃口不是很大，我只需要少量的食品。

闭上你的嘴！丰收神以一种非人的声音盖过我的呐喊。

吃是神圣的事业，任何人都必须虔诚地接近它，决不容许你这样大叫大嚷的。你有力气叫嚷，单凭这一点，就该饿上你十天，好让你在第九天的傍晚死去。

是抽象的死吗？我哀求道。

不！丰收神拂袖而去。

我神志有些紊乱，表情木讷，口齿不清，我被饥饿吓昏了头。一时间放弃了我所有的理想和观念。我在橙子林间到处乱窜，似乎想找到那恼怒的丰收神。

我突然意识到，我在橙子林中四处转悠，原来为的是寻找这架白色的梯子。它以寓言的方式竖立在近乎透明的蔚蓝的天空下。我感到一种非血缘的亲切和亲昵。

我初来之时，橙子林已经一片金黄，成熟的芬芳四处飘逸。如今，它依然成熟芳香，仿佛永不颓败。我迈步来到这架白色的梯子跟前，拾级而上，将我的脸凑近我神之所往的温馨。这片土地的确神奇，它从未承受雨水，却也从未见世代在此繁衍生息的家族祭神求水。这里的湖汊自成一体，未见贯通任何江河，却也千年不腐。它的四周枝叶扶疏，果实累累，以人间仙境的不朽传之久远。

在橙子树下虚度闲适时日的各色人等，各操一门手艺，精工细作，百般雕琢，以巧夺天工为人际圣事。余暇，他们又将家族内部的干系详加钻研，分门别类又互为牵扯，使近处者相互埋怨，使远离者相互挂念，而一旦迁徙或重返故里又平添一分转瞬即逝的惆怅和喜悦。他们如此生发出一种文化来，当哭不哭，该乐不乐。大悲时强喜，极乐时号啕。以苦乐互济，乃至生死不辨。芸芸众生纷入化境，一任喜怒哀乐自生自灭。他们至多只是在一旁或隔岸观火，或做详点。观火者文饰玩火者勾当，详点者钩沉玩火及观者趣闻。有更高手者，便加入评点者自身之感慨醒悟之类。他们人人具备明澈的睿智，个个满腹经纶。必要时只需口中念念有词便逢凶化吉，万事如意。多少年来，他们遇水而绕行，于是两岸如荫；他们遇山而迂回，于是四周鸡犬衍生。他们以水为酒，对酒当歌；他们以草为席，盘腿围坐。阴霾时节，他们怀念阳光；明媚季节，他们追悼晦暗。他们架小桥以渡流水，驭瘦马厕于古道，剪纸院落，西风人家，秉烛者昼夜无梦。

我的手指轻轻触摸那些金黄的橙子，它们便奇迹般地纷纷坠落。

丰收神老妪般地弯下腰去，一一将它们拾入篮内，她两鬓花白却依然面色如玉，只是为岁月修饰得愈加浑成。

你下来吧，你不该在高处待得太久，那样，一旦你下来，你会感到脚下的大地不够真实，那会影响你的胃口，来吧，下来，我们就在这橙子树下吃这些橙子。

橙子可以当饭吃吗？这类开胃的东西不是越吃越饿吗？

你非得把它当橙子吃吗？你可以把它当作梨、当作苹果、当作鱼、当作肉、当作稻米、当作小麦，一切一切。

难道丰收神想把整个世界都吃到肚子里去？

我忽然想到数个世纪前北方一位圣人的遗训。

食无言。

我是少年酒坛子

引　言

你知道是谁在背后打量你？（语出《米酒之乡》）

场　景

那些人开始过山了。他们手持古老的信念。在一九五九年的山谷里。注视一片期待已久的云越过他们的头顶。消失在他们将要攀登的那座山峰的背面。渐渐远去。等候他们爬上顶峰。再一次从高处注视。消散或者在天边隐去。然后。为这座山峰命名。（Ⅰ）

他们最先发现的是那片滑向深谷的枝叶。他们为它取了两个名字。使它们在落至谷底能够互相意识。随后以其中的一个名字穿越梦境。并且不致迷失。并且传回痛苦的讯息。使另一个入迷。守护这一九五九年的秘密。（Ⅱ）

他们决定结束遇见的第一块岩石的。回忆。送给它音乐。其余的岩石有福了。他们分享回忆。等候音乐来拯救他们进

入消沉。这是一九五九年之前的一个片断。沉思默想的英雄们表演牺牲。在河流和山脉之间。一些凄苦的植物。被画入风景。（Ⅲ）

那些想过河的人下山过河去了。他们渴望水的气息。他们将不得休息。山上的人们想。犹如思考罪孽。他们中间的谁开始衰老。因为他想比自己活得更久。于是耻辱四散开来。安慰所有下山的人。这就是一九五九年的信心。（Ⅳ）

他们中间的某人看见了下面的街道。那人正急着内省。不打算告诉别人。所有的人。当然最先是他本人。错过了醉心于平凡事物的喜悦。他们的艰难的感情历程将无以呈现。他们观看这源泉喷涌。他们无力为之所动。在静观中消失得无影无踪。这是一九五九年的馈赠。（Ⅴ）

人 物

我为何至今依然漂泊无定，我要告诉你的就是这段往事。今夜我诗情洋溢，这不好。这我知道。毫无办法，诗情洋溢。今夜我，就是这个样子。装作醉了的样子。其实我没喝酒。打开书本。你的、我的、他的。找找有没有我这个样子的，当然找不到。我这个样子，醉成这个样子，当然找不到什么可以做样子。

我的世界，也就是一眼水井，几处栏杆。一壶浊酒，几句昏话。

我在一个炎热的夏季傍晚（确切的时间是百年中的某一天）会见一位表情忧郁体力充沛写哀怨故事的自称诗人的北方来客，在鸵鸟钱庄（它从前酒旗高悬）完成了这段如那个阿根廷盲者所指出的那类习惯性的回忆。

故　事

草席似水，瓦罐如冰。

钱庄内极为阴暗潮湿，如同我满脑子的胡乱念头。

曲尺形的柜台光可鉴人，那位长相如同鸵鸟的掌柜生就一副骇人的容貌，那神情介于哲人与鳏夫之间，既有沉溺于思辨的惬意的孤寂，又有因谙熟于逝去了的男欢女爱而特有的敌意的超然。

鸵鸟径自朝我们走来，将两只瓦罐放到桌上。忽然直勾勾地抓起我的胳膊："喂！肤色有点异常呀！这可不会是喝酒喝的。"说完，他就把鼻子移到柜台后面，不再吱声。

我们没有得到下酒的小菜。据邻桌一对表情暧昧的人声称，谈话，就是这儿下酒的菜。众人鸡啄米般地捣着凑得极近的头，频率极高地谈论着什么。我和诗人竖起耳朵仔细分辨，俄顷，所有的人都停止了谈话，将脑袋转向我俩："喂！谈话！谈话！喂！你们！你们自己谈话！"在我们周围是一片吵吵嚷嚷，"你们，别想用旁人的谈话下酒。新来的笨蛋！一对笨蛋！两个！两个！笨蛋！"众人的嗓音里流溢出醉意的自豪。

"酒喝得是否尽兴，全看谈话是否适宜于下酒喽！"在语尾加喽字的人，两手麻利地洗着纸牌打我们桌边踱过。

"我们试试吧？"诗人捧起瓦罐询问道。

"那么，也好。"我斜眼瞧瞧柜台后面的鸵鸟，"你来南方之前都做些什么？"

诗人将鼻子仰到椅背上，做出一副很优雅的样子，高声说："我把自己藏在家里。你应该懂得，北方是个藏龙卧虎的地方。"说罢，他神气地扫了一眼钱庄内的人。

鸵鸟的脖子不动声色地竖着。

"在我们南方，大家伙都待在街头上的。"我嘀咕道。他伸出右手焦黄的食指，意思切中要害："不能因为你在街上，就说大家都在街上。"

"那么，有人来寻找或者拜访你吗？"我慌忙岔开话题。他和蔼地解释道："一旦有人找上门来，我们就倾巢而出。反之，我们就把自己藏起来。"

"你们是藏在一起，还是四散东西？"我揣测，这是时下北方流行的一种游戏，便试图得到一些基本的规则，好在南方率先玩起来。

"藏无定法。"诗人的食指当当地敲着瓦罐，"或三五成群，或单吊一室。或于显眼处藏身，或于幽暗处现形。不藏即藏，藏即不藏，聚即散，散即聚……"

他那梦语般入迷的低述，他那飘忽的神情，似乎不断地在恳请慰藉。他那引人遐想的语调，给人一种惊讶不已的愉悦之感。

"我们在我们的个人生活与他人的书籍之间自由出入。"诗人补充道。

我不明白他回忆的是什么人物，我只是认为他想表现他的诗人气质。

他的目光总是越过你，即使他非常爱你，他还是要越过你。就像越过随水而出的舟楫。他的目光总是那么迷离，仿佛他总是迎风而立。

他总是在朗诵，谈话就如一首十分口语化的诗作片断。不断切入，走向不明，娓娓道来。谈话是片断的，是非吟诵的。总之，他是不真实的，而又是令人难忘的。

"你到南方是来参加季节典礼吗？"

"不，我是来参加嘲讽仪式的。"

在我们谈话的时候，时间因讽拟而为感觉所羁留。鸵鸟钱庄之外是被称作街景的不太古老但足够陈旧的房屋。是紧闭或打开的窗，是静止不动或飘拂的窗帘，是行走或伫立的人群。

诗人一气喝干了他的瓦罐："在梦与梦之间是一次典礼和一些仪式。而仪式和雨点是同时来临的。在传说中，这是永恒出现的方式。"

我估计，他是在力图重建一种诗歌环境。

诗人用食指蘸了蘸滴在桌边的酒渍，在桌面上用力划道："圣水之边，芭蕉尾际。喟叹时刻，松枝时节。"

"送你啦！"

他揭示事物的方式令人联想到那些过寄生生活的人。他们优雅而疲倦。他们活动于他们臆想的空间，他们不吝啬时间，而又对流逝的岁月耿耿于怀。他们总是纠缠于情感的细枝末节，总是在大众的尾部说三道四。

"例如，"诗人嗓音圆润，"一个从早至晚四处串门的人和在南方弄堂或者北方胡同里散布流言蜚语的人，这两者之间的细微差别，使他们之间难以互相辨认。假如我明智到能以调侃的语调，轻松地谈论在门后或院角的小凳上刻苦手淫的男人，我势必如梦游者般掠过那些在傍晚或午夜隐于街角或门洞里谨慎接吻的人的非凡想象。如果我急需诗意来为整日价懒在床上不起来的人辩护，只消提出从未谋面的在背阴处或拐角处吹口琴的不知疲倦的人来。就足以使嗜睡者和耽于冥想者和谐地统一起来。倘若一年四季对镜梳妆却从不出门的女人值得我们一年四季留心窥视，那么，端坐在阳光下的圈手椅里读各种报纸的老人的内心生活更加无从揣摩。假设我能够体味摆弄钟表的男人的乐趣的万分之一，我就有足够的胆量对不停地打扫房间的人的超常洁癖做耐心到庸俗的归纳。"

诗人说得兴起，一边示意鸵鸟添酒一边绕桌踱起四方步来。

"是的，我沉浸在一种疲惫不堪的仇恨之中，我的经历似乎告诉我唯有仇恨是以一种无限的方式存在着的。这一发现使我对仇恨充满了仇恨。这让人既难过又高兴。仿佛有一种遗世而立的美感。"

"我在一部介绍游牧民族的电影中见到过你的祖先。"我借着酒意，异想天开而又小心翼翼地对他说，"你的祖先浑身披挂，很是窝囊。他们骑的是一种类似萝茜难得的瘦而高的吃苦耐劳的马。我记得解说词里提到豪迈、自由之类的字眼。"

"那一定还提到了酒和女人，失意和孤独，这些字眼有着天然的联系。"诗人满不在乎地随口说道。

邻桌的饮酒者似乎对诗人张张扬扬的言谈举止并不在意。我开始怀疑诗人用这番谈话来下酒是否得当。诗人一手提着瓦罐，一手在空中比画着。他历来如此？还是由于初来乍到？或许诗人全都是如此饶舌。

"对我来说，韶华已逝，将苦涩的回忆转变为流畅的文字，已经不能抚慰际遇带来的创痛。世界艺术地远去，我和我的诗句独自伫立。我已不知星夜宁静与否，只是感到总是无所事事。我的年纪告诉我，风走风来只是拆散句子。我的表情令人失望地松弛，诗句堤岸在我的笔下等候，离散或者重逢，爱一次或者渴望另一次。"

"喝了我的酒全这样。"鸵鸟在柜台边蛮有把握地说。

"酸！酸！酸倒大牙！酸倒最大的牙！"玩纸牌的人在钱庄内穿梭往返，不停地嚷嚷。

"你看，"诗人自信而又无可奈何地说，"我必须抑制我的随想式的思绪，我必须重新投入谈话，就像投入一场满怀疑虑的谅解。在这种充溢着疑虑的谅解里，一个男孩子是永远也不会成熟的。他感觉到，他似乎永远沉溺在疲倦而悲戚的对成熟的记忆之中。在这类漫无止境的讨论中，成熟有了一种不断迫近来的窒息之感，令人隐隐地感到幼稚将始终由潜在的幸福陪伴着。它导致了拒绝成熟。这样的性格，使人在整个一生的大部分时间里必须单独面对自己，面对一种自我封闭的诗意的孤寂。"

"酸有酸的理! 酸有酸的理!"伴随着嚷嚷的是稀里哗啦的洗牌声。

"我不妨谈谈我的父亲。"这会儿我才看出诗人的固执来,"他以一种自称的不加影响的方式影响他儿子的整整一生。我们父子利用散步的时间吵架,在饭桌旁怄气,在肤浅的睡眠中诋毁对方。唯有在对待女人的感情上,我们父子具有惊人的一致。他教导我,女人近似书籍。读自己的书有一种熟悉的陌生感,而读别人的书则有一种陌生的熟悉感。依我而言,女人和书籍一样,都以隐秘来遮掩乏味的陈旧。"

"因饮酒而论至女人,这是规律,今日看来诗人也不能免。"玩牌的人这会儿也不嚷嚷了,饶有兴致地挤到桌边。

诗人鄙夷地扫了他一眼,继续道:"在我的少得可怜的诗作中,有一半是写给女人的,而其余的则是因女人而写的。"

"拿来瞧瞧!"玩牌的人插言道。

"在我看来,我的诗句,有点近似通俗音乐会的节目单,有一种热热闹闹的赏心悦目之感。而我的实际的爱情生活是由一连串互不连贯的始于温情止于咒骂的短小故事组成的。"诗人再次以一个鄙夷的眼光止住试图插嘴的玩牌人,以九九归一的语气作结:"有一天,谁敢说他了解女人,他就要犯错误了。"

"没劲,没劲。"玩牌者打条凳上跳开了去,"此君是个阉人,既无花前柳下,又无肌肤之亲。没劲透了! 没劲透了。"随着依然是哗哗的洗牌声。

谈话就是这样闪闪烁烁地进行。仿佛在下语言跳棋,扭来拐去的。又仿佛是暖胃的米酒,在体内流畅而又曲折。

"人是不是应当更多地和自己谈谈话呢? 要真是如此,一个人会不会因为对自己过于了解而感到厌烦呢?"我已完全为侃侃而谈的诗人所折服。

"保持距离就是保持感觉。你对人对己都别太热乎喽。而我不同，像我这样的人，距离和感觉都是有害的。我就是要跟人热乎，对我来说，最为重要的就是热乎。随后才轮到判断和回顾，才轮到惋惜和惆怅，才轮到追悔和哀痛，或者其他别的什么。岁月告诉我，必须委婉地进入生活。"

我正听得入神，忽听玩牌者在门旁叫道："下雨啦。"

众人静了下来，这会儿我听清了，除了洗牌声之外，还有雨声。

我在酒中想象。一架钢琴在演奏旋律，乐队则像在远处应和。乐曲奏至一个短暂的休止，就跟刚好洗完一副牌，窗外的雨声一下子拥进屋内。徐缓奏起的弦乐仿佛湿漉漉的，而钢琴晶莹的走句就像是水滴。

"雨是很短暂的。"诗人沉稳的声音打断了我的臆想。

"这还不如说人的印象短暂。"

"你那么年轻，那么富于诗意地谈论着想象的短暂，你是什么样的年轻人呀，这些如此沉重的字眼是如此轻易地打从你的唇间吐出，难道你凭借想象的光芒一下子飞抵了岁月的最深处，而我要到什么时候才开始迈近它？让我更快地老去吧，既然我无法以年轻的姿态走近你，那么就让我在岁月的最深处与你会晤。"

听诗人的意思，似乎还有一次以谈话下酒的经历在什么地方等着我。只是不知那儿有没有玩牌者。

从诗人瘦削的脸上我感受到他是那么沉迷于深秋的凉意和傍晚光线充足时，那种转瞬即逝的温暖。因为他正就他的诗作中出现最多的秋天这个词或者有关秋天的场景和意象而沾沾自喜。

"我少年的时候，总是设想以一种平凡的方式死在一座美丽的花园里，周围是缠绕的藤萝和垂荡的柳枝。我把植物当作一种象征。有一天我是否可以把自己的尸首编入哪本植物志的某一页中，让自己在易于腐烂的东西中间寻求安恬的归宿。"

"我们这儿还有一座这样的花园。"鸵鸟在柜台后边也冷不丁插了一句。

"有一座！有一座！"玩牌者带头应和着。

我得给这位北方来客解围："喂！"我起身嚷道，"我要尿一尿啦！"

"我们这个钱庄造在一块坡地上，你随意啦。水往低处流嘛！"

诗人霍地立起，很有名士风度地扬扬手："随我来。"

我夹紧两腿，随诗人进入一条狭长的回廊，向花园走去。

"我们总有无穷无尽的走廊和与之相连的无穷无尽的花园，岁去年来，这类漫步与行走演绎出空穴来风般的神力，而异香熏人的花园则给人一种独寝花间、孤眠水上的氛围。行走和死亡同样妙不可言。"

"我可是要尿了！"我催促道。

"不忙。"诗人一路踱来，兴意盎然，"你看，"他突然顿住脚，"这是什么？"

在雕梁画栋的回廊尽头分明是一枚闪闪发光的铜币。

"稀罕之物！"

"这里是钱庄嘛！"我大不以为然。

"我在北方多年，未曾一见，真是不虚此行呀。"说话间神采奕奕，换了个人似的，"我们应当听个响。"诗人抬手将铜币掷向透过花园的杂木乱树斜射而来的夕阳中。

我们用较温和的语气探讨了一番铜币的铸造年代，诗人断定，这类在碎石道上一蹦五尺高的铜币，一准铸造于升平时代。而我则倾向于梦游时代的晚期。

就在这当口儿，铜币忽然带着叮当的响声朝坡下飞去。我正犹豫，诗人已率先向坡下追赶而去。

诗人跑起来，两臂前后摆动，仿佛在晚霞的余光中划着一艘孤独而华丽的龙舟。我跑起来则比较拘谨——因为夹着尿。

不一会儿，我便被落下许多。在家乡的坡道上，我苦苦追求的形象，幻景般地令我自己感动不已。

"喂。我说你呀！赶路要谦卑，不要超出单纯的界限。"玩牌者不知什么时候也来到雨后的泥地里溜达。他一边杂耍似的洗着牌，一边从嘴里吐出黏糊糊的瓜子壳。

就这会儿工夫，诗人已跑得无影无踪。

一个卖春药的江湖骗子用骨瘦如柴的胳臂驱赶着从他那口黄牙间飞出的唾沫星子，同时向空中撒出一把铜币："为了爱情。你们应该这样花钱。"他榜样般地伸长了青筋凸起的脖子，"严格地说，"他劝谕道，"我是一个媒人。"

"你看见一个诗人了吗？"我上前问道，"一个追赶铜币的诗人。"

"你是说诗人？他已不再追赶铜币，半道上，他随几个苦行僧追赶一匹发情的骡子去啦！"

我没想到诗人这么快就放弃了追求的目标，我几乎看见石板道旁草根的苦香，吸引着骡子和苦行僧和诗人一头扎进了十二月的竹林。

我出身贫寒，绝无御风而行的韵致，更何况那枚引人注目的铜币此刻已经滚到了坡道的尽头。在那儿的一长排妖媚的柳树之下，地摊上的棋手们杀得正酣。铜币刚好弹至一位下棋的盲者眼前。那盲者恰好走了一着妙棋。得意地一伸腿，神助似的将铜币踢入道旁的阴沟里了。

诗人此去再也没有回来。显然，我只是他南方之行的一个微不足道的插曲。

夜晚已经不可避免地来临。我想，我是这月光下唯一的夜行者了。倘若我愿意，我还可以面对另一个奇迹：成为一只空洞的容器——一个杜撰而缺乏张力的故事刚好是它的标志。

尾 声

放筏的人们顺流而下。

傍水而坐的是翩翩少年是渔色的英雄。

信使之函

当然，他不过是一个信使，而且不知道他所传递的信件的内容，但是他的眼色、笑容以及举止似乎都透露着一种消息，尽管他可能对此一无所知。

——卡夫卡

诗人在狭长的地带说道，在那里，一枚针用净水缝着时间……

那是候鸟的天空。它们已经在信使忧郁的视野里盘旋了若干世纪了。它们的飞翔令信使的眼球酸痛。这些冬季的街道因此在信使的想象中悠久地如此神秘而又神圣。世俗的无限世纪在信使路经它们的时候已经成为可能。

信风携带修女般的恼怒叹息着掠过这候鸟的天宇，信使的旅程平静了，沉睡着的是信使的记忆。我的爱欲在信使们的情感的慢跑中陡然苏醒。和信使交谈的是一个黑与白的世界，五彩的愉悦是后来岁月的事情。

信使是和那个叫作上帝的在同一个平凡的早晨一块醒来的。在上帝做健身操第五节"感官的倒立"时，信使赤裸的双脚蹚过处女之泉往尘封之海走去。

我们知道有一个看到这一悬置景象的人，他还会看到从信使怀中羽翼般飘落的信函。没有人会收拾这一切，因为拾遗者尚在梦寐之中，而上帝的早操已经做到了第六节"肢体的呆照"。

信使在无须吟诵的时候降至这个难于吟诵的丰沛之地，信使必须穿过时代的郊区才能步入唾面自干的城市。

上帝的听力有点儿问题。在上小学的时候，因为调皮捣蛋，叫一个教汉语的老处女一巴掌磬成了个半残废。信使要去的这个地方叫耳语城，对上帝来说，它是不存在的。

耳语城的人民生活在甜美的时光的片断里。在时光的大街上，男女老幼摇摇晃晃地行走如蚁，他们热切的嘴唇以一种充满期待的姿态微张着，那迷惘的神态似乎是一种劝喻，又像是在暗示他们正穿行在自我迷恋的梦幻中。他们的恒定的历史以轮廓般的简练扫过他们火焰般抑或茅草般的头发，轻易地洞穿他们的躯壳，时时骚扰他们的灵魂。他们凄恻的目光在黯然无语中凝视信使梦游般的浮想。

信是纯朴情怀的伤感的流亡。

我几乎以为信使来自一本虚拟的著作，一个假设的城邦。信使走近这些逐渐远去的行人和雨景，走近这倚窗侧入温暖房间的冬日北风，走近光线中梦语般慵懒的粉尘。

耳语城人民在傍晚的余光中轻轻挥动他们健康的手臂，信使立刻就看出，这是一次季节的综合，是一次感受的速写，是一次性爱的造句作业。

信是私下里对典籍的公开模仿。

信使反复倾听环境的喁语，信使惊恐地在内心获得一种血腥的节奏一种龟裂的韵律。通过它们，我得以维持内在的故乡感和对弃我而去的幼稚经历的眷恋以及对街景的审美意义上的迷信。

信是自我扮演的陌生人的一次陌生的外化旅行。

夜晚的大街上是众多的引人遐想的窗前的道别，同样众多的故事将不再被聆听。信会飘逝，它和骊歌一样没有颜色而又任人赋予。

信是一次遥远而飘逸的触动。

而它必将在无可挽回的阅读之后化为一堆纸屑。

夕阳已无处可寻，夜晚的水声已清晰可闻，我若还不打听一下这仅有的一夜的住所，我就不再是一个坦率的信使。

信使罗列了一下可能：在旋律中（在音乐中），在什么乐器吹奏之后的温热的吻印中（在某种操作之中），在谁叹息之后的空气悸动之中（在对感伤的思索中），在谁分辨音响的耳膜的最后一刹那期待中（在理性的犹豫不决中），在人工音响的走失之中（在对自然的融化中），在自然空间背后的深情之中（在对超验的趋向之中），在血液的浅浮雕前冥想般掠过的装饰性的姿态之中（在对人脑这一器官的深刻怀疑之中），在行走的困惑和漫步的悠闲之中（在对日常生活的证伪之中），在对日出般升起的请求之中（在对命运的请求之中），在白对黑的驱逐之中（在理想之中），在强烈而独特地扭曲着自己也扭曲着时代的抽象线条之中（在不懈的追求之中），在空气和水和季节之中（在生命之中），在浸润泥土的腐烂和泥土散发的芬芳之中（在诱惑和对诱惑的抗拒之中），在书写之中，在寄发之中，在传递之中，在收讫之中，在拆阅之中（在信使之函中）。

信是一种状态。

而阅读是无所不在的。

信是一种犹犹豫豫的自我追逐，一种卑微而体面的自恋方式，是个人隐私的谨慎的变形和无意间的揭示。

在无可回避的睡眠中，《信使之函》是很久以前广为流传的一首歌曲。歌曲的坏脾气的作者也是一位信使，他在我恍恍惚惚的少年时代的某日，把我领到一条僻静的街道的一个肮脏的拐角，大大咧咧地冲我说，小孩，拿着它，这是我的礼物。他从我的睡眠中抽出一个皱巴巴的信封，举到我的眼前。这就是那首著名的歌曲，我当场就在梦中唱了起来。事后我才知道，那天晚上，他多喝了几杯。不久，这位有点儿诗人气质的贪杯好饮的信使在夏夜的纳凉中断了气。

风卷云消，白日来临。睡眠之后的宽阔情怀尚未在行走前完全苏醒，黑夜的传说在天亮以前刚刚走散，沿街的门就要打开，在晨曦中串门的人也就数信使了。悲凉的叙述已成过去，帐幔间一夜的喟叹无人知晓。

信也就是一声喘息罢了。

昼夜观星的人自溺于可怕的心脏的湖泊。信使交替的脚步是命运之潮的两次波澜。我疲惫的肌体是青春脉搏在腕处的逗留，信使沿时光行走。

信是焦虑时钟的一根指针。

在耳语城鲜为人知的历史里，有过一段令人不堪回首的积雪年代，那时的街道在每日曙光的映照下似乎包含了拯救寒冷于灿烂的莫名悲壮。

信是耳语城低垂的眼帘。

街道为另外的街道的阴影所笼罩，它们在浅灰色的肃静中悄然度日。在街角的冷风中抖腿的不是处在变声期的喉音浊重的小无赖，而是一位致意者。他告诉我，他本人曾经是一位航海家。

"信使生就一张梦游者的脸孔。你看看我，我是积雪时代唯一的遗迹了。"

我听不清他在嘀咕什么。"我站在街道旁，就像水手在甲板上。"

信是锚地不明的孤独航行。

"那时候，人们热衷于航海，人们需要盐和伤口来点燃赤贫的理想。"

信是心灵创伤的一次快意的复制。

"不论在历史里，还是在眼下，你是第一个向我致意的人。"

"不仅如此，我也是最后一个向你致意的人，因为我是耳语城唯一的致意者。"

信是两次节日间的漫长等待，信是悦耳哨声中换气般的休止，信是理智的一次象征性晕眩。

致意者是个来历不明的人。在耳语城，致意者必须是一位丰富词汇的占有者，同时必须是一位沉默寡言的木讷的智者。航海家早年传奇般的冒险生涯赋予他以广博的见识和孤僻的性格，这使他轻而易举地获得了致意者的资格。他向我回忆他的第一个夜晚：欺骗是我的最初感觉。

信是陈词滥调的一种永恒款式。

"从某种意义上看，你我是同一类人，信使在陆地上漫游，而航海家则在海上。我甚至认为，信使也是一个致意者。"

"那样，我们可以相互致意。"

"不，我们互相向对方致以敌意。"航海家微笑道。

信是隐语者的游戏棒。

"耳语城在夜晚有若干个美好的去处。"他见我无意向他打听，索性径直说来："公共澡堂是一，公共烟馆是二，公共酒店是三，公共钱庄是四，公共……"

"这是些招人惹眼的地方。"

"不啦，如今已很少有人光顾这些地方啦。"

信使想：信是夏季的攀援植物。信使又想，信也许是马戏表演的幕间音乐。

"热闹的地方让人备感孤独。"耳语城的居民，风姿翩翩，怎能容得了令人作呕的拥挤。

信是遁世者的轻微耳语。

"即使如此，我还是要上这些公共场所转悠一番。"我到耳语城来，是来送一封信的。

"我该不会是那个收信者吧，我已经有许多年没有收到任何信件了。我以前总是在海上给我自己写信，每次航行归来，我就阅读这些来自海上的信。自从我不再出海，我就不再享受到阅读的快乐了。"

"你如此凄凉，很使我难过。但这封信显然不是来自大海，它只是途经大海，来自另一块陆地。我想，它大概不是你的了。"

"是的，看来这封信一定是我之外的什么人的了。"

致意者之外的耳语城人大都生就一副骄傲的面孔，他们不分男女老幼均以大无畏的气概自豪地行走在脏了吧唧的大街上。

当信使在晨曦中匆忙赶到公共报栏前，刚好赶上一场公共斗殴。领头的人据说在用耳语向他周围的人说了些什么之后，在加之于肉体的拳脚尚处于酝酿阶段，便早已不知去向。一部分公众自觉投身到这一场公共斗殴中，而更多的公众则在周围自觉地围观。他们的热情溢于言表，只因耳语城人天生的素养决定了他们在如此壮观的公共活动面前表现得异常安静。

信是仇恨的哑语式的呈现。信是暴力的孤寂的符咒。

一点没错，据我打听得来，公共斗殴是近日来耳语城人的一大余兴。

信是沟壑对深渊的一次想望。

美好的天气保佑，但愿信别是一次空灵的呕吐。

正像历史上所有伟大的种族一样，耳语城人也有他们引为骄傲的不朽圣地。在城郊一处牧场的畜栏边沿，有一座古色古香的遗迹般的庭院。在一个终将被遗忘的下午，信使行走至此。

僧侣集市。最初，我是在那个满脸皱纹的致意者的口中，听到这一令人困惑的名字的。

远草更绿，近土弥香。山谷的胸脯沐浴在充足的光线中，山脉在逆光中暗含着危机般的凝固，大地则洋溢着青春的笑意。倘若有人从远处看来，我此刻就如一个低能的朝圣者，在郊外的沙土路上蹒跚而行。

是有一个人看见了信使。他幸福的面容在窗前出现。在信使不断的临近中，僧侣集市以一种悲怆的格局自成一体。我愿意设想我此行的终点在此之中，我奉命捎来的讯息的归宿将以畜栏边的接纳者的出现告一段落。

信是情人间的一次隔墙问候。

这个为信使虚设的收信者是一个文化僧侣，这是目前僧侣集市备受推崇的一类。他的祖先无从追溯，人们只是从他的闪烁其词中似乎感觉到他准备以毕生的精力撰写一部回忆录:《我的宫廷生活》。

在耳语城人悠久而又光怪陆离的以往岁月里，宫廷生活始终是各个阶层热烈议论的中心。有许多衣不遮体、食不果腹的江湖艺人，终其一生以一种纯洁的、非功利的态度谈论宫廷秘事，乐此不疲。他们在他人的屋檐下，以十二月的晚风和来年七月的正午的太阳作为他们谈话的背景，他们以际遇恩赐给他们的颤抖和嘶哑渲染早已随岁月远去、湮没不见的某个朝代某个后花园的宫苑韵事。除了他们徒劳推测的宫中波澜，他们的一生平淡无奇。这一点信使可以想见。

信是懦夫的一次优雅的殉难。

比之那些露宿街头的不安的灵魂，《我的宫廷生活》的作者显然要来得更为高贵。他所认死了的无与伦比的血缘和他的别出心裁的心不在焉得来的各类学问保证了他的臆想能够轻而易举地越过实际生活，毫不费力地与胡思乱想一块进入子虚乌有的在信使看来纯系匪夷所思的远古宫中。

在一年临近岁末的时候，这个信使尚不知其姓甚名谁的文化僧侣还未提笔早已泪水涟涟。他在诗意的哭泣中抒写宫中哀怨的往事。

信是畏惧的一次越界飞行。

我走到这位神情疲倦的作者的窗下，我想他会在他的著作的某个较乏味的段落开始之前和我聊上几句。信使并不是来自慰藉的源泉。

信是充作朝霞的一抹口红。

房间的窗户善意地虚掩着，屋内哗哗的书页翻动声，有一种催人垂爱的温馨之感。信使愿意看到一位将拇指含在口中玩味的垂死的儿童。

"令人难以置信的是，你确实打扰了我。"他用一种布道般的语气对我说话。然后，以一种显示习惯的自如趴到窗前，朝我伸长他的脖子。

"我正在写友情和爱与死，我用的是一种模棱两可的笔法，我要用力把一个句子变得荒诞不经。你认为这是办不到的吗？"

我看着他将拇指从口中抽出，然后依次将食指、中指一一塞入。

"你的书还要写很久吗？"

"是的，因为我还要写到死者的葬礼和生者的缅怀，你要知道，这个世界上还有什么比葬礼和缅怀这类折磨人的事情更费时间的？我看没有，除了在纸上复写这类事情，我看没有。"

"据说，你在宫中生活过很长一段时间？"

"这很难说，这要等我写完全书才能知道。人不能凭空断定什么，我们至少要凭借纸上的字。"

"那么，你的书中往事从何而来？"

他露出僧侣的微笑："从写作中来呀！"

信是上帝的假期铭文。

"你能让我读几段你的手稿吗？"

"你想读哪方面的呢？是女人和丝质的披巾，还是酒和纸牌，或者秋季与扫兴的蟋蟀的郊游？"

"哪方面都行，依你。"

"依我，那就不必读了，因为我想你最好从关键的山中故事读起，但那节我还没写呢。"

信是一次温柔而虚假的沉默。

"你难道不想打听一下我从何而来？"信使将手臂搭到窗台上。"我也许刚好来自你书中的那个宫廷。这不是完全不可能的。"

在信使看来，这位天才的作者似乎害怕什么东西与他的书发生关系。

"那是我的宫廷！"僧侣非常有教养地吼叫道。

这个写书的僧侣就这样死了。他可能死于气急败坏。我不知道耳语城的历史书上有没有这种死法的记载。因为信使要谈到另一个有趣的僧侣，只好让他死掉了。

愿他的书安息。

这是一个女性僧侣，她可以坐在冬日的草垛上数日不起。耳语城远远近近的人们送她一个美丽宜人的名字：温厚的睡莲。但实际上，她是一个杀人越货的强盗。她通常在阳光直射的午间打开生擒者的颅骨，吞吃混作一团的思维的浊液。

她有无计其数的情夫，他们如亡命者般来往于耳语城和域外的荒山野岭。每年的春季，他们如野兔般从四面八方窜回到她的身边，等候她的垂青。

"我总是能洁身自好。因为我已非世间俗人，我睡莲的淫思已入化境，我的偶一为之的恶习只是欲念惯性所使然。我已对犬马般的奔走兴味索然。有僧侣的格言为证：静是一种最深刻的动。"

信是瘫痪了的阳物对精液的一次节日礼花般怒放的回顾。

温厚的睡莲在下午四点转瞬即逝的微风中柔弱地抬起她的

玉色手臂，用手指旁若无人地将油亮的乌发历史性地顺向脑后。此刻，仅有窗外的永恒阳光和回忆僧侣的初吻的一阵缱绻的鼻息。

她开口说话，像所有曾经是不幸的恋人的女性一样。她说，她说不下去。

信是初恋的旌旗。

那是个东逃西窜的人。若是在冬天，玻璃上结出了冰冷的图案，他就在屋内面壁枯坐，要不就焚烧那些涂满胡乱词句的纸片。他年轻的时候经历几次著名的动乱，渐渐地他变得心灰意懒而又满腹牢骚。在他恶狠狠地赌咒永远离开耳语城的那个阳光明丽的秋日，他被耳语城人认定为乱世余生者的典型。当下，他就在充满每日恩典般的无微不至的关怀中陷入了秋日街头那无法自拔的狂乱自残。他的唇线因心智的迷乱而抽搐。当睡莲带着昏沉的梦意赶到街头，他的五官已在他的脸庞上拧作一团。他最后是带着白痴般的丑恶嘴脸客走他乡的。

信是时光的一次暧昧的阳痿。

有些云游四方的人士在驿道上撞见他。他逢人便说他打算以自焚谢世。因为他看见了唯一的一座住宅。"在我打开的那扇门的边上是另一扇门，透过我打开的那扇门可以看到一扇打开的门里还有一扇打开的门。现在，轮到我打开那扇关着的门了。"

"我要打开那扇典型的门。"她说。

是耳语城人葬送了他。众所周知，在耳语城，从古至今，仅仅有为数可怜的几个在街头玩把戏的蓬头垢面游手好闲的圣人在他们贫病交迫的弥留之际得过典型这一殊荣。

女僧侣的恋人那时还是个一脸稚气的孩子，他脆弱得如同一纸奏折，他叫那么多的街头欢呼吓坏了。他在忐忑不安中被告知，一个当选的典型必须在耳语城正中央的僧侣广场上披露梦呓一百至一百五十年。"温情脉脉的耳语城人呀。"他哆嗦道。

信是待燃的疯狂的柴堆。

围着他的是一群巨型侏儒。因为他们太想成为巨人了，耳语城专门用来仲裁父子纠纷的亚逻辑事务所恩准他们为小巨人。"耳语城唯一不受惩罚的事情就是胡说八道。笨蛋，笨蛋。真是耳语城的耻辱。"

信是情感亡灵的一次薄奠。

往事的追忆使女僧侣显得凄恻而优美，"我们到'锯木作坊'去吧。"

信使看见致意者在"锯木作坊"外的香樟树林里抽着卷烟。"我每周都要抽空上这儿来。"我们一块在浮动着苦香的香樟树林里徜徉，等候进入拥挤不堪的"锯木作坊"。

在耳语城"锯木作坊"就是庙宇及寺院的同义词，人们上这儿来领取尊严木片以慰憔悴之心。这些香喷喷的木片刚从一整块布满年轮的圆木截面上锯下。这可是免费的。耳语城人亲切地管它叫作：吱吱叫的尊严的源泉。

信是内心的一次例行独白。

"偷情者！"女僧侣散发着肉欲的嗓音浮过香樟树耳垂般的绿色叶瓣向致意者弥漫过来。

这树林深处的场景无疑将成为信使之旅最为色情的篇章，它无可避免地为谨小慎微的信使毫不含糊地略去。信使将从另一侧面涉及芬芳的时刻或者肌肤的触觉或者云雨之后隐隐闪现的意念之星。

信是一次悖理的复活。

正午的阳光之下，在我难以自圆其说的冬日偶然的户外暖意中，《我的宫廷生活》的不容非议的作者口含木片，一脸尊严，脚尖朝外，以四方步稳稳踱来。

"泥土是松软的。"他说道。羞红的脸孔流露出返转阳世的轻微激动。

"在那里！"我猜想他指的是阴曹地府。

"在那里！"他用叠句渲染气氛。

"在那里，爸爸的，耳语城人一个也没看见，在那里。"他继续用叠句咏叹。

他指的究竟是哪里？哪里？哪里？除了用与叠句相同的方式追问一个死而复生的人，信使很难设想存在着一条抑或一条以上的捷径。永无止境的行走并不能保证信使洞察生命世界以外的往返途径。

"我真是爸爸的背运透了。那地方节日挨着节日，连换气的机会也找不到。诞辰，忌日，命名日，纪念日，周年，百周年，千周年，万周年，甚至还有休息纪念日，一年三百六十五天，没个清静的时候。爸爸的，我跑回来了，我是回来度假的。我要像个人那样休息！"这个鬼魂大口大口地吸着新鲜空气。我估计是"锯木作坊"里太闷的缘故。

不一会儿，他丰腴的面颊已涨到橘红，用不了多久，他就能再度胜任情人的角色了。

信使回过头去，女僧侣的目光在树林间炯炯闪烁。"你是一具发光的骷髅。"她愤愤地说。

信是夫妇间对等守护的秘密。

信使和信的距离，就是外部世界和瞬间思绪的距离，就是无所不在和恍惚逗留的距离。信使是信的任性的奴仆。

信是信使的一次并不存在的任意放纵。

"我是你唯一情真意切的情人。不瞒你说，我在那里得知你在向一个过路人谈论你的草垛上的恋情，而你以深切的思眷回忆的那个最令人销魂的情人竟不是我，这真是太不人道啦。"说到此，这个鬼魂咽了口唾沫。"难道你竟把我们俩在书斋中那非常适宜描写的抱吻忘得一干二净了！"

"哪个书斋？那个遥远的宫廷中的书斋么？"女僧侣反唇相讥。

"爸爸的！正是。"

"我们在铺天盖地的醒世恒言中碌碌无为地生活，庸而不俗地创造着耳语城无比悠久的历史。在我们的耀眼得致使我们看不太清的远古岁月里，耳语城清心寡欲的先哲们先是任意捣毁了仅有的几座尚在众人臆想中的玫瑰园，然后，先哲们精心挑选了一个秋高气爽的日子，以吮吸天穹的姿势仰望自然的高处，渴慕内心的拯救来自宇宙深处的某一个修和而光滑的理性的圣地。即使我们听不清灵性的急切而不可企及的私语，我们或可能够窥见圣地风景的若干世俗的段落。自古以来，耳语城那些为朴素的睿智折磨而死的圣贤终身抱有此等可笑的愿望。"致意者目睹越过生与死的羁绊偎依而去的情人，不禁黯然神伤。

信是无休止的情爱颂歌。

信使在一面渐渐陷进泥土的颓败的城墙上小憩。趋于清冷的黄昏时分的日照正与闲置在街角的茅草作每日例行的无声的告别。晚风播送着它额外的赠予。我看见，致意者正拢着双手和驿道上那些匆匆赶路的骡马眉目传情。

"张王氏……"

"李赵氏……"

"周氏……"

"秦氏……"

他用带拖腔的颤音表达他的晚间情感。

"你在叫谁？"

"那些畜生。"他的回答一下转向干瘪以至于石冷。说罢，踩着那些沉默的乱石块一蹦一颠地走去。

在耳语城的一隅，时下正是风筝的黄昏。

风筝。耳语城人又管它叫纸鸟，布蝶，竹鹰。这是在大地上行走的人们和不可企及的云天联系的唯一方式，并且完全是一种超越尘世纷争的为虚无的美感所充盈的方式。

放风筝是耳语城人的黄昏娱乐，就跟晨间刷牙一样稀松平常。

一曲五声音阶的牧歌在执着的垂暮中为手持风筝的人们的迎风奔跑做着辽阔的背景伴奏。这单调的哼唱犹如仁慈的心灵在迅疾的默读间偶尔掺杂的游移的舌误，这纷忙的田野上洋溢着略带佶屈的和谐。

　　信是信念旷野中一次慢慢展开的残忍。

　　那些面容枯槁的僧侣成群结队在我视野的地平线上走过，他们柔弱无助的哀歌般的神情一如信使在命运的恩准下卷入的一次身不由己的行走。他们像神之子般在夕阳遥远飘摇的余晖中满怀对草木风光的景仰，手引棉线，牵着五彩缤纷的物质的玩具做着祭礼般的意念的游戏。

　　信是无视神意的一次对谜的奢侈的谒见。

　　温厚的睡莲衣裙翩然，在款步中引一只灵巧的彩蝶与无定的风向作魔幻般的纠缠和情人承诺般的温存。这平和的原野断无半点灵怪的踪迹，纯朴的民风在耳语城随处可见，那种充满脂粉气的传奇早已与变态的公案一同埋进岁月的深处，三三两两的游人在纯洁无瑕的暮色中做着日趋没落的嬉戏。

　　女僧侣打我跟前掠过，向我展开她的手掌："我们是六指人。"

　　信使看见他们确实是一些梳理晚风的能手。在我未来的记忆中，耳语城的生活细节的含义将是含混的。它们远离扼要的象征和特指的隐喻，仅以瞬间的呈现勾画光滑无比的时空魔镜上微暗的疵点。

　　信是对破败的一次不求甚解的钟爱。

　　天高云淡。我为入夜后剪灭僧侣们幽暗的烛火的冲动所驱使，尾随着致意者折入弥漫着药丸气味的僧侣集市。

　　"你们。是迟到者吗？"一个少年僧侣拦住我们的去路。

　　"不，我来找一个人。"我上前作答。

　　"现在，你找不到任何人，所有的人都给神话中的人物送葬去了。他们要到午夜之后启明星出现之前方能返回。"

"能让我去看看么？或许，我会碰见我要找的那个人。"

"好吧。"他无可奈何地说，"我还从来不知道，活人是那么固执。你沿着这些互相关联、彼此相像的街道去找吧。也许，你能赶上他们。"

"他们是朝哪个方向走的？"

"四面八方。"

信使从现实远方赶来。从那无从详尽转述的时光的某一刻出发。此刻，初始的印象已从远处走向我记忆的近端。所有在我之前的行走已和我的行走涓流般汇成一体。

我的语焉不详的叙述已在禁果前亚当式的乞食者的凝视之下和所述的耳语城的游历悄然分手。

信是叙述者以叙述向所述事物的剥离。

傍晚的微风吹临了这些陶醉于神话的偶像崇拜者。他们在我的四周梦游般地四处走动。他们以乞食者的哀怜之情博取人们的惠顾。他们以刽子手的无动于衷成为死亡之晨的更夫。

信是假面舞会上对陌生舞伴的一次徒劳的自我引见。

执行仪仗的六指人或拖刀而走，展示风度，或胡乱放枪，以此取乐。他们射击沿墙狭窄窗棂上随风垂荡的纸糊的洋红色饰物，然后忽地转身长吁短叹追赶着踩踏大家闺秀小家碧玉良家妇女诸如此类灵小或宽肥的鞋后跟，接着放枪打她们衬裙的花边，他们爱闻棉布绸缎发出的焦味。"嗅！嗅！嗅！"六指人公羊般满世界乱奔，他们充满情欲的身形皮影般简捷而隐晦。

"多么别致的狂欢。多么慈爱的放纵。神话中的死者有福了。他们得知耳语城人在葬礼中还能如此调笑移情，真要为没能投胎尘世而追悔莫及。"致意者在街角当下站住抒情。

"真是热闹。真是风光。"以我如此无知，也能情动于衷，可见僧侣集市果然不同凡响。

六指人是一些把玩季节的轻佻之客，他们以狱卒的矜持的麻木勉励自己度过嬗替不止的懒洋洋的春天，昏昏欲睡的夏天，乱梦般的秋天，蛰伏般睡死过去的冬天。他们以静止的升华模拟殉难的绮丽造型。他们以卑琐的玩笑回溯质朴的情感。他们在葬仪开始之前的神态兼有脸谱的癫狂和面具的恐怖。

"他们害怕仪式吗？他们不是擅于此道吗？"

"六指人不是没有牺牲精神，只不过这不是勇士的牺牲，而是狱卒的牺牲，他们与囚犯分享牢狱，但并不与囚犯分担罪恶。"致意者为葬仪前仓皇行走的六指人辩护，"他们的悲剧是狱卒的悲剧，置身其中又游离之外。"

信是陶醉于晚秋忧郁的同胞絮语。

"难道击鼓鸣枪也算得上牺牲？"耳语城人真是小题大做。

"难道还有什么事情比目睹悼念的旗帜缓缓地升起更令人心醉？"

"怎么可以将内心虚幻的放纵解释为牺牲？"

"难道情感解体时的愁苦和惨痛较之墓茔旁的挽歌不是同样狞厉不已吗？"

"哀悼应当沉痛而平静，而不是像六指人那样吵吵嚷嚷的。"信使瞧见女僧侣和她已故的情侣也夹杂在众人之中，不由对葬礼的纯洁程度深感怀疑。

"他们这是在活血运气，求丹田之韵，接下来就要沿墙书写挽联了。"

"在我看来，这些事情早该预备妥当，这简直像杂耍的节日。"

六指人仗着他们超人的腕力走笔如飞，不论笔势灵动或古拙，个个蕴蓄着超越哀挽之上的抽象之美。僧侣们写得来劲，忘情得宽衣解带，捶胸顿足以至于抱作一团，以十二指并行狂书。

信使似乎眼力不济，即使凑到跟前，依然不得要领。挽联充满尘世之俗媚，似乎是对死亡之痛的中和。

"爸爸的，爸爸的。"僧侣不断地念叨着。

我站在一旁，就如站在就人类想象而言并不存在的宇宙的旁边。信使与其素不相识的人的感情上的具体关系形同雾状。信使与他人以概念维持着可怜的观念的联系。

信是从未知的角度观察未知的状态。

我在周围世界的兴高采烈之中逐渐领悟到：信使所寻找的并不是一个确定的收信者，信使只有通过寻找使之逐渐确定。我有可能在耳语城的长着六个指头的僧侣中间获得肯定的答案吗？倘若答案是否定的，那么，我有能力驱使另外的陈述来替换耳语城令信使困惑的芸芸众生吗？假使答案依然是否定的，信使还有勇气在否定中继续前行吗？

如果漫步本身就是目的，那么，我只有将行走视为无目的的漫步了。

僧侣们虽然缺乏营养但毕竟富有教养。跑马占荒式的喧哗过去之后，号叫与骚动为葬礼之初景仰的默想所取代。

信使与致意者紧挨着挤在持枪的六指人中间。女僧侣则在一处藤荫遮掩的窗台下与她有争议的最佳情人相互吮吸舌苔上的唾沫消磨难挨的静默。

"你对亲昵的举动竟然如此无动于衷。"致意者就势将他纤弱的手搭到我的肩上。我无需借助任何光线来洞察他此举的含义，致意者白皙的手上分明伸展出六个指头。在那矮小的拇指旁岔出的第六指鬼神般朝人世探头探脑。

"凶暴之徒。相书上这么说的。"见我入迷地注意手指家族的异端，他威胁似的为他和他同类的肌体的奇异造型进行阐释。

致意者的身子在向我渐渐地靠近中已经透出依偎的意思来了。"不近女色，酷爱男风。"不知道相书上有没有这条。

致意者的嗓音开始混浊，开始颤抖。伴随着他略带控制的呻吟，信使听取了一个为虚荣和痛苦所困扰的虚情假意者的感情历程。

六指人是一些细皮嫩肉而又表情呆板的多愁善感者，他们通常眼睛狭长而鼻子粗宽，这使他们纵使满腹柔情也难于形之于色。他们一般多出于豪门，俗称大户人家。他们打小就与文房四宝结下不解之缘。他们幼时的恶作剧多有三至七言的韵文作注。他们倜傥的少年时代则以荒唐与风流的扩写纳入对仗工整的律诗。他们成年后的短暂而风雅的私情则由行文铿锵的散曲所表现。他们无以言告的不朽夙愿则为典雅的骈文所收藏。他们弥留之际的辞世之愿则是在道旁的坟头上有一方上好的青石有一笔遒劲的好字。

六指人的鼎盛时代早已熏染上了古籍的墨香，往事的神秘早已为代代相袭的传诵折腾得失却了任何值得记取的诗意，寓居陋室的六指人只能以清淡的寒风滋润他们皲裂的皮肤。

令人感怀的是，他们毕竟来源于一个家学渊源的整体，他们至少可以蚍蜉一撼震醒他们的千古睡思，他们至少得以戏文中丑角拖长腔调许出他们的百年之愿。

信是一次酒中自刎。

"你挠痒了我，蠢货。"我消受不了这类肉麻的接触，在死气沉沉的送葬的行列里无异于亵渎地喊叫起来。

六指人以整齐划一的目光来制止我。"你们不要这样，我是信使。"我不禁无措到裆里发虚。

他们的目光犹如僧侣的细软，它以伤春的痴情和怀古的怨愤交织而成，充满斜阳式的若明若暗的悱恻。他们是无象之象的史册。

哀思已由默想遣送到尘世之外的福祉逍遥去了，致意者在他的恩恩爱爱的故事荒原上燕口拾泥般点水而行。

送葬的行列过去了，街上阒无一人。从建筑物隙缝间吹来的劲风打着旋在空荡荡的街道间与枯枝败叶寻欢作乐，它们在墙根和道口带动起行人抛弃的废纸或果皮，迅疾地转几个舞步式的圆圈，便弃如敝屣似的舍之而去，再与沟沿或门角那些油腻的蹲伏者亲热一番，即刻钻入附近的过道或回廊无影无踪。

六指人的思绪生来以一种谦卑的姿态低俯潜行，他们暧昧的屋檐往事在黑瓦白墙间与蝼蚁之路并行不悖，他们在窖底资历深厚的米酒之畔攫取酸腐而深不可测的玄妙城府，并以枯井之侧的暗哑空寂充作问天之声，他们在槐榕之底的盘根错节间假侠肠行问罪之师，他们在坎坷的沟渠之巅作展望平川之状。

"总之，我们如沙似水般拥作一团。"致意者似乎在重温六指人的某些伦常准则。

他们所推崇备至的是列子乘风之勇，他们所鄙夷菲薄的是泥走刀锋之趣，他们来自于海上的鱼人之国，他们为他们的岛上的祖先哭泣至今。

"你这是为谁守身如玉？"

"我是个平足、宽臀、龋齿的信使。"我才不管六指人的海岛是否被泪水所淹没了呢。我推开了他。

信是一次摇篮般的方舟之旅。

信使所热情思慕的是一位语义隽永的追随者，她必须有胆量像进入一个错误那样进入我的无节制的胡思乱想。她必须把未竟的旅程视作逃避之路，在无数重复到来之前，领悟最初的茫然无措，而此刻朝我走来的女僧侣刚好兼有断线般的慈母之泪和游子般的思乡之情，她在恋情的一厢走向我情欲的侧翼。

"我对匆匆赶路的人从来具有好感，他们那一闪而过的迟疑的模样，着实招人疼爱。"

"我对路遇者同样素来怀有好感，他们那一闪而过的坚定的神情，着实令人费解。"

信使和女僧侣在隆隆作响的礼炮声中，进行无益而谨慎的交谈。

这些乌有乡的不朽者的葬仪自有他伟大的繁琐之处，火焰和颂歌同时点燃，知觉在令人晕眩的光芒之中从麻木的绝望走向净化了的空虚。红色的皮肤在恢宏的脉动催促之下种马般骚动不已，时间和方向在瞬间为欲念之流的涌动所坼裂，南方的哀痛在平坦的土壤上空久聚不散，六指人开始向神话中的人物伸出他们异化的手指。

在某些必要的省略之后，我们在不死鸟的栖息之地摸索着向对方伸出手去，诗意的描述在史记之初就被细心的默想者分行编入蝉翼般的宣纸，在洪峰到来之前的片刻宁静中，生命媾和的幻象历历在目。冲动的沉沦由西向东演化成沉沦的冲动，意念在世代相传的风俗的深处造爱，世袭的婢女在参天古树的枝杈上悬挂她们愤怒的心愿，思辨的华盖上结满了仅供鼓眼蜘蛛爬行的甜腻的网络，风格的小腹上站满了披荆斩棘的探险者，他们纤弱的骨架在互相抚摸之中格格作响。籍贯使他们告老还乡，方言使他们钳口不语。在一本糜烂的黄历的点划之间他们找到了落叶归根般命中注定的良辰吉日。

呵。幸福。

葬礼的长度令信使无法保持矜持的形象，在我看来，耳语城可以用它的恶习征服所有的信使。

"我累了。"信使几乎是在哀求女僧侣。

"谁都别想在道旁得到喘息的机会，更何况葬礼马上就要进入欢乐的部分了，你应该挺住。"

"在葬礼上怎么个欢乐法？"

"你可以和你钟爱的死者对舞，这可是难得一遇的好机会。你要预先在心里想好你的舞伴，免得到时忙中出错。"

信使不知道死者里都有谁，更何况我也没有翩然起舞的兴致。"我在一旁看看得了，兴许我还能瞧见我要找的人。"

"不可能。死者里除医生和士兵没有第三种人，而他们除了给人治病和自己得病外，从来不干别的事情。"

我透过女僧侣预言式的陈述，目睹信使所无法摆脱的名词的偏见和术语的傲慢，在六指人谱写出的一大堆出色的音乐伴奏下翩翩起舞。

信是一次警告：躯体应当休息。

信使每前进一步，都有新映入眼帘的事实告诉我，生活已以我一无所知的方式存在过了。信使设想：世界是以已知和未知并存的。在我的阅历和智慧之外活动着一个广大而神秘的世界，它们并没有在焦急地等待我去接近它们，它们只是在我的焦急的意识之外等待它们自身的命运，我不可能同时整个儿地跟它们擦肩而过。

信是能够重复张贴的无句读的标语。

我对令人艳羡的舞步，素来缺乏记忆。信使的双脚因刻意的行走而被规范至循规蹈矩的一往直前，致使将略加变幻的迂回摸进视作内心图案的晦涩的翻版。伴舞的曲子过后，在我的视线里旋转的足迹已构成了一处冰冷的迷宫。

这类穿插在葬礼间的为声色所左右的艺术活动在女僧侣对信使的痛心疾首的指摘下于我沉重的臆想间消弭得杳无踪迹。

女僧侣在她昔日情人的朗声呼唤之下弃我而去。她那水墨般溶解于苍白街景的背景似乎在说，我是那种有滋有味的过日常生活的女人，不是那种有魅力但让人难以察觉诱惑的女人。

他们结伴而行的身影似乎是末日的重奏。

信永远是过去时态的文献。

"他就在那地方。"女僧侣在拐过街角的瞬间说道。

她所说的他指谁？那地方又是哪里？没有人知道，信使也不知道。我放弃了追上前去问个明白的企图。

这一有些微耳语、些微纯静的景象令我热泪盈眶，在所有昼与夜的晴朗和阴晦之中行走的人们，你们以审美的方式永生在信使的耳闻目睹之中。

我错过了唯一的机会，我想今后不会再有谁告诉信使：某人在某处。

信是一道仅供猜测的命题。

我不知道神话中的人物是否会在尘世的仪式中以凡人所设想的非凡的方式向天庭做一次金光闪闪的升华。

这个由六指人、各色僧侣（说不准还有善良的跛脚和和蔼的罗锅）勤勉营造的耳语城确实是演奏人间神曲的天择之地。

信是神话的封口。

我们打开信，就是和他人一道共同打开逝去的故事。信的撰写者是故事中的一个角色，而收信人是另一个角色。信使是情节，是悬念，是局外人，是为超我驱使的浪子，是人们所熟悉的那个陌生人。

现在，就是那个被我们称为夜晚的时刻。傍晚之前的白天跑到此夜的身后等候下一次的替换。有人从暗中朝我走来。

"你是谁？"他像一个操演巫术以至隐身不见的道人在暗中发问。

"从来没人这样问我。"

"为什么？"他的低沉的嗓音向我逼近，而依然不见其人影。

"这是不言而喻的。"我迅速地回顾了一下我的身世，诧异地发现，在如此梦吃般的催问下，一个有自恋倾向的信使，同时不是他自己。我是我之外的任何人。

"不可能。世间只有一个人是不言而喻的，那就是我。"

"那么，你是谁？"我仍然看不见这声音出自何处。

"神话中的死者。"

"你生前是干什么的？"我想据此来推断这个隐身人的模样。

"我生前就是个死者。我是作为一个死者被耳语城人创造出来编入神话的。"这让我心惊肉跳。

"听你的嗓音，你是个很和气的人，你能让我瞧瞧你的脸么？"我发现我既胆怯又不聪明。

"六指人没有创造我的脸。"

"呵，这真是一个疏忽。凭他们的六个指头，本来是可以把脸造得好些的，太可惜了。"

"我这就来告诉你我是谁。"信使看看四下里阒无人迹，忽然放肆起来，"我正在写一本书。你知道什么叫书么？书就是人们用一支笔或者好几支笔在一叠很厚很厚的纸上写呀写，我不说你也明白。《我的宫廷生活》正是这样一本书。这是件叫人头晕眼花手脚冰凉的差事。写完以后，我还得删掉许多因曲折的叙述而容易招致误解的段落。比如，我极为详尽地描绘了赴早朝的丞相怎样忙里偷闲地先到妃子们的窗下闻闻花卉隔夜的幽香。然后，乘若干妃子起身小解之际，消消停停地以散步的节奏从皇帝的后花园蹓跶而出。你可以毫不费力地看出，这段话里漏洞百出。首先，读者很难根据这段文字来认定这个宫廷所处的朝代；其次，显然不曾出任丞相一职的作者究竟是在哪条小径上一睹了月洞门旁探了探身的妃子们的晨间芳容的；再次，丞相何以在一大早就具有此等闲情逸致。这样的文字有悖于我的初衷，理当删去。"

信使怎么能够就一部并不存在的著作侃侃而谈呢？我是想介入什么群体的梦幻吗？看来清醒的自我并不能抑制扯谎的机制。

"不过，既然要写一部书，那么，总有它的道理。基于我对神明、袈裟、蒲扇以及游手好闲的钦慕，我着重撰写了《蟋蟀的郊游》一章，有关蟋蟀的品类以及它们的格调层次我在书中略去不谈，因为那样只能招来专家的非议和外行的厌烦。当然，那无疑会由考证而引来后世的荣耀，但那毕竟太遥远了。我要说的是蟋蟀和一个隐士和一个食客和一个谦卑的智者和一个女里女气的滑头和一个假女人和一场战争的故事。"

信是一次合乎规范的侵略。

"你知道，一个人倘不能谋得一官半职，他难免要舞文弄墨一番。也好以此在耳语城的历史上好歹留下一笔。《我的宫廷生活》的作者也不能免俗。这一章开始的时候，我们读到一条宽广的大道，晴好的天气再加上美好的理想，如果不是在以后的叙述中加入了女性的纷乱这个故事无疑会纯洁得令处女都感到羞愧的。首先出场的是一个英俊的食客，他很潇洒地在寂寞中走了一会儿，就到树荫底下歇息去了。他摊手摊脚地躺倒在泥地上，饥饿是显而易见的。接着出现的是精通哑语、腹语以及眉目传情脚下使绊子背后扔小石子诸等十八般交际手段的老成持重的学者。就那会儿，他还未曾学会使刀子、正宗的国术和澡盆子里脏水呛婴孩，即便如此，还是可以打他满是粉刺的脸上看出此公已得道多时。他在年轻食客的身旁俯下身去。书能写到这种份上全是高手，往下你可以写谋杀，写同性恋，写男人间的情意和父子相认什么的。挨上什么写什么，还可以大费笔墨写了半天啥也不是，这叫闲笔。为了避免因连续出现两个男人还未出现女人而使看官扫了兴，又因为再往下还是没得女人好交代，最好的方法是写动物。这样又会蹦又会跳又会哼哼又会叫的蟋蟀便被引至光亮处，如果我不嫌麻烦我可以写写它的妹子，等等。蟋蟀的媒介也是一种象征，不过，作者夹在行文中的解释多半不可靠，它不是另有所指就是有意卖关子。再往下，隐士出现在作为背景的红太阳之前，既因逆光，又因我眼力不济，隐士浑身闪闪发光而又轮廓模糊，按说这种人最好一直藏在幕后，可又有人说文不厌诈，时下流行将神秘人物推到前台，还曰一倍其神秘云云。其实倒是有一位暂不出场的，那就是女里女气的滑头，此君这会儿正在远方一所书院里用一种在外人看来极玄的手法丈量星星的腰围，就跟他要给她们做条带褶子的裙子似的。最后就是满腹柔情的假女人，只因他长得粗壮且蓄了少许用秃了的牙刷似的胡楂儿则使人大为怀疑他是否有脚气或者狐臭。

"他们先是在树荫底下互相观察五官七窍，然后玩一种圆梦的游戏。就在这当口儿，隐士听到了蟋蟀的鸣叫……

"接下来的一切是从蟋蟀角度写的，你感到乏味了吗？"

"是的。"死者的声音在冥冥之中答道。

幸亏如此，要不然，我都不知道再怎样往下编了。《我的宫廷生活》的真正的作者不是也没有写完它么？看来这是一部难以写完的书。

对话之际，天色微明，为杰出的神话人物所刻意安排的葬礼在僧侣们热热闹闹的渲染之下临近了为避免假正经而陷入的庸俗而杂乱的尾声。

僧侣们紧紧地簇拥在一块，正用合唱的形式哼着一支有那么点缠绵的挽歌。在信使这儿隐隐约约可以听到若断若续的片断歌词。"崇高""无限""极致"，是反复多次出现的，所以听得比较真切。在一个含糊而冗长的"爱"字之后是一连串的唉声叹气。而那些自始至终浑成一片的感叹词"啊"所表达的敬挽之情则是无处不在的。

似乎是为了使人间的声音力达天庭，挽歌以一个震耳欲聋的欢呼结束在一阵稀里哗啦的掌声中。

僧侣们四散开来，要是以为葬礼在这当口儿结束了，那就错了，他们只是挨着墙角和树根喘喘气，好接着开始盛大的游行。

在信使看来，游行最好能有一位桂冠诗人参加，这样才既别致又有趣味，但从六指人懒散的模样来推测，他们可能对这类花哨的点缀不感兴趣。耳语城的葬仪搞得六指人既内向又内疚，他们的面影犹如一帧表现忧伤的版画布满了刀刻的柔和线条。

信使在耳语城的游历并未使我获得浏览所具有的粗略的领悟。这个通向无限未来的疆域似乎是封闭的，但在它的上空仿佛萦绕着圣灵的光圈，这使得它多了一重意味深长的以供索解的隐喻。灵性在此以二维的方式活动着，这些扁平的幻想尚未被编织进有序的故事已开始脱落他们单薄的关节。他们毫无痛觉地闲躺着，奢望着一次三维的骨折。

信使向所有的行人微笑，我感到愉快应当有一种健康的表情。

六指人在他们家乡的土地上满怀朴素的家园感呼来拥去。

信使在茫茫的人海里已很难找见致意者诸人的影子。我想，他们准是因为这些隆重的公益活动而乐不可支。看来，耳语城人具有得天独厚的禀赋，以保证他们将这类虚幻的集会搞得兼有庆典的气派和骚乱的氛围。

信是友情的说明书或者梗概。

号角和笛手过去了，妇女和儿童过去了，走街串巷的民间艺人过去了，著书立说的愿望也过去了，凄苦的岁月和仁慈的心灵也过去了，郁闷的才华和幼稚的遐想也过去了，余下的唯有沉默寡言的死者和单独面对信使之函的我了。

一封信的收信者无疑是存在的。这封信也可能是写给一个信使。也就是说，是写给我的。假设是这样，那么，是什么催促一个信使去投送一封给他自己的信呢？信使能够通过一封给自己的信脱离自己而又通过缥缈地寻找与信一同回到自身吗？如果这封信确实是写给我的，只要我不打开它，而是在行使一个信使的职责，那么，我就不是我自己（那个收信者）那个当信使的人，而是一个真正的信使。而真正的信使就是一个充满种种猜测的过程。倘若信使之函的使命不是结束在一次实际的投送中，而是结束在一个虚拟环境的走投无路的迷惘中，那么，语词的梦幻效应有可能直接嵌入文体所归属的那个理性的领地。那样所有的杜撰都有可能在瞬间对意识较为混沌的那部分产生一次诗意的振荡。

信是人类的生命的另一个首次或者叫作再生。

"喂！"信使听到身后传来一声富有情调的吆喝。那个曾经教导我该朝无数个方向去追赶众僧侣的少年以一种与世无争的闲散在熙熙攘攘的人群中踱步。

"您是在喊我吗？"信使以为这偶然的召唤会陡然改变我的耳语城之旅的走向，就像无数戏剧故事中惯常发生的那样——所有的心灵为之一动。

没有。信使已经不再抱有此类汹涌的内心悬念，与生俱来而又与日俱增的境遇压力下的危机感在古往今来浩如烟海的描述性转述之后无可奈何地演变成了刺激麻痹已久的感官的杀手传说，我的最高使命已成了保持期待。因为少年僧侣喊我并无特殊事由。

"看你惶惑的样子，恐怕还没找着你要找的人吧？"他跟所有上了年纪的六指人一样浑身上下透着那种阅尽沧桑的平淡的自信。

"这无关紧要，对这码事儿我已有了些崭新的想法。"

"不幸啊！"他仍旧如一位长者那样陈腐而迂阔，"新的想法未必能帮你找到你要找的人。它仅仅是一些新的想法而已。"

信使非常恼火，岂能容忍一个乳臭未干的黄口小儿喋喋不休地说三道四。

"新想法能不能帮我找着我要找的人，无关紧要，要紧的是它是一个新想法。"我感到强词夺理很有快感。由此想到长舌妇们是很幸福的。

"既然你已改变了你的初衷，何必还待在耳语城呢，你到这儿不是来送一封信的吗？"少年僧侣尽管神态悠闲，但言词犀利。

"据说，只要你赖在耳语城不走，这地方早晚会像一个虚构的故事那样，在历史和真实的逼问之下化作乌有。"信使想到有一天走在一处遗址上，并追想因为要做的事情太多因而什么都不干，以此过上了超越生活的六指人的点滴旧事不由得非常开心。对这些六合之外、无论方圆的人即便是一封有无穷可能性的信，对他们又有何用呢？

"但无论如何，你是一个信使！"

信是一出由丑角扮演主人公的悲剧。

"你这简直是在逼我，似乎我不做一个信使该做的，就要赶我走。"

"你是误入歧途，并且继续执迷不悟。倘使你找到那个收信的人，你最终还是要离开耳语城。一个人不可能在一个假设之处一直待下去的。"

怎么谁都像名宿先哲那样出言不逊而又强人所难呢？

耳语城是个让信使神魂颠倒的地方，生灵鬼魂交臂而过，奇谈怪论层出不穷，六指人不愧为是些生性诡异变化多端的人物。在他们的步步逼问之下，信使已经退到了现实感觉的尽头。

"迷乱的感觉就要来了。"少年僧侣倏地退向远方我所无法企及之处。在我障碍丛生的视觉中成了一具钢筋铁骨的大神。

"爸爸的……"我忽然想到用六指人的这句口头禅呼救也许灵验。

信使恍惚觉得驿道上挤满了人，他们在观看一个信使在烽火台上像一羽雁翼那样向虚空中垂下、坠落。躯体就如一纸信函那样在一片澄明中飘飘荡荡，听不到任何凡界抑或仙界的声音。

信是一次移动。

信使突然看到了那个收信的人。他不在他们中间。信使对我说。

那人的步态十分奇特，就如一个奔丧的孝子愁眉苦脸地在起伏的波涛前逡巡不前。他继续在信使孤家寡人般的幻觉中来回走动，四下张望，仿佛在思考怎样才能走出信使的幻觉。他不紧不慢的样子有点近似一个仲裁人员。

他让我感到他具有那样多的美德，甚至想到把他形容成德行的源泉也不过分。以至他在幻觉中的光彩一进入现实必定显得过于耀眼，使我视而不见而无力接近他。他在阳光下的影子向神话中的死者重叠过去，信使就像看见少女的目光与她注视爱人的眼睛汇聚在一起，湿润的恋情因此具有埋葬一切的威力。他朝我微笑。信使看见他露出洁白的牙齿，像海浪一样。他鲜红的舌苔和致意者一模一样，带有流浪的苦涩。我看见他流向远方，在冬天的尽头，他的眼帘低垂。从一个孩子的窗口，他的思念飘荡，沉重而且滑翔。海水蔚蓝，那么，大海沿岸的岛屿呢？那些在上的，珍重！第一次听到他的音响便跃起、振翅远去的，如今在某处盘旋。他们知道该忘却什么吗？弥留之际的岛屿。他只是在深处，在蓝色之下，把梦想送回大陆，千年如故，在秋天的道别声中，流传那些被大海遗弃的孤苦。晚安！他对那些闪烁的说，他不再诉说。潮水层层铺展，向天空和岸赠送夜的化石，在他的心潮上掠过音乐的泪珠。珍重，珍重，他把头颅浸在海水中，他说，倘若你想，无论说什么，你说吧！他尝到了那无边的孤寂，但孤寂不是他，他是梦，孤寂是蓝色，他们相互寻求，他要为它而献身，他在悬崖上挂上了他的赠言。留给沉默的石头，作为漫长岁月的慰问，当正午来临，有一道阳光，在他选中它的那一刻，失落他情感的要塞，从南向南送去他的旧式的创伤，让另一种岁月去痊愈他，他需要盐和新的伤口默默地相互守候。大海在一侧清点他的航道，风帆再次转入了他内心的河流。但是，信使看见他脱去了温文尔雅的服装，露出了戏谑的神情，他跳出了庄重的时间的行列，在耳语城的大街上同时扮演僧侣和他们以往的所有的想入非非。并且操着耳语城的方言，给我以警示：

"这一切全是特意为你而做。"

对信使来说，虔诚的行走就是肆意的拂逆，无纪元的夜晚就是亘古如初的白日，遭逢离奇的偶遇就是万劫不复的结局。一部并非别出心裁而杜撰的历史片断就是虚假的文学癔症，而非历史性陈述就是对无法遗忘的荒诞的沉默着的硕大无朋的历史及其阴影的一次不成功的遗忘。

我不知道，是否有一天，信使会成为耳语城的荣誉步行者，在耳语城洁净非凡的街道上，我是否有信心像一粒尘埃那样迈出轻盈的步履而不为神思鼓荡的僧侣所察觉。他们一如既往地沉浸在他们平凡而艰巨的创造中。我一如在别处那样，沿街行走。信使所携带的若非令人惊厥的噩耗那便是同样令人惊厥的喜讯。我不能设想，信使短暂而茫然占有的是一页空无点墨的白纸，一封纯粹的信函，一封抽象的作为概念的信。

在无法意识的行走中，信使的旅程已从无以追忆的黯淡的过去，无可阻拦地流向无从捉摸的耀眼的未来。

我想，信使还是轻轻地退出耳语城，信使预感到有什么灾难就要从天而降。诸如，在一场可供后人凄恻地追述百年之久的地震中被从容地夷为平地，而偏偏使那些极次的建筑师死里逃生，抑或叫一场滔天大水在一夜间使耳语城沦为水中宫殿而又使大量不谙水性的溺水者半死不活。

灾难的样式在信使的想象中如此丰富多彩，魑魅魍魉在其间忙碌不已，真要使我以为信使之函是禀告不幸的一道无人接收的谍报了。

最后是一个欢送场面。僧侣们站在城外的驿道旁齐声对我说：

"你也许，你注意，我们是说，也许，出生在一个措词的墓园，尽管我们不知你为何而来，但你确实是从一个墓园走向另一个墓园。也许，你是误入耳语城，但被你的使命所埋葬是你的唯一结局，我们这样说是因为，我们是因你而设的死者。"

信使想到了上帝和那首著名的歌曲的作者。眼下，他们在什么地方喝酒和做操吧？

"也许！"

我无法逃避信使的结局，便在通往遥远古代的驿道旁，就着如血的残阳挑选了一个企图逃避结局的开端：

"信起源于一次意外的书写。"

仿　佛

　　穴居人就是不死的人，就是沙土混浊的小溪，就
是骑马的人寻找的河流……他们全神贯注，几乎看不
见具体的世界。

——博尔赫斯

　　"你，跟随我吧。"

　　芒芒的祖父在一天中最黑暗的那一刻寿终正寝。他如一名
精通各种民间秘术的占卜者般喃喃自语。他的嘴唇是那样苍白，
他已经无力辨认的晚辈的恳请使他弥留之际的幻觉充满了恶俗
的污秽之气。他眼看着自己顶着盛水的瓦罐，沿着死亡之船的
侧舷朝大海走去……天哪！蓝色。

　　哀痛的日子过去以后，芒芒开始着手整理祖父的遗物。他
将一册夹有若干黑色头发的情书以象征性的低价转给了一个沿
街收破烂的男人，他另将一只刻有外文字母 a 的沙漏送给了他
二十岁之前的第一位相好。他祖父生前最为钟爱的一套烟具，
则由芒芒悄悄地卖给了邻里中一位不知名的烟具收藏家。余下
的那些长袍马褂被芒芒扔在后院堆着的破旧杂物之中，"让它们

全烂掉，"芒芒最后看了一眼祖父的这个齐整的院子，"将来我要种些玫瑰。"他带着祖父遗下的一册家谱和一袋铜币外出浪游去了。他把榆树枝编成的柴门远远地拉在身后。玫瑰。他念叨着。

"你的姓名？"

芒芒穿过一个由恶狗看护的盐庄，一个人声鼎沸的假货集市，像一个幼儿从管束他的学校来到了就他所知世界上最大的城市。他沿着城墙步行了两个小时，依然没有找着供人出入的门洞，面前这个眉清目秀的男子已经是他遇见的第二个盘问者了。

"阿芒。"

他看见一溜老鼠混杂在一群神情疲惫的幼猫之中，顺着凹凸不平的城墙鱼贯而下。

"现在是秋季么？"

"是又怎么样？"

"不是说只有秋季才能入城么？"

"是谁说的？"

"一个过路人。"

"他的姓名？"

"我忘了问他了。"

这个盘问他的年轻男子用他那锐利的目光盯了阿芒一会儿。"你要是再遇见他，可别忘了。"

"好吧。"阿芒有点绝望地答应了。他知道他对任何人都没有记忆。

"我可以问一下你是谁吗？"

"我的姓名是时令鲜花。"

阿芒在两小时之内碰到的另一位盘问者叫夏季藤萝。他同样给了阿芒一些富有暗示意味的忠告，譬如时下城内正盛行烛光裸体操，这一由口令伴奏的私下娱乐，很快就将予以取缔，否则城里人在极短的时间内就将丧失绝对辨音力，沦落到对美妙音乐无动于衷的痴呆地步。又如体温调节医院刚开设了秋季门诊，并捎带出售冬季被褥，等等。

时近黄昏，阿芒摆脱了鲜花的冷酷纠缠，终于凑到了入城售票处又高又窄的小窗口前。在通报了姓名、籍贯、职业以及过失记录之后，售票处的女职员又问了几个纯属个人嗜好方面的问题。其中的一个是，你喜欢吃很咸的食物吗？阿芒的回答是：口重。

女职员从狭窄的小窗口内顽强地探出脑袋来，表示赞许：我也是。

阿芒不由得打消了那两个盘问者给他带来的烦恼。女职员的善意令他愉快和兴奋，并勾起了他攀谈的兴致。

"我最推崇的是臭咸鱼和冷猪油，太太，您呢？"

女职员顿时怒火万丈，将她的那张老脸打窗口缩了回去。"我是个处女！"少顷，又伸出头来补充道，"我也推崇冷猪油。"售票处的窄门在老处女的一片嘤嘤的啜泣声中掩上了。

阿芒明白，今夜入城无望了。他感到自己犹如一只悒郁的幼年飞蛾吸伏在傍晚时分清凉的墙壁上喘息着。我的祖父死在五千公里之外。他对自己说。我离这个爱幻想的老头是多么遥远啊！他是个天真的老汉。他和祖母做爱时的模样是那么笨拙。他多像一只饮水的单峰骆驼呀。他忧伤地回忆着祖父的音容笑貌，仔细地回味他的言谈举止。他与祖母离异时的凄楚神态，至今令阿芒伤感不已。

暝色四合，夜风温柔。入城的人群仍然络绎不绝。阿芒的众多的至爱亲朋就隐身于这川流般的芸芸众生之中。他们在阿芒初谙世事之前就陆续离开了祖父和阿芒，他们把这一老一少看作稚嫩的苟活者，他们卷走了祖父的大量不值钱的饰物和一些贵重的赌具，他们操着浓重的乡音混杂在难以辨认性别的大批盗墓者之中涌进城里，他们曾唤人捎信给祖父和阿芒，说他们在异乡过上了闲适可人的好日子。他们的奢侈之一就是瘫软在夏夜的啤酒泡沫里，以伸展的四肢象征尽情欢娱之后的倦怠。

祖父的纯洁的心灵，不断地为这骇世惊俗的消息所困扰，终于迷惘得难以自拔，身体也变得越来越虚弱，昼夜喘气不止。而阿芒则凭着少年的聪颖一下子领悟到他将要面临的境遇。他开始变得出奇地镇静，他每天跑到一个独眼小贩那儿去买沾着露珠的杞子草，再到左边一处年代久远的磨房外的草丛里选一株伞型菌。他将这两样东西再配以从后院植被中取出的腐水，加上一只飞蚊的羽翅。他严格按照上了年纪的人的说法，让祖父强忍着恶浊之气吞下它们。"琼浆玉液。"阿芒对祖父说。"安乐死。"他这样宽慰自己。

阿芒知道自己对祖父的死负有不可推卸的责任，但他没有因此而感到良心上有什么不安，反而暗自为此惊喜不已。这是阿芒有生以来肩负的第一个责任。在祖父过世后典当遗物的整个过程中，每当一件文具或几帧小照出手完事，阿芒就在内心里喜得一惊一乍的，他感到自己热爱上了生离死别这类事情。他希望乏味的生活每日或者至少隔日能有一个变化，他甚至对雨中在天空滚动的雷声也寄托了朴素的期望。"我亲爱的祖父，"他念叨着，"我卖完了你的东西，就去找大家。"

在阿芒离开家乡的前一日，他去祖父的墓地转了转。自从祖父下葬后，他从没来过这儿。"我对死人没兴趣，你有么？"他对任何一个问他这一问题的人说，声音中洋溢着一种解放感。"命归黄泉，这是免不了的。"他这么想着，在傍晚的城墙外晃来晃去。就像一个真正的流氓。

就在阿芒放任自己的臆想沉溺于支离破碎的旧日故事的当口，晚霞中来了一位携带着一大群羽色不一的雄性鸽子游历归来的中年男子。

这男子，鬓发全无，面有菜色却又神采飞扬，他一身素净的打扮，在脚下那些咕咕乱叫的鸽子的簇拥下，一步三摇，朝阿芒慢慢踱来。他如在水上，轻盈飘逸，没有丝毫尘土的气息。

"少年！你就是阿芒么？"

"我想，我死去的祖父不会反对我叫阿芒。"

"那么说，日前我在野外荒地里所做的梦，完全应验了。"养鸽者在墙边顺势坐下。他似乎不急于进城。

几只红眼雄鸽呼扇了一下翅膀，便站到了他的肩上。它们轻啄着主人的布衫，在主人多毛的手臂上来回走动。

"阿芒，你知道么，我是你的父亲。"

"是么？可祖父生前一直对我说，你一直在躲着我，就像饿狗躲着腐肉那样不自然。你现在来找我有什么事么？"

"你真不愧是祖父的孙子。我们家的人都擅长比喻，我来找你只不过想验证一下我昨日的梦魇。"

说完，养鸽者便在暗夜里闭上双目，沉醉到自己的梦幻沼泽中去了。阿芒的辩白全像催眠者口中吐出的话语，令这位自封的父亲向内心越陷越深。

"……在你来到之前，"雄鸽们像一阵混沌的脏雪飞到他微敞的胸际，然后又自由地坠落下来。"在你来到之前，那位演唱悲歌的伶人已经离开。他说，诗人有两件事可做，流浪和回忆。他在日出前与我辞别，他朝远处走去。我看见他的背影和未来的遭遇。我和他交换了有关幸福的渴望，在芦苇的一侧口含水芥。他随风而去，睡着了一般。在风的宫殿里，他闭目侧卧，他在睡梦中倾听良知那司晨的呢语……他已离去，而我将在秋季的风笛声中死去，安详得如同假日里的一次午后小憩……你可以找到我的住所……阿芒……流浪和回忆……"

现在，对阿芒来说是一个崭新的时刻，他住在亲戚家的一间不小的顶楼里。房间的天花板上糊着一些好看的图样，并无什么意思。四周全开着窗户，好使日光在白天中的每一时刻都能便利地进入房间。屋子里有一股女人的气息。阿芒以为准有一位固执的女人在这里花了一生的时间写过一本记录气味的书。还有一种可能就是从前是女人用来更衣的地方。一个年轻男子有沉醉于其中的可能。

"你喜欢这儿吗？"领他上楼的这位女子，年龄与阿芒相仿，浑身散发着一种清澈的气息。

"你不忙急着下楼，"阿芒在窗前拉住她，"你除了替我拉开窗帘，平时还做什么呢？"

"我一直在等你来。"她轻轻一下就推开了阿芒毫无经验的手臂。

"你能告诉我，你是谁吗？"阿芒径直跟到门边。

"你。"

门被她轻轻带上了。

阿芒在顶楼里住了许多年，他的简要的经历是这样的。

最初，他通过四扇窗户观察周围的世界，小心记下子夜的风声和午时的水音。过了一段不太明显的时间，阿芒开始做一种远眺游戏，他管这叫作视力的柔韧体操。他记录了一些星象的异常变化以及若干不明飞行物的踪迹。他还给远处山脉的轮廓描绘了一张五彩的精细图例。最后，在他的不断的疲惫的启示之下，他转向了在女人堆里的永远无法穷尽的浪漫经历。

一个初秋的傍晚，阿芒在窗前的夕阳中翻阅陶列的《米酒之乡》。这是一部探险小说，描写一群土著的一次喜剧性的迁徙游戏。小说是从对一只仙人掌的描写开始的。

阿芒读得很入神，当天色若明若暗的时候，那个叫"你"的女子上楼来敲过一次门。

阿芒没听见。一位土人对一头羚羊说，你走在头里，我随后就来。阿芒顾不上吃晚饭，他为欣喜的阅读所驱使，紧跟其后，到西域的镜子湖去了。洗澡的仙子们正在湖畔更衣，她们的沐浴马上就要开始。阿芒感到绸子做的窗帘在他的面颊上拂过。晚霞中的风，他想。

所有的窗子全都打开着，陶列的著作《米酒之乡》也打开着。微风吹动它翻了一页，远远地看不清字迹，想是阿芒已经身陷囹圄，不知其返了。

房间里有阿芒遗下的一袋铜币以及一册家谱。

"他一定是馋了。"

阿芒犹豫了一下，人们也许会这样认为：这是一个贪吃的家伙。

他让这一刻重演了一次，以期发现背后的真实含义。

阿芒被这本题为《米酒之乡》的著作完全迷住了。他花了整整一个夏天的时间在顶楼上潜心研读这部古板的著作。到了秋季，情侣们纷纷簇拥着涌向街头巷尾，做晚饭后的随意漫步时，阿芒已经完全彻底地不能自拔了。

阿芒叫书中那些驾着古老的舟楫在米酒之乡的浅湾里终身作着浪漫游历的童男们感动得五体投地，他们豪饮时吟唱的那些缺乏变化的歌谣，他们相互祝酒时那种粗俗而随意地插科打诨的能力，全叫阿芒迷恋得如痴如醉，犹如他花了一个秋天读的不是一本书，而是装订成册的、飘着异香的酒精。

这本在顶楼的樟木书柜里放了很久的书确实弥漫着一股香气，能够让耽于冥想的阿芒沉醉其中，乐而忘返。

这一个秋天，这一个令人难以忘怀的从头至尾充满着痴迷的苦读的秋天，永远不会再来。

阿芒用他那纤弱的手掌推开紧闭了整个酷暑的窗户，他想让略带凉意的秋风吹醒他，让他重新真实地感受这个顶楼上的一切。这些杂乱无章地堆在一块的书籍，这些有余晖映照的窗棂，这些叫人践踏过许多年依然有着清晰纹路的柳木地板，以及这扇紧闭了一个秋天的木门。

秋季的晚风捎带着浮想般的温存吹临阿芒的额头。这是我的最后一秋。阿芒想。我不打算再挨过这个秋天。我要试着进入米酒之乡。我不打算让四季的交替再来烦我。我将学会喝酒和陶醉。

当阿芒没日没夜地忙于跟书本交流异想时，城市里的生活已经发生了很大的变更。长裤党和短裤党关于夏季时装的讨论早已成为历史，这些极富变通能力的时装设计家通过一个夏天的口干舌燥的辩论，终于互相友好地屈服合伙成立了秋季中裤党。接下来论题是：在充满爱和情感的秋季穿中裤的人们配什么样式的袜子最合适。

阿芒不知道这些，当然，他也未必会光着身子朝文字世界逃遁，他不理会这些事情，他正忙着在那堆旧书里挑选随身携带的读物，他是个聪明的小伙子，他不打算一直待在米酒之乡。阿芒琢磨着一有机会便弃它而去。

天色很快就要黑下来了，在一片游移不定的混沌之中，阿芒看到这样一些书名：《打捞水中的想象》《有树的城市》《停车十分钟》《你将读到的历史》。

阿芒匆忙地将它们放在一块儿，用几米棉线来回缠紧。

这时，楼梯上响起了噔噔噔噔的脚步声，接着是嘭嘭嘭嘭的敲门声。

"外面是谁？"阿芒谨慎地问道。

"你！"

"你是来送晚饭的吗？"

"是的。"

"好吧，请你端回去吧，我要去别处旅行。"

在夜色的掩护之下潜入米酒之乡，这一选择，阿芒是严肃考虑了很久的。他知道自己不是个为声色所左右的肉食之徒，并不存在于放浪形骸时在女人的怀抱里烂醉如泥直至魂归西天的颓废行径。他认定自己还是个纯洁无比的少年。米酒之乡使阿芒魂牵梦绕，完全是阿芒那特殊的阅读方式所致。

现在回想起来，阿芒的祖父无疑是个地道的老天真，当全家人神魂颠倒为一句咒语所驱使倾巢而出时，唯有他在花园里的竹椅子上端坐不动。小孩子们在他们母亲的声嘶力竭的吆喝声中，逃命般地蜂拥而去，就在这当口，祖父一伸手，拉住了阿芒。这是奇异的一刻，一种类似凝神屏息的感觉抓住了他，就在这一瞬间，他们感到是那么地心心相印。"我将陪伴你，老头。"花园有如为月光所清洗，笼罩着一重黯淡的光辉。这是人们交媾和百般温存的时刻。"草木花卉将有一个世纪不再生长。"祖父和蔼地端详着孙子。

阿芒对正在发生的一切心领神会。他曾被告知，当他降临到尘世的那一年里，街上满是跳神的巫婆，她们全由胸脯丰满的妙龄少女扮演，这些过早成熟的女子全是精通房事的青楼户主，她们独当一面左右了这一带的繁荣，尽管因着世事纷争的逐渐平息，她们全都销声匿迹。但她们的气息依然充盈在街道的上空。阿芒在这样的空气中长大成人，他自然而然地承袭了花前月下的优柔的敏感，加之佐以祖父那不顾一切的独断的教养，使他很快就如一个阉人一般六根清净了。

阿芒面对突如其来的整个家族的逃避行径不卑不亢，他在空落的院子里不慌不忙冲着祖父偎依过去，他抚弄祖父的平直的短发，将面颊贴紧祖父浮云般的苍老面孔上，他深知祖父需要他，需要一个男孩、一种同性的顺从。

祖父是个热心而勤勉的拓荒者，他在破烂王国里拥有绝对的鉴赏力，他深谙被人遗弃的杂物的脾性，他周旋于其中，也将永生于其中。"我将教导你接近它们。我将唤醒你的悟性，你终将热爱它们。"

在祖父众多的珍贵收藏之中，有一册线装的家谱，深深地吸引了阿芒。不言而喻，这册纸页泛黄，散发着霉味的家谱跟阿芒的家族无丝毫干系，但祖父一再谆谆教导他，要仔细研读，不得有丝毫疏漏，"家族都是彼此相似的。"祖父曾点拨道。

阿芒小心翼翼地翻弄着书页，一股腐败的气味扑鼻而来，"我呛着了，祖父！"

"呵，你兴许是闻到什么了吧？"

"什么？"

"他们的气息和他们的故事。"

是时候了。阿芒告诫自己，这是最后一次从外部阅读这本书。他从扉页开始，不放过任何一个细小的局部，米酒之乡是一个广大的区域，当然它是随意出入的，可是千百年来似乎一直无人问津。人们为什么不去涉足这些很久以来一直朝他们敞开着的地方呢？他们是有意忽略还是不感兴趣呢？

阿芒翻到第七十五页的倒数第四行："那些裹足者从飞扬的尘土中浮现出来，他们走向道旁的酒店……"阿芒继续往下读："他们在陌生的店堂内纷纷落座，和和气气地向店家要酒。店外是一派暮色。只片刻工夫，就醉倒了一半……"他几乎辨认不出接下去的文字，他朝其中的一位长者伸出手臂，那人差点要仰倒在地，他从唇间喷出一股酒气。阿芒连忙将那册家谱夹在书中间，我兴许还要打这回来呢。

你坐在顶楼的窗前，她端来的晚饭还放在桌上。时光在窗外的暮色中飞速地流逝，你保持着最初的坐姿，她挺着腰，凝神望着窗外。日子似乎又到了秋天。

这中间过去了多久，她不知道。她的面前是一册家谱和一袋铜币。阿芒曾悄悄告诉过她，说是祖父的遗物，但她对这个所谓的祖父毫无印象。眼下这两样东西反成了阿芒的遗物。那似乎都是另一个秋天的事了，她请来了一大批有着秘密身份的男人，去寻找阿芒。他们每人都通读了一遍《米酒之乡》却还是入书无门。他们正读，反读，跳读，寻章摘句或断章取义，直弄得满头大汗，仍然没有人朝米酒之乡哪怕伸进一条腿去。

你在他们折腾了大半夜之后，指着第七十五页说："你们！

没留意这个酒店吗？他有可能在这里面。"

"你能断定吗？"这些男人异口同声地喝问道。

"我进来的时候，书正翻到这一页呢。"

那时候正是秋天，那些男人互相推搡着挤进了楼下院子里的那只地窖。据他们说，经观测星象以及用纸牌算卦，他们求得，《米酒之乡》一书所描写的这个挤满裹脚者的酒店绝不是非尘世的，穿过楼下院子里的地窖，在黑暗中行走七七四十九天外加半个夏天，当见到一线光亮时，那上头就有可能是第七十五页所写到的那酒店。"我们将在那儿抓获他！"

"我们要善于等待！"你安慰自己道，"晚饭还没有完全凉呢！"这位女性对自己的命运有些深刻的了解，她不断地紧紧抓住现实的感觉。比如，在夜空中掠过的飞禽的影子，用以慰藉她在静坐内省时体味到的漂泊感。她宁愿相信她对过去和未来的无知，也不愿在历史中翻箱倒柜。她没有告诉过阿芒，她本人也叫芒芒。

这中间包含着一个小小的秘密。它隐含着寻找和期待两个方面。芒芒隐约感到，她打从出生起几乎一直就在这楼里跑上跑下，往顶楼送饭是她的永恒使命，那些个在顶楼里居住的男人几乎全是不辞而别，以各种各样的方式消失得无影无踪。芒芒只得干坐着苦苦等待，好给他们热一热凉了的饭菜。这样的故事不断地在顶楼里发生，日积月累，变得像神话一般令人难以置信。

芒芒就这么端坐不动，让秋天的感觉在她身上渐生渐灭，她细细体味季节本身的变化，分辨晚风在初秋、中秋和深秋的各种甜味。她如此全神贯注地沉浸在对时间的思考之中，心里是既甜蜜又哀伤。看着秋叶沉稳地扑向地面，芒芒突然在内心深处爆发出生殖的欲望。她恍惚间感到，似乎是在靠近顶楼的那几阶楼梯上受的孕。她感到她的皮肤紧贴着楼梯的木栏，一种甜蜜的撕裂感以令人惊厥的痛苦之手猛攫住她的下体。这会儿在顶楼里居住的是谁？芒芒问自己。

　　芒芒依旧坐着不动。她希望保持这样的姿势直至分娩。她抬起手臂，将手指并拢凑到唇边。她想找回与人接吻的感觉。那无数的吻印早已叠加着深深嵌进嘴唇的所有纹路之中，幸福和辛酸显然已无处不在，嘴唇的颜色在一夜之间由鲜红变成了深紫。她似乎是在守候冬季的死亡，一阵彻骨寒意从冰冷的子宫里升腾而起，涌向她的脑际。分娩！她对自己大叫一声便被一片冷血淹没了。

　　这个秋天没有一丝雨水，除此之外，并没有其他异样之处。阿芒在酒店里坐定，他惊异于自己没有了愤怒的感觉，他就像在一大片大水之上滑行，乘着文字之舟顺流而下，他不能在任何一处多作停留，书页像风一样翻动，又像浪一样止息，米酒之乡犹如一个无声的世界，把一切黑暗的冲动全部引向一次最终的酿造和畅饮。

　　在跨入米酒之乡的瞬间，阿芒就有了一种延伸感。它和对人体感官的超越不同，不具有经验性。它又与思维的抽象性保持距离，不承认法则的认同可能。它似乎是对无限性的一种安慰，是黑暗之极时产生的一种光明的错觉，是在呼吸中体验到的一种搁浅感，是从生的反面向死亡的一次逼近，是对缠绕灵魂的不可企及的解放感的一次转瞬即逝的解脱。

　　阿芒试图在喝第一口酒之前重新验证一下七情六欲，但是就在他回忆往事之际，他已离开了酒店。他完全为收获季节的繁忙景象吸引，在来回奔波的农人间徜徉。原野上绵延不绝的劳作使阿芒开始怀疑自己的短暂身世。与生俱来的那种焦急的询问在原始而又亘古常新的耕种者面前显得安详起来。但是阿芒明白，这种探询的欲望会在别处焕发出它的光泽，把人的心灵重新引回到焦虑的炼狱之中。

《米酒之乡》并不是一本很厚的小说，即使如阿芒般彻底潜入它的内部，也是很快就会走到尽头的。问题是这是一部可以让人从里外同时阅读的小说，它命该如此。

芒芒等得实在有些不耐烦了，但她又对自己端坐的姿态十分满意，她不愿意用在房间来回走动的方式来打发时间，无可避免的结局便是捧读身旁这册惹是生非的小说。

她将阿芒匆忙间夹在书页中的家谱移开，她不打算从头念起。第七十五页，她找到了那家酒店。

芒芒将手指按在她的目光所及之处，似乎她害怕这些文字会像携带瘟疫的蚊蚋一般飞动起来。但是这些文字确实移动起来，透过它们的间隙隐约可以窥见一个芒芒所熟悉的孤寂的身影。他脱离了米酒之乡的具体环境，漂浮在一个杜撰的世界之中。他通过这种荒诞的游历将他的身世和他的内心历程向芒芒呈现出来。

秋季是他生命中的唯一季节，他所有的故事都发生和终止在秋季。甚至他写过的唯一的一首诗也是关于秋季的。这给芒芒一种感觉，就如背景是静止不变的，而人物的每一个单纯的手势，每一个呆板的表情都是一次隐喻。故事并不复杂，但任何解释都叫人感到隐晦。

阿芒坐在祖父的花园里拍卖祖父的遗物，而此刻，祖父的遗体就在阿芒的身旁。秋高气爽，阳光明媚。这使星期日的拍卖格外地顺利。阿芒对墓地和下葬不感兴趣，这类与死者共同参与的仪式令阿芒心慌意乱。

有一个过路的中年秃子想要祖父的那顶毡帽，阿芒便把他领到草草钉成的棺材前。阿芒漫不经心地从死者的头上摘下帽子。"他本不该戴的。"阿芒嘀咕道。

"是啊。"秃子附和道。接着他又要死者脚上的那双布鞋。"这么着吧！"阿芒建议道，"你把他拖了去吧，省得我去给他下葬了。"秃子吓得扔下毡帽就跑了。

这类伤天害理的行径叫芒芒看了恶心。

随后，阿芒带着一脸游手好闲的神情，出门寻找他的离散多年的亲属，他在一处城墙下与一个贩鸽者搞得情投意合，一个晚上吃掉了一百只雌鸽，他还跟守门人的女儿调情，弄得一个规矩人家妻离子散，把一个好端端的黄花闺女变成了没脸没皮的泼妇。

阿芒好歹总算挤进城来，他四下打听，到处探访。这段流离失所的生活使阿芒产生了变化。

永恒的秋天。

阿芒在一个寄宿学校的走廊里停住了脚步。学生们还在远处的操场上不耐烦地摆动着肢体，目光严厉的教师在他们的四周巡逻似的来回走动。其余便是初升的太阳和什么人吐痰的声音以及不可或缺的清嗓子的声音。

"你是来寄宿的吗？"一个油头粉面的中年人上来搭话。

阿芒不知如何作答是好，"这是旅店吗？"

"也可以这么说罢。"

"我不住店，我是来找亲戚的。"

"闹不好我们这儿正有你的亲戚呢！"

"你是干什么的？"阿芒有点喜欢上他了。

"我是校长。"

阿芒在这所貌不惊人的寄宿学校里待了半年时间，他徒劳地在师生中搜寻他自己也闹不清的所谓亲戚，结果招来了好些私生的弃儿跑来大叫大嚷地要认他做父亲，这让阿芒着实羞愧了一阵子。另有三五个轻佻的女生，每月一次跑来左一声右一声拖着腔打着颤地管他叫表哥，这又让阿芒迷惘了一个时期。

只有到了夜深人静之时，才是阿芒的好时光，那位小白脸校长悄悄地来到了他的身旁，他们通宵达旦地促膝谈心，那些个不眠之夜倒是叫阿芒开了眼界。这位校长先是许诺一定帮阿芒找着亲戚，接着便与阿芒厮混起来。这人有杜撰欲，他擅长在所有真实的事情上加花，直至最终让乱七八糟的花边把事件的真相掩盖起来。

"我是一个孤儿，"他先把自己毫不犹豫地抛进一个悲惨的境遇里去，"我从小就没有得到过父爱，"校长察言观色地稍作停顿，见阿芒没有明显的反应，便加强语调的变化，"我从来就不知道抚摩是怎么回事，我根本就不知道我的母亲是谁，我至今不敢妄想博得女性的垂爱……"在这些肉麻的污言秽语出口之际，他的干瘦的手指朝阿芒伸将过来。

"啊！……"阿芒夸张地大吼一声，吓得校长两天不曾小解。

这一令阿芒啼笑皆非的经历使他愈发怀念起祖父来。当初，祖父一把拦住阿芒，没让他随家人席卷而去是有道理的，祖父的预见性是显而易见的。

我的犹豫不决永远伴随着我的回忆。芒芒想，这非常自然，我的思想中间混合着沥青和米酒的气息，诗歌只是我的心灵休息时的一次漫不经心的唱喏，她颂扬最高的法则与她贬黜卑下的欲念同样是在一瞬间，这类惬意的走神不断地巩固着一个女人的感性，使她在短暂的情爱和悠久的历史中间悠然自得。

从她对她所不曾占有的生活的拒绝中，她听到了阿芒的脚步声，那里的土地似乎异常坚硬，行走的声响足以贯穿任何小心的假设以及大胆的求证。这冥想之邦的漫游以尖利的抽象毫不迟疑地刺穿言辞和书，然后，收回她的柔软的慰藉，把切割成块的现实以及粘连着的感觉扔向一派虚无之中。

阿芒走得未免过于匆忙，他没有留下让人猜度的任何迹象，犹如奔马和锁，以他精神上的飞跑使他人的想象力陷于荒谬的拘束之地。他和顶楼之外的世界有一种天然的陌生感，他用一本书为自己筑起一道屏障，在近于变态的阅读中超越现实的企望过程化，最终化作屏障的一部分，使外界和自己同时归于乌有。

芒芒望着打开着的《米酒之乡》，竭力平复自己种种转瞬即逝的联想。顶楼为午夜和风所守护，它们同样也守护那些豪华的思想那些简陋的渴望，花园在黑暗中充满隐秘的窒息之感，这是所有佝偻者起身呼吸水分的时刻，成长和衰老平易地使夜行者疲惫了，他们开始绕着街道整饬的和古老的寺庙闲散地踱步，他们的幻觉中叠现出母亲哺乳时的雄姿和爱情曾经给他们带来的小小的错乱。他们熟悉的房屋倾斜起来，让他们观赏那霉湿的底部。太阳轻易地浮升出来，照耀那些假想的栅栏和篱笆，直到月亮出现在那布景一般的天空上，驱走滞留的温暖和装模作样的透明状态。树和其他的植物都在生长，纷繁的色彩像在回忆中那么变幻着，一刻不停地催促芒芒的想象向户外的画意靠拢，令人乐意流连于手足无措之中。

在众人一致唾弃的颓废之外，在缓慢移动的树木和季节之外，在潮汐一般恒常的悲哀之外，芒芒依然没有走在友谊和关怀的节拍上。她和阿芒的臆想隔着米酒之乡厮守着。她安静地凝望这本书，一切无所用心和别有用心的浏览全部退向一侧，给深刻的无知让出路来。

芒芒觉得《米酒之乡》好似一部编撰极为精致的诡异的辞典。娟秀的风情和凶神恶煞般的诘问被井然有序地安排在同一风格化的部首里，对杯中之物的回味和酒后的放肆则被小心地隔开在不同的诠释之中。书中诸人的行走和驻步甚至不能给他们自己带来变化的喜悦和变化的困惑，这些人物面目可疑，似是而非，说起话来众口一词而又各有阐释。甚至很为阿芒担心。很难想象他会走失在哪个狡诈的迷宫或掉落到哪个和蔼的陷阱里。芒芒不知道阿芒的祖父一如阿芒不知道芒芒的所有那些七叔八姨，他们确乎叫一次从书中模仿来的拙劣的迁徙隔离开来，很快就从音讯全无落到了相互难以辨认的地步。而如今，这个不期而至的浪游者刚刚回到家中，还未及真正确认他的位置就在顶楼里消失不见了,实在让芒芒担心。他不像芒芒周围的那些人。他们在这个地方神通广大,且又个个臂力过人,像翻墙入室及杀人越货的事他们都不乐意干,他们整天聚在一块琢磨宏大的打算,诸如:在什么时辰给月亮加冕,在什么时辰替彗星清扫道路,要不就忙着换算牙慧的比重,再就是默候小肚鸡肠的回响。他们又热切又谦卑、又温和又固执,早已在这个城市有了些名声。

芒芒又将思绪收拢到面前的这本书上来,这一回,她微笑起来,觉察到一些有趣的现象。她感到自己和阿芒有一种关联,一种血一样发腥的引力,它敦促芒芒向内心深处拼命奔跑,试着抓住一度浮现出来的近似感。这种似曾相识的感觉让她濒临不加解释的恐惧。她不是一个男人,没有一种无所不在的进入感,也没有一种足以摆脱一切的退却感,更没有那种在有限之中消失不见的勇气,她唯一所擅长的是在这处花园中的小楼顶层静候阿芒的复现,直到一切化为齑粉。她的等待比时间更久长。

她并不是一名具备了特殊机制的人,能够仰仗数学演算和最纯粹的世界保持联系,她也无力借助线条抑或色彩在一种抽象行为中把世界还原到一个平面上,她也不想利用节奏和旋律来强化外部世界的寂寥感,所有由内向外呈现的形式企图都和一种莫名状态混淆在一起,并由充盈在时间和空间之中的玄学护佑着,不受任何冥想的侵害。

她曾在秋季的某一日预感到阿芒的出现,他走在一条阒无人迹的街道上,他所经过的那部分空间没有声响,天空为灰云所遮蔽,他的脸孔黯淡无光,几乎看不清五官的轮廓,芒芒惊讶于自己的想象,为什么他没有出现在江河山脉之间,驾舟或者策马,那些自然景观似乎跟他没有关系。他没有山野之气,那种潇潇洒洒的风姿在他犹如一种奢侈。

芒芒居住的这个城市有着甚为悠久的历史,但阿芒的到来使她忘却了这些。她受制于独立于时光之外的叙述，在狭小的顶楼里，睡思昏沉而又夜不能寐。

时间似乎已经过去很久了，阿芒在米酒之乡步行多时，几乎忘却了他是怎样来到这个书中之国的了。他隐约感到自己是个异乡人，是漂泊和浪游使他远离了故乡。这故乡和他内心深处某种隐秘的欲望维系在一起，而这种生死不渝的维系又依傍着远离它们的漫游。这是精神和情感上的背井离乡，无论忘却或不忘却，阿芒都摆脱不了迷惘的感觉。他在米酒之乡寻找相似于他的整个记忆的什么东西，它没有具体内容，仅仅是一种试图回忆什么的感觉。它和过去岁月中的某段日子，某个地点，某个人物联系着，但又似乎都不是，就像秋天里的一次谈话，在心里留下了那一时刻的气息，那种游丝般若断若续的傍晚的歌声，那种不合语法忽视逻辑犹如借用了异域抑或死去了的语言但又迥异于诗的语言的亚语言状态，它和米酒之乡用来陈述祖祖辈辈在民间为皇宫炮制灯笼的百姓的故事所使用的语言不同，但它不是借冥想的名义草率地背弃它，它和它保持一种适当的距离，它们朝一个地方走去，但显然又到不了同一个地方，它们和阿芒的生命相傍而生，左右着他，使他迷失在它们之间。这种迷惘而又执着的感觉又类似于清凉秋季里某个宁静的片刻，在恍惚之间一切全杳无声息，甚至意识不到风的吹动，这时广大的恬适的平静可以被确认是无处不在的，阿芒认识到与生俱来的消隐感在捕捉着他，促使他就范。令他微不足道的逃遁陷入单一而又包罗万象的世界的要素之中，使他所有的朝米酒之乡的虚幻的逃避行为最终全都结束在实在的向置放着无数书籍的顶楼的回归之中。

这些形销骨立表情淡漠的人，世世代代就在这块平整的土地上制作灯笼。他们用相思树的枝条做成骨架，然后用祖上传下的油纸围在四周，随后着人送往皇宫以备庆典之用。日复一日的劳作使他们的手指磨成了坚实的肉棍，当阿芒走入他们中间时，已到了《米酒之乡》的最后部分。

"你们这儿有客栈吗？"阿芒问一个姑娘。

"客栈？"

"我是说宿夜的地方。"

"有一处，"那姑娘毫无表情地用手指朝阿芒身后指了指。"你转过身去，一直向前走，那儿有一座房子，我想你可以在房子里宿夜。"

阿芒并没有看到什么房子，但他听从了扎灯笼的姑娘的劝告，小心地穿行在满地皆是的灯笼之间，在睡意的催促之下，向结局之夜蹒跚而去，道旁的悲欢离合已经不能使他分心，他叮嘱自己快走，他所热爱的故事使他飘忽起来，向着秋夜的眠床重叠过去。

祖父！他的手触到一袋铜币和一本书。噢，他在心底呼出一口气。噢，这季节怎么老是不过去呀？

午夜时分，漆黑一团的天空有流星闪过，似乎是要揭示出夜幕下的若干秘密。同时它也宽容着一些无耻的行径，好像它们生来是为了互相印证。

《米酒之乡》依然打开着放在芒芒的面前。芒芒不为这个荒诞的故事所动，她只是耐心地等待着。她对自己诅咒发誓，只等阿芒一脚迈出米酒之乡，她就一把将这篇醉鬼的胡话扔出窗外，她深信当它落地时一定化作了一堆枯枝败叶。随后，她要去点上一把火，让它们化作一股烟雾，叫秋风把它们吹得无影无踪。她就这么咬牙切齿地坐着，毫不惋惜时间的流逝。

她这端坐不动的架势纯洁得令人生畏。这遥遥无期的等待使她回顾了许多如烟往事。她的回忆中不断涌现男子的形象，他们如一群子夜的守床者盘桓在她的四周，而她则夜夜踯躅于莫名其妙的躁动之中。悲苦是她的理想，她日常的生活犹如一支庄严而缓慢的乐曲，只是没人演奏，它静悄悄地待在乐谱内，把它所有的沉思和热情封锁在一些彼此孤立的符号之内，他们等着一只巨手去抚弄琴弦，去拨动它们，用纤细的触觉把它们联系起来。首先朝她走来的是吸烟和不吸烟的祖父，他们交替出现。他们管她叫阿芒、芒芒或者芒，他们总是在傍晚的斜阳中端坐在花园中的竹椅上，他们手里玩着念珠或不玩念珠，他们口中念念有词或者缄默不语，他们起身在花园走两步然后坐下或者根本不走，他们注视她或者全然视而不见。

这花园，芒芒现在可以从楼上的窗户向下俯视，将祖父的故事一览无余。

仍然是秋季。祖父在花园里抚琴而坐，他拨动了岁月的煎熬和时光的重迫，并且引来了陌路人的驻足聆听。他嘶哑的嗓音还哼唱出逸乐的音调，用最为凄楚的欢欣驱散了矮篱笆外的围观者。他是一个伶人，他既为自己的心灵而唱也为无数不期而遇的浪游者讴歌。他歌颂永恒的季节也歌颂稍纵即逝的幻觉，他为灵感的降临幸福地击掌称快，他也为智性的迷失而痛苦地扼腕垂惜。他吟唱完了阳光再吟唱雨水，咏叹完了爱情又咏叹死亡，他聚集起一名凡夫俗子的所有能量向虚幻之境作至死不渝的冲击。他短暂而又快乐地生活在他的花园里，并且最终在那里死去。这一切，都在一瞬之间，都在芒芒这垂下的一瞥之间。

谁都有可能是一次死亡的绝对占有者，但是谁将体验它呢？

祖父依然坐在花园里。似乎在这之前，他已经待了许多年，并且还将在那儿待许多年。他可以将这块有限的花园无限地放大开去，在它的作为他的背景的巨幅画面上，展开从古至今的各种类型的幻觉。他要在这里上演他的生殖和他的死亡，他富于激情地表演他的本能也表演他的心灵。他漫不经心地将内心深处黑暗的冲动展览出来，又悄悄地将它们改头换面，以充满柔情蜜意的坠落散布出去。他的手法像一个梦游者那样毫无节制而又慢慢吞吞，就如在极度的紧张之中活动他的关节……

芒芒完全为祖父的幻象所制约，没有注意到花园中的杂草已经长得老高，并且已经越过门厅和走廊，沿着楼梯朝顶楼伸张而来。它们在所有楼梯的缝隙里探出青绿色的身姿，散发出一种苦涩的土味，再让这土味去占领杂草无从进入的空间。

"祖父！"芒芒朝花园里那位操琴的老人大叫起来。

"什么事？"祖父不慌不忙地抬起眼帘。

"我闻到一股土味，"芒芒很高兴祖父会跟她搭话，便提高了嗓音，"我刚才没有闻到，我是刚才才闻到的！"

"说得对！土味全是土味！"

"我看我还是下楼到花园里来吧？"

"现在不行。"

"为什么？"

"楼梯上满是杂草……"

对话持续了整整一夜，天色微明之际，芒芒醒了过来，她决定下楼去看看。

她在曙光中关上所有的窗户，将鸟的鸣叫和树梢的摆动挡在户外。最后，她小心合上《米酒之乡》，并用装有铜币的钱袋和那册页边卷起的家谱压在书上，以防她不在时，有谁从里面溜出来跑掉。

芒芒这才去推开房门。

楼梯洁净非凡，就像是她刚刚亲手擦拭一样。如此一尘不染，直让人以为是在梦中，一片枝叶掠过，带走了全部浮土和积坽。

被家族支钱唤来搜寻阿芒的众多神秘人物，此刻正固守在经严密推算求证出来的那家小酒店里，他们一边喝酒一边默默守候一位永远也不会复现的人物。

他们以为他们找到了幻想的源泉，就能堵住所有精神的游历，浑然不知阿芒是一个例外，一个诗情促成的例外。

黎明的时候，阿芒看到室外那些临窗而立的鸽子，它们轻轻地，用嘴捣着阿芒的面颊，跟他说着晨间的话语，然后它们翩然飞去，让那些振落的羽翅在秋季的天空中徐缓下落。养鸽者在一旁望着它在空中的姿态，似乎是在端详鸽子和天空结合在一起的含义，他仁慈的目光在朝霞的重染下闪闪烁烁。

阿芒想从大地上抬起身来，他感到梦魇是从下面，他的身躯底下压迫着他，使他不能左右环顾，他听见养鸽者一边爱抚着他的鸽子一边在跟他谈话，教导他怎样携带他的冥想和交臂而过的人们相视而笑，去发现他们的良知，体会他们的哀愁。

阿芒听着，听着这些如山岳般古老的话语，他不能深究它们所拥有的全部含义，他试图在黎明中翻过身来，仰沐露水的恩泽，让清新的空气进入他的胸膛，然后，用整个身体去体味养鸽者的训言。

"如果你是我的父亲，我将爱你。"

"如果你爱我，我将是你的父亲。"

"如果你将是我的父亲，我将恨你。"

"如果你恨我，我将是你的父亲。"

阿芒还是无力向着天空翻转身来。

"你应该选择暗淡的水边，洗刷你的内部。"养鸽者说。

"你应该在残忍的爱情中幸福地死去。"

"你应该听取男人的谈话和女人的呻吟。"

"你应该了解夜晚的胆怯和它的粗鲁。"

"你应该懂得水的凄凉和风的苍白。"

"你……"

阿芒终于在不断的训诫声中苏醒过来。他不小心撕破了一页纸，那上面正写着一只盛满酒的杯子，他想，它应该在一片喧响中碎裂开来……

知更鸟在残败的篱笆墙上栖息了片刻，它们佯做无知的神态在夕阳中搔首弄姿，等到光线收走了它的全部暖意，它们便也随同余晖一块飞进了暮色的深处。

黄昏的花园里异常沉寂，犹如借着秋季的情调，一个宁静正赴另一个宁静的约会。在影影绰绰的树荫下，被打发去寻找阿芒的人们出现了。

这些人从长满杂草的地窖口抖抖瑟瑟地爬了出来，一个个神情恍惚如梦游一般。他们在黯淡的花园里转悠了一番，相互之间默然无语，就像一群素不相识的陌路人偶然聚在一个陌生的地方，他们有着无可言告的相似的苦衷。

"喂！"他们中间一个精壮男子冲着黑咕隆咚的花园吼叫起来："有人吗？"

芒芒从过道里走了出来。

"你们找到他了吗？"

即使时间过去一个世纪或者更多一些，这些肩负着秘密使命的人也不会忘怀这令人窘迫的一刻，他们按着他们的智性为他们详细描绘出的精确地点，经过艰难的跋涉所抵达的竟然是出发之地。

"我们以为到了米酒之乡呢。"那吼叫着的男子，声音顿时萎缩了下来。

"你们肯定是在什么地方弄错了。"芒芒说道。

"我们是不会错的，因为我们从来就没有错过。我们从未错过一个安葬死者的夜晚，从未错过一个有甜食的早晨，我们从未因为在大路上扭崴了脚脖子而错过去天使营地的列车，怎么会错过一个不小心掉入书中的傻瓜呢？"

"你刚才说什么？你好像提到了天使营地……"芒芒忽然

之间兴奋起来，她没有想到居然能从一群四处游荡的陌生人口中听到如此神奇的字眼，"你们到过天使营地？这么说你们一定见到过养鸽者了，他是天使营地看门的，你们不会没见过他。"

"天使营地是一大片竹林子，没听说有什么门啦窗啦的。"

芒芒不再与他们争辩，这些人显然有眼无珠，进了门说没见着门，推开窗说没见过窗。阿芒肯定是他们忽略了的。

他们就这样站立在花园的正中央，星宿在他们的顶上移动。就这样，他们忘了时间，或者说，至少是芒芒放弃了时间，她想到了风和雨水，接着意识到了口渴，紧接着出现的是瓦罐和溪流，最后她看到了一个老人的背影，他双手随意地放在身侧，给人一种如释重负的感觉。

"祖父！"

老人似乎有点耳背，他微微有点摇晃地朝前走去。

"祖父！"

随着芒芒的一再呼喊，所有发出光亮的东西全都朝暗处隐去。但是老人始终不肯转过身来。

这时候，一股淡淡的、带烟味的男人的气息在空中弥散开来。

"你愿意回答我么？祖父？"

"你不要打扰他！"这时，阿芒完全被唤醒了。这是一次完整而富有诗意的睡眠，不过他的苏醒是和幻觉相联的。

又是秋天。这种让阿芒隔着岁月的幕帘在恍惚间一下子认出的秋天，传达给这位美少年一缕知命之感，他感到宿命之神在千秋万代之外向他频频挥手。阿芒记起了在祖父后院那些杂草间玩过的那套中国盒子，当时他是那么期望能够如投身繁荣一般跃入最里层的那只闪着黑色光泽的木匣子，将凄楚的平静抛向身后。阿芒。他在呼唤自己。在某个思维的间隙里，阿芒促使自己站了起来。他竭力避免自己去想诸如为什么、怎么办这类不着边际的问题。他将自己的注意力集中在脚底的触觉下，通往天井的过道昏暗得令人能够在这里与神对话，阿芒就像走在一片吸足了水的海绵上。生命是如此沉重。

秋天的天井里，站着芒芒。她浑身上下水淋淋的，就像一只知足的水禽在刚刚登临的浅湾里散步，她的丝丝黑发像一只带吸盘的棕色海蜇紧附在她的大脑袋上，她的五官七窍像日常一样痛苦地拧紧着，她丝毫没有害怕的表情，就像这脉脉含情的季节不可能存在害怕一般。她甚至不像一具动物，对即将面临的一切没有一丝预感。

"你好啊！"她的问候还未及抵达阿芒的感官，她已经开始后悔了。阿芒刚从充满霉湿气味的过道里钻出来，他像过节那样轻松随便，他手里握着一柄锋刃带齿的短剑，犹如走向一头牲畜。

此刻正是午时，阳光从他们的顶上毫无遮掩地直射下来，他们互相听到了对方的喘气声。午间的阵风没有停止吹送，七姨八叔都在各自的厢房里用小柴棒剔牙。

"祖父！"阿芒在心里撕心裂肺地叫唤了一声。他知道自己将要以放弃祖父的家谱、祖父的铜币为代价，赢回他在家庭中的地位。伴随着这一声呼喊，他的耳畔是一派鸽子的咕咕声。这低声的鼓噪先是勾起了思绪接着又抑制了回忆。阿芒有一种遏止不住的欲望，他想象自己是一个远古的武士，急切地想用鲜血来激发自己的意志，或者是一位远古的谋士，焦急地想用鲜血来洗刷多虑的灵魂。

"血！血！"阿芒已经听不到任何内心的音响，一切清晰的抑或不太清晰的内部的询问都幻化成了鸽子的语言。他感到自己无比纯洁。"我要用你的鲜血来证明我自己。"

他们拥抱了。

在远处，在深色玫瑰盛开的谷底，秋天的情调好似幽黯峡谷里倏然冲破沉寂的一声鹿鸣。它飘忽不定而不是无处不在的。纹丝不动的矮脚草在最初的寰宇气息里即已生长，那些在冗长不变的下午静卧不动的林中野兽依靠着痛苦的知觉默候同类间的偶遇，它们的林莽思绪随着它们腥味的呼吸弥漫开去。

秋天。阿芒想到。他们在鸽子那含义不明的微语中拥抱得越来越紧。阿芒在他目光所及之处看到在广场上止步的行人。那是一处思想的广场吗，或者它比较窄小，比较次要，仅仅是一条思绪的通道，人们停下脚步，打量那些被擦拭一新的理想和渴望的遗迹。

阿芒幻觉中的影像随着预谋多时的杀戮变化起来。人群像液体那样融汇在一起，彼此不分。

几乎是在一瞬间，阿芒感觉到了他幻觉中所见的一切：鲜血的涌动和一种逐渐增强起来的失去感。他感到阳光越来越强烈地照射着自己，然后是阳光的苍白无力。他摸索着试图寻找先前紧握着的那柄利刃，但他在摸索中失去了手的感觉。他的身体先是有一种飘浮感，犹如一只临风的紫蝶。紧接着，阿芒找不到自己躯体的位置了。没有了。阿芒对自己说。

咕咕咕咕咕咕咕咕咕咕……

阿芒像进入平滑的水面那样进入大地的植被。

养鸽者说，你是我的儿子。

夜晚的语言

　　……作那支歌的人什么都看不见，但我现在沉思
过了，我发现一点都不奇怪，悲剧正是开始于荷马，
荷马就是一个瞎子……

　　　　　　　　　　　　　　　　　　　　——叶芝

　　我跟随忧郁的丞相惠在他无比热爱的国土上四处奔波，我的卑微的使命就是在手感舒适的宣纸上，用工整而无可挑剔的小楷记录下他的光辉事迹，好让他的特殊的智慧和同样特殊的业绩万世流芳。我努力使自己保持清醒的神志，尽量客观地还原惠的神情举止，把他的警语和废话统统记录在案。

　　现在夜深人静，宫殿里阒无人迹，书页的翻动声可以通过幽长的走廊传至深宫，一名容貌倾城的妃子正在井边洗涤一方丝帕，宦官的私语和婢女的喘息随处可闻，皇帝已经在纵情的豪饮之后入寝，他的为世人所传诵的淫逸将持续至午夜……

　　我的疲惫的躯体为悲苦的愁思所笼罩。我不准备交代丞相惠的来龙去脉，就我的偏见而言，他是唯一的丞相。更为重要的是，惠的训诫，多年以来，我一直铭记在心："惠的故事从本朝开始，至本朝结束。"从最初的一刻我就意识到，丞相是打算

与皇帝共存亡……

在一个空气清新得有点异乎寻常的早晨，丞相惠与他的精悍的卫队一同开始了我所要叙述的这次宿命的长旅。

黎明已经来临是不容置疑的，因为初升的朝阳已经无可避免地照在了那些飞奔的骏马身上。田野之风令丞相的卫士们心旷神怡。

"沁人心脾。"

"令人难忘。"

两位较年轻的军人发表了各自的随想。

我的可怜的丞相则在车内紧锁双眉，他知道，昼夜兼程将使他显得更加衰老。每当车轮辗轧路面的声响有所变化，惠就用他那苍老的嗓音发问："我们已走了几个时辰？"

卫士在高高的马上答道："丞相，已可望见永安城的炊烟。"

我应该写下卫士所望见的一切，详细地形容原野的勃勃生机和远方炊烟的袅袅姿态。

我不能使惠失望，因为丞相是个盲人。

惠是奉皇帝之命踏上旅途的，他的怀里揣着万岁的圣旨，皇帝命他的宠臣前往永安城的巫医泉处，治愈眼疾。

惠是位悟性极高的人，尽管传说他生来就是一个瞎子，但他的渊博的学识仿佛得于一夜之间。惠的记忆尤其使人惊诧不已，他能够追溯五十年前的一个偶然的晤谈，辨别出来是个流窜的宦官。可以这样断言，惠能依靠声音识别一切。

惠是个慈悲为怀的人，怜香惜玉的好心肠更使他四处施舍，流年如水，就这样把医病一事给耽误了。这种说法未必人人相信，但这正是故事的转折之处。

正当丞相沉浸在如烟的往事之中，一路剽悍的强盗挡住了去路。

交战的场面不值得描写，那些陶醉于乡村景色的卫士闻风丧胆，早早地丢盔弃甲落荒而逃。我的孤独的丞相被人劫了去，自此下落不明。

我的笔平静地休息了二十年，直到永安城里出现了一个自称丞相的垂垂老者。要说他与惠有什么相似之处，那就是他同样是个盲人。他比我记忆中的丞相憔悴多了，他那满头银发已不再是睿智的象征，仅只是弥留之际的标志了。他的雄辩的说白已经为含混的讷讷自语所取代。一个好管闲事的樵夫费了半天工夫才弄明白他的来历以及他所要去的地方，然后将他领进城来，送至巫医泉的居所。

我不得不写下的悲惨事实是，名扬四海的泉此时已经过世，他坟上的荒草已经绿了三遍。

我的丞相黯然了，他陷入了长时间的沉默不语。惠不用凄恻的追悔来帮助他也知道，他此生错过了拥有光明的机会。"命运啊！"他哀叹道。只是在此时此刻，惠才意识到，治好自己的眼睛其实是他一生中最重要的事情。

不过，命运在我的笔下是多彩多姿的，就在惠濒临绝望之际，泉的儿子沼过来打断了他的沉默。

沼在惠的面前慢慢地踱着四方步，细细地打量这个前朝的老臣，估量他的底细，接着他向惠款款说道："尊敬的丞相，虽然我的父亲去世已经三年多了，但你不必就此绝望。我从小跟随父亲学医，不敢说有回天之力，可治疗眼疾我还是有把握的。"

我的丞相虽说没有喜出望外，却也在心底暗自庆幸。

"孩子，你不要戏弄老臣。"

"丞相，请不必多虑，只要拿一千两黄金来，我包你药到病除。"

我已不再怀疑沼是个贪财的人，很有可能他还是个惯于挥霍的人。丞相惠不想让沼得逞，他慢慢地在堂前跪下，缓缓地从怀中取出皇帝的圣旨。

"孩子，你可知皇恩浩荡一说。这道圣旨你自己看看吧。倘若你想向皇上收钱，就写字据吧。"

沼没有去接皇上的圣旨，他只是悲天悯人地冷冷一笑。

"丞相。"他一字一顿地说道，"这道圣旨你留作珍藏，如今已换了朝代，没有黄金我可是不会处方予你的。"说完，便转身离去，将惠重新抛入永恒的黑暗之中。

惠为这一惊人的消息所统摄，他不能相信，他所辅佐的皇帝已经被人从那舒坦可人的座位上掀了下来，他没有多加思虑，连忙起身雇车赶回京城。他要证实这是一个谎言。

丞相惠没花多少时间就赶回了京城，这让他自己也感到蹊跷。令他心安的是，当他的马车在皇宫外停下时，皇上正在早朝，宫里宫外的呼喊声是他所熟悉的，他一下子又使自己恢复了恬适的心境。他在心底念叨着，尽管我看不见，但这一切是多么美好、多么让人感到安心呀。

"回永安城！"他向车夫吩咐道。他并不想去惩罚那个狂妄的年轻人，只是想早日睁开眼睛，亲眼看看他所热爱的这一切。

惠是善良的，但似乎是天意惩戒了那个信口雌黄的巫医，当惠赶回永安城时，沼已于前一日暴死于一次酒宴之间。

沼的儿子风眠是个谨小慎微的人，他请这位满心焦虑的盲人过了丧期再来，他允诺一定治好丞相的眼睛，以赎先父诓骗之罪。

惠再一次踏上了回京城的大道。非常不幸的是又遇上了一伙打劫的强盗。这一次他们放过了这个疲惫不堪的老头。他们告诉他，皇帝已经驾崩，乱世来临，一个老人不要到处乱跑。

我的丞相，这个与生俱来的瞎子此刻忽然感到眼前一黑。

"黑暗。"他大叫了一声。

所有的侍从都跪倒在床前。惠叫自己的一声惊呼把自己从噩梦中拯救了出来。惠是个为梦境所制约的人，他抹了一把额前的冷汗，愈加忐忑不安起来。

　　"圣旨。"他喊道。

　　仆人们忙把皇帝的手谕捧到惠的手中。丞相抖抖索索地抚摩着，他微微地呼出一口长气。

　　"备马，起程。"惠吩咐道。

　　丞相惠的一队人马浩浩荡荡地朝永安城奔来，我的故事（我的手你不要颤抖）、我所要写的故事开始了。

　　"我的心，你平静一下。"

　　美丽而辽阔的原野在车外急速地朝后掠去，而我的丞相还沉湎于对自己那脆弱的心灵的抚慰之中。他耐心地询问自己。多少郁闷而愁苦的日子不是都过来了么？你怎么忽然焦急起来了呢？惠呀！你难道是在和夜梦向你昭示的厄运赛跑，想从黑暗手中夺回你的光明么？

　　"不，不。"惠劝慰自己，"这是圣上的旨意。"

　　飞奔的马蹄很快就将凉爽的上午甩到了身后，它们越过一些平缓的浅滩，穿过一些宁静的山谷，来到一片枣树林前。

　　"丞相，"年轻的卫士大声禀报，"树林已挡住了我们的道路，我们是向左绕行，还是向右绕行？"

　　我多么想在我的叙述中，将这一片恼人的树林统统砍去，为我的丞相扫清道路啊。

　　惠陷入了对悠久岁月的回溯之中，在他的明镜般的记忆里，没有前例可援，他知道自己是有史以来的唯一一位盲人丞相。在此之后，想必也不会再有丞相面临惠的困境了。

　　惠变得局促不安起来，过多的思考对他是有所伤害的。他的卫士在等待他的指示。

"那么，我们就穿林而行吧。"

但是，当车队行至树林深处，另外一些奇异的树木出现，它们那高大的枝叶挡住了正午的阳光之时，惠才意识到他作了一次荒谬的选择。因为在树林中穿行正是昨夜梦中的情形。不，他为自己辩解，我并没有打算在林中遭劫。

一切均已无可避免。

强盗出现了。但与梦中明显不同的是，他们中间竟然还有女人。这是一些多么英俊的强盗啊，他们在马上的矫捷的身姿令丞相的卫士们大惑不解。年轻的卫士连连惊呼："怎么，这是林中戏剧么？噢，他们的服装是多么奇异啊。哈，兄弟，我看上那个妞儿了，她的腰肢，嗯，我要给它一个比喻，对，一棵小葱。"

没有人能知道命运对惠的致命一击，"既然如此，"丞相暗想，"就让他们将我掳去吧，我将离去二十年。"

林中的格斗犹如表演一般，记录下来温馨得与歌舞并无二致，蔫头蔫脑的惠乖乖地做了强盗的阶下囚。

那位有着小葱一般腰肢的女强盗朝丞相袅袅走来，她像一位善解人意的大嫂，给口干舌燥的惠咕咚咕咚地灌了满满一葫芦的蒙汗药。

"二十年……"惠闻到一阵肌肤的幽香，他把这作为记忆带进了梦乡。

丞相的年轻的卫士此刻正在用树枝选择命运："九，什么意思？难道说我要娶女强盗为妻？"

丞相惠是这样一个人，他不断地睡去又不断地醒来，不断地做梦又不断地回忆刚做过的梦。他就这样迈着踉跄的步履磕磕绊绊地走出了树林。

惠隐隐约约地记得，他睡了一觉，那是在树荫底下，在一名陌生女子的怀中，这可真是无比漫长的一次睡眠，似乎把他的脖子都给睡拧了。是林间空地的微风把惠吹醒了，惠感到自己衰老了，他听见溪水潺潺流动的声响，他多么想去照一照自己的容貌啊，他想知道他的头发是不是已经变成银发一片。惠把这倏忽间涌上心头的少年时代的渴望打消了。

惠将手伸进怀中摸索了一番，嗯，皇上的圣旨尚在，别管时间过去了多久，还是出发吧，向着永安城，向着希望和命运。

现在我要把我的丞相暂且丢在荒山野岭之间，让惠风餐露宿，栉风沐雨经受一番考验。任他慢慢地摸索着朝他的归宿进发。

泉。这个永安城的一代神医，是一个精通巫术的跛脚。这个通灵的怪人是无所不能的，但他从不愿在人前行走。是啊，否则，皇上早就把他召往京城去了。

这一日，泉正在院内一摇一摆地跛步，欣赏着夕阳给他留在地上的影子，他忽然看到浓重的红色从他身影的四周漫入了阴影内部。

"是谁在门外？"泉厉声发问。

"一个盲人。"惠在高高的院墙外平静地答道。

"一个瞎子？你是受谁的指引来到这里？"

"命运。"惠说道。

"你有何事呢？"

"我经过了漫长的旅途，我已经丧失了时间和方向。请告诉我，先生，尊贵的皇上是否健在？"丞相焦急地问道。

"皇上万寿无疆！"

惠暗暗庆幸了一番，便又说道："此处可是神医泉的宅邸？"

"又有何事？"

"我是丞相惠，奉皇上之命前来求医。"

我的丞相以为他躲过了梦中的恶兆，不由得舒了一口气。为自己光明的晚年祝福起来。

"丞相。"泉冷冷地说道,"此话当真?"

"那当然,我有圣上的手谕,不信你可开门瞧瞧。"

"不必了。不过,我也有圣上的手谕,你可想瞧瞧么?"

"什么?"惠忧心忡忡地问道。

"你已至知命之年,为何急急前来求医,莫非是治愈了眼疾,妄想篡位不成?"

我的纯洁的丞相不由得悲愤不已:"此话从何讲起?"

"圣上传旨,若惠前来治病,叫我使你永世不见天日。现在,你还想治么?丞相。"

这真是异峰突起,这一部分在梦中可是没有的呀?惠当下失去了风度,立时显得气急败坏。

"泉,你等着,我回京城与皇上论个明白与你。"这个忠心耿耿的老臣又踏上了旅程。

我写累了,我不得不省略了若干篇章,使我的丞相不至于在我的笔下过分地心力交瘁。没有谁比我此刻看得更清楚了,当丞相惠驱车回到京城,正赶上皇上的大丧。

我不得不坦白地交代,这是一个小国,总计不过两三千人。葬礼是世俗的,没有什么轰动一时,传颂世代的场面。但是我的丞相已经完全变态。

生活确实如梦幻一般,泉死了,他神秘地与先帝相随而去。惠真怀疑世上是否真有这样一个人。但是,活生生的沼的出现立刻驱散了惠的迷雾般的臆想。

"拿钱来,黄金一千两。"和梦中所见丝毫不差。

惠知道,此刻所谓圣旨已成一张废纸,连忙赶回京城,备足一千两黄金,马不停蹄地再往永安城奔来。

这一次,沼的儿子风眠来给这位疲惫至极的老人打开了院门。如梦中所见,沼也死了。

"完全是为你而死,丞相,"风眠说道,"先父让我丧满七七四十九天即帮你治愈眼疾。"

"好吧，这回我不再走了。"

我的可怜的丞相，在永安城内租下一间草房，住了下来。惠已经累得不能动弹了。他躺倒在床上，连翻身的气力都没有了，他听着草屋外怒吼的风声，喟叹徒劳奔波的际遇以及命运的不可拂逆。

"梦啊，我再做一回梦吧，看看往下还有什么。"

没有了，惠没有来得及再做任何梦，新皇上的一彪人马杀到了。

风眠小心翼翼地凑到惠的床前。

"丞相，一队兵马就在门外，你告诉我，你求我治眼是想复辟么？"

"不知道，也许，我想在水中照照我的满头白发吧。"

唉！可怜的惠，命运已将你逼到死路上了，你的黑暗的旅程永无尽头，再也没有人来帮助你，把你从夜晚中拯救出来了。

惠这么想着想着，渐渐地完全从梦魇中摆脱出来，他极为乏力地苏醒了，可是他不敢睁开眼睛，尽管屋外公鸡在不住地啼叫，院子里也早已是人声鼎沸。

恍惚间，他觉得自己从前似乎确实是个瞎子。但最令他恐惧的是，当他睁开双眼时，再也看不见从前他所熟悉的世界了。

对一个梦见自己做梦的人，我无力再写下别的什么了。

相同的另一把钥匙

在一个冬天的傍晚，我收到一封寄自瑞典的信笺。我从信封上那歪歪扭扭的汉字认出了它的作者。

这个人我已经有近十年没见到了。她总是隔了很长时间后（确实难以置信）突然把她的消息告诉我。

她的信措辞热烈。她对我的称呼容易使人产生误解。在信的结尾，除了拥抱之外，还要吻我，这种西方的礼遇尽管令人神往，同时也令人尴尬。

那天正在下雪，窗外的景色显得安静。我打开她的信，寻找这个中学时代的同学的今日芳影。

信封上的地址是用英文写的。我在《世界各国地图册》上查找她居住的城市。她所在的那个城市似乎叫作法隆。信就是从那儿寄出的。

她说她刚到法隆，准备先上语言学校，眼下正住在一家三层楼的小旅馆里。从旅馆房间的窗户望出去是一个加油站，每天下午都有一个男青年上那儿为他的漆成鲜红色的摩托车加油。她说所以她想到了我。

她让我给她挂电话，但又说电话费太贵，还是写信算了。

为此我去了一次长途电话局，一位小姐请我半夜来，那时候半价优惠。我算了算时差，她正好在什么人家里忙着。当然，忙什么她在信上没说。

在写了一大堆客客气气而又似是而非的客套话之后，这位身居异域的女性转入了正题。

"亲爱的，"她依然用她写了多少年的蹩脚汉字写道，"你是否还记得中学毕业前夕我们的那次聚会？"

我当然记得，因为那几乎可以说是我这一生中的唯一一次聚会。这会儿我老婆正把我反锁在房间里。

记得也是在冬季。那是十年之前，那天是不是下雪我记不清了。反正天气冷得异常。我们都围着长长的围巾，只有陶然——我的"瑞典朋友"在她的白净的细脖子上围着一条风行于六十年代初期的绒线小围脖。

聚会的地点是陶然的家。房子在一条狭长弄堂的尽头。让人感到又陈旧又安静。

我这样开始回溯往事好像是故意要回避什么。

这么多年我一直在做着同样的事——油漆工和写作《火之书》。

这部书的写作无疑是受了阿根廷人博尔赫斯出版于一九七五年的一部短篇小说集的启示。但故事是关于古老中国的历史的。

那个夜晚我在陶然那间屋顶倾斜的阁楼上焚烧我过去两年间写给她的情书。我亲手把我的纯洁的初恋投入烈火之中。在某个伤感的瞬间我萌动了写作秦始皇焚书坑儒的故事的念头。我甚至在同一瞬间就确定了我的主人公是一位拄杖而行的男性乞丐，他没有生殖功能，是一个四海为家的托钵僧，如此等等。

那个夜晚的谈话令人难以忘怀，陶然用软言款语解释了她对爱情的背叛，并且提出了补救的办法。令我惊诧不已的是她已经物色了合适的人选，甚至还安排了我们见面的准确时间。

我当时为一种朦胧的冲动弄晕了头，竟然对这类精心的策划毫无觉察，只以为是碰上了爱情的奇遇。那个时代崇尚促膝谈心，我们仿效时尚做了彻夜长谈，最后如一对小狗似的簇拥着在黎明时昏昏睡去。

第二天上午九点，当我醒来时，陶然正坐在桌前的阳光中摆弄她的玻璃丝小饰物。见我醒了，她便轻声走到我的跟前，将一把拖着红色玻璃丝编成的金鱼的钥匙交给我。

我将用它在一个星期后的星期一下午打开这间屋子的门，与另一位姑娘幽会。

陶然总是出人意料的，我不知道这次幽会其实是一次陶然安排的聚会，也就是她在信上提到的聚会。我们这些十六七岁的孩子围着一桌子的食品说说笑笑，用盛着啤酒的茶缸碰一碰杯，算是告别我们的学生生活。

那时候我们谁也没有想到在今后不到十年的时间里就有一人死于败血症，一人死于车祸，一人去了乡下从此没了音讯，一人（陶然）去了国外，一个人做了油漆工（这个人就是我）。我们都太年轻，还不了解平凡生活的悲剧性质。我们甚至还没有为什么事情哭过，我们中间的某些人就消失不见了……

这会儿坐在法隆某旅馆的房间里的陶然显然无意沉浸在对往事的感怀中，她来信是要我协助她澄清一件事情。

"钥匙，"她写道，"十多年前，那把钥匙我记得交给了你，但你忘了还我了。"

事情是这样的，陶然抵达法隆的第一个晚上住进了这家旅馆的三楼一室。这是一家私人经营的小型旅馆，主人是一位慈祥的老太太，令陶然吃惊的是，在她用钥匙打开房门的那一瞬间，借着走廊里柔和的光线她发现这扇门的钥匙竟然与她在国内的那个阁楼的钥匙是一模一样的。

她请我不要提出任何疑问，说是她当时就给自己提出了所有可能提出的疑问。诸如，臆想，旅途疲劳，昏暗的光线，错觉，对异域的不适应或者无端的紧张。不，她说，她用了整整一夜来研究这把钥匙，没问题。

我读完这封来自我完全陌生的遥远国度的信笺，天已经完全黑了。我独自一人坐在昏暗之中，脑子乱成一团，最后，我决定不再去想这件事，等明天试着找找这把钥匙。

在这以后的几天里，我因忙着替一对中年夫妇油漆家具，整个把这件事给忘了，直到有一天干完活路经陶然的家才想起这事。

我决定去拜访一下陶然的坏脾气的母亲。当然，如果她的父亲活着的话，我是宁愿去找他的。

来给我开门的是一位操外地口音的姑娘。根据她的装束，我推测她是个保姆什么的。奇怪的是她手里紧攥着一本精装的《圣经》，中间还夹着一张撕下的台历，正在读的样子。

"你是谁？"我意识到我的提问不对劲，这问题倒应该是对方提的。

"我是陶然。"说完她就不再吱声。

"你是陶然？那么你不想知道我是谁吗？"我感到我走上了歧途。

"你是陶然的同学。"说着她笑了一下。

我感到自己似乎应该与这个读《圣经》的陶然互换个位置，仿佛我持有她们家的钥匙倒是言之成理的。

"那么陶然的母亲在么？我找她有点事。"

"她上个星期去世了。"

完了。可能是唯一的一条线索断了。我后悔不应该去油漆什么家具。不过又一想，去和一个垂死的人讨论什么相似的钥匙简直是发神经。

这一天非常晦气，我记得还稀里糊涂地问了一些其他的话题，比如，你信上帝吗？她羞涩地说不知道。这倒是一种比较新的说法。再比如：你怎么会到上海来的？她带着神往的表情回忆道：乘轮船。末了我说，怎么从前没见过你？她说，彼此彼此。这吓了我一跳。我没敢提钥匙的事，连忙抽身回家。

我放弃了在什么人帮助下找到这把钥匙的企图，开始在家里翻箱倒柜地搜查。只要陶然在信上说的属实，那么我一准能找到它，我可不是个随便乱扔东西的人，过去岁月中的什么破烂玩意儿全可以在我床底下的大纸箱子里找到。

我翻出了一只高倍双筒望远镜，这是和陶然去看木偶戏时用的，买它花了十块钱。当然啦，钱是陶然出的。我嘛，比较贫困。

我还翻出了半块石膏像，那是戴凉帽的牧童，也是陶然送的，曾经挂在我的床头，怎么摔坏的我已不记得了。

结局是不言而喻的，我把大纸箱里的杂物全倒在地板上还是没有这把钥匙。我被这种为一个女人的古怪念头所支使的徒劳寻找弄得精疲力竭。我下定决心，不再干这件蠢事。

但是，事情发生了一点小小的变化。

在一个阴沉沉的星期天下午，我夹着一把雨伞上我的主顾那儿去。那对中年夫妇来电话说，油漆的家具有点小问题，他们非常客气地请我费神再去一趟。

我顺着繁华的街道一路走来，想象有几个我所熟悉的鬼魂跟我交臂而过，我注意到他们的形状与我中学时代的几位同窗极为相似，我提醒自己这是因为天气的缘故，我不断敦促自己不要受环境的暗示。就这样，不知不觉到了那对中年夫妇的家门口。

"你自己来看看，你做的这叫什么活。"

我一进门，那女的鼓着胖腮帮子就冲我嚷开了。

我注意到那个又瘦又高的男人斯斯文文地半躺在沙发里，似睡非睡。茶几上放着一叠书，最上面的那本是圣埃克絮佩里的小说。

"怎么啦，怎么啦？"我也将自己的嗓门提得高高的。

"你这个列那狐。"那男的猛然说了一句。

我知道他说了一个典故，上回我来他也说了一个。

"所有的门全都合不上了，还有这抽屉，你看看吧！"

"你找错人了，这你得找木匠。"

"没上漆之前全都能合上，我能找人家木匠么？"

"反正不关我的事，我从来没遇见过这种事。"

我忽然感到其实我并不急于为自己辩解，只是嘴里想发出点声音罢了。

"反正得找你，你把这漆给我褪下来。"这会儿我才弄清电话里那些甜言蜜语的含义。

"这做不到。"

"那你赔钱。"

"责任还没搞清楚，谈不上。"

"让你来就是为了搞清楚的吗？"好半天，那男人才插了一句话。

"好吧，我回家想想。"

"不，就在这儿想。"胖女人连忙窜到门口堵着。

那男人和蔼地劝告我不要固执己见，应该面对事实，重要的是解决问题。他说赔钱是免不了的，并且还感慨地回顾了他的一些往事。末了，他总结说，这毕竟是一整套家具呀。

那时候，我确实对人生产生了一种失败的感觉，我接受了所谓古怪的事情和倒霉的事情是伴侣的说法。就那会儿，我完全叫沮丧压垮了，我毫无道理地与我的主顾互诉衷肠，倾吐我的际遇和我的拮据，期望他们能谅解我的处境。

"这些我很能理解，"那男人摆出一副饱经沧桑的样子，"这样吧，我这儿有不少没用的钥匙，你都拿去吧，也许你用得着。"

他把我的故事全听岔了，他以为我是想搞把铜钥匙化了换钱吗？

"不瞒你说，"他提来一大串钥匙，"我也不知道我哪儿来这么多钥匙，既然你爱好收藏这些，送给你就是。"

满拧。

"这倒是一种奇特的爱好。"

连夜我就给陶然写了封信，并且在我的才获得的收藏中挑选了一把最精致最漂亮的铜钥匙按在信纸上画下了它的形状。

我想跟我的女同胞开个小小的玩笑。

在我的那封证词般的信件寄出后的第四天，也就是一九八七年四月二十一日。因为天气阴沉，我带着缩折伞出了门。

我与一位女友约好去看一部纪录电影，说的是非洲的一种蝗虫，在我匆忙地通过斑马线的一瞬间，我看到我的"瑞典朋友"迎面走来。

"钥匙！"我冲她喊了一声，"我在信纸上描下了它的形状。"

她极惊讶地看着我。川流般的车辆暂时将我们隔开。

"你什么时候回来的？"等我们并排站在一家杂货店门前的人行道上时，我开始澄清事实。

"你指什么？"她意味深长地说，她的神态令我困惑得词不达意。

"那次聚会。我是说你要找的那把钥匙，你们家的，你想用它试试法隆那家旅馆的三楼一室。"

"法隆，旅馆？"她依然做出副迷惑不解的样子。

"你什么时候回来的？"我重提这一问题，"我的信四天前刚刚寄出。还贴了一元一角整邮票。"

她似乎有点不好意思地笑了笑："我是给你写过信，但我一直没寄，何况那是好几年前的事了。"

"你不记得那把钥匙了吗？你们家的那把。"

"不记得，再说我已经搬家了。"

我在想，加上那个女保姆，怎么一下子冒出来三个陶然。法隆的那个女人究竟是谁？

"我得走了，快迟到了。你不必给我写信，我一直在这个城市里，没必要写信。"说完，她穿过马路，消失在人群中。

在我的衣袋里还放着亮闪闪的钥匙。

我已经完全没有心思再去关心什么非洲的蝗虫了。我没有去电影院，直接回家去了。我把那把钥匙用一根丝线串起来，挂在我的床头（它至今还在那儿），接着便把地图册以及那封可疑的瑞典来信统统塞进了一只抽屉的深处，让它和线团、小剪刀以及几组生锈的铰链在一块做伴。然后上床蒙头大睡。

那天中午，我的女友打来电话，她在电话里柔声谴责了我的失约，随后挂上电话与我"永别"了。

这件事在我的内心留下了很深的阴影，在最初的那段日子里，我几乎得了信件恐惧症，我每天花大部分时间仔细研究收到的每一封信，犹豫不决，一再拖延时间，不给任何人复信。我甚至还骑车跑了十站路的距离去探视一位发信者，用以核实我内心的某些问题。弄得发信人很过意不去。"我没什么要紧事，只是随便涂几个字，问候一下。""是吗？"我小心地询问，那人反倒被我的态度弄糊涂了。

没过多久，我的信件开始明显地减少，终于，几乎没有一封信了。这帮助我忘却了那个遥远而寒冷的国家。

在我的故事即将结束的时候，我要补充一个细节。

三个月以后，我再次收到了从法隆的来信，这是对我的信的复信。

信是用英文写的，很漂亮的花体字。我借助《新英汉词典》研究这封信（我已擅于此道）。信出自一位老年瑞典女性之手，她自我介绍说是旅馆的老板，她丈夫（一位和蔼的烟斗爱好者）十年前死于肺癌。她独自一人经营这家三层的小旅馆。她说是有一位中国女学生在三楼一室借宿。但一个星期前已离开此地，没有留下联系的地址。

她还补充说，那位女学生是——搭一辆摩托车走的。

但她又说，那人在登记簿上留的名字是英文，凯瑟琳娜。它的古希腊词源是纯洁的意思。

这位女老板为她擅自拆阅了我的信表示歉意，不过她又说这封信没有封严实，更何况她本人有点小小的窥视欲。对这类事我不怎么在乎，上了年纪谁没点嗜好呢。

使我感兴趣的是这位老太太居然用我画的钥匙形状配了一把，她惊喜地宣布，两把钥匙的齿形是完全一致的，因为她用它打开了三楼一室的门。

遗憾的是，凯瑟琳娜走的时候，忘了交还房间的钥匙。老太太说，也许她还会回来。

这位浪漫的老太太最后乐观地写道："假如你有机会来法隆，请一定光临我的旅馆，我将为持有我的客房钥匙的中国小伙子免费提供三楼一室。"

我呆呆地望着这封信，设想用一把熟悉的钥匙打开一扇陌生的门，自由地出入我所完全陌生的房间……

我的天，我第一次试图祈祷。

上帝啊！原谅我可悲的疑虑吧，我感到我跟你一样也是无依无靠的。

问题是上帝有着那么多的替身……

只有风景依然

　　……你得要有精力，有宽广的胸怀，有点盲目性……还有那么一刻，你还得从悬崖上跳过去；你要是思索起来，也就不会……

　　　　　　　　　　　　　　　　　——萨特

　　这个故事和我们的日常生活是并行不悖的，它只是在一些较次要的方面远离我们的习惯。

　　这个故事开始的年代很早，几乎可以说遥远。因此，对某些细节我只能小心推测。故事延续的时间很长，直到今天还没有结束，我只好放弃在一部小说里对人物和事件作出评价和判断的权利。更让我为难的是，故事的主人公似乎是我的慈爱的母亲，这就给冷静而客观的叙述带来了不小的障碍。

　　还有一些多余的话不得不说。我刚开始写小说那会儿，通常不交代时间地点，倒不是想让小说蒙上点虚幻色彩，只是贪图方便，好在什么人无端生事时避免麻烦。可这一来没想反让小说沾上了乌托邦味，这类幼稚的想入非非叫今人着实取笑了一通。这个叫《风景》的故事的真实程度依然十分可疑，我试着在若干章节内给出准确的时间和详细的地址，以期像时钟的秒针给人一种确切而稍纵即逝的感觉，即便如此，我还是担心它的效果，我不知道还有什么比时间更令人捉摸不透的了。

故事主人公活动的所有场景均在中国的南方，只是在少许涉及回忆的段落里才波及长江以北。我现在坐在南方城市上海的家中写作《风景》，对此深信不疑。这是一个有关普通人的故事，我的意思是，那个有可能是我母亲的人，是个普通人。

那是一九四九年以前的一个冬天（我先写到冬天并没有什么特殊原因，接下来我还要写到其他季节）。一个清冷的星期日的下午。每月上旬仅有的一班小火轮缓慢地在黄浦江上行驶，我母亲（那时她的年龄在九岁至十一岁之间）抱着她的行李在狭窄的船舱里等候靠岸。她非常瘦小（她一辈子都是这样），从她的眼睛里找不到焦急或者忧虑。她的开盐庄的外祖父让她到上海来找她的当教书先生的父亲。她并不为自己的年幼无知和只身外出而感到忐忑不安。她回想起她健康的终日默默无语的母亲对她此行不置可否，似乎有些茫然。她也不急于想象其实并无印象的父亲的模样，她手里有她父亲的照片，只是对今后无法逃避的陌生环境稍稍有点不祥的预感。

那时候，上海对她来说，既不是一个概念，也不是一片依稀可辨的憧憬。她还没有读过历史，还未曾坐过有轨电车，穿着料子考究的旗袍在中央商场闲逛还是将来的事情。尽管一上岸她就能粗粗领略洋人的风姿，但租界还是一个需要详加解释的话题，哈同花园在她的思维中尚未意味着社会差异和阶级地位，它的深宅大院只暗示着禁闭和幽深。她在将来可能还会对带枪的骑警记忆犹深，但那时候，战争、军阀、士兵还只意味着行人脸上那慌乱的神情。她不是个早熟的孩子，她不知漫长的未来岁月里等待她的还有难捱的寂寞和同样难捱的动乱。白克路大通路上那些清晨的乞食者用他们抱紧树干啃咬树皮的垂死之相教会了她最初的怜悯，他们在夜晚的寒风里的悠长而又凄凉的哀号则是对她内心迷惘地带的首次开拓。我母亲就告诉过我，她懂一点什么叫作无家可归。

但是，这纷繁的浮世相不是左右我母亲的一生也不是左右我的故事的主要原因（它甚至不是次要原因）。我之所以选择它作为故事的开始部分，完全是基于结构上的考虑，从一个略加渲染便可追索的地方引入人物虽非暗合着象征之义，但它的寓意便于在故事的逐渐展开中呈现出来。

这不是一个寓言，它所可能具有的全部意义都由故事本身蕴含着。

接下来的故事仍然是一九四九年之前的，只是变换了一个季节。

我母亲痛苦地发现，上海是一个可以接受的城市。在上岸之前，她曾经幼稚地幻想以无法习惯为理由让自己回到乡间去。可眼下，她几乎有那么点爱上这些萧索的秋天的街道了（请原谅我略去了路名）。

对一个地道的上海市民来说，上海不是个很大的地方。我母亲也持这种观点。她那时的生活圈子是狭小的，买三分票，坐两站电车已经算得上是一次远足了，对一个刚过九岁的女孩子来说，饥饿和谋杀即使在同一幢公寓里也是外部世界的事情，电梯里的冷冰冰的点头致意和昏暗的天井里的女人的嘶叫其恐怖的感觉并不多于夜间所读的数页柯南·道尔的探案故事。我想，后来我母亲得了雷诺氏症，不能完全归结于生我妹妹时受了风寒。她少年时代所寓居的那幢有着幽黯而狭长的走廊和不见阳光的面向天井的窗子的公寓就已经将阴惨而毫无生气的潮湿之感渗入了她的骨髓。至于那张置放在卫生间搪瓷浴缸上的破旧棕棚更是在四年间向这个小小的躯体递送了足够回味整整一生的寒冷。

我无力为我母亲设想另外一种生活（例如她不离开故乡），就跟我无力设想这个可能是我的母亲的故事的另一种存在方式。她的艰难的一生无疑给我的叙述世界带来了艰难。我一度以为我想写她的生活是源于我想复制她的整个经历而更深地了解她，爱她，到我开始学习写作时，我才慢慢地认识到，写什么，是因为我感到有什么在逐渐离我们远去。小说是我们挽留什么的努力，而这种挽留是以逃避的形式出现的。这就是闪烁其词、省略、虚写、一笔带过乃至文过饰非的真正原因。

这个城市的形成也就在百年之间，许多故事包括极早的有关倭寇海盗的传闻直至今日尚未引起世人的足够重视。到了我母亲只身来到上海投奔她的父亲的那一年，生计维艰已经使众人根本无暇顾及乡俗民风对意识形态方面的细微的影响。即使是蜚声海内外的大学者也无心做甚学问。

据我母亲回忆，她的父亲告诉过她，他在码头外等着接她时，就去鞋童那儿擦过鞋。我的外祖父是个眉清目秀的学子，这从他遗下的相片也可以看出。在那帧泛黄的相片上，外祖父身穿长衫，腋下夹着几本书，与一个和他相仿的人站在女子学校的校舍前，刚刚下课的样子。那是我无法想象的生活。他的眼睛细长但带着光亮，那不可能是照相造成的光泽。他年轻但很瘦弱，加上他梳理光滑的头发，让我感到他纤细得犹如一个女子。我母亲说，外祖父在女子学校教国文，尤其擅长《古文观止》。可惜他在我出生之前就已过世，不然，我就不仅仅是徒有对古文的热爱了。

在这里，我又略去了女子学校的校名，这本是可以用来增加真实感的。理由我不说了，其实杜撰一个校名也非万万不可，但我想这样处理或可另有妙处。

也许，读者会对这种沉闷的叙述感到难以容忍，但我不知道还能用什么方式来谈我们家里的事，更何况谈的是我母亲这方面的事，她的故事又是那么平淡无奇，她既没有在精神上压抑到变态，又没在肉体上折磨到不堪。再之，我对细节掌握得如此之少。或许，我可以在将来说我父亲的小说里更多些热烈奔放回肠荡气的成分。

说实在的，我倒是热衷于夸张的描写的，问题在于，《风景》的主要人物仅仅可能是我的母亲，这使我不得不在叙述时少耍些花招。

如果我没有记错，我母亲抵达后，一直不曾离开过的这个城市的时间是星期日下午。她的父亲就叫了一辆三轮车，径直回到了他借住的公寓，把我母亲塞进了那个光线昏暗的卫生间。我前面提到过的那张床早已置放稳妥，仅有的一扇狭窗前摆放了一张椭圆形的茶几，这可以用来写字，地上花格瓷砖上虽然还看得见污垢，但分明已用水拖过，白色的粉墙已叫水渍组成的奇形怪状的图案拥成了牙黄色。

"这是什么？"我母亲指着抽水马桶问。

"这坏了。"她父亲没有正面回答她的问话，"你可以坐在上面写字。"

我母亲将脑袋伸出窗外。"我记得有一股阴湿霉味。"她永远记得。"我看见对面挂着窗帘的窗户，还有侧面的楼梯我不知道，在我的窗户外边的墙上有一架太平梯。"后来发生的故事跟这些东西有关。

走廊里有软底皮鞋的走动声，然后是极响的敲门声。我的外祖父没法开门，他朝他的女儿嘘了一声，两人便一同屏住气息。一个后来在一定程度上左右了我母亲命运的人被挡在了门外。这人直到今天仍然活着。那时她是我外祖父的学生。我想她对我的外祖父有点意思，但是没有真凭实据，学生挚爱导师不是非分之举，此事不再细究。

我姨自称是个信耶稣的教徒，面善心慈，而每星期日的礼拜做来却如同例行公事，我不了解也不理解她，但我愿意相信她是好人。

她敲了敲门，不见答应，便哼着歌子一路走了。

"她回去打绒线衫去了。"我外祖父似自言自语。

"她是谁？"他的女儿轻轻地问。

"学生。"

"噢。"

要是这样写下去，把《风景》写成一出充满悬念的悲剧也未尝不可，只要在我母亲的反应"噢"字后而对少女心理进行强行分析就行。我不愿伤害我的母亲，我将把故事写成另一种样子。

这种静悄悄的公寓卫生间的生活就这样开始了，而时间则在外面的大街上飞速地掠过。第二天早上，窗外的雨声将我母亲从睡梦中唤醒过来。昨晚她过于疲倦，没脱衣服，趴在枕头上就进入了梦乡。这时她用眼睛打量起这个仅有四平方米左右的房间来。墙壁很高，上面一部分刷成白色，下面那部分刷成黄色，房门上安着块磨砂玻璃，若有人在外面，可见影子。

我母亲走过去推开窗户，看到对面窗口有一个几乎半裸的女人正跟趴在楼道窗户上的一个男人说话。那女人痴痴的似哭非哭，而那男人则一再摆手。这情景持续了约有一年，直到那个女人搬走。只是楼道上的男人天天轮换。我外祖父再三告诫我母亲，不许跟她讲话。十一岁之前，我母亲一直以为那人患有口臭，就像她乡下的一个表哥，现在想来那人无疑是个娼妓，只是哭哭啼啼地接客让人百思不得其解。

每天早上醒来的第一件事，便是推开窗子瞧那女人，在我母亲今日想来，也无特殊目的，既非好奇，也非无聊。看不见人就看窗帘。要是那窗台上每日跑出一只打鸣的鸡，我母亲也是要照看的。

由于下雨，天井里显得更加阴暗，浓重的潮气打天井朝向房内倒灌进来，这是我母亲对城市的最初印象。

清晨，推开窗户向外眺望。这一习惯我母亲保持至今。现在我和我母亲住在郊外新建的公房里，我母亲跟许多老人一样，用回忆来打发时光。这一类事情对我而言也是无法避免的，想想也用不了多久。

我的两个姐姐、一个哥哥全都离她远去。但这也是很久以前的事，并不能使她伤心。大姐在嫁给一个轮船公司的水手之后，没几年就生了一大堆孩子，不久死于突发性心脏病，我外祖父也是死于此病。我的哥哥则跟一个很漂亮的女人跑到云南去了，从此再也没有回来过，不仅如此，他连封信也没给我母亲来过。我母亲似乎善于在这种音讯全无的情况下生活，除却偶尔唠叨几句之外，几乎把他给忘了。另一个姐姐的结局似乎更为悲惨，我看还是不提为好，我母亲赞同这种看法："我们不必为一个疯子耿耿于怀。"

比起我的哥哥姐姐我也好不到哪里去，唯一的区别是我依然在我母亲的身边。但我想我不是她的安慰，除了间或跟我说几句话，她极少搭理我。她最初来上海时的所有情况全是我的推测和臆想。

只有一件事，唯一的一件，是她亲口对我说的，我把它写在下面，或许对读者认识我的母亲有点用。

时间仍然是一九四九年之前，所涉及的人依然是我的母亲，她的父亲，我外祖父的学生。叙述者仍然是我。场景不变，背景虚去，所有的人犹如演舞台剧那样，在我母亲借住那幢公寓里走来走去。他们说的话都是几十年前的，我直接把它们记下来有点近似于台词，所以稍加改动。

吃晚饭之前，天开始下雨，雨点很大，打在玻璃窗上一阵一阵地响，我母亲缩在被子里读小说。每天这时候，她的父亲应该给她送晚饭来了，或者来敲敲门带她一块出去，上附近的一个摊子上去吃云吞。也有不来的时候，我母亲只好这么饿着，看福尔摩斯跟华生说些什么。

最初的一瞬间，她仍然以为是雨声，所以并没有扭过头去，紧接着她意识到了，这声音跟雨点打在玻璃上发出的声响很不相同，像是有人用手指的关节在敲玻璃窗，这时小说里的大侦探正和他助手在闲聊，书本并无对她的幻觉有过推波助澜的暗示。我母亲转过脸去。

窗外是一张男人水淋淋的脸。

"父亲！"

我的外祖父的年轻的身体此刻悬挂在天井里的太平梯上。仔细地推算一下，我的外祖父在他不算短暂也够不上漫长的四十一年的一生中，一共结过三次婚。十七岁那年在他双目失明的母亲的敦促之下，首次领略了婚姻的滋味。接着这次游戏般的经历的结束——他的那位见着生人大气不敢出的妻子死于分娩。我的外祖父投入了我外祖母的怀抱。此刻，我母亲看到的这位雨中的登梯者，正处在他的再次婚姻的结尾部分。

面对这个奇异的场面，惊慌并没有使我母亲丧失勇气，她一手攥紧小说书，从床上跳了下来。

我的外祖父不慌不忙地从窗外爬了进来。

"关上窗户。"随即他发出指令。

对面的那个女人刚好也在关窗户，我母亲关窗之前看到的就是这些。

"人家看见了。"我母亲很怀疑她当时是否说过这话。

"谁？"

"对过的。"

我的外祖父冲到窗前。对面的女人正在拉窗帘。

其实我在另一部小说里已经描写过这一场面，只不过稍稍有点变形，直到如今尚未有人察觉，想来不免暗暗得意。

我外祖父那时候真是风流倜傥，他置时局与女儿于不顾，一心想投入他的第三次婚姻。而那位可心的人儿就是他的学生，那位穿软底皮鞋，会打平针毛衣的女子。想要道清该女子的经历，是需费点口舌。

我姨（我母亲让我管她叫姨）那会儿芳龄十几，模样长得不俊不丑，脾气不温不火，这样的人生来是左右一个以上其他什么人的。我外祖父刚到班上，对学生里有那么大年龄的人感到惊讶，而后方知，全是有钱人家的小姐，闲着无事送来玩玩的。为这群香气扑鼻的女学生，我外祖父很心荡神驰了一阵。

我外祖父念："余束发就学时，辄喜读……"我姨等坐在后排的几个早已用松紧带将头发扎作一把。

爱情就是这样来临的。那是一九四九年以前。

我外祖父念："师说……"课堂里立即飞扬起一片"先生！"那里面就有我姨那尖尖的嗓子在颤抖。那依然是一九四九年以前的事。那时我外祖父是一所私立女子学校的国文教师，他靠映雪堂本的《古文观止》谋生，他这一生除了依次与三个妻子做伴外，几乎没有什么能谈几句的朋友（当然编《古文观止》的吴楚材、吴调侯除外）。

我姨至今走起路来仍然风姿绰约，尽管她老得不行，但她毕竟不曾生育，这使她又痛心又得意。

她又来敲卫生间的门。轻轻的，但是大大方方。我外祖父立刻打刚关好的窗户前迈到紧闭的门前。

"是谁？"我母亲在她父亲开门之前朗声问道。而今她已神志混沌，不记得当时间的是门外的不速之客，还是门内水淋淋的父亲。

在时下那些已入不惑之年的哲人大谈寻求精神故乡的时候，遥想当年背井离乡形同蝼蚁的童稚少女，真让人慨叹际遇之叵测，人世之艰险，乃至人对自己的安慰之虚妄可怜。那是一九四九年之前，我母亲真不懂师生情谊何至于目光炯炯牵手而行。

"先生！"我姨一进门便冲我外祖父当头喝来，这一称谓真是令人玩味，当时他必定令我母亲享受无穷。我就不曾听我母亲管我父亲叫过"先生"，只是更简约"唉！"想来才真叫是含蓄深邃。

我姨与我外祖父的一段私情至今早已是昭然若揭，当母亲尚未从遥远的乡下被她母亲打发到城里来（此举含义深刻），这阴暗潮湿的卫生间是某人与某人的幽会之处断是无疑的了，只剩我外祖父爬窗之举尚有隐晦之处。而我母亲对此事的背景只字不提，从小说本身的角度考虑，下面我杜撰一种结局。像我外祖父这样的穷教书匠住进这样的公寓大楼，实在是事出有因。略云详情不谈，约能推见，我姨在一度成为我外祖父的妻子之前是怎样为他的衣食住行奔走呼号，但处于这个故事的关键的并不是我姨，而是窗户对面那个老爱哭哭啼啼的接客的烟花女子。

一个晴朗的早晨（这类早晨通常被用来作为崇高抑或充满仁爱场面的衬景），我外祖父在楼梯上瞧见了趴在窗口朝匆匆下楼的客人飞媚眼的那位女子。谁也不知道这人是怎样在夜间将客人领进房间的。我外祖父第一次在晨间看见这一女人。天井里的光线若明若暗，可能使我的外祖父在瞬间产生了幻觉，他从心底里期待这位皮肤松弛的女人用她那似哭非哭的泪眼看他一眼。他感到他那颗善良持重的心就要从他的嗓子眼里扑跳出来。但他期望的事没有发生。那女人没有注意到他。

第二天，以及从此以后的每一个第二天，我外祖父都要虔诚地跑到楼梯上去等候那莫名其妙的一瞥。但是很快我外祖父就丧失了信心，那女人对她的主顾在最后一刻表现出了异乎寻常的专注。

在我看来，用对人类活动的某些方面的概括，来加强故事结局的真实性，确实不是高明可信的手段。故此，我再从该事件对我母亲日后生活的影响反证我所杜撰的原因的真实性。

在《风景》的开始部分，我曾写道：主人公有可能是我的母亲，现在想来后悔不迭，是自找麻烦。

我随我母亲生活多年，她除了偶尔上我妹妹家小住一阵而外，基本上和我待在一起。她像大多数劳动妇女一样，受了两年教育（或者根本就没受什么教育），用一生中大部分时间来挣钱糊口，最后在垂暮之年退休，在家里待着打发余下的时光。

在她所有的孩子中间，我是最饶舌同时也是最懒的一个，我整天赖在家里想入非非什么正经事也不干。她认为写小说不是什么正经事，她甚至诅咒说，我与其整天这么在家泡着还不如像我二哥那样跟哪个妖女跑了好。

我知道我的情况，就如同我知道我母亲的情况，要是她偶尔得知一星点我的弟妹的消息，都会在窗前唏嘘喟叹好半天。这些没良心的从不出现，反倒使我母亲牵肠挂肚。而我老这么守着她，却从不能激起她一丝一毫的情感涟漪。

我试着接近她。我把《风景》递给她看，我甚至想征求一下我姨的意见。

我母亲像她历来所做的那样，在窗前读我的小说，她读得很快，但绝非漫不经心。不一会，她抬起头，望着窗外，我站在她身后，等候裁决。

我不再做任何渲染，因为我心里一片空白。

她像一个小说中的人物那样转过身来："我怀疑，我可能不是你的母亲。"

我也怀疑，这个有可能是我母亲的人根本就没读完我的"论述"风景的小说。

这会儿，她又向窗外的景色转过身去。

请女人猜谜

　　……我们有的不过是被我们虚度的瞬间，在时间之内和时间之外的瞬间，不过是一次消失在一道阳光之中的心烦意乱……或是听得过于深切而一无所闻的音乐……

　　　　　　　　　　　　　　　　　——T. S. 艾略特

怀念她们

　　这篇小说所涉及的所有人物都还活着。仿佛是由于一种我所遏制不住的激情的驱使，我贸然地在这篇题为《请女人猜谜》的小说中使用了她们的真实姓名。我不知道她们会怎样看待我的这一做法。如果我的叙述不小心在哪儿伤害了她们，那么，我恳切地请求她们原谅我，正如她们曾经做过的那样。

　　这一次，我部分放弃了曾经在《米酒之乡》中使用的方式，我想通过一篇小说的写作使自己成为迷途知返的浪子，重新回到读者的温暖的怀抱中去，与其他人分享二十世纪最后十年的美妙时光。

在家中读《嫉妒》

那年夏天。当然，我就不具体说是哪年夏天了。我在家里闲待了一个月，因为摔伤了手臂。白天，除了在几个房间里来回走动，再就是颠来倒去读罗布－格里耶的《嫉妒》，我无聊地支使自己仔细辨认书中的房间，按照小说的叙述，绘制一张包括露台、具有方位的平面图。我发现，按照罗布－格里耶的详尽描述，有一件物品是无论如何也放不到小说中所说的那个位置的。这极为重要。当然，不爱读《嫉妒》的读者例外。我问过十个人，其中一个是在街上冒险拦下的。十个人都不爱读。我想，我就不在这儿披露我的发现了。

尽管读《嫉妒》占去了我白天的大部分时间，在我的为炎热包围的感觉中，它仍是一件次要的事情。

一天傍晚，也就是男女老少纷纷洗澡，而又叫洗澡这事儿闹得心烦意乱的时候，我正坐在走廊里的席子上发愣。家里人全都看电影去了，我既没吃晚饭也没去打开电灯。这时，有人按响了门铃。

现在，我回忆当时所有的细节，总感到在哪儿有些疏漏。我首先感到门外是个我所不认识的人。我慢慢地走过去，打开了门。

果然是个女人。

她自我介绍说，她是因为读了我的小说来找我的麻烦的。她站在暗中，我看不清她的脸，我家对面的人家像是参与了这个阴谋似的，既不见灯光也听不见动静。

我对这类事一点好奇心也没有，我讨厌这些不明不白的人来跟我谈小说。但我内心慌乱，我想，是不是因为我没吃晚饭。

我问她都读过哪些小说，她说全部。我再问读过《眺望时间消逝》吗，她像是在思考我是不是在诈她，停顿了好一阵才说没有。我说那我们没什么可谈的了。其实我还没写这部书。

我不记得她是怎么走的，反正她说还要来，那语气就跟一个杀手没什么两样。她说先去把《眺望时间消逝》找来读一遍再说。

我回到席子上坐下，惊魂未定，寻思是否要连夜赶写一部《眺望时间消逝》。这时，门铃又响了。这回是看电影的人们回来了。他们大声喝问为什么不开灯，为什么不做饭，为什么……

有一件无关紧要的事在这儿说一下，我是半个月前从摩托车上摔下来的。当时我正绕着一个大花坛的水泥栅栏拐弯，冲着一辆横着过来的自行车做了一个避让动作，结局是飞身扑向地面，左肩先着地，就像有谁拉了我一把似的，一点也不疼，实际上是没有了知觉。许多人围上来看，指指点点，比划着什么，好像我没有摔死真是奇怪。他们不知道从车上失控飞出到接触地面虽然是一瞬间，但你能非常清晰地看到地面在你身下朝后飞速退去，最后一刹那，地面仿佛迎着你猛地站了起来。一个黑人作家描写过类似感受。

无可挽回。这是我能想到的比较诗意的词句。

我终于没写《眺望时间消逝》，好像是因为手臂疼得太厉害了。虽然骨头没伤着，但肌肉严重拉伤，我得定期去医院做电疗。

那天，我被护士安置到床上，接上电源。正寻思那个神秘的女人是怎么回事。那女护士转过身来，拉下大口罩，说，我读完了《眺望时间消逝》。

她注视着我的眼睛，"你要是感觉太烫，就告诉我。"

"不。"我看了床头的仪器一眼，什么玩意儿，一大堆电线从一只铝合金的匣子里通出来，刻度盘上的指针晃晃悠悠的。"不烫。"我重申了一遍。

她微笑了一下，在我身旁坐下，替我把手臂上的沙袋重新压了一下。

"你认为《眺望时间消逝》是你最好的小说吗？"

我一时没了词。这是怎么了，她是认错人了吧。

"你为什么一开始要提那条走廊，这样做不是太不严格了吗？这是一部涉及情感问题的小说，你要是先描写一朵花或者一湾湖水倒还情有可原，你的主人公呢，为什么写了四十页，他还没有起床？"

"你弄错了，"我想她明显是弄错了，"我的主人公一开始就坐着，他在思考问题，直到结束，他一直坐着。"

"可我为什么感到他是躺在床上呢？"

我在想一些小说的基本法则，好来跟她辩论。比如，第一个句子要简洁。从句不要太多。杜绝两个以上的前置词。频繁换行或者相反。用洗牌的方式编故事。在心绪恶劣的时候写有关爱情的对话。在一个句子里轮流形容一张脸和一个树桩……

进入河流

在写作《请女人猜谜》的同时，我在写另一部小说《眺望时间消逝》。这个名字来源于弗朗索瓦·萨冈的一部小说。那部小说叙述的是萨冈所擅长的那种犹犹豫豫的爱情。我提到这些，不是为了说明我在写这篇小说的时候是不够专心致志的，而是因为萨冈是后所喜爱的作家，尽管后坚持认为萨冈描写的爱情是不道德的。

你看，我已经使用了很多约定俗成的字眼了，但愿你能理解我的意思，而不仅仅是那些字眼。

如果睡眠不受打扰

我冒险叙述这个故事，有可能被看作是一种变态行为。其难点不在于它似乎是一件极为遥远的事情，而在于它仿佛与我瀚海般的内心宇宙的某一迷蒙而晦涩的幻觉相似，在我费力地回溯我的似水年华时，犹如某个法国女人说的，我似乎是在眺望时间消逝。

假如我坦率地承认我的盲目性，那么我要声明的是，我是这个故事的转述者。但我无力为可能出现的所有含混之处负责，因为这个故事的最初的陈述者或者说创造者是一个四处飘泊的扯谎者。

这个地方曾经有过许多名字，它们或美妙或丑恶，总之都令人难以忘怀，我不想为了我叙述的方便，再赐予它什么外部的东西了，我就叫它房间罢，因为我的故事的主人公叫士。他是一个被放逐者。

这个故事源自一些梦中的手势。

我想我一生中可能写成不多的几部小说，我力图使它们成为我的流逝的岁月的一部分。我想这不能算是一个过分的奢望。

我写作这篇小说的时候刚好是秋季。我的房间里空空荡荡的，除开我和那把椅子，再就是墙上画着的那扇窗户以及窗棂上的那抹夕阳了。

《眺望时间消逝》是我数年前写成的一部手稿，不幸的是它被我不小心遗失了，还有一种可能是它被我投入了遐想中的火炉，总之它消失不见了，我现在是在回忆这部小说。

我做的第一件事是在墙上画出一扇门。这件事非常紧急，因为外面已经有人准备敲门了。

这个人是一个流亡者，如果我的记忆没有发生错误的话，她来自森林腹地的一片沼泽。她就是与传说中的弑父者同名的那个女子，她叫后。

令我感到绝望的是，我不记得后此行的目的了，仿佛是为了寻找她的母亲，也可能是为了别的什么事情，比如，好让旅途之风吹散在她周身萦回不去的血腥之气。

我现在只能暂时将这一恼人的问题搁置不顾，或者假设她没有目的……

我已有很长一段时间足不出户，而旅行和寻找却依然是我的主题。我与自己温存地谈论这些，全不知它是一个古老的话题，已经被埋没了数千年了。

开始部分我就纠缠于一些细枝末节，孜孜不倦地回味后的往事，历数她美好的品德，刻画她光彩照人的性格，即使涉及她的隐私，也不忘表现其楚楚动人之处，似乎我对她了如指掌。

或许不是这样，我只是对她的遭遇表示了同情，将后的处境设计得悲惨而又天衣无缝，使人误以为那是一出悲剧，或者至少是一出悲剧的尾声。

可以肯定的仅有一点，那就是她已不是一位处女了。

接着，我描写了后所到之处的风景，似乎是为了探索环境的含义，我将秋天写得充满了温馨之感，每一片摇摇晃晃飘向地面的树叶都隐含着丰沛的情感，而季节本身则在此刻濒临枯竭。

但是，令人悲痛的是，在我的思绪即将接近我那部佚失的手稿时，我的内心突然地澄澈起来，在我的故事的上空光明朗照，后和她的经历的喻义烟消云散，而我置身于其中的房间也已透进了真正的晚霞。我的后已从臆想中逃逸，而我深爱着的仅仅是有关后的幻觉。

我的故事的另一位主人公士是一位好兴致的男人。他的年龄我无法估量，设若他没有一百岁，那么他至少可以活到一百岁，不幸的是他生活在另一个时代，他完完全全不接受他处的境遇，他按照记忆中的时间固执地前往记忆中的地点，并且总是扫兴地使自己置身于一群尖酸的嘲弄者中间，他曾经是一位惊天动地的人物，而现在仅仅是一个瞎子。

此刻，他正在路边与后谈话，劝告她不要虚度年华。

"好了，我说完了，现在你不要挡我的道。"士严厉地命令后给他让路，"我要赶着去会一位友人。"

后的神色非常高贵，她伸开双臂似乎要在暮色中拥抱士："老人，请你告诉我……"

遗憾的是士不能满足后的要求。

士最初是一位医学院的学生，因为偷吃实验室里的蛇，而遭指控。于是，士放弃医学转向巫术。他在这个城市的街道上昼夜行走。

我先把士的结局告诉你。他最终成了一个真正意义上的残废。而后的结局是疯狂，一种近似迷醉的疯狂。她寓居在我的家中，随着时光的流逝渐渐地成了我的妻子。如今，我已确信，我是有预言能力的，只要我说出一切并且指明时间和地点，预兆就会应验。

祈　祷

很久以来，我总在怀疑我的记忆，我感到那些不期而至的诡异的幻觉不时地侵扰着它，有点类似印象主义画家笔下的肖像作品，轮廓线是模糊不清的，以此给人一种空气感。女护士的容貌在越来越浓的思绪的迷雾中消隐而去。时至今日，我甚至怀疑这一场景是我因叙述的方便而杜撰出来的。不然，它为什么总在一些关键处显得含混不清，总好像缺了点什么，而在另一方面又好像多了点什么，比如，一天似乎有二十五个小时。

我询问自己，我是否在期待艳遇，是否为梦中情人、心上人这一类语词搅浑了头，以为某些隐秘的事情真会随着一支秃笔在纸上画弄应运而生。

我以后还见过后，那是在我的一位朋友的家里。

这位朋友家独自占有一个荒寂的院子，住房大到令人难以置信。那是一个傍晚，来给我开门的正是后，她穿着一件类似睡袍的宽大衣裙。原先照在生了锈的铁门上的那一抹霞光正映在后的脑门上。

我跟她说，我没想到她也住在这儿。后说我这是一种比喻的说法，生活中很常见的。我没明白后的意思，跟在她的身后，向游廊尽头的一扇门走去。这可能是从前法国人盖的房子，在门楣上有一组水泥的花饰，巴洛克风格的。我正这么胡琢磨着，后在前面叫了一声。

她正仰着脑袋与楼上的一个妇人说话。那人好像跟她要什么东西，后告诉她在某个抽屉里，然后那人将脑袋从窗口缩了回去。

我预感到这院子里住着很多人，并且过的不是一种日常生活，而仿佛在上演一出戏剧的片断。

这出我权且将它称作《眺望时间消逝》的戏剧是这样开始的。人们总是等到太阳落山的时候跑到院子里站一会儿，他们总是隔着窗子对话，他们的嗓音喑哑并且语焉不详，似乎在等待某种超自然的力量来战胜某种闲适的心态。他们在院子的阴影中穿梭往返是为了利用这一片刻时光搜寻自己的影子。因为他们认为灵魂是附在影子上。当然还有另外的说法。譬如，一个对自己的影子缺乏了解的人是孤独的。

院内人们的生活是缺乏秩序的，他们为内心冲动的驱使做出一些似是而非的举动。我想象后来给我开门即属此列。我推想院内的人们是不接纳外人的。因为他们生活在一种明澈的氛围之中。犹如陷入沉思的垂钓者，平静的水面无所不在而又视而不见。

这时候开始亲吻

在殖民地的夏季草坪上打英国板球的是写哀怨故事的体力充沛的乔治·奥威尔先生。一个星期之前的一个令人伤感的下午，他举着橄榄枝似的举着他的黑雨伞，从远处打量这片草坪时，他想到了亨利·詹姆斯的那部从洒满阳光的草坪写起的关于一位女士的冗长小说。他还想起了一个世纪之前的一次有关罗马的含义暧昧的诀别。"先生，您满意吗？"他在夏季这不紧不慢的雨中问自己。"不，我要在走过门厅时，将雨伞上的雨水大部分滴在地板上。"在乔治·奥威尔先生修长的身后，俯身蹲下的是仆役，是非常勤快的士。地板上的水很快就会被擦干净。生活是平淡而乏味的。这双靠得极近的浅蓝色的眼睛移向栅栏外的街道，晚上他将给妻子写信：亲爱的……

没有人了解士，正像人们不了解一部并不存在的有关士的书。城里人偶尔兴奋地谈起这个守床者，就像把信手翻至的某一页转达给别人，并不是基于他们对这一页的特殊理解，而是出于他们对片断的断章取义的便捷的热爱。他们对士的浮光掠影式的观察，给他们武断地评价士提供了肤浅的依据。士有一张深刻的脸，他会以一种深刻的方式弯腰捡球，他将高高兴兴地度过草坪边的一生，球童的一生，高级仆役的一生，反正是深刻而值得的一生，不过是被践踏的一生。当他被写进书里就无可避免地成了抽象而乏味的令人生厌的一生。

乔治·奥威尔先生在英吉利海峡的一次颇为委婉的小小的风浪中一命归天，给心地善良的士的职业前程蒙上了不悦的阴影。

那是一个阴雨天，乔治·奥威尔先生的朋友们因场地潮湿只好坐在游廊里喝午茶，他们为被允许在主人回国期间任意使用他的球场和他的仆役心中充满了快意。他们的好兴致只是由于坏天气稍稍受了点儿败坏，他们用文雅的闲聊文雅地打发这个无聊透顶的下午。这种文明而颓废的气氛令在场的一条纯种苏格兰猎犬昏昏欲睡。感到惊讶的是在一旁听候使唤的士。他在伺候人的间隙不时地将他老练的目光越过阴沉沉的草坪，投向栅栏之外的街道。他欣慰地睨视那些在雨中匆匆跑过的车夫，由衷地怜悯这些在露天奔波糊口的同胞。乔治·奥威尔先生和他的高雅的朋友们在雨天是不玩球的，即使场地有一点湿也不玩。士知道这是主人爱惜草坪而不是爱惜他。但他为如此幸运而得意。而幸运就是要最充分地体验幸福。这是乔治·奥威尔先生的无数格言之一。

士看见骑着脚踏车的信差将一封信投进花园门口的信箱，他顺着思路怜悯起这个信差来。他没去设想一个噩耗正被塞进了信箱，塞进了行将烟消云散的好运气。

当士为草坪主人的朋友端上下一道点心时，他领受了这一不啻是灾难的打击。士的反应是沉稳而符合规格地放下托盘。银制器皿和玻璃的碰撞声在他的心上轻轻地划下了一道痛苦的印记。

这个毕生热爱航海的英国佬就此从士的视野中消失了。据说，海葬倒是他生前诸多微小的愿望之一。

诗人以及忧郁

也不知是从什么时候开始，我热切地倾向于一种含糊其词的叙述了。我在其中生活了很久的这个城市已使我越来越感到陌生。它的曲折回旋的街道具有冷酷而令人发怵的迷宫的风格。它的雨夜的情怀和晴日的景致纷纷拥入我乱梦般的睡思。在我的同时代人的匆忙的奔波中我已由一个嗜梦者演变成了梦中人。我的世俗的情感被我的叙述谨慎地予以拒绝，我无可挽回地被我的坦率的梦想所葬送。我感到在粉红色的尘埃中，世人忘却了阳光被遮蔽后那明亮的灰色天空，人们不但拒绝一个详梦者同时拒绝与梦有关的一切甚至梦这个孤单的汉字。

我读过一首诗（这首诗的作者有可能是士）。我还记得它的若干片断，诗中有这样的语句：成年的时候我在午睡／在梦中握紧双手／在灰色的背景前闭目静坐／等她来翻开眼睑／她忧郁的头发／夏季里的一天。

这首诗的结束部分是这样的：手臂之间／思想和树篱一起成熟／拥抱的两种方式／也在其中。

这个人有可能以某种方式离开我们。我们现在就是在他的房间里，准备悼念他，我们悼念所有离开了我们的人。我们将在适当的时候离开我们自己。

我们的故事和我们写作这个属于我们的故事的时间是一致的。

它和阅读的时间不一致，它不可能存在于无限的新的阅读经验之中。它触及我们的想象，它是一团逐渐死去的感觉，任何试图使它复活乃至永生的鬼话都是谎言。

下午或者傍晚

在士的一生中，这是最为风和日丽的一天。正是在这个如今已难以辨认的日子里，士成了医学院的一名见习解剖师。他依然十分清晰地记得从杂乱无章的寝室去冷漠而又布满异味的解剖室时的情景。当他经过一个巨大的围有水泥栅栏的花坛时，一道刺目的阳光令他晕眩了片刻。一位丰满而轻佻的女护士推着一具尸体笑盈盈地打他身旁经过。士忽然产生了在空中灿烂的阳光中自如飘移的感觉，然后，他淡淡一笑。他认识到自古以来，他就绕着这个花坛行走，他从记事起就在这儿读书。有多美呀，他冲着女护士的背影说了一句。从此，士爱上了所有推手推车的女性，倘若她们娇艳，他则倍加珍爱。

夏天和写作

整整一个夏天，我犹如陷入了梦魇之中。我放弃了我所喜爱的法国作家，把他们的作品塞进我那布满灰尘的书架。即使夜深人静，独处的恬适促人沉思时，我也一反常态不去阅读它们，仿佛生怕被那奇妙的叙述引入平凡的妄想，使我丧失在每一个安谧的下午体会到的具体而无从把握的现实感。

我的手臂已经开始康复，力量和操纵什么的欲望也在每一簇神经和肌肉间苏醒，我又恢复了我在房间里的烦躁不安的走动。我在等待女护士的来临。

那个令人焦虑也令人愉快的夏季，后每天下午都上我这儿来。她给我带来三七片也给我带来叫人晕眩的各类消息，诸如步枪走火，尸体被盗，水上芭蕾或者赌具展销。当然，我逐渐听懂了后的微言大义，她似乎要带给我一个世事纷乱的假象，以此把胆战心惊的我困在家中。

"你写吧，你把我说的一切全写下来。"后注视着我，嘱咐道。

我知道，有一类女性是仁慈的，她们和蔼地告诉我们斑驳的世相，以此来取悦她们自己那柔弱的心灵。而这种优雅的气质最令人心醉。

我爱她的胡说八道，爱她的唾沫星子乱飞，爱她整洁的衣着和上色的指甲，爱她的步履她的带铁掌的皮鞋，总之，后使我迷恋。

整个夏天我从头至尾都是后的病人，我对她言听计从，我在三伏天里铺开五百格的稿纸，挥汗抒写一部可能叫作《眺望时间消逝》的书，我把后写进我的小说，以我的想入非非的叙述整治这个折腾了我一个夏天的女护士。我想我因交通事故落入后的手中如同她落入我的小说均属天意，这就是我们感情的奇异的关系。

我从来不打听后的身世，我向来没这嗜好。这倒不是我有什么优异的品德，只是我的虚构的禀赋和杜撰的热情取代了它。我想这样后和世界才更合我的心意。

我和后相处的日子是短暂而又愉快的，我从不打算在这类事情上搞什么创新，我们同别人一样说说笑笑，吵吵闹闹。对我们来说那种老式的、规规矩矩的、不太老练的方式更符合后和我的口味。我学习五十年代的激情把白衬衫的袖子卷得高高的，后学习三十年代的电影神色匆忙地走路。我们的爱情使我们渐渐地离原先的我们越来越远。我们相对于从前的岁月来说，已经面目全非。这种禁闭式的写作使我不安到如一名跳神的巫师，而每天准时前来的后则神色可疑得像一个偷运军火的无赖。我们在炎热的日子里气喘吁吁的，像两只狗一样相依为命。我们谈起那些著名的热烈的罗曼史就惭愧得无地自容。我们即使耗尽我们的情感也无济于事。于是，我们的爱情索性在我们各自的体内蹲伏起来。我们用更多的时间来琢磨傍晚的台风和深夜的闪电，等待在窗前出现一名或者两名魔鬼，我们被如许对恐惧的期盼统摄着，让走廊里的窗户叫风雨捣弄了一夜也不敢去关上。

我在研究小说中后的归宿时伴着惊恐和忧虑入睡，而后一直坐着等待黑夜过去。

永垂不朽

"我永远是一个忧郁的孩子。"说这句话的人是守床者士。这会儿，他正徜徉在十二月的夹竹桃的疏朗的阴影里，正午的忧伤的阳光在他屏息凝神的遐思里投下无可奈何的一瞥。他的脸庞仿佛蒙着思绪的薄纱，犹如躺在迷惘的睡眠里的处子。他把自己悲伤地设想为在窗前阳光下写作的作家，纯洁地舒展歌喉吟唱过了时的谣曲的合唱队次高音部的中年演员，战争时期的精疲力竭的和平使者或者某棵孤单的行道树下的失恋的少男。

在士的转瞬即逝的想象里命运的惩罚像祈祷书里的豪雨一样噼啪地下个不停。"我要保持沉默。"他像一个弱智儿童一样对自己唠叨这句过分诗意的叮嘱已有些年头了。尽管士在一生中情欲完全升华到令人困惑的头颅之后，才稍稍领悟到并没有一部情爱法典可供阅读。他这惨淡的一生就像一个弱视者迟到进入了漆黑一团的爱欲的影院，银幕上的对白和肉体是那么耀眼，而他还不知道自己的位置在哪里。按时入场的痴男怨女们掩面而泣的唏嘘声就像是对士的嘲弄。

士是各类文学作品的热心读者，他把这看成是苍白人生的唯一慰藉。文学语言帮助他进入日常语言的皱褶之中，时间因之而展开，空间因此而变形。士感到于须臾之间进入了生命的电声控制室，不经意间打开了延时开关，他成了自己生命声音的影子。这个花哨的虚像对它的源泉形影不离，比沉溺在爱河里的缠绵的情侣更加难舍难分。

当非常潮湿的冬天来临的时候，后已经为自己在热切而宽敞的意念里收藏了好些心爱的玩意儿。列在首位的是一柄在锃亮的锋刃边缘文着裸女的小刻刀。这是后在一个星期六下午于一个吵吵嚷嚷的地摊上看好了的。在此之后，每逢星期六她都要去光顾一下小地摊，将这把小刻刀捧在手里，端详一番，用手指摩挲着锋刃一侧的裸女，心里美滋滋的。

同样使后心醉神迷的另一件玩物是一叠可以对折起来藏在裤袋里的三色画片，画上是几组精心绘制的小人儿，随着翻动画片可以得到几组乃至几十组遂人心愿而又各个不同的令人赏心悦目的画面来。这玩意儿是由一精瘦精瘦的老者所收藏的。这老人就是士。士的行踪飘忽不定，这给倾慕者后带来了不少麻烦，每当她被思念中的画中人搅得寝食不安时，她总得窜上大街在各个旮旯里搜寻三色画片的占有者。令后自己都感到惊异的是，尽管这些玩意儿全都使她倾心相恋，她的鬼迷心窍的行径也从未使她走上梁上君子的道路，她为自己的纯洁和坚贞由衷地自豪。就这样，她开始了自觉而孤独的人生旅程。

关闭的港口是冬季城市的一大景色，后则是这一奇观的忠实的观赏者。她混迹于闲散的人群之中，她们偶尔只交谈片言只语，意思含糊不清，几乎不构成思想的交流。这一群东张西望的男人女人，没有姓名，没有往事，彼此也没有联系。后在寒冷的码头上用想象之手触摸他们冷漠的面颊。他们三三两两地凑在一块，构成一个与社会疏离的个人幻景。忽然之间，他们中间某个人消失不见了，他们就像失去了一个游戏伙伴，顿时沉下脸来，仿佛他是破坏了规则而被除名的。后在他们中间生活了一阵子，他们用鸡毛蒜皮的小事来划分时代的方式令她胃疼。

询　问

　　所有生离死别的故事都开始于一次爱情。守床者士当时还是一个情窦初开的少年，这个黄皮肤的小家伙的怯生生的情态引发了一位寡妇的暮年之恋。

　　这位妇人，最初是在她的母亲不堪肺结核病的反复折磨引颈自刎之后，于一个冬日的黄昏，乘一艘吭哧吭哧直喘气的破货轮上这儿来的，那一年她刚满十七岁，却已经长就了一张妇人的脸，她的并不轻松的旅程使她的容貌平添一层憔悴。犹如牲口过秤一般没等安稳停当，便被一位中年谢顶的牙科医生娶了去，她不费吹灰之力使自己成了这个有着喜闻病人口臭的怪癖的庸医的女佣。正是在这时辰，在她痛不欲生而又无所作为的当口，作为迟暮之恋的过早的序幕上演了。

　　这个长着一双细长眼睛的美少年每周来上两次声乐课。他总是先轻轻地敲一阵门，然后，退到那一丛夹竹桃中间静静等候着。这一年春天，给士来开门的是这个日后注定要做寡妇的人。士刚刚叫叮叮当当的有轨电车震得有几丝紊乱的脑子清静下来，立即又让一双棕色的眼珠掠去了正常的判断。他们相爱了。当然，实际发生的爱情还要晚些时候才会出现。

　　士穿过带股子霉味的狭长走廊，来到牙科医生的卧室里。此刻新婚的牙科医生全然不顾户外的大好春光，紧闭窗帘，在靠床放置的那架琴键泛黄就跟病人的牙垢似的钢琴前正襟危坐。他要传授的是用呼吸控制发声。牙医强调了重点之后，便开始做生理解剖式的分析，他用一尘不染的纤长手指轻松地挑开士的小猪皮皮带。他开始告诉士横膈膜的位置，以及深度吸气以后内脏受压迫的位置。最后，牙医捎带指出了（同时也是强调指出了）生殖器的位置。他轻轻接触了一下，便收回手来。整个过程士始终屏住呼吸，所有歌唱呼吸的要素连同卡卢索、琪利的谆谆教诲全变成了一片喁喁情话，而那双棕色的眼睛则在卧床的另一侧无动于衷地更换内衣。

我的素材或者说原型是摇摆不定的，有一阵子他们似乎忧郁浪漫，适宜做玛格丽特·杜拉斯或者弗朗索瓦·萨冈笔下的男女，近来他们庸俗多了，身上沾染了少许岛民的褊狭和自命不凡，有点近似奥斯汀或者晚近的安格斯·威尔逊作品中尖酸刻薄的有闲阶层的子弟了。并且未来还有那么遥远、那么漫长的日子，说不准他们还乐意变成什么样子，晒黑了皮肤冒充印第安人抑或非洲土著也难说。

约而言之，我的典型人物是变化多端的，较之热衷于探索所谓小说形式的作者远胜一筹。

我不打算写一部伤感的回忆录，我知道人们讨厌这类假模假式的玩意儿。我们的大胆的暴露和剀切的忏悔早已使人倒了胃口，我们的微小的瑕疵和似是而非的痼疾已不再能唤起人们的恻隐之心。当人们把他们的同情心从一个优雅的躺在床上的变态者的迷人追述中移开时，他们已经宣告了自命不凡的时代的结束，人们谦恭而意味深长地相互告诫：不要自视太高，所谓痛苦是可以避免的。

人们早就认识到了所谓寓言的局限性，我们的疲软的世俗生活不需要此类拐弯抹角的享受，我们把人们惨淡经营的寓言奉还给过去了的岁月，有可能的话还保留给未来。在今日，人们是宁愿要一套崭新的架子鼓和一支烤烟型烟卷的。

当然，尽管尘世的迷雾不停地朝我袭来，使我难以辨认我笔下的人物，但我还是有决心将他们的来龙去脉查个水落石出，我几乎很快就想象出士的若干经历，他曾经居住在一座充满了恶棍和妓女的嘈杂不堪的小城里。他在广场路十七号的面具商店里干了多年，在那里虚掷了他的青春和他的寂寞。他每天晚上二十一点整骑自行车去面具商店，他们通常在半小时之后开始一天的营业。他们主要出售各种定制的面具。客户大都是有趣的人物，诸如，慈爱街纯洁天使什么的，全是一些正派人。

我已经日益衰老，一种对生活的冷漠和刻毒已经跑来损害我的叙述了，我小心地使自己避开那些沿街掷来的流言蜚语，努力使自己忘却人世间告密者的背叛行为以及爱情的创痛。但是，无论如何，我已经成了一个啰里啰唆的老怪物了，一切事物，我要是不给予它价值判断，我就无法活下去，我完全放弃了幽默感，我所擅长的就是使性子，尽管我的祖上仅是一名乡间红白喜事上受人雇用的吹鼓手，但一种莫名其妙的自高自大已使我丧失了自知之明。我感觉到士的经历与我是相似的，只是在对待后或者换一句话说在对待爱情这一小问题上所具有的态度有些不一样。

虽然，士和我同样地其貌不扬，并且具有一种鬼鬼祟祟的神情，但士却是一个铁石心肠的男人，他能够轻易地穿过各式各样的爱情的草丛。在两次爱情之间停下来喘气的当口，仍然显得身手矫健。他能够毫不费力地同时扮演忠诚的爱人和偷情者两种角色，与此同时，还可以兼任技巧高超的媒婆、真挚诚恳的喻世者、有正义感的凡夫俗子、阅世颇深的谋士以及心力交瘁的臆想者。他与后的奇遇就是明证。

相形之下，作为叙述者的我无疑逊色多了。我知道后的出现有悖情理，我与后在医院里的种种巧遇也有捏造的嫌疑，这都不是主要的拙劣之处，最为荒谬绝伦的是，我费了如此之大的劲，竟然不能使自己显得相对出色一些。

我与后讨论过这些，她带着下班以后的疲乏神情说："你这是吃饱了撑的。"

远方的乌云已经朝我的头顶飞来，我写的小说和我自己都将经受一次洗涤，我不再坚信我确实写过《眺望时间消逝》这样一部小说。我毕竟不是一个瓦舍勾栏间的说话人，舍此营生我尚能苟活，我开始认识到虚构、杜撰是危险的勾当，它容易使人阴盛阳衰、精神萎靡。我不想使自己掉进变态疯狂的泥坑，因此，我决意再不与后谈什么流逝的时间或者空间。

与此同时，士迅速地开始衰老，他预感到自己病魔缠身，甚至连对纷乱的世事表达一下他的幸灾乐祸的气力都没有了，士对自己的无尽的才华和同样多的善行终将被埋没和忘却感到哀伤，他的痛苦的经历给他带来的伤害已经显得无足轻重，围绕着他的那帮酸溜溜的谗言者给他的哀痛更增添了依据。"我们要振作起来。"他们互相鼓励着，犹如在荣誉和功名前准备冲锋陷阵的乞丐和贫儿。

诚然，这一切都是对士的次要的瞭望，他的内心景观是作者无法揣测的，它是那么地黑暗，那么地深不可测，若我有幸能接近它，我想那一定是个奇观。

我这么写着写着，这个充满了猜忌和诋毁的夏天就快过去了，在烈日下疯狂鼓噪的知了，就要被秋日席间的愁思所取代。痛心疾首地追抚往事就要避难似的混入我的笔端，我终于认识到，写作一篇小说给人带来的毒害要远胜于阅读一篇小说。尘世间心灵最为堕落的不正是我等无病呻吟的幻想者吗？

是啊，我所描写的正是与魔鬼的一次交易。魔鬼所造访的正是这样一些无聊透顶的人。他们被魔鬼追赶着从一个小土坡上翻滚着逃下来，在平地上刚好赶上一场暴雨，他们水淋淋的模样令魔鬼忍俊不禁。于是，魔鬼伸出他那毛茸茸的长腿再一次绊倒了他们中间的一个，令他来了个嘴啃泥，谁知这一跤使他焕发了情欲，他毫不在乎地从泥地上爬起身来，神采奕奕地跟魔鬼拉了拉手，和它交换了一下有关崇山峻岭关山飞渡之类的看法，从此和魔鬼交了朋友，毫无疑问，这个人就是士。他还同魔鬼签了约，答应写作一本煽情的小说。

意外的会晤

我现在提到这架钢琴和那个弹钢琴的男人丝毫没有附庸风雅的意思，你就当我是不小心提到了它。

透过虚掩着的窗户可以看见整个花园，天空灰蒙蒙的，一场阵雨很快就要来临。房间里的光线越来越暗，从钢琴上发出的潮湿的旋律似乎是一个幽灵奏出的。

这时候，坐在阴影前琴凳上的士听到花园里的响动。那不是风吹拂的声音，而是一个女人的脚步声。士离开钢琴，走到写字桌前，从抽屉里取出一柄漂亮的小刀，走到窗前。

"你是在找这个吗？"士大声喝问道。

"是的。"后从花园里抬起脑袋。她听到有钢琴奏出的旋律从窗口飘散到花园里。

"好吧，那么你上楼来吧。"

后看来是个爽气的女子，她顺着七扭八拐的黑暗楼道小心翼翼地来到了士的房间。钢琴奏出的旋律已经停止，一位老人正对门站立着，他将后引进房间，让她在临风拂动的窗帘下坐好。

"你看，这场雨是无可避免的了。你还是想看这把刀吗？"

后点了点头。"我找了你很久，所有的人都认为你是一位智者。传说你在手术室里与一位死而复生的女人搏斗而扭伤了手臂，从此你就闭门不出。"

士打断她的话，"那你怎么会找到这儿来呢？"

"传说你在花园中午睡，并且在阴雨天出现。"

"好吧，你现在仔细端详这柄宝物吧。"

后从士手中接过小刀，紧紧地攥在手中。

"那么，请你告诉我，我的母亲现在在哪里？"

士惊讶于后那对美丽的眼睛中流露出的杀气。

"孩子，据我所知，你并没有母亲，犹如你并没有形体，你是一个幽灵。"

后轻声地笑了起来："你是说我是不存在的喽，就是说是空气，是看不见的喽。"

士显得异常的镇定，他用一种劝慰的语调安稳后的情绪，因为他看见后正转动着手中的那柄小刀。"你手里的东西也是不存在的，你的念头也是不存在的。"

后不由得笑出声来，她从椅子上站了起来，用小刀在自己的手腕上迅速地划了一下。

"我让你看看我的血。"

房间里已很暗，外面开始下雨了。

故事的侧面

许多年以前，一个令人昏昏欲睡的下午，我在一本叫作《博物》的杂志里读到这样一则文字：意大利的卡略尔家族是一个有二百五十年历史的生产各种枪支的家族，卡略尔牌手枪最负盛名。它历来为西方许多枪械爱好者所收藏。关于卡略尔牌手枪，在阿尔卑斯山一带，二百年来，一直流传着一个令人惊叹不已的传说……

不过，我要说的显然不是这件事。我是一个土生土长的中国人，除了在《博物》杂志上看到过一张卡略尔牌一八二五年造的手枪的黑白照片，对卡略尔家族所知甚少。但这无关紧要，故事是关于那张照片的，从某种意义上说是关于那张照片的持有者的。不过，那真是一柄好枪。

这个有关卡略尔牌手枪的故事是阿根廷作家博尔赫斯的一篇小说的大胆的仿作，它的喻义在最乐观的意义上是和那篇著名的小说相重叠的。如果你凑巧读过那部作品，你准明白，我的故事不是一个圈套。当然，就作品的结构来说，任何小说都设有一个圈套，这篇有关一个忧郁的浪游者的故事也不例外。

补　白

在这里，我告诉你一些有关我个人的情况。

最早给我以巨大影响的书是一个法国人写的雪莱传记。它制约了我近三十年的生命。以后怎样不知道。

最初让我感到书是可以写得很复杂的，是列宁的一部著作，书名我忘了。

我最早的理想是成为一个画家，但因指导教师谴责我的素描，在初级阶段我就放弃了。我的视觉为许多绘画作品规定着，比如柯罗和达利。但我不了解颜料的性能。

我少年时代有点惧怕成年男人，觉得他们普遍猥琐，这跟我认识的一个有同性恋倾向的教师有关。

我喜欢古典音乐，我也喜欢流行音乐。喜欢而已。

我常在梦里遭人追杀，看来在劫难逃。

我在诗里写爱情，但这些诗全不是给情人的。我在小说里从来没写过爱情，我不知道这是怎么回事。

指引我的感受性的是拍电影的意大利人安东尼奥尼。他的作品告诉我，故事讲到一半是可以停下来的，并且可以就此岔开。人很少考虑过去，基本只顾现在，甚至不惜回到原地。做总结的时候除外，小说有可能不是总结。

我迷恋的一个诗人是奥季塞夫斯·埃利蒂斯。我周围也有一些诗人，他们挖苦人也被人挖苦，这没关系。他们干活、念书、想事情。这样很好。

我见过各种类型的斗殴，钝器和锐利的刀，多为青少年。我痛恨暴力。

我知道是人都会做梦，幻想不需要谁来允诺。

殉　难

这片在阳光的照拂下依然显得枯败的夹竹桃是种植在医学院路尽头一座冷冷清清的旧公寓前面的小院子里的。与旧公寓朝西开的一溜小窗唇齿相依的是医学院的解剖实验室，令那些有死亡偏执的人们感兴趣的是，那些未来的外科医生执刀相向的竟然全是旧公寓里的住户。他们不是将弱小细软的腰肢挂在窗台上，就是将笨拙多褶的脖颈架在窗棂上，要不就是赤身裸体地悬在浴室窗帘的后面，至于最剧烈的举动则是像跨栏运动员一般穿着裤衩从卧室的窗口一跃而下……余下的苟延残喘者终日闭门不出，他们在窗户后面偷偷朝外张望，岁月就在楼外的院子里悄然流逝……

对士这样一个神情忧郁而又缺乏勇气的男子来说，那是所有夜晚中最使他胆战心惊的夜晚。士跟着其余的人在一个正在拆除准备重建的建筑里瞎转悠，那股子从断木和废砖里涌出的霉湿味几乎使人窒息，他们并不爱好这种气味，只是在这处巨大的怪影里等候，伺机扑到外面的街道上去，显示他们的勇敢或胆怯。

这一时刻对士来说是铭心刻骨的，他记得那时候他是那么年轻，年轻到对一切全都忘乎所以。他对自己置身于这一群相貌堂堂、冷酷无情的流氓中间深感满意。他们在一周之前选好街道，于一天之前使仅存的一盏路灯失去了光辉，此刻，他们为一股低能的热情蛊惑着，在一片黑暗中来回折腾着双脚，仿佛地面是一只烫脚的火轮。

最初的冲击是怎样开始的士已经记不清楚了。就在对方出现在街口的阴影中时，士突然感到小腿肚子抽筋了。他还没有来得及沉思这一状态的严酷性，斗殴就像战争一样爆发了，双方似乎是势均力敌的，他们在漆黑一团的街道上互相追逐，嘴里像牲口一样发出粗浊的喘气声。忽然有一个身材高大的汉子朝士迎面走来，他步履轻捷，如在水上，士没有作出任何反应，他似乎乐于接受命运赐给他的一切。那人抬腿朝士的下体猛踢一脚……

这是士所接受的第一次也是唯一的一次令他深恶痛绝的抚慰。

杂志放在长桌上

杂志放在长桌上，它的表面呈现出若干褐色的斑点。这本杂志已经被它的主人保存很久了，纸张开始变脆，散发着一股子霉味。士沉默无语地将它摊开，小心地将它翻给后看。明信片、海滩、词典、城堡、手推车、熟睡的婴儿、冬季的景色、一位女护士的侧影，然后，在翻过一瓶红色葡萄酒之后，出现了那把卡略尔牌手枪。

"你看。"

"就是这把枪？"

"我第一次看到它大约是在十年之前。"

他俩用一种徐缓的、缺乏戏剧性的口吻对话。这一时刻是如此令人信赖。

天色开始昏暗，院子里的草地蒙上了一层黯淡的湿气。夜晚即将来临。夜风已经开始吹动地面上的纸屑和浮土。士开始回忆他所经历的时代点点滴滴的细节，他的朋友们身穿绸衫，手执描鸳绘凤的纸扇坐一站叮叮当当响的有轨电车去会一位娇小的情人，而她则刚被腰板硬朗的父亲抢白了一通，在嗓音嘶哑的呵斥声中踏上了幽会的旅途。与此同时，时代的精英们正在草拟一则纯洁无瑕的理想的条款，他们决定以此郑重地拯救人们日常生活信念的衰微。

"这是我一生中最为珍爱的东西。"后以一种骄傲的口吻打断士的思绪。

士暗自思忖，我自己不也有那么几件可心的爱物吗？后端详着窗外的景物，深为自己的浪潮一般涌来的伤感而陶醉。

又是秋天了。多少年来，后总是要到每年的深秋才会在某一个下午或者傍晚，或者午夜的某一时刻突然感觉到几乎要过去了的秋天。尽管后一天天地老去，但她总是一年比一年更像一个孩子，一个成熟的老孩子，几乎是怀着热切的感情依恋着秋天的尾部。后曾经想过，即使不是过着这种表面平静的生活，而是如一个诗人，那种真正的诗人那样饱经沧桑，她也仍然会像现在这样沉迷于深秋的凉意和光线充足时那种转瞬即逝的温暖。

对后这样一个女人来说，倘若不是在深秋聚首或者别离，那秋天就仅只是秋天，它不会另具含义。她可以在其余的季节里拼命地做一切事情，要不就让自己卷入什么纠纷。而秋天则不行，后把她心灵和它的迷蒙的悸动留给了秋天。她不想占有它，恰恰相反，她想让秋天溶化了她。后甚至愿意在秋天死去，在音乐般的秋天里如旋律般地消隐在微寒的宁静之中。这完全不是企望一种平凡的解脱，这只是后盼望献身的微语。

当士和后相互暗示着沉浸在冗长的臆想之域时，一阵晚风不经意地带走了那张相片。

窗外是沉沉夜幕，士为什么声音所震醒。那似乎是一柄小刀掉在院中草地上的响动。他看见后梦游般从椅子上站起，走到墙边，关上了那扇假想中的窗户。

从窗口眺望风景

　　我的写作不断受到女护士的打扰。这倒不是因为她的频繁来访，而是我上医院电疗室的次数越来越多。终于，我开始挽着女护士的手臂在医院的各个部门进进出出。

　　我对医院的兴趣随着我对女护士的兴趣与日俱增。我注意到药房的窗口与太平间的入口是类似的，而手术室的弹簧门则与餐厅的大门在倾向上是一致的。

　　这所古怪的医院的院子里还有一个钟楼，我们曾在那里度过一些沉闷的下午。

　　我不断地重复一些老掉牙的话题，如：岁月易逝，爱情常新。我们还讨论那部叫作《眺望时间消逝》的小说。我一直在怀念那个女主人公，只是我已经忘记了她的名字。女护士一再强调说，小说中的女人就叫后。有一次我差一点要对她说出我并没有写过此书，这只是一个骗局。但看到她真诚的目光，我终于忍住了。

　　我们携带着我们的友谊来往于医院和我的住所，那些平凡的日子如今也已消逝不见了。

　　我记得女护士的名字就叫后。我曾经答应她，将来的某一天，我将娶她。如果她还爱着我的话。

在乡下的一次谈话

　　我的生活圈子非常狭窄，至少比我的情感要来得狭窄，这一点我可以肯定。多少年我就是这么过来的。有一天，我认识了一个叫士的人，他说这可以通过阅读和编故事来弥补。我信了他的话。没过几日，他又跑来补充说，他那日只是随口说说，我不必当真。我又信了。可见我是极容易轻信的。终于有一天，士带着一个模样与他相仿的男人来找我，说是来帮我扩大视野。

准确的时间记不太清了，似乎觉得许多今天已经十分衰老的人正在利用那个时辰打瞌睡。

我并不认识他，我住的地方离士的朋友的故居约有一夜火车的路程，但正是这段距离保证了有关这个男人的种种传言到达我这儿刚好开始有点走样。从这个意义上来看，男人的故事的真实性是不严格的，我想通过我的态度严肃的写作使这个人的故事显得相对严谨些。

读者最好破例重视这个故事的次要方面。比方说，不要因为死亡这个词而朝现世之外的某处做过多的联想。再比方，我写在一个下着蒙蒙细雨的下午。且不说发生了什么事情，其实并不存在这样一个下午。蒙蒙细雨只是一个词，它所试图揭示的仅仅是我曾经亲身经历过的众多雨天的派生物。而蒙蒙细雨这个词显然不是我第一次使用，一定是什么人教给我的，语文教师或者书本。否则我就成了个生造词汇的人了。准确地说，我对生造词汇没多大兴趣，我关注的同样是事物的较次要的方面。

乡下的生活是平淡的，远不是热衷于派对和沙龙的人所能忍受得了的。尽管你可以在郊区读书或者写点什么，但所有这一切都跟干农活差不多，并没有很多人在一旁助兴喝彩。你所做的一切要到来年才能见到收获。而那时，你的高兴尽管是由衷的，但依然是无人分享的。在这种环境中，人的回忆很可能在平静中带点儿忧郁，但不是那种令人无法自拔的忧郁，而是像夏天那样，带点水果的甜味的。次要的事情可能是太平凡了，它深陷在那些平凡的事情中，使我们惯常注目于重要事情的目光无力辨认它们。

我想起来了。我是在那年初秋，去造访老人的。

秋天。干净的空气中有什么声音传来，像谁念的浊辅音，给人一种迅捷而浊重的感觉，好似空气既在输送什么又在挽留什么。

"你想在这儿住多久？"

被问的小伙子支支吾吾了一阵。

"你想住多久都行。"

"我还没想好呢。"

这几句话我们在花园里重复了好几遍。他带我参观他的业余生活，他的日常的琐碎同时也是主要的想象。

"你喜欢养花吗？你的头发好像比从前黄。"

下午。他领我到镇子上去转了转。

"这是记者。"他介绍说。

"噢，记者。"有人说。或者"你好"。或者"谁？记者"。发现这镇子上的人总好像在等待什么名人或者要人的光临。而不是像我这样神情恍惚的人。

我们不约而同地在一家药铺门前停下脚步。

"在家你都干些什么？"我是说念书以外。他看着夕阳下那一头金黄色的头发。

临睡前，我征得了他的同意，明天一早到十五里以外的火车站去看看。

那儿比较荒凉。

也许在车站上能遇到什么人或者什么事情。我躺在席子上，盖着被子。既凉快又暖和。我睡在夏季和秋季之间。我想。老人在屋外，在花园里，在秋夜里，在他的爱好中间，在他终将不再在的地方，高高兴兴。说不定也挺凄凉。

睡吧，睡吧。我招呼自己入睡。

"你需要一顶帽子。"出门的时候，老人在花园里对我说。这会儿，我手里就捏着这顶草帽，侧身在车站的一只旧木箱上。

月台上尽是一摊一摊的落叶。很少有人。

我将腿放直伸到阳光下，而身体躲在阴影里。风在我面前吹来吹去，我手中的帽子一扬一扬的。

好不容易来了一列火车。下车的是几个农民装束的人。他们从我面前走过，没有注意我。我朝天吹吹口哨，好像是一支很熟悉的曲子。就在这时，下雨了。

"火车来过了吗？"

我一回头，是一个扎辫子的小姑娘，提着一只很大很旧的皮箱。

"我认识你。"然后，小姑娘就不再说话，只是极耐心地等车。

渐渐地，又来了四五个候车的人，他们和小姑娘打招呼，又看一眼我，便都不再作声。

"你在城里做什么？"

小姑娘隔着老远，大声对我说话。

后来，上车之前，小姑娘走过来对我说，她家是开中药铺的。那天，她看见我和老人在说话。

"我回娘家去。"

这让我吃了一惊。这时候，天色已很晚了。火车慢慢地朝雨幕深处滑去。

我戴上草帽，慢慢往回走。在路过一个养马场的时候，我看了一会儿那些湿漉漉的马。我听听它们的鼻息。然后回家。

"今天死了一株菊花。白色的。你找到车站了吗？乡下没什么好玩的。"

我和老人对坐在灯下吃晚饭。饭后，我陪他下了一盘棋。他坐在椅子上就睡着了。

这一夜，我接连做了几个类似的梦。

"我已经是个老人了。我已不再试图通过写作发现什么了。"

他一再重复这句话，并且抬起他那布满忧郁的眼睛。他此生尽管颇多著述，但并不是一个有造诣的人。他的屋子整洁而朴素。显然，他并不想有意使它们——书籍和文稿——显得凌乱。

"我不想让你这样的年轻人来帮我写什么传记。"他无精打采地做了个手势。

"不是传记，你听错了，是谈话录，或者叫对话录。"

"你和我？"他迟疑地打量着我。

"我已是个老人了……"

我告诉他，这他已经对我说过了。

"是么？那我没什么可说的了。"我已是个老人了，我已不再试图通过写作发现什么了。比如，结构、文法，或者内心的一些问题。我年轻的时候，曾经跟你一样。是的，这错不了。有一次采访，对我的一生产生了重大的影响。我不想说他是个伟人，因为我们还不习惯，或者说很难相信在我们周围的人中间居然有伟人。

他一生未曾婚娶。他甚至很有兴趣地跟我谈他的性生活。他是个老人，谈起这些事情还使用了脏字。这使人有种亲切感。那时候我还是个小伙子呢。

他总是和自己过不去，总使自己处在不悦之中。也许，这就是我们最终的愉快了。

他在谈论另一个人，他完全为自己的叙述所控制，沉浸在一种类似抚摸的静谧之中。

那些曾经穿过窗棂的风已在暮色中止息。

我曾经在一本书里读到过埃兹拉·庞德的诗句：让一个老人安息吧。我想，这大概是一个男人对自己所能做的最后的勉励了。

岛　屿

　　一个人是一座岛屿，一篇小说是一座岛屿，一次写作也是一座岛屿。如此等等。

　　漫游正是一种传统。精神的和内心的漫游则是一种散文之外的属于夜晚的传统。万物之灵的可悲的偏执。在岛屿的周围是水和漫游者，这两者其实都是叙述者。就此而言，一个短篇小说的长度刚好是一百年，这类说法在小说之外是令人无法接受的。

　　霍德是一位小说作家。不过这种说法是十分可疑的，他将他唯一的一部著作带在身边，每日研读。当然这一切只是在传说之中。

　　谁也没有读到过这部小说集，即使在传说中也没有人读到过。可以假定是不存在的，就像一座已经沉没了的岛屿。短篇小说的半径刚好是光在一秒钟内的历史。据说这记载在霍德的小说集中。这部著作的题目是《岛屿》。这是无法证实的。

　　霍德出生的那天鱼群停止了洄游，而飞禽则开始了迁徙。这也是无法证实的。如同霍德在《岛屿》中写道：短篇小说中的降雨量是可以测算的。霍德的母亲是一位少女，她草率作出决定，要在岛上产下作家霍德，他的生父是无从查考的。

在《岛屿》中霍德明确写道：短篇小说的车速不得超过十五公里／小时。霍德在五十岁那年（短篇小说的一半）在岛屿上驾车以每小时四十五公里的速度撞倒了他小说中的人物少女桦。因此霍德被判处在岛上服役六十年，不得离开岛屿。这就是说，在短篇结束的时候，作家还有十年的时间才被准许离开这篇已经不再存在的小说。《岛屿》所研讨的主题是：作家怎样遵守他自己制定的小说规则。

　　从全知的叙述来看，少女桦是一名狂躁症患者，她在公路中央行走是出于无奈，因为她不能自持。而作家霍德是一名梦游症患者。就纯粹环境角度而言，当天日照充足，能见度极高，公路平坦，气温适度，发生车祸完全是出于作家霍德的需要。在选择这一结局的一瞬间，他回顾了一下自己的历史，并且还简要回溯了他所从属的那个种族的历史，他还从中找出了两三条文化的原因以及一条弗洛伊德式的原因。基于风俗的考虑，霍德留意了公路两旁坡地上的植物，一片石楠，几棵歪脖子树。他还留意了自己的呼吸、脉搏，还捎带自后视镜中观察了一下自己的脸色。找出动机和必然性是为了叙述的价值。这一下撞得可不轻，差点没把少女桦给撞到短篇小说之外去，要知道《岛屿》的面积也就是方圆十个平方米左右。

　　出于人道主义和结构的考虑，霍德驾车将少女桦送往岛上的医院。短篇小说的容量提醒霍德，随着情节的展开和人物性格的发展，作家已经无法控制他笔下的人物。汽车开出去一公里左右，这时霍德要是再不干出点骇人听闻的事来，短篇小说的要素将被无可挽回地败坏了。作家霍德此时受着小说史、批评家、人性的多重煎熬，他在斟酌是使用存在主义的选择还是基督教传统的忏悔。最终岛民的地域文化心理占了上风，纯朴的乡土感情和对少女的恻隐之心使霍德作出了痛苦及其辉煌的道义上的抉择。霍德满怀深情地朝躺在后座上的少女桦望了一眼，然后加快了车速，但是经典的小说叙述要求作家霍德此刻节外生枝，波澜起伏，霍德在职业训练的惯性和职业道德压力之下不得不置流血不止的少女于不顾，使汽车在公路的一个随着陈述出现的拐弯处迎面撞上了另一辆汽车。

霍德是一名惯于想入非非的人物，这使得他明显地有别于运货卡车司机小默。在热情地追随潮流的作家霍德的笔下出现一个被称为小默的司机实属必然，这个五大三粗的年轻司机的名字虽然有点矫揉造作，但是从所谓发生学的角度来看，责任全在于霍德。他的寡情，他的不如意，他的小资产阶级情调以及他的流氓无产者的沉沦生活使他自然而然地选中了小默。

这一事件就像唯一的一次初恋，从作家霍德的体内生长出来，然后弃他而去，彻底摧毁了他的理想，使他再也没有可能成为一名纯粹的梦想者，一名冷血暴徒，一名怀古的颂歌作者，一名不朽者。它宛若一个温暖的秘密在霍德的内心深处出现而后消失，带走了他的热情、忧郁和迷恋。作家霍德犹如一名午夜的侍者，一名晨间朝露的吮吸者，在岛屿上方的金色阳光下，以最出色的爱情交换不再存在的小说。

作为幻想，在冬季的一个夜晚（这正是霍德所钟爱的时间），在岛上的唯一的一所医院里（这一地点并没有什么特殊含义），作家霍德和卡车司机对坐在手术室外的褐色长椅上。似有若无的话题随时间流逝而去。走廊里柔和的光线和夜晚的谈话使霍德的感觉逐渐变得不真实起来，他暗暗地问自己，对面这个平静、壮实的年轻人是谁？他们最后的一个话题是有关绘画史的，他提到了几位关键性的大师的名字，这些霍德已经记不清了，因为在此之前，卡车司机劝作家做一件事：回忆《岛屿》。就霍德个人而言，想象的世界与世人共同约定的世界的界限是含混不清的，整个存在都是虚构的。他拼命排除日常经验，带着愉快的心情享受暗示，享受晦涩，享受迷惘的境遇。

霍德确实陷入了完全的绝望，他多次试图接近记忆中的《岛屿》，但是一片令人沮丧的迷雾总在他的记忆之窗前飘浮，使他感到再也无法重现那些被岁月之海淹没了的岛屿。岛屿在别处。

人们可以用情人、受孕、吉日或者死亡来给生活标上印记，而霍德总是以小说作品取代它们。当他写下情爱或者某个女人时，就是为了让它们像岛屿一样远离他，最终为大海所浸没。

他记不清了，那些篇幅短小、用很稚气的方式表达妄念的岛屿有近二十座。

在《岛屿》中，霍德走进一间他所陌生的房子，通过他的叙述缓慢地接近它。时间是他作为作家生活中的某一天。这所房子有着一个昏暗的过道，右侧有一扇门通向一间同样昏暗的房间，他感到这是一座三层的楼房，是岛上一些僻静街道旁经常可见的。霍德所有小说故事都发生在岛上的这所房子里，它犹如一个舞台，而霍德则常常是一名衣衫褴褛的美工，他使用抽象的法则布置它，使之适用于一切人物和故事。

在这所房子的背后，隔着一片荒芜的草坪是一座殖民地时期遗留下来的小教堂，它的内部被粗暴地改建为一个教师宿舍。这就是《岛屿》中少女桦的住所。

那时候霍德还被人称为少年霍德。放学后，他通常在那个四周围着篱笆的草坪上踢球，或者玩一种巨大的跳房子游戏，他和一群女生混合编组，她们总是争着选他，因为他是一个行家，干这一行更胜于她们。有时候，他也被一些高年级的男生拉去玩捉迷藏，这个简单的游戏被一个高个子的家伙赋予了残酷的意义，因为他设下圈套想要赢走霍德一直带在书包里的那本《岛屿》。霍德满含悲愤地参加了他胁迫他加入的游戏。为了保卫他的男孩子的自尊，霍德依依不舍地离开了跳房子的女生，为了捍卫他的《岛屿》，霍德气喘吁吁地躲进了小教堂的迷宫般的楼道，并且结识了少女桦。

她在《岛屿》中出现时是疯人院的一名女护士，她在那群因战争而疯狂的男人中的形象令霍德备受感动。她娇小而温和，他浪漫地在海边用目光无情地描绘了她沐浴的身体。她是不存在的，但是霍德描写了他在一个教堂似的建筑里（这个建筑毫无根据地修建在一片森林里）从深夜直至黎明急切地守候她的情景。那个疯人院是超现实主义的，它所收治的疯子并不是哪次具体战争的结果。只是他们在一起用嘶哑的嗓音合唱一支混浊的歌曲让少年霍德感到一种性的激动。

在霍德十一岁的时候，他随他的母亲和外祖母住在岛上的一个军港附近，他有一位年龄与他相仿的密友。她是一位海军军官的女儿。在这个孤独的岛屿上，霍德和他的女友利用每一个黄昏在各自家中的窗前互相思念，而他们最杰出的地方就是给对方写短小的信函，其中充满了无比直率的言词。他们不像人们常做的那样记叙对方在自己心中唤起的情感和想象，而是直接描述未曾见过的对方的身体，这无疑是一种创造性的描述，他们把这看作是心灵的形象。这一方法由他们共同发明并且共同享有。这些信件霍德一直保存着，即使在今天看来它们仍旧是那么触目惊心。霍德一直不知道是否该在《岛屿》中披露它们，因为他已不可能去询问一下这些秘密的另一个所有者的意见。

她十四岁时死于一次车祸，霍德的密友、情人，创造力的源泉，最初的温暖和回忆，在他的笔下远离了他。她的瘦小的身体在血泊中抽搐，靠向少年霍德的小手。这双初次张开的手从此在观念的意义上是拒绝一切的。那时候他就渴望以一个成年人的语气来谈论世间万物，霍德发现的方法就是直呼其名。

她死了，他们的秘密的游戏也就此结束。她躺在病床上低声呻吟着，霍德去向她道别，她让霍德用手伸进罩着她小小的身体的床单，握住她的脚脖子。

你用力。她对霍德说，我要死了，我感到了。

再也没有人这样与霍德说话。他多么希望她是他的妻子。但是她只是他的秘密，他的隐私的生活的一部分。

作家霍德在他的岛屿上结识的朋友姓石名默，他是一位经验丰富的卡车司机。他驾驶着运货卡车跑遍了整个岛屿，他有一个隐秘的愿望，这就是在他退休之前画一张岛屿的平面图。从哲学的（比如诺瓦利斯）角度来看，这种难以考察功利性的冲动与作家霍德写作《岛屿》的计划的含义是相似的。霍德因此把卡车司机石默视为知己也是理所当然的。

石默认为，岛上的生活是孤独的，同时它也是令人难以忘怀的。这种低调的日常态度使石默对漫长生活的展望蒙上了悲观的色泽。他将自己对岛屿的考察告诉了霍德，并且指出了这类考察的若干难点。譬如，类似少女桦这样的青少年的东游西荡危及了社会良知的稳定性，其次，一些频繁来往于诸多岛屿的身份不明的旅游者的活动扰乱了岛屿几百年来的静谧的气氛。这一切作家霍德在他的《岛屿》中似乎曾经提及，并且还在脚注中解释了他与卡车司机石默的友谊。

《岛屿》是一部小说集，它的作者是卡车司机石默的朋友霍德。在这部具有超现实倾向的小说集中，作者霍德是这样追述他与石默的关系的。

那时候霍德还十分年轻，他抱着许多幼稚的想法来到这个岛上，他想要检验一下自己独立生活的能力，他要到村子里去伐木，要娶一个土著女子为妻。毫无疑问，霍德什么都没干成。这倒不是因为他太年轻了，而是因为他什么都还没干就已经疲倦了。霍德天生喜欢闲逛或者守望着大海出神，想象自己是一座石像，一座墓碑，死亡一般长久地瞪视着天空。他甚至认为自己就是一座岛屿，就是一部有关岛屿的小说集，除了环绕着它、拍打着它的波涛，别无他物。

他在岛上漫游就犹如是一种叙述，一种对叙述本身的叙述，他提到了岁月、历史、海、友情、性、罪恶甚至上帝。但是这种陈述的激情是不易被察觉的。它的谨慎、繁复和回旋遮蔽了潜在但至高无上的悠长情感，并使它温文尔雅地富于装饰性，并且正是这种装饰性指明了动机所在，还预示了变化与寻求归宿是同样必需的。

《岛屿》是内省式的，但不是思辨的。霍德通过专注的内省获得他的思考着的内心世界，而它并不是先天存在的。同样，卡车司机也不是先天存在的，石默也是霍德内省的结果，他在布满道路的《岛屿》上逡巡，意外地发现了他满心期待着的伙伴。在某个瞬间里，霍德以为他看见自己朝自己走来的形象。

在相当长的一段时间里，石默感到岛屿与他假想中的世外桃源别无二致。岛上的生活几乎是凝固不动的，那些来去匆匆、若隐若现的岛民仿佛全是因作家霍德的描写而出现在岛上的，他们表情冷漠，互相敌视，互不理解而又相互纠缠不休。石默感到这若即若离的状态正是自己梦寐以求的。唯一使他痛苦的是，在岛屿的历史上曾经有过一位名叫石默的人，这一点在霍德的《岛屿》中没有记载。他的臆想告诉他，所做的一切不过是对那位千古流芳的石默的模仿。石默是岛屿的伙伴，是千百年来人们尊奉的偶像，他的业绩据说是光辉的，但是谁也不记得了，他的巨大的声名和可疑的身世使他成为传说中的人物，一种介于神和爬行动物的什么东西。这似乎可以解释为什么作家霍德没有将其收入他的《岛屿》，霍德是从来不讨论骄傲和批判力的，他推崇的是领悟力和含糊其词。这正对石默的胃口，这个凭直觉行事的卡车司机不偏不倚地迎面撞上霍德是非常合乎逻辑的。

在《岛屿》中，次序被委婉地打乱了，对往事的回忆与对未来的憧憬混为一谈。少女桦正是这样一位神思恍惚、不谙世事的人。

在许多年里，人们总可以在岛屿中心的广场上见到这位独自散步的少女，她的落落寡欢的忧郁神情使她被写进《岛屿》里时显得缺乏感人至深的力量。她太不典型、太不合常规了。按照作家霍德的叙述，少女桦似乎是在她死后才诞生于世的，她像一个遭遗弃的妇人那样闷闷不乐，而把这种神态举止安在一个少女身上实在是太勉强了。她的生活缺乏依据，总之，她离一个活生生的人相距很远，她是霍德塑造的最失败的一个人物。可是，技法拙劣的作家霍德毫不犹豫地给这个不成功的扁平人物虚构了一大套惊心动魄的战争故事，以此来加强《岛屿》的深度。

他可笑地写道：少女桦的祖上来源于一个光荣而历史悠久的族类。霍德总是夸大其辞地颂扬他笔下的人物，他以此来贬低他们，这种讽喻的手法累坏了霍德，在紧张写作《岛屿》的日日夜夜里他是极度疲倦的，他白天黑夜地写呀写的，昏头昏脑地分不清黄昏与清晨，他在书桌前来回地踱步，想象着少女桦的祖先的可怕命运，他们乖张的性格更加剧了这命运的悲剧性。霍德遥望着海平线，他心里明白那便是少女桦的所在，他在纸上详细地描绘她，可她还是那么遥远，这使霍德对自己感到无限地哀怜。

作家霍德明显是跟不上时代那汹涌向前的潮流了，他通过一次车祸以及一次写作结识了少女桦以及卡车司机石默，这没有使他摆脱孤独的岛屿状态。他感到自己是在可笑地模仿上帝的举动。塑造一个男人和一个女人，然后是伊甸园，然后是滔天罪行。他明白只有少数几个办法可以使自己逃出困境。其中之一便是跌宕起伏、多姿多彩的故事。

在古时候，霍德在《岛屿》中写道，岛上的浪漫主义者的总数要远远超过无政府主义者的总数，所以，随着时光流转，岛屿逐渐由一个充满动乱和喧嚣的不毛之地演变成了浪漫者的乐园，无所事事的人们在岛上成群结队的呼来拥去，他们高高兴兴地在各种各样的山洞口爬进爬出，似乎不把他们的花哨衣服弄脏不罢休似的。在这些没头没脑的举动休息的间隔，他们便成双成对地生儿育女，接着便是携带妻儿老小继续在各个洞口进进出出，他们显出一副很忙的样子，仿佛岛屿的命运完全取决于他们这些荒唐的举动，在这些吵吵嚷嚷的人中间就有少女桦和卡车司机石默的祖先。这些事事如意而又不甘平庸的人在某一天清晨醒来时，突然厌倦了日复一日的生活，他们便抛弃家庭，去从事一些鲜为人知的秘密工作。当人们在什么地方瞧见他们时，只见他们整天价晃晃悠悠无所事事的样子，根本不知道他们的心灵受着什么样的煎熬。但是，岁月根本就不理会这一切，并且很快就将他们抛弃了。他们还来不及感受岁月的无常就消失不见了。

正是在这时候，作家霍德驾车出现在公路中央。类似这样日照充足的日子并不是随处可遇的，它有点像一个人的心情。少女桦不是那些爱好思考历史以及现状的人的同志，她更热衷于关心自己的身体以及服饰，她认为这样才更符合一个女人的形象。她喜爱散步但并不刻意选择散步的路线，随着景物在她的视野中缓缓地移动，她的心情也不断地变幻着，她一会儿是烈日下的一名长跑运动员，一会儿又成了在树荫下小憩的中年妇女，有时候她是一个赶去某处赴约的少女，有时候则又成了游手好闲的公子哥儿。更多的时候她满足于做一名养路工，她知道要自己设想是一个在野外散步的哲人那是不可能的。小说集《岛屿》的作者霍德认为这一切都没有充分的理由，他依稀记得《岛屿》仿佛是一部习题集，一些小说场景的汇编。

在《岛屿》中，作家霍德唯一没有详加介绍的就是他所驾驶的那辆汽车。

在霍德所处的时代，已经很难再看到这种式样陈旧、破破烂烂的汽车了，远远地望过去，它就跟一只怀孕的鸭子没什么两样，它的四只老式轮胎随时都可能掉下来似的，因为它跑起来始终是歪歪扭扭的。它的后视镜早就不见了，并且没有喇叭也没有转向灯。当然啦，在《岛屿》中没有警察，这给霍德省去许多麻烦。有评论家认为，这是作为作家的霍德的重大失误，他犯了一个不该有的常识错误，这妨碍尽管已经找不着了的

《岛屿》成为一部万古流芳的经典作品。霍德是有意识这么做的，他也是不得已而为之，他自鸣得意地设计了一部老式汽车，但是忘了给这辆老掉牙的破车申请驾驶执照，所以，避免出现警察也就是顺理成章的事了。

《岛屿》几乎是一座博物馆，因为它居然收容了这么一辆烂车。坐垫的皮革早就开裂了，里面填塞着一叠一叠的小说手稿，汽车的外壳油漆斑驳，一副很有年代的样子，车闸也早就坏了，所以，只要开动起来，它就止不住地一个劲往前冲。当霍德的视野中出现少女桦的时候，他就自然而然地撞了上去。

从理论上说，作家霍德的车在撞倒了少女桦之后是停不下来的，但迎面出现的卡车成了霍德的刹车装置。

卡车司机石默承认自己是不懂得小说规则的，可是他是一位经验丰富的司机。这使他一眼就看出了霍德的可悲的境遇。石默非常同情他，同情这个手忙脚乱的作家。他认为，事到如今，全是霍德一人的错。石默非常欣赏自己将情感和逻辑分开考虑的能力。

接着他们一同前往医院。

霍德认为，汽车也是一座岛屿，一座活动的岛屿。除了作家之外，没有人相信这一点。

边　境

　　这个故事刚刚发生不久，就在昨天。所以，现在我似乎不是在记叙这件神秘的往事，我的记述几乎是这件秘闻的一部分。我把这篇短小的作品献给一个女人，一个我所迷恋、热爱并且无望获得的女人。我们在边境上一个叫阿尔的小镇见过一面，在镇北边的一座圆木桥上，我向她介绍了我自己。"热内。我叫热内，一个流浪汉，一个在监狱中写作的人。"她知道我这是一种类似隐喻的说法。她告诉我，在稍作逗留之后，她将越过边境，到另一边去。从圆木桥上可以眺望边境对面的小镇，它的街道和行道树以及半开的窗户清晰可见。"热内非常爱你，你记住这一点。永远记住。"我们在暮色中拥抱了一下然后道别。"你读过热内的作品吗？"她最后提了一个问题。"我会给你取个你所喜欢的名字的。"

　　睡眠往往扰乱了我的记忆，她在我昨晚的梦中似乎有三个名字，分别预示着距离、友谊和绵长的追忆，她叫桑。乔治·桑。从见面的第一个瞬间起，我们就用眼神约定玩一个纯粹小镇式的边境游戏。

　　"我从未读过这个法国女人的作品，它远离我的生活，它从未对我产生过影响。"我觉得乔治·桑这个名字对她非常合适。

我四处飘泊描写囚禁的幻想，寻找友谊和异性的关怀，我不是一个至善者，我只是一个怀疑故居的人。我的作品全是随笔，它们属于白天和思索，从最初的一刻起，我就将诗和内心深处的黑暗排除在外。我独自一人，从远处倾听人们的谈话。我发现边境对我不是一个极限，所以我不越过它。这些我在桥头告别之前都没有说出来。我冥想着回到旅店我的床铺上，一节废弃的卧铺车厢，它最终也没有开动起来，把我带向远方，我在夜晚入睡之前是多么希望这个生了锈的铁匣子将我带离阿尔。

昨天下午，我就看见她从窗前的阳光下走过。她的额头上冒着细密的汗珠，双手插在腰间，非常疲劳的样子。从我的窗口望出去她就是这副模样，我不知道有人在替她拍照，直到后来在圆木桥上，她也摆出很自然的样子。"我将越过边境，我在这里只是稍作逗留。"

我没有读过热内的作品，当然我有一次在书店的书架上看到过他的戏剧作品的译本。不过那会儿我没有心思从书架上取下来读上几页，通常我总是有这兴致的。我不知道原因。反正我错过了接触热内的机会，那天天气挺好，和风拂人，没有什么令人沮丧的念头。

我力图使她相信我就是热内，因为我名叫热内，这不是什么恋情的开端。在边境上谈这些令人莫名其妙的事情是不合适的。"但是我爱你。"我们在桥上告别，她说她要等到完全暗下来再离开。我看出来她喜欢桥上的风景，我还看出来她喜欢独自一人。

我们很久以前就认识，热内和乔治·桑是我们互相给对方起的绰号，我们在一块玩过许多游戏，桑真是一名好伙伴。但是非常可惜，如今她不在了，她越过了边境，我不得不独自玩游戏，以此来怀念她。

我不是有意要把她与克莱德曼演奏的曲子扯到一块，我挺喜欢克莱德曼的作品，搜集了许多他演奏的录音制品，我常听，其中一首是《小妹妹》（La Sorelilla）。典型的克莱德曼音型，温暖而明朗，一如我的这位惹人喜爱的小朋友。

许多年前，我随父母亲搬进了新居，结识了这位留着披肩长发的小朋友。那时候，她还是芭蕾舞学校的一名学生。她在那个坐落在郊区的院子里待了十一年。每当星期天她从学校回家，我们都在楼梯上互致问候。后来，她有时外出演出，比赛。再后来，她去了南方。这样每年过年她回家探亲，我们又在一块儿聊天。

她长大了，写了许多诗，在她的书桌上放着戴维·劳伦斯的小说，她很风趣地评论她的美国老师和南朝鲜籍老师，她给我听她转录来的打击乐和微量音乐作品。当然，她依然喜爱肖邦和克莱德曼，依然爱穿漂亮的打上许多褶子的裙子。有人邀请她去欧洲留学，她的芭蕾非常不错，但她去了南方的现代舞学校。

她曾经两次邀请我去看她的演出，其中一次是毕业公演，但我都没有去成（我不记得是什么事情耽误了我）。我想，她是有点儿生气了，也许还不止一点儿，我只能向这位年轻的舞蹈家表示歉意了。我想这样的机会不会在我今后的日子里再出现了。后来，我在一份杂志上读到了她写的诗，我像看一次演出一样看待这些诗作。

当然，我在阿尔遇上的不是这个桑。将要在阿尔出境的只是桑的摹本。这个桑总是指责我的想象，就如批评家批评我的小说。

昨天晚上，在我入睡之前，阿尔镇的一个鞋匠来找我聊天，他以请我喝酒作为诱惑，迫使我从床上重新爬了起来。

我们在黑乎乎的街道上急促地走了一阵，仿佛是去赶一场快开场的电影，而不是上酒店去。一些强悍的马匹在一些同样强悍的马夫的牵引下与我们同行。鞋匠将他们一一介绍给我，这些马夫是热情而又粗俗的，但他们的马却表现出不随时代演变的古典风姿。我本来打算在床上躺着思念桑的，可马的鼻息使我忽然倾向于在酒精的刺激下接触她了。

桑说得很明白，我的全部游戏都是"布尔乔亚"式的。这使我显得优柔寡断，缺乏意志力。"热内，"她说，"你既不锻炼你的思维，也不锻炼你的肌肉。你想长成一个浑圆或者正方形的东西吗？"是的，这样的形状适用于牢房和户外雕塑。我们所居住的那幢房子的底层，有一条狭长的走廊，梅雨季节，我们偶尔会在走廊里玩跳马，我们从远处奔跑着冲向对方，然后越过对方驮起的背部。当然，我失败的次数要多一些，因为在最后一刻，她总是狡猾地增加了她的高度。

我花了整整一晚上陪鞋匠喝酒，我呕吐了一次，然后被一匹马驮着送回到我的床上。我每一次接近桑都像喝醉了似的感到她有三四个形象。她们时而重叠，时而散开。当草丛中的蝴蝶开始穿梭于夏季之前的安谧空间时，我清晰地意识到，阿尔和桑正是我这短暂的生命所迷恋的。这个边境小镇和这个神色匆忙的女人似乎有着一个秘密的契约，她们在我的心目中互为形象。这个在晨曦和暮色中来往于阿尔小镇的神秘女人，她的脸上带着遭到爱情唾弃之后的暧昧的神态。我想她可能会带着一匹马和一些食物离开阿尔，离开她的皮肤曾经稔熟的雨水和微风，她要越过边境，沿着命运在她的内心划下的痕迹消失在边境的那一头。她的忧郁的肩头在阳光下闪闪发光，她的行囊中满载着她的家庭的故事，这使她的周身散发着醉人的芳香。

桑是我曾经热烈地爱恋着的人，她的身体有着水和灵魂的气息。我幻想着再一次与她在圆木桥上相遇，那个地方非常适合谈话。

紧接着睡眠的是一个晴朗的日子，起床以后，我仍然选择了昨晚去过的酒店，作为我的第一个去处。那是从小镇去圆木桥的唯一道路。我在那儿几乎坐了整整一天，盼望着能在窗前看到桑的身影。我让我的思绪陪伴着我消磨时光。在某一个瞬间里，店堂里来了两个面色苍白的男人，他们从落日时分一直闲坐到午夜。两个间或低声交谈几句，但他们悠闲得几近神秘的神色使他们在壁灯的暗影里显得高深莫测。其中那个始终没解下红色围巾的男人似乎非常喜欢室内轻轻放送的乐曲，他常常在两支曲子的间隙里露出若有所思的神态，另外那个年长些的男人则不时透过窗户令人略感不安地打量街对面的一幢幢层楼的住宅。他以一种感慨而又忧虑的目光感染了酒店内的其他人。

年轻但神色疲惫的店主在柜台后面漠然而立。这是个无忧无虑的男人，他的悲剧演员般的容貌似乎是用来遮盖平淡无奇的日常生活的。他替一个秃顶的中年男人兑完了一杯酒，然后继续发呆，他似乎在想，这两个男人似乎是在等候什么人从对面的楼里出现。

时间随着酒和音乐流逝，夜已经很深了，我喝得不少，并且已经记不清我来这儿是干什么的了。年轻的店主在柜台后面结账，他在暗示我们该离开了。这时桑推门走了进来，她朝那两个男人看了一眼，然后，到我的对面拉开椅子坐了下来。"你这一整天都在干什么？"我问她。

"我花大量的时间睡觉。"

"你没有梦见什么吗？"

"没有。"

而我几乎在睡梦中见着了我想见的一切。这一点我也没有对桑说。

"你知道吗？"桑神秘专注地对我说："大约有一百年时间，没有人从阿尔这地方过境了，更不用说一个女人了。边境上的那条河在开始逐渐地裸露出她的河床。已经不可能依靠渔夫的筏子过河了。你必须像犹如进入沟壑似的攀援而过。"

"你听我说，桑，我不打算过境，当然，这是仅就我个人而言。"我知道，我这话令她大吃一惊。是啊，一个不过境的人只身跑到阿尔来做什么呢？难道阿尔是什么古迹，或者我想使自己的光临令阿尔成为一处名胜吗？

"我希望你理解我。"我恳求道，"我是一个作家，你知道这类人总是有一些稀奇古怪的念头，这些人非常悲惨，在边境上这一类人非常之多，他们终日幻想着，他们非常饥饿，他们东游西荡，他们喝酒，他们与水手交朋友，他们是一些真正的孤儿，你明白吗？这就是我滞留在阿尔的原因。我需要这里的阳光、街景、行人脸上的笑容和他们交谈的声音，我需要和这些陌生人待在一起，这我已经说过了。我想象你是我以前认识的一位女友，原因就在于我不了解你，我需要这种不了解所带来的渴望与距离，而阿尔就是最合适的地点。"

"你说你叫什么？"

"热内。"

"好吧，热内，我想这个名字对你一点也不合适，你另想一个名字吧，选一个合适的，那样我想也许我会感到比较适应。"

"名字是我随意挑选的。"

"那么地点呢？阿尔也是你随意挑选的吗？你还随意挑选了什么？你的血型？鞋子的尺码？种族？旅行工具？国度？所处的时代？那么你为什么不愿意过境呢？"

"只有酒我是认真选择的。"

有一些死者会一再出现在我们中间，而另一些死者则从不露面，这是一个一般法则。这一点我想早就知道。桑就是这一观点的拥护者，每当我们在一起度过一些假日的时候，她会在房间舞蹈转圈。她给我演出一出舞剧，所有的角色都由她一人扮演，剧名叫《鬼花园》。剧情大致是这样的，落水鬼典是阉人俱乐部的核心成员之一。人们只要有兴致就可以在阉人年鉴的坚毅者一栏里查到他禁欲的事迹。他曾经非常友善地在诵经处和恋人讲习所供职，他把业余时间的主要精力全都毫不犹豫地花在充任偶像大本营的秩序纠察这件事上，他的鲜为人知的隐秘愿望是按照他自己创作的一部意识流小说建造一座规模宏大的梦游者图书馆，他死亡的年代无以推测，反正是通过一条忧郁的河流一头扎进了鬼花园。他一度在流浪者风格学院进修诡辩术和催眠术，并且在圣女列车上十分可疑地工作了若干年，据传是位极受赞誉荣获过各类大奖的模范……

舞剧开场时，典正焦急地守候在鬼花园的中央大道上，他在等待酒鬼和疯鬼的到来。他们将一同前往隐私馆策划通过催眠公寓顶层的灵魂寄宿处的气窗，进入设置在平台上的暴力操场，从那里重返人间，他们此行的目的是抢劫仁义中药铺，因为店堂里的阴气吸引了他们。随风而来的是形体透明的火葬论者，他刚和崇尚健身运动的土葬论者在恳谈者协会的昏暗的大厅里争论了一个下午。接着上场的是废墟门房讨债鬼……

桑旋转着犹如一个精灵，我是说在我的记忆之中她的身体就是她的灵魂的语言。

"你喝得太多了。"我听见桑在出门时留下了最后一句话。

"请你给我解释一下，"我对酒店老板说，"她为什么要到另一边去？是因为我爱她吗？"

现在，我认识到这一点，酒是一种促进内省的液体，而女人则是我们心灵的外观。爱欲是一种抽象的期待，身体的接触则是一种越境行为，归宿感从属于期待的心情，拥有只不过是强行占有的别称。寻偶行为永远披着浪漫的外套，而情感的交流只不过是死亡的一次彩排。

但是阿尔是什么？我留下搜寻阿尔的含义。

随着时光的流逝，阿尔会成为一种回忆，它不过是一处边境小镇，一座圆木桥和一家酒店，一片田野和一节废弃的车厢，桑和我以及难以诉说的离愁别绪。

桑可能是一名演员或者职业模特，她随三名摄影师来这个边境小镇工作，那三名摄影师中有一位年长些，另一位老爱围着红色的围巾，而余下的那一个就是我。

我的两位同行显然是迷上了酒店对面的楼房。他俩让桑穿着农民的服装，神神鬼鬼地绕着楼房忙了一整天。他们是那种成功的摄影师，每人都有着一整套理论。而左右着我的永远是这样一个画面，近乎透明的灰色天空下，有一个身单影只的男人正在穿越空寂的广场，微风吹起他的衣领，这个人只与他的梦想做伴，他在房间里高声说话，让自己的声音陪伴自己。这个意念平静地激动着我，使我感到有可能拍下上帝的背影。

傍晚的时候，我在圆木桥上等桑。

阿尔傍晚的景色是我无以描绘的，它的静谧和它的惊人的美联系在一起，我甚至感到照相机的机械声都会使它趋于毁灭。在天色完全暗下来之前，桑拖着疲乏的步子向圆木桥走来。

"热内问候你。"我说。

"你老想用悲惨的故事来打扰我。而我已经帮你想好了新的名字。"

"没想到叫那两个傻瓜折腾了一天你还能思考。"

"难道你还没有意识到热内这两个字念出来时是很难听的吗？"

"我并没有坚持非叫热内不可。我只是感到阿尔这个地方不对劲，你非得用一些奇怪的声音来打破这种异样不可。你不认为是这样的吗？桑。"

"噢噢，你可千万别爱上我，热内，我只是在这儿吗？我烦透了，噢，你拥抱我吧，别再让我说这些没意思的话了。"

"好吧，让我们开始工作吧。趁着天还没黑。"

"噢，等等，风把我的头发吹乱了。"

"让风吹吧。"我对自己说。

"你听见没有，热内。"她在风中做了一个舞姿。

我出生在南方的一个沿海城市。它的潮湿的气候和稠密的人群给我留下了终生难忘的印象。我在那里读书，写作，交友，倾听善良的人们的相互谩骂，观看无耻之徒的勇敢的械斗，我进出各种楼房和院子，拜访，做客或者找人消磨时间。那些为食物、名望、性欲所折磨的南方人轻易地让流转的时光带走了他们皮肤中的水分和他们眼睛中的光芒。他们的秘密的故事和留在大街上的匆忙的身影给摄影师这一行业提供了令人艳羡的素材。我的照相机镜头前经常出现的是晦暗的场景和粗陋的坐姿，它的影像上的虚弱无力与它的庸俗的生动性相互辉映。他们的嘴唇和他们的无助的神情流露出对食品和情欲的迷惘之情。他们不再议论尚古的传说和秘闻。他们像一些加工粗糙的罐头被贴上各类标签，发往各地，譬如，阿尔。

在这中间，桑的情况与众不同。她出生在一个泛神论的有着众多兄弟姐妹的充满了感情纠葛的小知识分子家庭，她的趣味和爱好深受她的喜怒无常的母亲的影响，而她的革命倾向则是她的性情温和不动声色的父亲所培育的。值得提请注意的是，这种分析全部出自桑本人之口，与我没有半点关系。这并不是说我有什么特殊见解，只是我已厌烦了这种颠来倒去无聊透顶的分析。当然，任何演员跟他的角色在一起待久了，都避免不了这类令人沮丧的结局。

晚上十点左右，桑跑来敲窗户。我不反对她上我的破车厢来跟我喝一杯，通常女人在喝了点酒之后都非常精彩。

"把一个边境小镇叫作阿尔是没有根据的事。"桑天生对所有的虚构抱有反感。

"剧本是这么写的。"

"我直到现在也没有弄明白到底是怎么回事。"

"你认为有必要吗？"

"有必要！更何况把这个地方叫作阿尔没有一丝一毫的道理。再加上桑和热内这两个莫名其妙的人物。我认为布景应该确凿，应该有人生活过的痕迹，人物应当有历史，有准确的历史。最让人受不了的是这个该死的剧本居然要你我体现一种我认为人根本不会有的所谓陌生的隐秘激情。"

"你不认为这本身就是一个玩笑么？你不认为是因为你太当真了，所以它才显得那么不真实么？"

"难道你是说真实感必须通过虚假的表演来达到！"

"我没说，我的意思是我已不想再谈这个话题了。"

"那么好吧，谈什么，谈那两个摄影师吗？好吧，我先谈。"

桑完全喝醉之前，描绘了"摄影师"的容貌、性格、年龄、职业、爱好以及婚姻状况。她颠三倒四，乱说一气，一会儿这两人是一对夫妻，一会儿他们又成了某部影片的导演。但是，他们更多的时候是她过去的情人或者说第一个男人。他们写剧本，赌钱，到河里游泳。他们有时候戴眼镜，有时候又不戴。

"好了，该你说了。"她好不容易才停了下来。

说实在的，我认为他们两个人是一个人，如果他们同时出现在一本书里，那是写书的人把他们当作两个人来写的缘故。他们年龄相仿，趣味相投，可以在一块儿就任何话题没完没了地说个不停，也可以默不作声，相视而坐。他们被一同塑造出来好在现实中彼此形成一种关系，为的就是看看有多么孤单。从理论上说他们是同性恋者，从剧本的角度说，他们是无足轻重的配角，从我面前这个喝得醉醺醺的女人的角度来说，他们是强奸犯，从哲学的层面上看，他们是局外人，从金钱方面来说，他们是我的老板，而从我的角度来说……当然，你得先弄清楚我是谁。

庭　院

　　当陶列还在悬铃木的浓荫遮蔽的清凉过道里，幻想有朝一日以哀歌作者的身份来拯救他所钟爱的倩女形象，以打发夏日难挨的闷热午后时，他的世界已经产生变化了。

　　通过他幻想的文字，冬至过后的灰沉沉的天空预示着来年极有可能是寡妇和鳏夫的还愿之年。

　　陶列有可能是个终极意义上的遁世作家。长篇小说《米酒之乡》以散淡而纯朴的笔调对世纪初酿酒业农工的无望生活所做的准确描述证实了这一点。在他的谢世之作《打捞水中的想象》这本不足十万言的小说里，犹犹豫豫的叙述取代了早年果敢而难免失之偏颇的对死亡和爱情的洞察。在这里，充满力量的年轻人的想象退缩成了一种诚恳而圆熟的平庸之谈。

　　"一个芳龄十四的南方少女，因迷恋刺绣而走火入魔，竟被绣入了自己的作品：一幅绘满桂冠的绸缎。另一位擅长吟哦的中年诗人在一首叙述春日出游的长诗中误入歧途，竟然在融融的暖意中一去而不知其返。"

　　这类畸形的死亡念头为充满快感的虚拟陈述引导着遍布整部作品。我几乎很难设想，这个为他的叙述所逐出尘世的小说家想在什么地方顿足跳入被他纯熟地描述解释过不下一万次的死亡之谷。

死亡以及与之紧密相关的两性关系，是陶列那个时代的小说家所热衷的话题。那是一个将露骨的描写和下流的暗示结合得天衣无缝的时代。所有我们这些人面对陶列的肉欲世界以及他的高超的诗意的变形只有自愧弗如。

但是（注意这个转折），我们还能够进入陶列的另外一个世界。对大多数读者而言，一直为人们所忽略的陶列的另一面也许才是他最重要的方面。"性永远是次要的。"人们通常将这句话理解为陶列这个老手的戏言。

这篇有关陶列的小说从这儿开始也许比较合适。

人们没有理由要求我们去热爱一个我们所不爱的人。但我们往往是这样做的。我们去爱了，并且发现，一个人完全有可能爱上一个他所不爱的人。爱和不爱是混合着的。在以一个性爱场面开始的《黄昏的钟点》里，陶列成功地揭示了这一点。

我就是在那时候认识他的。那是个夏天，那阵子他刚刚写完了《黄昏的钟点》的结尾部分。他那天情绪很好。"我开始向前回溯，我通常倒着写一部小说，就像去参加一个人的葬礼，待众人走散之后，瞧瞧他墓碑上写些什么，或者去找找他从前的相好，要不跟他的街坊聊聊。噢，你千万别去找他的父母，他们会用眼泪淹死你的，不然，他们就会用咬牙切齿的悔恨闹得你一个星期没了食欲。"他说起话来断断续续仿佛时时都有咽气的可能。"这一年来，我在注意读你的作品。""你应该这样做。"他和蔼地说完这话，随后让我陪他下楼，到院子里去看一只雌性猫咪，那个院子很大，依我看正住着上百户人家。一些彼此熟悉的孩子在用桐油漆过的篱笆前荡来荡去。陶列加入他们的行列，但更多的时间他在一处洞口前守着。少量蚊虫在夕阳的余光中浮动着。我在一旁冒着汗，端详著名的小说家。如果我不擦汗，我就在想，人的感情不会长于光线中的蜉蝣。

"这不是一件很重大的事情，"陶列直起身子朝我走来。那些孩子汗津津地跟着他。"如果她今天真的不来，我们就不必再等了。"那只为小说家如此推崇的猫咪始终没有出现。后来，过了大约半年，在一家编辑部的黑乎乎的过道里，我和他迎面碰上。陶列一把抓住我，"她死了，一些孩子把她从六层楼上推下去，她下降的姿势非常优美，只是一落地就惨了。她的肠子从肚子里跑出来了，不太好看，我劝你忘了她吧。""是啊！"我说，但我想我并没有惦记过这只我没见过的猫。"喵——！"陶列仍旧拽着我："你听听，这就是她的声音。"

以后，我又上陶列家去了一次。那是秋天，篱笆墙已被重新漆过，墙根散落着一些悬铃木的落叶。陶列从窗口伸出脑袋来，朝我笑笑。我上楼前，一个男孩子在院子里飞速跑过。

生活有时候就在人们的相互拜访中不知不觉地流逝了。这中间有人死了，有人生了孩子，有的人则在遥远的地方，你时不时可能听到一点关于他的消息，陶列就是这样的人，我后来就再也没见到这位自命不凡的小说家。有关这位天才的道听途说不断传来，一会儿是他的爱妻亡故，过一会儿又是他的爱子走失，要不就是陶列本人在某风景地雪谷埋入差点断送了性命。仿佛生活有意要成全他，让他注定成为一个大作家。我不能设想他对这类便于创作升华境界的生活积累能够安之若素。我对这类人没多大兴趣，不久我就把他给忘了。那时候，我多埋头于书本，要不就去找姑娘聊天。我不知活着还有什么事情可干。翻墙入室抑或垂手伫立街头都不是我所干得了的事情。至于在雅致要不就是彻底俗气的客厅里混在一大堆人里作矜持状，更是令人难以消受。我就这么打发日子，懒懒散散的样子让我母亲看了头疼，于是，她的唠叨就开始陪伴我。故事就是这样，你原先提到的人，总会慢慢地重新出现。过了大约四年，陶列从不知什么地方给我寄来了他的一本书。他在书的扉页上装模作样地写上："甘露兄雅正。"落款是：小陶。

事情就是这么简单，我开始研究他的书，回忆他的种种往事，从记忆的深处往外掏所谓深刻的思想或者说白了深刻的句子。我有一种预感，我们不会再见面。我就索性变着法在那些鸡零狗碎的往事背后添加许多杜撰的注解，令一切简单的故事复杂起来，让人看了一则恋爱故事会吓一跳。我不知道陶列在远方听到这事会作何感想。这些事无疑可以听之，但关于这些事的解释万万听不得。

书的名字叫《黄昏的钟点》。在我读来这个名字就跟他的签名一样俗气得不行。小说开始部分那些伤风败俗的描写实在无法转述，你实在无力想象，一个风华正茂的小伙子起五更睡半夜地为一个少妇洗那些洗不完的臭袜子能有什么美感可言，但你不能据此就断定陶列堕落了。他毕竟写过《米酒之乡》，并且还将写下《打捞水中的想象》。倘若要从现实生活中找点儿佐证，有一件事也许能证明点儿什么。

在陶列念小学的时候，在他慈祥而博学的父亲的指导之下，他已经为大量崇高得近乎非凡的概念折腾得苦不堪言，为了不至于有一天被弄得麻木不仁，他便在苦读玄学和哲学的间隙里背诵起悲剧来，他让自己跌倒在虚幻的哀痛中死去活来。任何一个感叹词都能叫他热泪滚滚，而一个次要角色的过世都使这一天的阅读听起来跟忌日的诅咒毫无二致。他的脆弱的心灵为这些火辣辣的词句所刺伤。于是，愈合这些创伤便成了自然而然的事了。

那天发生的事情经过小小的变形，后来全被写进《黄昏的钟点》里去了。

在那年的夏末时候，我和几个年轻轻的就当上了诗人的小伙子以及他们的同样年轻并且也同样是诗人的妻子凑了些钱上那家偶尔光顾但确实是羡慕已久的餐馆去小聚一下。在冰镇啤酒端上来的时候，有人（我记不清是谁了）说他（指陶列）直到目前为止还没有写出他最好的作品，但陶列无疑是值得我们（大家齐声说是是是，虽然我们还没听到下文，那时候我们就

是这样，仿佛心领神会似的）期待的少数几个作家之一。大家
（确实是大家）喝着啤酒表示赞许。直到今天，当我在夜间猛
然醒来，（我跟陶列一样在夜间盗汗）我总会想到，陶列还有其
他人的良知为他即将提供给我们的幻想世界做了道德上的保证。
我们满可以全家老小围作一团诵读他的部分作品，那种良知不
是人人都有的，至少它就让我艳羡了大半辈子。

　　但令人感伤的是，这种鬼才闹得清的良知并没有护佑陶列
直至坟墓（虽然作为补偿，他的才华一直尾随着他）。无论我们
多么迷恋他的无穷无尽的创造力，我们不得不承认：这太叫人
丧气了，《黄昏的钟点》是一部又风流又下流的小说。

　　我为此垂头丧气了好一阵子。就陶列而言，这纯粹是杞人
忧天。他永远是又忧郁又有劲。很早的时候，我还为好长时间
孤家寡人似的面壁枯坐而闷气，他跑来点着我的鼻子训话：大
半年了你一个字也写不出？你在玩吗？你要不是在浪费才华，
就是根本没有才华。起来，该玩吗玩吗去。其实这事跟良知也
没关系，我要说的好像是另外一桩事。

　　对了，在这部叫陶列名誉扫地的小说里，他倒是委婉地提
起过她，在《黄昏的钟点》里她化名陶然（陶列喜爱给他的小
说中的人物安上自己的姓），以一个比次要更次要的身份在"黄
昏"里露了一下脸，当然谁也看不清。陶然是在陶列写完了所
有令人作呕的勾当之后被轻轻一笔带出的，仿佛是用她来冲洗
污秽的。她在傍晚的雨幕中一闪而过。

　　我知道这个人。现如今她还活着，为了避免不必要的麻烦，
我就像谈一个小说人物那样来谈她。我这么说，我认识陶然。
在某种意义上说（什么意义上呢？）是陶然在《黄昏的钟点》
之外拯救了陶列，作为报答陶列使陶然在《黄昏的钟点》里险
些堕入泥坑。陶然无疑是个清清白白（这很重要）的女人（我
断定她为女人是因为尽管她年纪极轻但据传已离过一次婚）。她
走起路来噔噔噔的，好似无所顾忌。她这副样子害苦了她，就

如陶列在另外的地方形容另外的女人：完了事的女人全这样。好多人在她背后指指点点的，就跟她开了一家妓院似的。我知道，新社会了全没这事，好些人的眼光真成问题。

其实，陶然是陶列最疼爱的人物之一，要说陶列跟陶然在感情上没那么一丝瓜葛，那显然不近人情，从他让她在一片风骚之中好端端地出场下场，就显出了所谓潜意识里包含的真情。好了，隐私我们不谈了。回过头来接着分析小说。现在你看出我要说的是什么了吧？

在陶列的小说里（我不说在他的生活里）始终洋溢着一种高贵的气氛。我从来没有注意到这点，是一次他在一封信里亲自指出的。虽然这类拘谨的高贵带着点做作，但无疑是高贵了。陶列的祖上似乎在某个朝代做过一回官，可这份荣耀是积淀到作家的脊梁里去了。再经压抑（不知什么受了压抑）后的升华，陶列的小说里全没了一官半职的影子，我们读到的俨然是个拜伦爵士或者维吉尔了（传说这两位一度潦倒不堪）。别的且先不谈，单引文那种古奥的笔调就先引来了学识深厚广博的感觉。后来有人论证全没那回事，陶列这小子写东西生来就那毛病，佶屈聱牙。嫉妒乃至不服气的人总是有的啦，但陶列的伟大（我这是私下里说说）也是抹杀不了的。要不是陶列写了那些个有伤风化的东西，人们是可以高声谈论他的伟大之处的。我真为他难过。

陶列总是在他的作品中重复描写某些相同的东西：那些干净但有些点缀环境的落叶摇摇摆摆地落下的街道啦（它们总是在主人公郁闷的时刻伸展在傍晚抑或午夜的天空之下）；一个有夹竹桃并且伴有香樟树的小公园啦（它就跟两个四幕剧中的主要场景一样，老在小说中出现让人以为接下去出现的是保姆或托儿所的孩子无疑）；一个展览绘画作品的雅致的大厅啦（让主要人物或者次要人物在这种地方碰面尽管有附庸风雅之嫌，但叫我也想不出更好的去处了）；再就是图书馆的安静的走廊啦

（啊！知识）；或者什么学校的冒着汗臭的操场啦（噢，文化）；或者干脆就是床。你不要以为我在介绍一个三流作家，陶列是个点石成金的能手（捎带介绍一句，陶列是个四段棋手和业余气功师），他能只在一部通俗小说上改动几个关键字句，就使之摇身一变化作划时代的巨作。这个说法虽则夸张，但也并非完全不可能。

我不可能完全进入陶列的世界，就像我不可能完全脱离我自己一样。他使我如此入迷，完全是因为他的小说。下面我占用一小部分篇幅谈谈我自己。

据我母亲回忆，在我四岁的时候，曾经有一次差点让人拐走，这段未能兑现的愉快往事（兑现了或许就不愉快了，没准儿）使我一直对那段我不曾亲历的生活充满了向往。我暗想，后来所有这些平庸的生活都是命里注定。活该倒霉。只能平平常常地靠着幻想不平常的别一种生活来生活。直到阅读陶列的著作之前，不曾对我正经历着的生活有过正确的认识。我的夜晚和早晨均不包括隐秘、私情、违法勾当和性。我所间接直接受到的关于我的身体的教育是爱清洁讲卫生计划生育移风易俗这类的高度概括的训导。现在想来不无益处……

继续谈陶列。要知道，作家陶列并不是个爱赶时髦的人，许多事情他都是懒懒地落在众人之后，"小心，别闭过气去了"。这是他对自己拖拖拉拉的作风的一贯诠释。唯有一桩事，陶列奋勇当先，这就是他早早地娶了亲。他那位特爱叽叽喳喳的娇小妻子过门的那年，陶列刚满十八岁。人们往往容易把太年轻的结合推想成荒唐的迹近轻浮，但这完全不适用于陶列与他的爱妻，且不论他俩既年轻又深沉，光是浑身上下那副精瘦的模样，就给人一种中年人的疲惫的不堪重负之感。老话说了，嫁鸡随鸡，嫁狗随狗。你光瞧在菜市场，在杂货摊，在取奶处的那副夫唱妇随的架势，你就知道，连理枝啦、比翼鸟啦以至海枯石烂翻天覆地等等指的就是陶列及陶列夫人。这种始终如一的婚姻（这中间包含了一夫一妻制的无比崇高的社会理想）给陶列的创作生涯带来了多么牢靠的心理保证啊。"女人的喋喋不休给她们的苦思冥想的丈夫带来了多么巨大的欢乐呀！"陶列在一篇专为未婚文学青年而写的创作谈中感慨万千地写道。

正如读者所要问的，这样一位从发梢到脚趾全都散发着礼仪之风的著名作家何以一再写下诸如《黄昏的钟点》这类令颇具正义感和良好的道德修养的我（我们）所不齿的庸俗之作的呢。我们不应当从他的婚姻生活中去找佐证，而应当像伟人那样到更广阔的背景中去找根源。（广阔这个字眼是多么的令我对狭隘这个字眼感到不安哪！）

说老实话，我非常非常想把《陶列的世界》写成一篇彻头彻尾的对《黄昏的钟点》的批判文章。为这事，我还特意把从前老早所收藏的批判文章找出来，仔细地研究了一番。但令我大失所望的是，纵使我使出吃奶的劲，也只能学个皮毛，徒具形似。人说文章有气，批判文章之气更非吾等凡夫俗子所求得了。于是只好作罢，搞成现在这不伦不类的样子。但我对陶列的某些作品所持的批判态度是显而易见的。

当陶列还在我们附近（他是个多好的干瘦老头儿啊）写作，在遥远的某处遁世的念头尚未占据他的整个头颅的时候，他笔下的人物故事是那样的清新可爱，他们要不是手拉手地在草坪上走来走去，就围成一圈在草坪上拍手唱歌。我们净化灵魂还需要这样的作品。

可悲的是，他本来是蛮有希望成为一位优秀童话作者的，他为什么要放弃这种对透明事物的追求呢，难道他为儿童们写作感到不满足吗？其实，（我听人说）儿童文学比成人文学更难写。

需要补叙一笔的是这样一段往事：

我刚二十岁的时候，陶列已经快七十了，他跑遍了大半个国家，很有点曾经沧海的味道。言谈之间，每两句话，就有一句是经验之谈。那时我感到他就像一册平装格言集——平庸而又使人不寒而栗。听他谈完话，我都不知道走路应当先迈哪条腿。这可真是左右为难。

我说的仍然是那个夏天。人物、场景、时间什么都没变，只是我再须提到它。

我和陶列在那个洞口前守着，一些孩子光着膀子在我们周围，那只猫（平庸的故事往往平庸地重复）还未出现，我和陶列闲聊。

"这辈子，我是不会有进入城市的感觉了，我生下来，就在城市里。但我至少可以有进入乡村的感觉。"我想在他面前显摆显摆，我是可以谈点哲理之类的东西的。

"生在城市里就不必谈什么感觉啦！"我听出这话里有话。作家果然是不同凡响。陶列瞪着眼睛看我的反应。通常在这种时候，我是没有反应。但我又不愿自己在一位著名作家面前显得像个白痴，于是，便在暗地里推想，我现在做何反应最合适。后来证明我错了，陶列是个反复无常的人物，任何合乎逻辑的推想到了他这儿全会碰个四分五裂。他在《打捞水中的想象》中写道："逻辑是一只生锈的鼠夹子。"

那天真是热到了极致，可以用百年一遇来形容，"也许乡村和城市不同……"我一说出来就知道这是一句蠢话。但我们在伟人或者那些注定要成为伟人或者在死后将被追认为伟人的家伙面前不说蠢话还能说什么呢？

我下决心在陶列面前不再记述任何事情，就连感受也不谈。

"你刚才提到了进入。"陶列显然也热得变了话题。但陶列的本领在于能把一个陈旧的话题以一种崭新的形式重提。"其实这类事情举不胜举，比如，火车进入隧道，要不，一只猫出现在洞口……"我看出他在等我接话。

"是啊！"我说："比如（我也说了比如！）人进入了炎热的夏天（天！这样说话真是太舒服了）。"我悟到（难道你还看不出来）作家这行当是干什么的了。

倘若我把一生中另一次拜访陶列的经历拿来作比较，无疑会令人感到心情愉快。在一个季节的那些令我厌烦的日子里回忆或憧憬另一个季节的令人动心的感觉是富有快感的。秋季的陶列非常富有情调，他的眼睛（我为什么总是回忆他的眼睛？）略含一点伤感的湿润，他喜欢在午饭前抑或晚饭后踏叶而行，并且不时地让脑中冒出几句甜蜜的诗来，安慰自己那因崇高的写作使命感而带来的疲劳和忧伤（我们不妨设想到晚年他已感觉不到写作的快乐）。

夏天则不同。陶列是仰仗自欺欺人而度过他一生中所有的夏天的。"夏季的空气中总是弥散着肉欲的气息。"陶列在《黄昏的钟点》里写道。我想，这大概就是他把一连串炎热无比的日子看得绚丽动人的原因。

"我一生中所有重大的事件都发生在夏季。"这时太阳已经完全落到楼房后面去了，微暗的影调中陶列在指导一个胖乎乎的小男孩将洞口弄得更大些。那时候他一生中的重大事件一件都还没发生呢。我听任他独自言语，不去搭理他，闷热的空气让我心烦意乱。我断定，陶列作为作家真是乏味得要命（这是我唯一的一次推开作品谈作家）。这种交往有朝一日写进回忆录里准让读者觉得腻味。今天当我着手做这件事的时候仍然觉得腻味得不行。我现在才认识到，在我年轻的时候，也就是当我晃晃悠悠心不在焉满不在乎的时候，我是多么渴望戏剧性的场面呀。古战场上那些撕裂的肢体，和平时期那些巷尾的谋杀，让人痛不欲生的情人的诀别以及近代的频繁到令人麻木的海难事故。它们（它们如此众多）确实是富于戏剧性的，但是，陶列通过一次夏天的交往让我意识到，我迷恋的是场面，而不是戏剧性。

《黄昏的钟点》就是一个场面。

这个有关一个叫作陶芸的去势者的故事开始于一处没有外

部特征的房间，在这里记忆和遐想都是多余的。陶列通过对墙边一尊瓷器的精细描写，把这个关于欲望和幸福的故事的背景推向了遥远的古代。紧接着陶列将陶芸和我们一同引到窗前，即使推开这扇可怜的窗户，我们的视野（包括陶芸）依然有限，往下陶列顺理成章地勾画一番郁闷的气氛，然后，他的笔就如同摄影机的镜头一样伸向了墙角的那只破旧的铁床。此时此刻陶列和他笔下的人物一同飘离了尘世，原先就难以辨认的环境，到这会儿已经混成一片。再往下是不言而喻的，陶列花了数千字刻画宽衣解带云雨之情，这类描写别说是陶列这样的尚未盖棺论定的作家，就是在经典作品里也早已被算作了糟粕而非精华。性拯救不了陶列，我的意思是我们永远也无法窥见陶列所精心设计的场面（它们是多么郁闷）背后蕴含着的戏剧性。

陶列在他活着的时候曾经说过："我们无法描写一个人所经历的戏剧性，也就是说，你不能通过一次道白全部说出。当一个人只和他自己在一起的时候，他是不存在的。这就是我们的命运。"

而我则正好犯了这样一个错误。我本不该谈论陶列和他的世界的，关键不在于它是无法谈论的，而是在于它自成一体，不因我们的介入而有所变化。

陶列和他的作品永垂不朽！

音叉、沙漏和节拍器

这是一个多云之日。窗外，街道灰蒙蒙的。福亚坐在店堂中央的圈手椅里擦他的皮鞋。他躬着腰，手势机械，神情漠然。因为停电，福亚的父亲决定临时歇业一天。女佣上街买蜡烛还没有回来，所以店堂里漆黑一团。柜台上散置着几双女式皮鞋还未摆上货架。福亚的父亲上二楼取酒精灯去了，说是有一只女鞋的皮面有点起皱，他要加热抹平。福亚听见母亲正和父亲时断时续地拌嘴，像是为了柜子里少了一封蜡烛。福亚努力追忆了一番，他似乎觉得有一次去阁楼找那台矿石收音机时看见过蜡烛。他侧脸朝街上看看，什么人的手杖在门前一闪，无声无息地，使街道显得分外寂静。三轮车夫在喊隔壁的大小姐。高一声，低一声，每天如此，来接她上学。福亚的父亲曾经也包过一阵子三轮车，那是福亚的母亲镶牙的时候。福亚放下鞋刷，不自觉地将手放到双腿中间夹着，他决定到阁楼上去，一直待到吃午饭再下来。门铃叮地响了一下，走进来一个三十多岁的女人，她看着福亚也不说话。福亚从椅子上起身，冲她微微点了点头。这时他父亲已经下楼来了。"请坐，方太太。"说着就去取来一双棕色浅口女鞋。"小牛皮的。"他说。福亚看着父亲给这女人试鞋，那女人也不说话，听任福亚的父亲在她脚上摸来摸去。这时女佣回来了。她冲福亚的父亲喊了一声"先生"，就捧着蜡烛进了内屋。福亚在楼梯上遇见正要下楼的母亲，他劝她别下楼，父亲正在店堂里招呼顾客。"不是歇业吗？"他母亲问。"是一个熟人。"母亲一手支着楼梯扶手，一手安抚似的放在自己的胸前，五指张开，宛如一柄玉色的扇子。"福亚，你到我房里来。"说完，她便转过身去。"做什么呀？""我有话对你说。"

福亚走到母亲的房门前，收住脚步，冲着刚进屋的母亲的背影说："我先上一趟阁楼。"

"马上下来！"母亲立即吩咐了一句。

福亚知道母亲的话题。家里要换新的用人了，父亲是一个多么无情无义的人，隔壁茶叶店老板的大小姐是一个很懂事的姑娘，最后，母亲总是恶狠狠地冲他说："我知道你在阁楼上干什么，别跟我争，小心瞎了你的眼睛。"

阁楼临街的一面的窗户，低到几乎与地板平行，福亚推开窗子，将脑袋探出去朝下张望。梧桐树荫下，三轮车夫正在给前胎打气，那个被母亲称作很懂事的姑娘正端坐在雪白的车座里。福亚看见她双膝紧紧靠在一起，旗袍的后摆顺着座位的白色罩面垂荡下来。"八红！"福亚喊了她一声，在她应声抬头的一瞬间，福亚从窗口缩进脑袋，然后伸出手去关窗。他想，八红知道这是谁的手。福亚觉得自己的手能感觉到八红的目光。他等到三轮车夫的铃声一响，才收回手，把窗户关上。

福亚拖过一只有裂缝的铜盆，塞到屁股底下靠窗坐着，将脸的一侧埋在阴影里。母亲在下面房里招呼用人，嗓门高高的，吩咐她给先生送桂圆汤，说完这话，即刻便没了声息，整幢楼里只有用人咳嗽的声音。福亚觉得也是该辞退这女佣，但他总是担心她离开皮鞋店就会有人来强奸她。福亚想象她半跪着给自己洗脚的情景，他觉得一旦有谁对她施暴，情形就是如此。

楼下店堂的门铃始终没再响过，福亚猜测那位姓方的太太一准还没有试完鞋。一双臭脚。他暗想。福亚知道这是自己错误的念头，父亲对顾客是很挑剔的，那个女人只不过是有狐臭而已。

母亲又在招呼女佣，嗓门已经照例变得怪里怪气的。福亚觉得心烦意乱，他站起来，绕着蒙满灰尘的杂物走来走去，直到店堂里的门铃清脆地响了一下，才停住脚步。他静听父亲上楼的脚步声。接着，母亲那屋的房门砰地关上了。只听母亲在房里喊佣人："姑娘！烧水。"

"哎！"女佣哑着嗓子应了一声。这一声应答已成惯例，除此之外，女佣从来是只按吩咐去做，而不必出声的。

福亚重又坐回到倒扣的破铜盆上，从一只半开的写字桌抽屉里拉出一只又脏又旧的圆靠垫，他冲着自己的鼻子胡乱拍打了一番，便塞到背后。福亚望望窗外，心想，八红该放学了吧？福亚拉开另一只抽屉，伸出手从里面摸出一只节拍器，拨到每分钟六十拍，放到地板上定神看着。

下午，天气变得愈发阴沉。福亚软绵绵地在路上走着，他由衷地喜爱这样的天气。他盘算着在国光戏院门前能看到接八红的三轮车夫，他知道那些穿夹袄的人停车的位置。那个车夫喜欢跟在戏院门前摆摊擦皮鞋的秃子下象棋，那秃子的手艺十分了得，他可以一边将皮鞋打得锃亮，同时将象棋下得噼啪乱响，来擦皮鞋的人愿看他像杂耍般的干活，他两眼盯着棋盘，双手却在鞋面上来回翻飞，即便没有那些插在脚面和鞋缝之间的护皮，也不会有一星鞋油沾上袜子。

秃子不在。那地方由一个卖白兰花的老太太占着。三轮车夫沿着丁字路口一溜排开，车夫们个个仰在车里打瞌睡，他们将腿架在车把手上，懒洋洋地使这个下午显得更加无聊和潮湿。

福亚朝四周观望了一阵，没有看见什么令他感兴趣的事。他用手理了理额前的头发，从衣袋里掏出一只簇新的音叉在一辆三轮车的车背上轻轻一敲，然后放到耳边听那嗡嗡的振荡声。一名三轮车夫睁开一只眼看了看福亚，毫无表情地又合上了。

父亲吃过午饭便去日克路进货去了。母亲则到极司菲尔路的舅舅家去，晚上照例要请舅舅舅妈去百乐门跳舞的。福亚想，晚上邀请八红来店堂里玩，如果她愿意到阁楼上去，那就把白天从窗口叫她的过程表演给她看。但愿女佣不要多嘴。最好是用点药让她变成哑巴算了，省得她整天哑着嗓子咳个不停。

福亚又拿音叉在三轮车上敲了一下。卖白兰花的老太太已经走了，丁字路口显得更加冷清。接八红的那辆三轮车迟迟没有出现，福亚隐约觉得有些兴味索然，他看见擦皮鞋的秃子挎着鞋箱远远的一路走来。福亚穿过马路在一家烟纸店里买了一包薄荷粽子糖和一包盐精枣，慢慢地交替吃着，一路走回家来。

路过八红家前门时，福亚朝里张望了一下。五丈进深的铺面依然显得昏暗如故，一名伙计守着一柄鬼火似的蜡烛了无生气地站着，只是那股隐隐的苦香弥漫在店堂中间。福亚暗暗倒吸一口凉气，无端地联想到中药铺以及墙上刷着巨大酱字的油酱店之类的气味。比较而言，他还是更喜欢父亲经营的那些皮鞋的味道。福亚想，茶叶、中药、油酱这些东西多少都从植物而来，唯有自己家里的皮鞋来自曾经是活生生的动物。福亚来回前后一想，总共涉及三种动物，它们是牛、猪和鹿。用其他动物皮做鞋面，福亚没听父亲说过。只是去年冬天父母亲吵架，母亲嚷着将来要用父亲的皮做鞋穿，踏得他疼得生还过来。

八红的家人在二楼搓麻将，随着一阵感叹之声，洗牌的声响阵阵传来。福亚想想自己的母亲与八红的母亲果然是嗜好不同，要是她们知道了自己的儿女暗自往来，不知作何感想。别人怎么样不得而知，反正自己的母亲总要疑心别人偷东西了。

福亚推开店门进屋时，女佣正在拖地板。福亚一面往里走，一面喊道，我要洗脚啦！他看女佣没什么反应，便拖过店堂里一把供顾客试鞋用的椅子坐下，脱下鞋和袜子，将双脚放进女佣盛水的铅桶里。

女佣停住手，对他说，脏水怎么可以洗脚。

"你去换一桶清水来。"福亚将脚从黑乎乎的水中提出来。放到地板上。女佣去换水了。福亚仰头看看货架上的各式皮鞋，从衣袋取出那只亮闪闪的音叉，顺手在柜台边上敲了一下。

这时，三轮车载着八红从门前一闪而过。八红的身边还坐着一个穿长衫的男人。福亚连忙赤着脚跑到门边，斜眼朝外望去。那个男人很得体地扶八红下了车，一同进了铺子。福亚觉得那个男人应该有四十出头了，肩膀宽宽的，显得很结实，跟老派穿长衫的人完全不一样。

"福亚，来洗脚。"女佣已经半跪在铅桶跟前。

福亚忽然觉得眼冒金星，想说什么还没有说出口，便昏倒在湿漉漉的地板上了。

福亚醒来时，听见父亲和母亲在门边说话，嗓门压得极低，但听得见母亲正在小声抽泣。福亚转脸看看窗外，天空黑乎乎的，路灯光透过树影投进屋来。福亚想，又要等到下一次父亲去进货了，反正父亲一走，母亲总要去舅舅家的，然后是百乐门，然后是半夜三更让用人起来去烧水，她总归是要起来去开门的。尽管家里装了司别令锁，母亲却是从来不带钥匙的。

福亚从床前椅背上的上衣口袋里取出音叉，一抬手在床架上敲了一下。

"小赤佬醒过来了。"他听见母亲在门外说。父亲叹了一口气，弄不清他是在对什么表示无奈和不满。他的脚步声在过道里回响，显得拖拖拉拉的。在父亲进屋关上房门之前，母亲就开始冲着女佣数落起来。女佣只是一味地压低嗓子咳嗽，没有任何其他表示。

母亲的唠叨声一直伴随着福亚的浅睡。他就这么意识蒙眬地半躺在床上，隐约觉得房间里半明半暗的光线很合自己的心意。

　　不知从什么时候起，窗外的路灯光晕中已经挤满了细密的雨丝。楼下店堂里自鸣钟走时的机械声清晰地传来，福亚下了床，也不穿鞋，蹑手蹑脚地下楼来到店堂里。他沿着柜台和货架漫无目的地巡视了一番，最后在店堂中的一把椅子上坐下，他的脚就这么放在冰凉的地板上，纹丝不动。他想，今晚算是完了，那个四十岁的男人不知都对八红说了些什么。福亚老想着那人扶八红下车的情形，心绪难平。

　　窗外的雨下得一阵紧似一阵。福亚又想上楼去摆弄他的节拍器，他设想要把节奏拨到每分钟一百二十拍或者一百四十四拍。他站起身，但临时又改变了主意。福亚走到货架边，从中挑选了一双女式高跟鞋，穿上。熟练地走回到椅子边，重新坐下。他将一条腿架到另一条腿上，就这么挺直腰板坐在黑暗之中。

　　雨依然紧一阵慢一阵地下着，不知过了多久，福亚脱下那双高跟鞋，将它遗留在椅边，光着脚上楼睡觉去了。

　　翌日上午，雨已完全停住。福亚从睡梦中醒来，只觉得自己脸上有些浮肿。母亲在楼下店堂里大发雷霆，指责父亲半夜在店堂里勾引女人，听不见父亲的声音，仿佛他根本不在家。福亚拿起枕边的音叉随手在床架上敲了一下，他刚将音叉送到耳边，只听见母亲一路骂骂咧咧地上楼来了。

　　"开门！开门！一天到晚敲来敲去，恐怕我不死呀！家里的钢琴从来不知道去弹两下，拿一个音叉藏在口袋里做什么？你给我开门，你告诉我，那只节拍器弄到哪里去啦？"母亲刚数落到这儿，就听见店堂里门铃当啷响了一下，接着女佣的咳嗽声便响了起来。福亚只听见母亲冲着楼下又嚷了起来："跟你讲过多少遍了，买菜回来走后门，今天开始通通后门进出，否则我就把门铃拆掉，让强盗把家里东西统统偷光。"说着便莫名其妙地哭了起来。福亚将音叉塞入衣袋，然后，整个人重又缩回到被子里去。

临近中午的时候，福亚才拖着拖鞋下楼来。整幢楼里静谧异常，只有女佣坐在厨房里的小凳上剪指甲，一问才知道父亲又到白克路进货去了，那母亲自然是到舅舅家去了。

"你吃饭吧？"女佣问。

福亚摇摇头说："我没胃口。"

"那么我替你洗脚好吧？"女佣冷不丁问了一句。

福亚疑惑地看了女佣一眼，忙说："白天洗什么脚，晚上再洗好了。"说完便一路走上顶层阁楼去了。

"今天停电。"女佣在他身后喊了一声。

福亚闹不懂为什么近来老是停电，不过这样可以少缴些电费，免得母亲唠叨个没完。有时他想，只有父亲不在了才能停止母亲的唠叨。福亚自己也不明白为什么总是有这种丧天良的念头。他回到房里，翻箱倒柜找出一身已经洗旧了的对襟绸衣裤褂穿上，对着镜子梳了半天头，用茶杯里的水将头发一律朝后抿去，使额前那又深又粗的抬头纹暴露无遗。八红管这叫电车路，他想。

福亚一路小跑下了楼，朝厨房里张望了一下。女佣正弯着腰修她的脚趾甲，她抬头看了福亚一眼："到隔壁去？""嗯。"福亚答应了一声，穿过店堂朝门口走去。"今天三轮车没来过。"

福亚刚迈进八红家的店堂，店员便高着嗓子招呼道："唔，小 K 来啦？"

"二两炒青。"福亚并不接话。

只听八红在楼上喊了一声："小季！"

店堂压低嗓子对福亚说："今天大小姐一个人在家。"

"把我的茶叶称好。"福亚嘱咐了一句，便拍打着袖子上楼去了。

虽然只是一墙之隔，但两幢楼的构造却相去甚远，首先这楼梯就比福亚家的宽了许多。扶手和台阶全都一尘不染，透着一股桐油风干后的古怪气味。

八红房间的门半开着，福亚探头朝里看了看。"要不要换鞋？"福亚问。

八红正坐在床上摆弄那只沙漏，颠来倒去地，一会儿让沙子流向这边，一会儿又将它翻过来。

福亚脱了鞋，穿着玻璃丝袜走到八红的床前。"送给你。"八红将沙漏往福亚面前一递："每次你都要拿这东西送我，我不要。"福亚站起不动。

"那你帮我把它放到桌上。"

福亚无声地从命。

八红转过身，从床架上取下左右两边的铜铃，放到地上。福亚也如法炮制，将另一边的两只取下放好。

"好啦，你上来吧。"八红说。

楼下店堂里，店员站得无聊，便捧起包好的茶叶出门来到皮鞋店门前，他推了一下门，女佣闻声跑了出来，店员将茶叶递给女佣："你们家小K的。"说完，便踱回自己的店堂里来。隔着楼板，能听到八红轻轻的喘息声。

这个叫小季的店员从一只写着西湖龙井的白色搪瓷桶里掏出一小把茶叶，放到嘴里慢慢嚼了起来。他不时抬头望望楼板，似乎在辨别上面传来的声音。

八红的房间内，桌上的那只沙漏依然缓缓往下漏着细沙，它无声无息的，几乎令人感觉不到它的存在。

"你为什么不叫几声？"福亚问八红。

八红抬手给了福亚一记耳光。

福亚猛然停住动作，他盯着八红看了半天。"你会怀孕的。"福亚说。

"你负责。"八红没好气地回敬了他一句。

福亚翻了个身，躺到八红的身边。从侧面看，八红的鼻子挺得出奇，面部的轮廓也格外的清晰。福亚早就听家里人议论说，八红是个混血儿，并非她母亲的婚内作品，但他并不想在八红这儿得到证实。我无所谓。福亚这样想。

"你在想什么呀？"八红一咕噜下了床，坐到梳妆台前的铜痰盂上。

"我无所谓。"福亚脱口而出。

八红目光一冷，抿紧嘴唇，牙齿咬得咯咯直响。"你说什么？"福亚忽然回过神来，忙问八红："我说什么？"

八红只是虎着脸，也不吱声。

"快起来吧，下面怪凉的。"福亚央求道。

这时，楼下传来店员小季的招呼声："先生回来啦。太太。"

只听见八红的母亲问："大小姐起床了吗？"

"没听见声音。"小季答道。

"不是让你放只耳朵的吗？"说罢，八红的母亲就一路细声细气的上楼来。"八红！八红！"其余三个女儿也从外面一窜而入，跟着母亲叫唤着跑上楼来。她们将耳朵贴在门缝边想听听里面的动静。只有她们的母亲端立在门前二尺远的地方。"八红，你起床了吗？开门，让妈咪进来好吗？"

八红离开痰盂，重又躺回到福亚身旁。"不开门，不开门。"她大声抱怨道。福亚收紧身子，仰天躺着不敢吱声。听着母女两人隔着房门的对话。

正说着，八红忽然侧过身子用手臂围住福亚的脖子，福亚便起身重新俯视她。"要我吧？"八红悄声问了一句。福亚还未完全反应过来，八红便将他拉向自己。

母亲仍然在门外催促："八红，起来，开开门。"

屋里八红只是说："不开！"只是嗓门一声比一声更高。最后随着一声有气无力的"不开"，一下子陷入了沉默，不再搭理任何人。

八红的三姐妹在门外支着耳朵傻笑，她们的母亲也不知道她们究竟听见了什么。

八红一整天没有从屋里出来。家里人只当她是在怄气，便不再搭理她。傍晚的时候母亲吩咐二女儿去叫她起床吃饭，于是三姐妹前呼后拥地跑上楼来，她们挤在门前叽叽喳喳一阵乱笑，八红在里面也不作声，三姐妹又吵吵嚷嚷地跑下楼去。等到一开饭，她们便把八红忘到了脑后。只有母亲一人依然是满腹狐疑，她喜欢大女儿的文静，但此时此刻她倒宁愿四个女儿一样地大呼小叫的。

八红和福亚在床上躺着也不说话，两人不时地对望一眼，目光中似乎也没什么特殊的含义。当天色完全暗下来以后，福亚说："我有点饿。""那你刚才为什么不下去吃饭？"八红接口说。很长时间福亚没有再说话的兴致，他不明白为什么每次有了这事以后，她总会说出一些故意损人的话。

"我们可以就这样睡到明天。"隔了好一会儿，八红忽然说，"我不想去上学了。"

"我不能在你这里过夜。"福亚说。

"可以的。"八红说，"我想像你一样，每天在家里。"

"我有肺病才在家里的。"

"我也要有肺病。好不好？"八红爬到福亚的身上。

"好的。我会传染给你的。这下你放心了吧？"

八红在暗中点了点头："我要把沙漏送给你。"

"我不要那东西。"

"为什么？"八红感到有些委屈。

"看着它我感到气闷。"

"是因为肺病吗？"

"大概是的。"

"我也会气闷的，那以后把它怎么办？"

"再说罢。"福亚打断了这次对话。

福亚当晚回家的时候没有走前门。虽然他忘了带后门的钥匙，但女佣细心地给他留了门。福亚进门时，女佣正在厨房里看着炉子上煮着的莲子羹。淡黄的灯光之下，一脸犯愁的样子。看见福亚，她两眼一眯，嘴角一咧笑开了。

"笑什么？"福亚没精打采地问了一句。

"你要洗脚吧？今天我烧了很多水。"女佣说道。

"我要吃饭。"福亚说着有气无力地上楼去了。

"莲心羹是你妈吃的。"女佣解释道。

福亚推开自己的房门，一头栽倒在床上，全没了食欲，只觉得浑身乏力，气短胸闷。他认为这是上楼所致，只是攥着手躺着。只一会儿，手心里便盈满了冷汗。福亚这才心里有点发慌。今晚又要失眠了。他想。

福亚伸手四处摸摸，在枕边触到了冰凉的音叉。他甚至没有兴致拿起它来。他想，等我缓过劲来，就到阁楼上去，旧东西的气味能够医治失眠症，至少在天明之前可以蒙眬睡去。福亚觉着眼睛有点发酸，并且隐约听见楼下店堂里自鸣钟的走时声。节拍器，他想。

半夜里，女佣起床解手，发现福亚躺在通阁楼的楼梯上，额角擦破了点皮。她叫醒了东家。

福亚在床上休养了近半个月，每日里由女佣伺候着喝汤灌药。其间他的一个异母兄弟来探望过一次，对他说了些安慰的话。福亚觉得自己要死了，至少活不过秋天。

来店里试鞋的顾客总能听到嗡嗡作响的音叉声。这声音幽幽的令人觉得一丝阴冷。福亚的母亲暂时收敛了与丈夫吵嘴磨牙，上楼的脚步声也放轻了许多。

一天，来了几个粗壮的汉子，毫无顾忌地一路蹬蹬蹬地上楼。福亚听见母亲跟在后面一路指点着什么。这些人打开了阁楼的木门，惊天动地地在里面折腾了一阵子，下楼时还吭哧吭哧地喘着粗气。他们搬走几只旧箱子，那上面的挂锁已锈得无法打开。

等到这阵喧嚣完全过去之后，母亲让女佣用毛巾拍打了一遍周身，洗洗脸，用香油抹抹头，便出门去了。

福亚仰面朝天躺在床上，暗想母亲可能去了当铺。这念头一转，便无法在床上继续躺下去了，他用一床绒毯裹住身子，摇摇晃晃地上了阁楼。呛人的灰尘刚刚落定，大部分东西都被移动了位置，福亚打开抽屉寻找他的节拍器。看到那东西完好无损地躺在那儿，福亚不由得松了一口气。他取出自己的爱物，在手里抚摩一番，然后放在地板上端详起来，心里寻思这玩意儿似乎比八红的沙漏好玩些。

福亚在地板上呆坐了一会儿，渐觉无趣，便收起节拍器，慢悠悠地下楼了。一股炖鸡的香味从楼下浮升上来，令福亚觉得一阵口渴。胃里一酸他便径自走下楼来。半月没有起床，谁知店堂里已改换了布局，少了几层货架，皮鞋也短去许多。福亚觉得莫名其妙，便到厨房里向女佣打听。"要搬家啦！"女佣悻悻地说。"搬到哪里去呀？"福亚不禁焦急起来。"搬到香港去。""那为什么不搬到澳门去？""去问你母亲罢。"

福亚瞧着案板上放着的火腿、鲜蛋、腌肉和卤鸡只感到一阵恶心。"隔壁茶叶店搬不搬？"

"我没去问过。"女佣支吾了一句。

"我去问问。"说着福亚便要出门。

"你不能出去的。"女佣两手油乎乎地忙来阻拦，"受着风你要死的。"

"我生的什么病呀？"福亚说。

"龌龊。"女佣说。

"我知道。"福亚一转身，气咻咻地上楼去了。

福亚把椅子拖到窗前坐下，双眼勾勾地望着下面的人行道。马路上依然行人稀少，但仍然有一二顾客进了茶叶店而后又出门而去。

天快要黑的时候，福亚看见八红坐着三轮车回来，下车的时候，她的父母亲还从店内迎了出来。福亚想，真少见。八红穿着一袭艳丽的旗袍，腮上还抹了些胭脂，脖子上挂着令福亚深恶痛绝的一串珠子。假货。福亚断定。

　　八红的母亲伸手来搀扶她，而八红则摆摆手示意不用。这可是福亚从未见过的姿态，而且做得就像她摆臀那么自然。福亚顿时感到头晕眼花。他推开窗子将脑袋探出窗外，他本想叫唤一声，但此时八红一家都已退入店内。福亚只觉得一阵凉气袭来，直灌进嗓子眼里，立时腿便凉了半截。福亚瘫坐到椅子里，心想到底发生了什么事。因为八红的举止超过了福亚的想象，他便一个劲地咳嗽起来。窗户叫晚风吹得啪啪直响。女佣利索地上楼推门进来，见福亚脸色蜡黄，便要扶他上床。福亚抬抬手，有气无力地说："关窗户。"接着小便就洇湿了裤裆。

　　女佣趴在木盆上洗了大半夜的衣物床单，累得腰酸背疼也不敢言语。福亚的父母楼里上下前后窜来窜去，每进一个房间便关起门来捣腾一番，出来时神情怪怪的，而且各个不同。等女佣洗完了衣物，夫妇俩躲入厨房围着炉子烧了一阵纸片，完事之后两手脏兮兮地搓来搓去，又高兴又痛心的样子。女佣进来清扫地上的灰烬以及散落的些许纸屑，她也不识字，只当是信件账单一类的东西。三下两下一起扫入残羹剩饭之中。

　　女佣洗净手脸之后，前后门窗查看一遍，关了上下的电灯，便到福亚房里陪夜，看他躺着喘着，直到天明。

　　女佣猛然醒来时，只见福亚又躺在门旁的地板上，嘴角含着血迹。女佣只觉得大事不好，冲到楼梯口大叫起来。她披头散发的，模样非常吓人。

　　又是嘈杂忙乱的一天。福亚被搬上床去便呼呼大睡，直到傍晚方醒，咳嗽停止，脸上反倒显出一些红晕来。福亚的父母对儿子的表现不置可否，只是一味地交头接耳喊喊私语，令福亚无比失望。

晚饭之后，来了一伙母亲的牌友，个个穿戴得西装笔挺。几位女性则装扮得有几分妖娆，上下里外，干干净净的，很令女佣有几分艳羡。她趁端茶送水之际拿眼睛使劲觑了一阵，也并没看出奥秘所在，索性退出来躲到厨房里暗暗生气。打扫房间时她曾偷拿了一些主人的化妆品，半夜里试试觉得并无效果，原以为只是灯光的原因。如今仔细看了一眼太太小姐们，方才令她大为惊异。

福亚躺在床上胡思乱想，耳旁是阵阵稀里哗啦的洗牌声，间或夹杂几声父亲的干笑。来客打起牌来脚也忙个不停，直踩得楼板咯吱乱响。他们全穿着从福亚家买来的皮鞋，多数都折了半价，连买带送的意思。

女佣端着瓷碗进来，福亚想又是清肺解热的什么东西，看着碗中袅袅飘出的热气，他就没了精神。

女佣见福亚没精打采的，便试着跟他说话："我听人说隔壁的大小姐要嫁给一个在银行做事的人。"

福亚一听便想，前一阵子一个扶八红下车的中年人。他一直朝着八红的一面微微侧着脸，看上去挺文雅的，而且还有几分殷勤。

女佣来给福亚垫高枕头。她先将原先垫着的两只枕头抽出来拍松，放回原处，然后，又加上一只新的。她的前胸在福亚面前晃来晃去，而她本人则仿佛一无所知。福亚抬起细长的手臂假装无意地碰了一下。女佣忽然停顿下来，双臂抱在胸前将那晃动的双乳稳住，她注意地看了福亚一眼。整个姿态完全是在学一名太太。"好了，你可以躺下了。"女佣扶福亚重新靠到枕头上："舒服吗？"

福亚点点头。

女佣坐到椅子上，低头就着膝盖折叠福亚的衣物。她的一绺头发从耳后荡到额前，一直挂到鼻尖，而她并不在意。看着她，福亚忽然有了跟她交谈的欲望。

"我母亲说要辞退你。"福亚选择了一种关心的语气。

"她要我做到这个月底。"

"在你之前，一个用人做了很长时间。"

"我总是做不长远的。"说到这儿两人都觉得有点凄凉。

福亚望望窗外，看看也没有什么特殊的景物可以记取，并且好似跟眼前说的事也无关，便掉转了话题："你从前生过孩子吗？"

"你问这个做什么？"女佣显得有点惊讶。

"你的腰好粗啊。"福亚笑着说。

女佣也笑了。"我是做用人的。"她说。

"那你以后到哪里去做？"

"不知道。"女佣好像对此并不关心似的。

"我们家这店早晚要盘掉的。"福亚想想说。

"等盘掉了我再来做好了，反正总归要用人的。腰粗的人活做得好，你知道吧？"女佣自信地说。

"那你怎么总是做不长远呢？"福亚瞧着她。

"我老是要生孩子。"女佣的嗓音里带有一种无可奈何的味道。

隔了很长时间，福亚忽然自言自语道："这很没意思的。"

"不过女人总归要生孩子的。"女佣说。

"那么你的小孩呢？"福亚连忙追问。

"都送到乡下去了。"

"谁养他们呢？"

"我老公呀。"

"嗯？"福亚不胜诧异，他不禁支起身子，将脸凑向女佣，"你生过几个小孩？"

"挺多的。"女佣猛然站起身来走出房去。

转眼过了月底，福亚也没听母亲再提辞退女佣的事。家里的东西依然是不断地往外搬，打包装箱的送码头，其余的多往当铺送，店里的皮鞋折价往外卖，整天就听见门铃不停地响，闹得福亚心烦意乱的。

天气一天比一天凉，福亚的身子还是那副半死不活的样子。这一日，他从店里提了一双女式皮鞋来到隔壁的茶叶店里，跟店员小季打了个招呼，便将皮鞋留在柜台上要走。小季瞅瞅四下无人，一把拽住福亚神秘兮兮地说："大小姐要生孩子啦。"福亚一听这话登时就傻了眼："真的？""是杨先生的，知道么？在银行做事的，你大概没看到过。"小季一边说，一边隔着柜台做出一通淫秽的动作。"强奸的，你知道吧！从后面，有人看见的。"小季擦擦嘴说。

"我要娶她做老婆的。"福亚忽然冒出这么一句话。

"算了吧，你不能再做这种事情了，否则要死掉的。这双皮鞋等晚上大小姐回来我给她。"

福亚恍恍惚惚地从店堂里退了出来，沿着僻静的街道转了一大圈然后回到家中。一进门，就看见父亲正帮方太太试鞋，福亚盯着父亲的手看了一眼，穿过店堂上楼去了。

这一夜，福亚睡得非常死，他也没做什么梦，只在天快亮的时候因为气闷醒过来一次。将近中午，福亚才完全醒来，他一欠身，看见床头柜上放着八红的那只沙漏。他捧着那东西下了楼，将它放在脸盆边上。

"隔壁大小姐早上送来的。"女佣在他背后说了一句。

福亚也不作声，只顾往脸上泼水，洗完了脸，用毛巾擦干以后才说："水太凉了。"

收拾干净，福亚捧着沙漏回楼上房间去，这时，父亲在店堂里叫他。福亚迟疑了一下，便慢吞吞地走到店堂里来。父亲指了指店堂中央的椅子，示意他坐下："我有话跟你说。"

福亚注视着父亲，看着他脸上的皱纹一动一动的。福亚想象不出父亲会跟自己谈些什么。他双手下意识地摆弄着沙漏，翻来覆去的。他看着细沙来回流动着，脑子里空荡荡地无所思虑。福亚微低着脑袋，并不去凝视开始说话的父亲。他觉得父亲的嗓音较从前更为女性化，柔软和纤细，缺少变化和起伏。福亚默不作声地听着，从父亲曲折的谈话中辨认出背后的含义。他知道，他们将要别离，他将独自一人过一段日子，原因是疾病和钱，同时，福亚也听出父亲含混地涉及了自己的血缘。这才是最重要的原因。

父亲站立在柜台后面一动不动，静静地说着。福亚偶尔抬头看他一眼，隐约觉得他似乎什么也不曾说过，仅仅是站立在那儿而已。

"那妈妈呢？"福亚问了一句。

"你妈和我一起走。"父亲明确地告诉他。

几天以后，家里的东西几乎已全部搬走，仅剩下一些零星物品，大部分家具也已卖掉。福亚在楼里四处转转，觉得自己像是在寻找什么散落的东西，仿佛在这种时刻一定有什么东西可能失而复得。

父母亲已经预订了船票。随着船期的临近，母亲更加高声地在家中吆喝用人，而父亲则不时地叹息，要不就是与母亲交头接耳地议论几句。所有的人都变得越来越没有表情。

父母亲走了大约一星期，福亚便穿上了夹袄。这一天，他正端坐在店堂里让女佣替他洗脚，隔壁茶叶店的小季伸着头在橱窗外朝里张望。福亚让女佣去给他开门，女佣两手湿乎乎地跑去开门。小季站在门外并不进来，他在女佣耳边小声地说了一阵便匆匆走了。

女佣带好门，回来重新蹲下替福亚洗脚。

"什么事？"福亚问。

女佣便将听来的话复述了一遍，说是八红死了。说是流产失血过多，又说是叫银行的杨先生给毒死的。反正有好几种说法。

福亚听完沉默了一会，心想，再也不会有什么三轮车来接八红了。

"你有什么吩咐？"女佣见他脸色难看，便小心问了一句。

"再加点热水来。"福亚说，"去把店门锁上，开开电灯，酒精灯点好，把我的音叉拿来。""你要干什么？"女佣问。

"你不要问东问西，做就是了。"

大师的学生

回忆。永远是这个主题。人们彼此孤立地生活着，我每次骑车去博物馆，脑子里就转着这个念头。维庸在那里上班，每周四天，兼做研究工作——消磨时间的别称。我们定期见面，交换看法，然后议论一下周围的人、食品、书籍、性以及偶然想到的任何事情。我们之间固定的话题是文学，因为它看上去好像是一个秘密。它可以使谈话处于一种鬼鬼祟祟的气氛之中。博物馆轮换展出不同时代的出土文物，包括石器、铁器和陶土制品。维庸一再提醒我不要描绘这些东西，他是为了避免我显得像是在抄写博物馆的藏品手册。古人用丝绸制衣，在绢上绘制仕女、花卉或者农事，这些事总能使人想到在寒冷的山川中守望溪流的隐士或是在月光之下饮酒作诗的摭花客，在历史上，这些人以酒量和艳事闻名，在我看来，他们多少与今人有些区别。

博物馆是一幢巨大巍峨的砂石建筑，但是从它的内部观察却又显得狭窄逼人，各个展室之间的通道昏暗不堪，仿佛是说，在历史中大部分年代都是晦暗不清、难予辨认的。我与维庸通常就是在这样的过道里闲聊，借以避开展室内众多玻璃的反光。越过展室的窗口，可以看到四周那些类似的建筑，它们紧紧地

215

簇拥着组成了一个小小的帝国。当晚霞照射时，它们显得异常地沉默，比那些文物更沉默。在下班的时间步出博物馆一尘不染的走廊和门厅，会令人产生一种肃穆感，属于高于个人、仅次于崇高这一概念。这使我步履轻捷，思路单纯。在我的一侧，维庸却以拖拖拉拉的方式朝外面耀人眼目的夕阳中挪去。这些岁月，这些年代，在我们不知不觉的成长中流逝，而我恍惚觉得所有的日子全都彼此相似。没有什么事情发生过，一切都不曾存在，爱情、争执、体液水平、信念、白血球，连同我们自己全都虚幻得让人微微吃惊。维庸将我送给他的八卷本的《民国人物志》存放在博物馆里，他饶有兴味地阅读它，他认为一个晚近逝去的时代较之遥远的古代更为虚幻也更具有悲剧性。他认为，双重的幻觉是必要的，在幻觉的意义上，它比那种有倾向性的幻觉略多一些真实性，他的这种理论来源于德·昆西和布莱德利，没有多少独创性，不像我们那百无聊赖的状态和永远热切的无端的思慕，多少有点像某种恶习。在将近十年的时间里，除了博物馆之外，维庸几乎觉得这个城市是难以描绘的，他认为这是他无法成为一名作家的原因。他觉得城中的一切都难以入诗，一旦载入作品便是一场灾难。这与其说是一种理论，还不如说是维庸的一个固执的念头。个人信念，他说。维庸的个人寓言是愚人船，十年以前，他从古典著作中获取这一幻想的来源，如今，他从福柯的著作中搜罗这方面的材料。他断言说，愚人船最早产生于对跛人的幻想，那是在地球还未被证实为椭圆体之前。

很久以来，维庸几乎极少涉及曾经令他神魂颠倒的所谓寓言，他对这类虚幻的东西作出让步，原因是他娶了一名当医生的妻子。他用更多的时间来观察他妻子的体态，他坐在椅子上细心玩味，心里感到无比宁静，早就把所谓人类的癫狂史抛到了脑后，他认识到，婚姻有利于人格的形成，至少使男人对每日摄入的营养品抱有前所未有的信心。

随着维庸婚姻生活的稳步深入，他在博物馆里变得越来越沉默寡言，他时常以踱步伴以沉思，穿梭于静谧得近乎沉闷的展厅之间，他开始以一种有点陌生的眼光审视那些被稳妥放置的文物，那神情已经超越了他所从事的职业的范围。我常常在进入展厅的一瞬间欣赏到这类独自凝神的腼腆神情，作为一位有妇之夫，青春在他身上驻留得太久了。我不得不哀叹命运的不公，同时又为在如此纷乱之世，有人还能在博物馆的院墙内为幻想哀伤而深怀对生活的谢忱。

在某一个下午，维庸对我谈起他的妻子。他站在一组福泉山出土的陶鼎和玉璜前面，使用解说的语调介绍他的医生妻子。他诚恳而又语辞闪烁的叙述中不时跳出子宫、产钳、皮下植入、结扎这类字眼。听起来，维庸的妻子是妇产科医院的一名冷血、多疑、充满不耐烦情绪的见习人员。我没有向维庸证实我的疑虑，因为谈话在顷刻之间便转向了博物馆的通风设备。我们都觉得厅内的霉味日益严重，当然我们找不到具体的霉变之处，这种令人窒息的气味几乎可以叫作是一种气氛。我们商议将我们会面的密度降低，借以排遣不胜其烦的对色调沉闷的内墙的恐惧以及布局过于合理的照明光线的敌意。

生活依然向前。只是某些微小的细节被无可挽回地改变，但是没有人能够明察这一切，犹如一曲耳熟能详的名曲，仅有一个音符被演奏者忽略了时值。正是这点轻微的改变蕴含着奥秘，它可以被体会，但有谁能够领悟而又不费思量呢？许多事物彼此映照，互为衬托，就像公园中的花木在记忆中随风摆动，令人心间漾起温馨和悲苦，犹如死亡的开端和恋情的结局。

博物馆的圆形门厅以及随之展开的环形走廊显得过于深入，入口处的玻璃转门偶尔呼呼地旋转一圈，带进几名探头探脑的男女，给博物馆增添几分神秘感。人们通常是慑于地板和内壁的洁净以及对文物的莫名敬畏。在一个贫困的时代，柳桉木地板条、桃木门廊、水曲柳木护壁、樟木展架，都能唤起低能的物欲的遐想。木料是一种征兆，它的纹理是一种隐蔽的符咒，这在朽败的棺木上尤为明显。一切都归结于死亡，一种无法回溯的睡眠，周围和其后的人被允许凭吊和问安，这就像风中飞吻一般，是一个伤感的姿势。已死的和尚未说话的彼此相错而处，倾听沉默的声音。这就是左右着维庸的环境。

当然，我的造访对维庸的影响是微乎其微的，甚至低于由陌生人寄出的纷至沓来的信函对他的影响。我把这看作是维庸的私人情结。一些先后参观过博物馆的人基于一些隐秘或者显而易见的原因不断地从世界各地频频飞鸿，而维庸对给这些准友人回信抱有极大的兴趣，在信中他畅谈理想和个人感受，信件书写华丽，文辞雅致，并在落款处署名维庸并内子。模仿儒雅的古风。从某种意义上说，他是一个为荷尔蒙所控制的人。我搜集了这方面的一些例证。

去年冬天的一个下午，一位男士，胡子拉碴满脸晦气地跑进博物馆的展厅。他迈动着一双大脚（维庸回忆说那人给人印象最深的就是他的脚，估计穿着45码的鞋）在馆内四处游荡，据一位游客回忆，他甚至光顾了女厕所。这人觉得自己是一名水暖工，他认为自己有责任到处瞧瞧。当时，维庸正领着几位美国友人浏览新近展出的一具女尸，在恒温展厅昏黄的光线中，首先与这位颇具艺术家恶习的怪人相遇。这人上前与维庸热情地握手，掌心汗津津的。他介绍自己说是画家兼水暖工，师承玛格丽特，因为读过一篇维庸的文章，自觉神交已久。他说出了文章的题目，冗长而拗口，听起来有点像日语，维庸听罢颇为茫然，便解释说自己不曾写过这篇劳什子文章。玛格丽特的学生顿时激动起来，他来回搓着双手，中间还停下来用右手的小指剔了剔左手无名指的指甲缝，他改用方言促请维庸让早已不耐烦了的美国人回避一下，说是有一句忠告要面呈阁下。维庸连连摆手，像是给外国佬演示太极拳。谢了，免了，请回吧！维庸一个劲往外推这位浑身腱子肉的不速之客，嘴里陪着温和的道别词。画家兼水暖工一路倒退着出来，险些在大厅光滑的地板上跌倒，他微微定了定神，恼怒地推开维庸的手，脑门子上冒着热气，说了一声"操你妈！"提提裤子，走了。

这位脏兮兮的男士搅乱了维庸的神经，他怀疑是他妻子派来骚扰他的，因为他妻子工作的医院就在一家美术学校的隔壁。当天回家，维庸就与妻子大吵了一顿，从此开始了分居生活。

接下来，维庸变得日益憔悴，他总是怀疑自己的某个内脏器官已被癌细胞侵入，原因是他从镜子里发现脸上蓦地增添了许多褐色斑点。当我们再次会面时，我隐约感到，他有点喜欢自己愁容满面的样子。他承认自己有那么点神经兮兮的，他痛恨自己因为妄想而与妻子兵戎相见，情急之下还将几件首饰扔出了窗外。想不起来了。维庸沉吟了片刻，似乎是在竭力回忆那些纯金和镀金的玩意儿。

为了摆脱对无名疾病的忧虑和日常的烦恼，维庸将几乎所有的空余时间都泡在医院里，鬼使神差一般在医院内游荡。夜里他吞完利眠宁上床睡觉，白天则去与医院的门房、勤杂工、药剂师攀谈，每隔一小会儿时间他便跑到妻子所在的妇产科附近去蹓跶一圈，期待着走廊邂逅之类的场景。那一阵子，维庸的平均体温为37.3℃。咳嗽多痰，面呈菜色，他越来越多地为幻觉所控制，他总是想象妻子与某人通奸的场面，他认为这是药物所致。但是令人发狂的场面和失眠的折磨都是他无法忍受的，因而他开始引入一种古往今来最佳的解毒消愁剂：酒。

于是，维庸与我的约会便由博物馆改到了他的家中。可想而知，约会的频率高得惊人。我们每晚见面，换句话说，我们每晚在灯下对饮，啤酒、白酒、葡萄酒、白兰地、威士忌，大都是一些便宜货，我们不加选择地滥饮，用一些男人惯常说的蠢话为自己壮胆，然后醉醺醺地道别。在连续不断的酒精的作用下，维庸讲述了他妻子的故事。他用厌倦至极的口吻称赞了他妻子的容貌和身材，他说他以此作为引子暗示了一名放荡女子邪恶生涯的开端，接着他以极为粗暴的声调描绘他想象的他妻子的劣迹，在一个颇为尴尬的停顿之后，维庸放声恸哭起来。我意识到，我有惊人的酒量，或者，在我醉后的臆想中，觉得自己十分清醒，证据是听懂了维庸沉痛故事的全部微言大义。根据对回忆的整理，维庸妻子的故事也就是一个任性、爱幻想女孩的虚荣历险记，上面沾染了一些时代的灰尘，某些男士的指纹以及社会的蜚短流长的烙印。虽然维庸以非常文学性的方式加以陈述，但这类故事的新闻性只是对她的丈夫才永远存在。维庸自己总结道，妻子的往事是丈夫的个人日报，同样的内容每天按需要被安排在不同版面上，以头条新闻、社论、短评、花絮、特写，以及精心筹备的长篇评论轮换出现。这份乐趣是我这样的单身汉体会不到的。相对而言，我赞同维庸的意见，我也没有兴趣去花钱订阅这份必须长期痛苦阅读的报纸。而且主编恰恰是那个唯一的读者。这种活计简直令人疯狂，我想这是博物馆威严持重的环境给维庸的心理带来的印记。

为了摆脱所有疯狂的念头，维庸在我的随声附和下决定，给自己以致命的一击，但是他没有透露任何具体的细节。我曾一度猜想他也许要搞什么惊天动地的举动，比如当众自焚。一个星期之后，他向我披露，他计划在某个月黑风高之夜潜入博物馆。"干什么？"我问。"这还用问？"维庸不屑地撇了撇嘴。

我想，他一定是觉得这个城市太荒凉了，博物馆令他感到寂寞，年轻的时候保留下来的谈论文学的习惯已让他不胜其烦，他就像一个孩子无力处理婚姻生活。面临复杂和简单的人事与心境，他只是一味地猝然从心底里爆发出怨恨和厌倦感。他的生活进入了一个危机期，明显的标志是他放弃了全部娱乐活动，连他最最爱好的徒步短途旅行也已废除。他说自己是一只被逼进绝境的"将"和前面的来回移动的"士"，目的明确，但是毫无意义。拯救。他认为这是最苍白的字眼，关键是你不要陷入困境。

这年头，在这座城市里，已经很少有人再把自己设想为君王了，女士们也极少在意识清醒时把自己错认为是优雅悠闲的公主的。人们追逐着金钱，这包含着全部安慰的归宿。唯独维庸这种人不合时宜地依然如故，这样难免不生出许多妄想来。作为第一受害者，维庸的妻子几乎是值得同情的。她从医院往博物馆给丈夫写信，痛骂他的恶行，这本来是一个曲折的显示和解的信号，但被维庸理解成敦促他进一步做出极端举动的动员令。他给我寄来一张明信片，录了两句众所周知的古诗，然后示意我暂时中止我们的约会。他让我背过身去，说是以免玷污了我的眼睛。完整的句子是这样的：转过脸去，别让我的蠢事弄脏了你的近视眼。

当人感到一个阴谋正在自己的身边悄悄筹备着、发展着时，容易产生一丝秘密的快感，并且更加热切地倾向于其他不为人知的事物。接到维庸的明信片之后（另一面是国籍不明的湛蓝湖水），我隐约拥有一点从犯的忐忑不安，仿佛我正跟维庸合伙打牌，从对方那多少有点自负的神气以及先前扔到桌面上的几张纸牌上，揣摩到了接下来要干的勾当。我以弥漫在城市中的歪风邪气作为参照，推断这位郁郁不得志的才子将扮演梁上君子的角色，因为这几乎是他合上时代节拍的唯一方式。我几乎已经看见一个罪犯，因为几块在我看来是破瓦片的东西冲着摄像机镜头被押入了一处区级体育馆，怪模怪样地站在篮球架下。嘴里愤愤不平地咕噜着"穷山恶水贪官刁民"之类的攻击性言词，然后被处以极刑。

想到死亡，就像人们通常想到艺术一样，总给人一种不太真实的感觉。我恍恍惚惚地一路想来，记起一些维庸的"生前"事迹（想象总是合情合理的）。这虽然无助于拯救他，至少可算得上是份思念之情。这个人神经质，爱捏造寓言，对直排书有着天然的感情，喜吃大蒜，吸烟颇多，脾气暴躁，神情阴柔，热爱谈话，厌恶游水，有着远大的理想，平时喜欢在床上睡觉。

他有吟诵诗句的癖好，并且是个寻章摘句的老手，除我之外，他广交与他类似的朋友，每日里，除了见他走来走去，在他身上发现不了什么乐趣，他是乏味的（这一点仅次于我），未老先衰的，喜怒无常说躺倒就躺倒的，如果允许引用诗句来形容他，那么那句"眼睛里常含着泪水"最妥帖了。

有时候，我不免想到，这样信笔直书地议论他是一件丢人的事。既然无论怎么做都克服不了同谋犯的狼狈感觉，我打定主意做一名不速之客，模仿那名师承玛格丽特的水暖工，从天而降一般忽地出现在这个潜在的犯罪分子面前。晓之以理、动之以情，使其悬崖勒马浪子回头。

按照顺序，第二天（我主意已定的第二天）我顶着星星点点的雨丝出了门，虽然坏天气使心情受点影响，但也烘托出我自找的使命神圣性和庄严感。我一路盘算着怎样开口向他申明大义，迷迷糊糊地就来到了博物馆大楼前。

时间尚早，博物馆的紫铜大门依然紧闭着，昏暗的天空下，只见一名男子正缩成一团蜷伏在宽阔的台阶上，雨水打湿了他脚下的台阶，看来他并没有睡着。我走过去坐在他的身边。从一开始我们之间仿佛就留有一丝默契，他半坐半躺的姿态，使他远远望去像一块搭在台阶上的破布。他扭过脸来，向我自我介绍说，我是画家。

尽管维庸算不上是一名现实主义者，但他介绍人物的方式还是非常写实的。我断定我所形容的台阶上的破布就是我此行想要仿效的人。只是他比维庸的描绘多了一副度数颇深的眼镜。他生就一副伍迪·艾伦式的倒霉相，只是比那个好莱坞的才子粗犷得多。他比我想象的要高，这种类型的人更适于在电影中扮演穷愁潦倒的艺术家，眼下倒更像一个长期不洗澡的懒汉。

在他开口说话之前，我朝后挪了一级台阶，这样他要是临时有什么规模较大的动作，我不至于显得碍手碍脚。

"你不用这么看着我。我不是要饭的。"他向我嚷道。

没有人驻足观望，人们行色匆匆。在凉丝丝的雨幕中，有两个笨蛋坐在冰凉的台阶上等候另一名笨蛋，那股热切执着的劲头仿佛唯有凑在一起才足够笨似的。我们之间的谈话必然是从维庸开始，我丝毫不介意他那蛮横而又咄咄逼人的语气。他的长篇发言时常插入一些游离主题的议论，这非常近似维庸的文章。我喜欢这一点，像我这样注意力涣散的人正对胃口。他爱用漫长的历史作为他讲话的背景，他把所有的问题全都提到文化这一层面上来加以研究。虽然他口齿含糊但是语速很快，一个正常的句子他任意分割成好几块吐出，仿佛每一块都是他发声器官千锤百炼的结果。他有着一副歌唱家的大嗓门，因为齿间众多的缝隙，他的进入空气传播的声音嘶嘶啦啦的，多少包含了一点号叫的风格。

"时代！时代！"他气喘吁吁地说着。"这个话题又有什么意义呢？你不必回答我，这个问题由我自己予以回答。我为什么要跑到这里来？"他用手指戳了戳石头台阶。"天上还下着雨，为什么？而你，又是为什么？我们为什么要自投罗网，来找这个门里头一个名叫维庸的人？"

"我是维庸的朋友，我来找他是因为我们臭气相投。"我坦率地说。

"臭气相投？哼！"他用双手抓住自己外套的领子。"我绝对不会跟这种人臭气相投。你不必解释，我今天自己掏钱买门票，没有人可以阻拦我。哼！时代，时代与我又有什么相关？这个问题你能回答得了吗？"他抽了抽鼻子，睁大眼睛从厚厚的镜片后面望着我，他的目光表明，他的问题无须回答，他的思绪已经游向了别处。"悲剧呀！"他补充了一句。我当然不明白他指的是什么。

忽然，他在越下越大的雨幕前沉默下来，脸上露出孩子气的微笑，显出一些美丽的意思来，仿佛想要招人疼爱。我心头略有所动，似乎被他所吸引。他沉默的长度越过了谈话间惯有的停顿的意思。

一时，我感到无言以对，便用两肘支在膝盖上做起眼保健操来。这是我无事可做时主要的消遣，按摩眼部神经可以使我忘却时间和烦恼，并且与旁人的沉思协调起来。

正当我沉浸在第五套眼保健操的并不确实存在的旋律中时，有人拍了拍我的肩膀。我睁开眼睛，只见画家已经被两名戴着纠察标志的男人推下了台阶。就这么一会儿工夫，博物馆前的台阶上已经布满了警察。一些行人停下脚步，以一种似看非看的迷惘神情向我这边眺望。一名年轻的警察示意我赶快离开。雨点落在我的脑袋上，恍惚间有一种咚咚直响的感觉。画家在警戒线外向我招招手，我看见他的袖口下方沾着一块颜料，红色的，像是丙烯之类的东西。我朝他走去。这时一些高鼻子蓝眼睛的外国人（谁知道他们来自哪个国家）在昂首阔步的警察的引导下松松垮垮地从博物馆的正门鱼贯而入。

我们转过一个街角，在一处投币电话亭旁的塑料椅子上坐了下来。这种椅子像是一次模压成型的，与人体臀部的解剖关系相去甚远，但看上去它的形状是正冲着你的屁股而来的。我们在一种落荒而逃的气氛中通报了姓名。仿佛我们将要患难与共似的。

"立人老兄，你应该知道你是维庸那愈演愈烈的婚姻悲剧的罪魁祸首，你收了他妻子多少钱？"

他从眼镜片后面眯起眼睛，嘿嘿一乐。"我是个随波逐流的人，只不过有时候干着疏通工作。你应该明白水暖工的准确含义。"

"你应该正面回答我的问题。"这样发问，令我回想起众多男人向女人发问时的迫不及待的没落气概。

"好啦好啦，我立人不认识什么妇产科医生。维庸的家庭纠纷与我不相干，我找他是因为别的原因。"

我们起身往市中心的广场走去。画家尽管脾气古怪，但是对于不期而遇结识新朋友还是颇有兴致。他一路抽着烟，头发和络腮胡子沾着亮闪闪的水珠，迈着大步在雨中行进。此时此刻，我完全忘掉了我的使命，我已不记得一清早从床上爬起来冲进雨中到底为的是什么，跌跌撞撞地跟在小牛犊一般往前直闯的画家身后，前去参观他的画室。我暗想，所谓画室大概指的就是有着脏乎乎的床单，许许多多臭袜子，进门脱鞋然后在一层薄薄的合成纤维地毯上席地而坐一类的地方吧？在此之前，我从未在这么近的地方与一名画家交谈，我从来都是依靠印刷极次的画册来想象他们。我一直认为，有重要画家活着的时代全是灰蒙蒙的，一如重要的作曲家都配备着一名或"几名"爱吵吵的妻子，这样他们才能写好他们的弦乐部分以及他们妻子的管乐和打击乐部分。和谐，这是人们毕生追求的目标，它们总是存在于人们刚好够得着的地方的稍远处。很美妙，不是吗？

立人的画室坐落在一所巨大的院落的最深处。我们穿过一排临时搭建的商店，一些围着脚手架的旧房屋和一块堆着一箱箱啤酒的空地，绕过一群正在晾晒衣物的妇女，在她们的孩子的注视之下，猫腰闪进一个黑洞洞的过道，无依无靠地走了一阵子，在就要彻底绝望的时刻，就听"咣啷"一声，本以为会有一道救命的光线照射进来，其实是立人打开了他的房门，隐隐约约就见他往一个比黑更黑的地方一头扎了进去，摸索了半天，他捧出来半截蜡烛。火苗映着他的脸。我在一种半失明的状态中步入他的画室，立足未稳，只听见他大吼一声，室内一下子大放光明。"我搞的控制系统。"他得意地介绍说，"集体用房，嘿嘿，不用付电费的。"我环顾四周，天上地下全是灯泡，一律贴着墙根，大概是泛光照明的意思。"比较庸俗，嘿嘿，不要介意。"

在明亮的灯光下，我看清他在日光之下不为人知的一面。他有着纤细修长的女人一般的手指，在浓密的胡须下深藏着一张为忧愁笼罩着的脸庞，那双黯淡的眼睛在镜片背后垂头丧气地半睁着。魁梧的身躯带着一种蜷缩感，仿佛一条撕去鳞片的鱼，痛苦地痉挛着。他盘腿坐在地毯上的一只圆垫上，左右开弓搜寻着茶具和友人送他的荷兰卷烟，灵活的腰肢就像一只刚上过油的转盘。我感到，他就是这么一个奇特的混合物，就像一只在刚拆毁的房屋上空飞翔的动画蝴蝶，给人以不祥的触目惊心之感。

"我很早就认识维庸。"他用心不在焉的语调说，"我也弄不懂他为什么总想否认这一点。"

"我不知道究竟应该相信谁的说法。"我说。

"也许两者都不必相信。"他眨眨眼睛，似乎很高兴终于有了一名听众。"如今我对他有了较深入的了解。他把我从博物馆里推搡出来，完全是一种变态行为，是现代社会人际关系恶劣的绝好的注脚，就这一点而言，我十分同情他。他有一些鲜为人知的秘密，我是唯一的目击者。这是他拒绝与我保持关系的原因之一。"

叙述至此，他显出对有关维庸的话题略感厌倦。他从一幅花布遮挡的小柜子后面抽出一把吉他，微笑着注视着我，仿佛我天然对某件乐器所代表的音乐具有好感，在他抚琴吟唱的姿态面前必将身受感染静心聆听。他并不征求我的意见，颇为陶醉地弹奏起来，在一阵叽叽喳喳的前奏之后，在他开口歌唱之前，他忽然停顿下来。"你可以听得出来，我的嗓子属于戏剧性男高音。"他唱起了一首英文歌，歌词的含义超出我的理解力。并且，他所诠释的旋律也偏离我对声乐的感受。我只好以沉默待之，脸上维持一层神秘的微笑，这是我茫然和不知所措时的惯有表情。我想，要是他把我引为知音，那只好自认倒霉。每当我独自面对一名正在忘情演奏的音乐家，我内心的紧张程度一般等同于跳楼之前的恐高症患者。我极度虚弱地抬起一只手，示意暂停。我告诉他我要去上趟厕所。我盼望在我解完小便之后，他已解除了我欣赏吉他弹唱的繁重任务。他霍地站起身来，表示与我同去厕所，他尾随我穿过黑乎乎的过道，嘴里预报着直行或者拐弯的指示。在半明半暗之中，我们下了一个斜坡，穿出门洞来到后院。

　　一株巨大的广玉兰独自竖立在院中央，院内除了人们从窗户往外扔下的废物没有其他东西。我们站在广玉兰的两边，将小便浇向树根。院子里静谧已极，所以，人为的音响便被放大，使我隐约体会到光天化日一词的含义。画家在树的另一侧愉快地哼起歌来，闻所未闻的曲调以及极度淫秽的歌词。我想抄录几句，不过还是算了吧。

　　我们轻松愉快地回到屋内。我想他已经暂时忘却了魅力无穷的音乐，他伸出粗壮的臂膀，移开一块一米见方的画板，令一幅同等尺寸的纸上作品呈现出来。"我不用油画布。"他解释道，"在纸上绘画令我产生一丝造爱的感觉。""这种感受一定是非常个人化的。"我说。他耸了耸肩。

　　作品的右下方画着一组瓦楞纸条状的波浪线，中间部分用记号笔草草勾划出一根竹手杖，我附庸风雅地询问道："这好像是一支十六世纪克鲁姆双簧管。"他的舌头在唇边滚了一圈，"很多人都把它看作是一根中国手杖。他们只要看看上面画着的那把琉特琴就不会产生这种联想了。"

　　"但它确实像是一支手杖，而且是竹子的。"我直言相告。

　　"错觉，正是我的主题之一。"他颇为得意地解释道。

　　我想起曾经在众多文人雅士之间风靡一时的埃舍尔作品。平面上连绵不绝的幻象，非常引人入胜，我猜想这中间兴许有什么渊源关系，但我知道这类被某些人称为继承和发扬的东西而对另外一些人则是讳莫如深的，我还是不要妄加猜测的好。

　　像是为了使我充分地欣赏他的作品，立人长时间地陷入了沉默，他时而看看我，时而又注视着自己的作品，神情中包含了足够的耐心和企盼。我发现，当他专心致志的时候，面部的侧影与维庸极为相像，倔犟的容貌下掩藏着一张女人气的嘴。

这是游手好闲、喜爱假冒内行的男人的基本特征。

"这些是什么意思？"我问。

"什么？"

"我说这把琉特琴……"

立人的脸上露出欣然的表情。"逃避，这是我的另一个主题。"说完，他便停顿下来，像是为了使我能够聚精会神地体味他的作品和他的谈话。

接下来的气氛十分尴尬，我的寡言少语远远超出了他为我腾出的沉默时间，仿佛我因为错觉正处在逃避状态之中。我记得，为了挽回局面，他非常风趣地模仿了毛泽东和周恩来的讲话，表演这个节目令他自己兴奋不已，那神情似乎在说，这一席讲话回溯并微妙地解释了一个时代。我在别的场合也看到有人玩这套把戏，逼真程度互有深浅，风格各个不同，只是还杜撰了许多讲话内容，效果近乎恶作剧，完全没有立人的虔诚与真挚，但也没有他显得那么滑稽可笑。其间的差异就像维庸的名字。很多人都以为这是他的笔名，但其实他父亲确实给他起了这么个译名似的代号。维庸的父亲给他孩子起名的年代如今看来已有些老派和古板，不似今日有那么多的人爱说俏皮话，爱传播并互相重复从少数几个笑话篓子里倒出来的材料。语言已从哲学界以大陆哲学划时代的转向为背景介绍到报章杂志，那么学外语和学方言便都烙下了形而上和潮流的徽记，仿佛我们听见 G.S. 路易斯说："色欲比逻辑更抽象。"或者"肉体上温柔的实用主义更富于诗的意境。"（福尔斯）这种类引很少有人听明白，当然也就令人昏昏欲睡。恰如我从立人家告辞出来前的状态。我喝了极酽的功夫茶，还喝了雀巢咖啡，抽了自卷的荷兰烟叶，欣赏画家"造爱"一般创作出来的手杖样式的克鲁姆双簧管，聆听了几则政治笑话，去后院的广玉兰树下解了一次小便，经历了难堪的相对无言（换句话说经历了品特式的停顿）。远远地伴着老熟人维庸的故事，恍惚间（夸大地说）部分地听到了时代的脉搏声。就像立人喊叫似的。时代。时代。这种在过往时代只有尼采和疯子才高呼的母题，如今嘲讽似的挂在众人嘴边。就像画室内的下午，典型而又无奈，沉闷却又听不见其他季节的隐隐雷声。

这样一个下午，足足需要上百个别样的下午来抵消它的影响。我在家中面壁枯坐，竭力忘却维庸和立人的令人莫名其妙的关系。仅仅隔了一天，维庸便打来电话，告之他们夫妇的"分居"生活结束，原因是他几天前淋了雨患了上呼吸道感染，于是他们夫妻在医院的急诊室内破镜重圆。维庸啰里啰唆，热情洋溢地叙述这一切，就像唱歌剧那样气息连贯、滔滔不绝。明明是喜悦得不能自已，他却说疾病天然地具有死亡的属性，以比人们意识到的更多的凄凉袭来。有时像是一次骚扰，而更多的时候倒像是一次恫吓。他认为，你是否能尽快痊愈，全看你受惊的程度。

维庸又回博物馆上班去了，我又像从前那样，隔三岔五地去找他闲聊。有一回他说他的手臂总是无端地颤抖，即使拿着一份报纸它也是颤个不停。医学杂志说这是麻痹性震颤，是中枢神经出了毛病，由精神紧张和过度忧郁引起的。为这事我们争辩了一通。

午后的阳光穿过窗户照在维庸的手臂上，带着温和的凉意，令我想到沁人心脾这类准确而又无用的词句。隔着厚厚的一尘不染的玻璃，街上的喧哗声被过滤了一下，变成一种持续不断的嗡嗡声，仿佛来自一群忙忙碌碌的苍蝇。不知不觉地，我们的话题又转到了画家兼水暖工立人身上，维庸便使用一种倦意十足的口吻谈论起来。他说，世称鬼才的家伙着实不少，几年前结识的玛格丽特的弟子立人便是其中之一，一脸的络腮胡子令他显得肮脏而又有几分豪气。据传他最近去了美国、加拿大或墨西哥中的某一个城市，剃了光头，一副出家人的打扮，在街头替人画肖像。维庸依稀记得，立人当时一心一意要诽谤这个世界，他指出，歪曲这个世界就是最好的方法。他要把仇恨倾泻到画布上，用刷子在那上面乱画一气，然后他可以细声细气地来解释他的作品，从混乱中引出他的哲思。他呼唤着人们的同情心，仿佛只有他一人置身于这个世界的罪恶之外。这个世界上画家很多，这使立人时常产生一种近于绝望的感觉，他想不出办法来阻止别人往画布上涂抹什么。于是，他在画画之余便使劲地诋毁别的画家，他由此渐渐赢得了美术评论家的美名。他自谦地称这是"两栖"，似乎他是忽干忽湿、拖泥带水的什么东西。他的言论和他本人一样都是毫无瑕疵的，用他自己的话来说，这是一种"处女性"，这个词是有来源的，但是，他每次使用时都略去了出处，就像在学术著作中略去了引号和参考书目，这种做法被称为彻头彻尾的原创性，否则便是可怜虫式的掉书袋。

接着，维庸开始攻击他的容貌。说是从他的自画像里人们可以看到一个抽象的、具有典范意义的人形。他像凡·高一样画有多幅自画像，用以展示他的不同侧面。这些不同的作品或者说不同的侧面衬托出他复杂的个性和一以贯之的追求，使他有理由像一名大师那样孤立地死去。而且人们也很难说他不是一名大师。他为绘画史而作画，这一点是毫无疑问的。

隔着巨大的展厅内的玻璃柜子，维庸与我互相观望着，我俩的目光中都带有一丝疑惑，我不明白这个穿着灰色圆领毛衣的男人嘴巴一开一合的准确含义。真不知道，离开了注释，我们的生活将何以依附。

阳光已经移至街道的西面，外面行人的肩膀上仿佛镶有一系列闪光的肩章，街道的景色像使用滤光片拍摄的彩色照片，柯达反转片，充分曝光的金黄色。高光部分和暗影部分的细节同样恰当而丰富。外面这些成双结对的人，他们共同经历的时光在一个旁观者的眼里是若明若暗的，只要揭示得充分，便具有美感，要是借助于完备的机械装置，那就能发现惊人的美。

入夜出门

微弱的光线漫射而来，黄昏的余晖中，破旧的江轮缓慢地行驶着。梅提起裙摆，沉思着走上甲板来。她沿着船的左舷漫步踱向船头。两名戴黑色呢帽的男子朝她投来淫邪的目光，另外两名着丧服的年轻女子在梅擦身而过时正往面颊上扑粉。水面上的风轻拂而来，将香粉吹散。

梅并不理会同船乘客的姿态、神情和莫名的笑意，她暗自希望旁人接受她的纤弱的形象。在她做出惊人之举之前，她不想泄露出丝毫征兆。此时此刻，梅的姑妈和小妹正在船舱里用茶，随行的保姆则用丝线串着那柄散开了的檀香木折扇，她携带的漆木盒内应有尽有：扎着红线头的蚊香、取甘油的木匙、手炉、从尼泊尔入境的印度焚香、银制的耳勺、樟脑丸与核桃。梅觉得仁慈的保姆能管辖一切，远胜于外表冷漠威严的姑妈。这个老姑娘，她不会懂得我的心思。梅想。

船舷的另一侧，在梅目力所及之处，一名年龄与梅相仿的女子独自一人伫立着。她的黑色裙摆在风中飘扬着，宛如一面招魂的旗帜。江水在船舷边翻开，退去，宽阔江面上的轻声喧哗包含着无奈和忧伤，是一种凄凉的情景。梅觉得自己会将这一切铭记在心。岸边薄雾背后矗立的楼房、两旁的街道、行人、屋宇之上的旗杆……

船的尾部朝码头靠去，接缆的工人将烟蒂扔入江中。梅已经没有时间来思考或者回忆。

穿黑裙子的女人朝梅走来，冲她微笑，伸出右手，似乎是要梅去辨认她的戒指。

码头的出口处有一座小巧结实的拱门，它吸引了梅的目光。顶部和两旁的立柱都有一些简单的浮雕，多爪的龙，左右盘旋夸张的眼睛表示威严或者凶残，它的表皮鱼鳞般层层叠叠。拱门由石块叠成，较之两侧延伸而去的锈迹斑驳的栅栏更深地留有海潮和风的印记。再见，梅对自己说，妹妹、保姆，当然可恶的姑妈例外，梅唾弃那张庸俗的脸和她纹丝不乱的发髻。

而黑裙女人所具有的是另一种光滑的外表，亲切、温雅、易于接近以及暂时遮蔽着的妖冶的肉欲。梅将开始学习的这一切，完整，纯粹，稍带罪孽感，是一种娼妓之爱。

"叫我云。"梅看见那裙摆旋转了一下，真的开始了。梅想。"别东张西望。你要结识的并不是这些人。再说，有一天，所有的人都会认出你的。你会非常出名。"

"我要的不是这些"。梅紧跟着云的裙摆。她仿佛看见母亲的泪眼，父亲漠无表情的面容以及他身旁座钟玻璃罩后面的钟摆。她暗自拂逆了他们的意愿，她的心和肉体都欺骗了他们，她感到颤欷和愉悦，从上至下，充满她的全身。当她向双亲下跪辞行之时。

码头周围的灯光耀人眼目，电线耷拉在旅客头顶上，带着潮气。转眼间，空中落下雨来。旅行结束，人群散去，一辆黑色的轿车在路旁等待她们，一名男子在向云招手。梅学着云的样子提起裙摆，朝汽车碎步跑去。梅隐约觉得自己冒犯了这座城市，电车，雨伞，空气中的煤油味，高高在上的烟囱，遍地雨水，钟楼以及她将深入了解的一切。无疑，最多的是男人。

城市是灰色的，这是印象。而司机是个烟鬼，梅凭直觉获知这一点，除此之外，她无所信赖。

"他吸得太多了。"

云表示同意，并且在司机上车之前，在车内的阴影中冲梅一笑，云用小指剔了剔牙缝。"你要学会察言观色，而不是一个劲地胡思乱想。"

"安顿下来之后，我先要买把雨伞。"梅说。

"你根本用不着那个。"云依然在笑。

汽车朝前开去，把梅引领进一条异常陌生的街道。这一点，超出了她的想象，她原以为会在这些横匾、幔子、条幅中间发现她久已期待的东西，一种俗艳的、异质的、感官的气息。她领悟到一种无法应允的许诺。

梅困惑地望着车窗外的街道。雨幕像一片灰色的布景映衬着行人的旗袍，梅注意到所有的人全都步履匆匆，神情恍惚。她不清楚自己是否就是要向这些人奉献自己，享受、体会堕入深渊然后又返回故乡重新回味这一切。

一只柔软温润的手在梅的手背上轻拍了一下。"你怎么了？"云询问道。

"我，我想到一些事情，但我记不清了。"梅握紧自己的双手。"你在发抖？"

"你是淋着雨了。"云将目光转向车窗外。

汽车转了一个弯，驶入一条更为狭窄的街道。这里路灯暗淡，墙面光滑，找不到足以在将来令梅缅怀的鲜明特征。

"你好些了吗？"云在下车之前问了一句。

店堂里晦暗异常，案头上供着烛台和佛像，所有的一切全都笼罩在灰尘之中，包括分置两旁的茶几和椅子。梅忽然感到非常的寂寞，甚至墙上悬挂着的那些立轴也传达着一丝小小的遗憾。画中的仕女丰腴诱人但是穿戴整齐，神色更像是出殡而非惯常所见的藏羞带娇的媚笑。

"这边来。"云在前面引路，侧身闪进一道窄门，一股酒气扑面而来，夹杂着鸦片的辛辣的香气。梅明白，这就是姐妹们的卧房了。

一切全凭想象。梅想。没有什么东西能够阻止她，使她产生怯懦之感。梅迈步进入这群睡态恣意的女人中间，但她的目光却移向了别处。一缕汽灯的近乎红色的光线透过窗棂附着在凌乱的被褥上，绸缎的皱褶形成的阴影令梅心烦意乱，但也有能使之安详的物件，桌面上的尘埃，闪着微光的镜子，黄杨木梳，木盆里的清水，手巾，凝滞的空气。最后，梅所注意到的这些女人眼球表面的混浊的液体。

"你有一头淡色的头发呢！"一个声音在梅身后一掠而过。这些温柔的肌肤。她们将从一处移向另一处，散发着香气和无以名状的哀愁。她听到一个无形的人在敦促她，去吧，去成为一个女人。这声音像一股馥郁的气息在梅的周围逡巡、飘荡、离散，而后重新聚拢，犹如在江轮四周翻卷而起的波澜。

梅沿着床沿侧身坐下，双手交织在膝前，她希望自己获得一种娴静诱人的姿态，与近旁的器物人氏水乳交融。

"梅。"她发现云在对自己说话，她改换了服饰、嗓音甚至语调，她的刘海在眼前晃动，丝丝缕缕，清晰可见。"梅，你是叫这个名字吗？你难道没有其他名字了吗？"

"为什么？你为什么忽然要问这些？我是梅，难道不是么？"

云笑了，她眼角的鱼纹一下子绽开了。"你再告诉我一遍，再告诉一遍。"她笑盈盈地恳求着，仿佛她要获知一个秘密，微小但是十分迫切。

"还下雨么？"梅急切地想知道这一点，就如有一次她想从父亲手中拿着的太极图形中确认南北方位一般焦急难耐。

"你想要出去看看么？"云问。

梅发现床头贴着一组生肖剪纸，一共十三枚，只有蛇是重复的。它看上去是那么光滑、灵活、湿润。制作者一定是位游刃有余的师傅，他的手指沿着暗红色的纸张表面来回摸索，固定、扶持、转动，使之逐渐脱胎而出。剪去的纸屑纷纷落地，悄无声息，琐碎但是安详。

"喜欢么？"

梅将目光转向云，点头表示赞赏："我最喜欢了。"

"蛇？"

"剪纸。"笑容在梅的脸上渐渐展开，宛如花中之花或者瓶中之花，总之，她觉得自己灿烂、热烈，但是短暂。她的近旁是浮云和落叶，梅觉得，要是回想自己的身世，那就是对一株植物的追忆，一闭上眼睛，就能看清它的轮廓，曲折、绵长、愉快，并且有一份冰凉的触觉，仿佛穿林而过的骏马所呼吸的潮气，一半来自鼻息，另一半来自遐想。梅期待一名武士，身着戎装或者半裸着上身，脸上有一种迷路的神情，策马而来……

苹果、梨、马眼枣、杏、香蕉，散置在青瓷果盘中，满含水分，香脆诱人，但是谁也无心品尝，也不观看，任其自在地闪着光泽，表皮在空气中缓慢地收紧，就像皇室的贡品，华贵、精致、奢侈。

云盘腿坐在床的中央，不知从何处抄出一册书籍，凑着窗前那一抹琥珀色的光影，细心阅读。

"是什么？"梅扭过头来看了一眼。

"几封家信。"云答道。

"怎么是画？"梅见云随手翻了一页。

"我母亲并不识字。"云解释道。

"她在哪儿？"

"到处走，与我们一样。"云朝梅眨了一下眼睛。

梅忽然疑惑起来："我怎么在这儿？"她觉得困乏、寒冷、浑身酸痛。她阖下眼睑，一层光亮在她面前出现，室内骤然亮了许多，她历数那些晃动的人影、烟枪、靠垫，它们如此众多。她们对镜梳妆，仔细地，一行一行往后将头发梳成一个发髻，她们取出胭脂、香粉和头油，一样样在桌前摆开，仿佛这些爱物必须凝神守望才会神奇般地产生效力。是什么使她们如此倾心不已，使她们恍惚，使她们侧过脸来朝自己微笑，然后慢慢地汇聚成一个人的形象？她是那么苍白、忧郁、不苟言笑。她的额头朝前突出，牙齿在唇后鼓起，瞪着眼睛，以一名男子的形象向梅倾过身来。梅想，除了姑妈还有谁具有如此棱角分明、宛如瓦罐一般的面貌呢？她毫不迟疑地坐起身来，朝这张令人憎恶的脸吐了吐舌头。

保姆和小妹在窗前玩着纸牌，舱内的气氛十分安详。梅将目光投向窗外，江面上果然下着雨，天色与江水一样的灰暗，除了涛声，其余的一切仿佛都停止了运动。

江轮溯流而上，两岸寂然的原野上找不到任何活物的影子，逐渐地，陡峭的山壁挡住了梅的视线，一些古诗词的意象盘旋在她的脑际，全是碎片，需要韵律来加以弥补，联缀。梅想起了父亲的座钟，钟摆的咔咔声透过玻璃罩散落在屋内的各个地方，犹如摔碎的瓷器或者一分为二的玉石，源自家庭内部最最日常的争执和骚乱，而后被无可奈何地清除。

梅回过神来，听见小妹的尖叫声，她嬉闹着从保姆手中夺过一张纸牌，紧紧地攥在手中。姑妈厉声制止着小妹，嗓音暴烈，丝毫没有宽容的意思。

"过来！用茶。"姑妈在舱内吼道。

旅行即将结束。梅想，非常短暂。

"我到上面走走！"梅说。她拉开舱门，轻轻地提起裙摆。

剧　院

　　她一直在抽象地，几乎是无缘无故、仿佛与她本
人无干似的寻思着，人们是怎样花那么长时间离开一
个房间的。

——理查·鲍希

　　在接到亚男姨妈的来信之后，俞舟犹豫了很久，他一直不
能肯定自己是否真的对这件事感兴趣。他倒不是认为这类事情
有何蹊跷之处，只是从直观上感到一丝不妥。但最终他还是给
对方回了信。告之，九日寄自澳门、二十七日寄自吉隆坡的两
封信均已收悉，只是不明白为什么要写两封内容完全相同的信。
俞舟甚至认为从吉隆坡发出的第二封信是前一封信的一个副本。
再看，亚男这个名字倒像是某部当代中国文学作品中的人名，
他恍恍惚惚地觉得，信件和信中所托之事都是虚构的。俞舟宁
愿他的"委托人"是一名男士，这至少可以免除他在复信时斟
酌词句。而现在他多少有点给"海关"写信的感觉。俞舟请对
方特别注意自己的"处境"。他并不是一名律师，如同对方并非
自己严格意义上的姨妈。他撒谎说，他接受"委托"完全是为
对方的言辞所感动，实际上，在他寄完信，在邮局闹哄哄的大

厅里转悠了一圈之后，他也不能确认自己接受"委托"的理由。从理论上说，是一笔可观的报酬和可笑的好奇心起了作用。但正如他按来信的请求寄出的一张全家合影中他那一米九零的个头所呈现的那样，他基本上是只"木偶"，他对事物的态度一般取决于他的反应迟钝和他的冥顽不化。他的父母，照片上坐在前排的一对老人，完全的仁慈、疲惫和冷漠。从客观上很难推断他们渐近晚年时的心境。滞留在照片上的那一星半点若无其事的神态，仿佛这表情来自一个人数众多的集体，一种世袭的精神上的缓带，某种因为年轻时秘密约定而产生的迹象。相形之下，俞舟和他的两个姐姐在盲目的热情中隐蔽着更多的憔悴，令人联想到在窗前阳光下冥想并且日渐老去的人，而非因户外空气的召唤蜂拥而出的人。他们的精力未经消耗便已消失殆尽。总之照片上的人给人的感觉不是睡眠不足便是睡眠过度，是日常生活失控导致了外表上的浮肿和营养不良感。不过，这张摄于七十年代末的黑白照片风格化地呈示了照相馆从业人员的漫不经心和无可奈何。它与那个年代留给俞舟的记忆在色彩上是一致的，物质的匮乏和精神方面的某种餍足和谐地统一了起来。这种东西至多能够唤起睹物思人的黯然，而不是喟叹岁月流逝的伤感。

俞舟不能理解亚男姨妈索要一张全家合影的用意。这位寓居美国多年，通过前后两次婚姻聚积了不少钱财的老年女人的情趣，需要张爱玲和於梨华之间的某人代言。俞舟私下揣测，她只是一般地了解一下，类似警察取证，例行公事，没有什么寓意。俞舟一直隐约有一种想法。信和照片这两样东西具有若干相同的属性，犹如实验室里的试管，文字和影像则是某种极易蒸发的东西，它是不稳定的，也是容易散失的。拆开一个信封，一如在曲颈瓶下点燃一盏酒精灯或者联通一连串的电容，许多东西都被改变了。

亚男姨妈的信写得极为平静，所托之事也就是请俞舟前往医学院路 115 号看看那所带花园的老房子。它现在归一家剧院使用。而她则在考虑是否要收回这所房子。她坦率地告诉俞舟自己从前是个妓女,而这所宅院是一名马来西亚船长的馈赠。"我离开祖国快四十年啦!"她在信中写道。俞舟看着一名前妓女写下的"祖国"二字,心中不免感到一阵茫然。概念是重要的,它便于人们寄托和延展思乡之情。人们在惊慌失措或者意气消沉时最容易求助并依附于崇高的概念,除此而外,那么很可能是用心险恶。若是一个能够轻易区分感性、知性、理性这类黑格尔式的概念的人,通常是使用更多的概念而回避它的含义。

来信的笔迹显得沉稳老练,仿佛出自男人的手笔,字里行间,恪守所谓"有点方为水,空挑即是言"之类的古训,仿佛书法的美德是足以克服早年沉沦生涯的痛苦,以一种循规蹈矩的方式传达出似有若无的伤逝情怀。

俞舟走出邮局,向马路对面的一条岔路的拐角走去。他在一家小食品店里买了一份很便宜的面包,花了三角五分钱。他在等待亚男姨妈的汇款,这样他就有机会去泡泡酒吧一类的地方,享受一下闲适之情,真正体会一下消磨时间的滋味,他一路走一路吃着面包。好像是储存的时间长了一些,面包渣从他的齿间纷纷掉了下来。这条岔路不通汽车,两面都能远远地看见路口不时掠过的车辆和行人。街道约有两公尺宽,两旁没有行道树,沿街的人行道上堆放着零星的建筑材料,有几处的水泥已与路面结成一体。近午时分,行人稀少,倒也有几分宁静的感觉,一时令俞舟联想到将去探访的亚男姨妈的故居。

俞舟曾经从他母亲嘴里听到过有关那一带的情况,医学院路是一条僻静的街道,行道树是那种常见的法国梧桐树,那条街上除了一所医学院附属的产院外,其余的建筑都是民用住宅,中途改变用途的只有亚男姨妈的那所旧宅,错落杂陈的房屋院子虽说各有特色,却也没有更多的可供引述的奇异之处。后来因为政府征用了亚男姨妈的旧宅,这条街上来来往往的行人才多了起来。构成剧院的那些年龄、容貌、姿态各异的男女演员们，进进出出的，虽说多了些声息，也并未破坏年代颇久的那份静谧感，倒是伴随着几度生育高峰的降临，医学院附属的那所产院变成了一个闹哄哄的地方。产前产后的妇人们多少都带有几分惊惶和得意，于是这条街上平添了许多尾随其后的邋里邋遢的男人，接着迎送产妇的轿车也开了进来，自行车停放站也由一对面目相似的老年妇女管制起来，街口出现了小贩设置的各种小摊，产院斜对面一户人家剖开临街的墙开了一家小百货店。总之，喧哗和嘈杂来临了。

星期四，一个风和日丽的日子。俞舟作为医学院路115号原房主的私人代表访问了这所剧院。

俞舟在市中心的广场附近换了一次车，他赶到剧院时，已经临近中午。他在剧院门房一个破破烂烂的本子上签了自己的名字。在来访事由一栏里，他即兴填：访问。守门人是一名眉目清秀的年轻男子，他以一种无法形容的古怪方式吸着香烟。他似乎不经意地扫了一眼登记簿。"今天下午没人接待你，大家都去看电影了。"

"一个人也没有？"俞舟试探着，他难免有些失望。

"有个鬼呀？告诉你没有人了么。"

"我可不可以在院子里四处看看？比如，那边的草坪。"俞舟向他扼要介绍了一下原委，然后小心翼翼地提出一个请求。

守门人对剧院的未来命运没有多大兴趣，他依然慢条斯理地吸着烟。"看吧。"俞舟感到微微有些不快。一些人漫不经心踞守着的恰是另外一些人日夜思慕魂牵梦萦的，而两者都与自己没多大关系。

俞舟穿过一条水泥铺成的通道，走到洒满阳光的草坪上。在中午的微风吹拂下，四周显得十分安静。草坪面对着正中央的楼房，从楼里的任何一扇窗户都可以俯视草坪。楼房的底层筑有游廊和浮雕式的廊柱，两旁的耳房朝外微微突出使建筑的正面形成一个向内略凹的弧形。俞舟朝前走了几步，以避开顶层房间那扇玻璃窗的阳光反射。他注意到，大多数窗户都蒙着灰尘，或厚或薄，有一种遭人遗弃之感。整幢楼房给人的感觉更像是一个堆物的暗室或是一条无人照料的走廊，或是寻找一个更接近剧院的比喻，是一处被废弃的某个著名场景的局部。楼房的结构看来没有被改动，只是每一个房间已被挪作他用，一家剧院以一个家庭的方式蜷缩在这幢灰色的砖石大楼里，体会着艺术并且暗暗联系着早已让岁月捎走了的楼房主人的更为暗淡的人生。

俞舟离开草坪，朝楼房走去。他看见底层正中间的那扇落地钢窗敞开着，里面沿墙置放着落满灰尘的沙发和一架立式钢琴，令俞舟感到那是一处偶尔被用来开会的仓库。褪了色的护墙板以及东倒西歪的招贴画透露着艺术家的漫不经心，或者就是他们孤苦处境的一个写照。

俞舟走进房间，灰尘就在他脚下轻轻扬起。地板上印有串串脚印，喻示着剧院杂乱而匆忙的生活。穿过房间，进入一个过道，他朝四周观看了一阵，便向一扇开着的门走去。这是一个厕所，也许是因为经常使用，里面还清洁，抽水马桶内飘出一股淡淡的樟脑丸味。"你找谁？"俞舟吓了一跳，一个年轻女人正对着厕所的门一动不动地站着。

"我是……"俞舟回想刚才是怎么跟门房解释的。"我在门房登记过了。不是说，所有的人都去看电影了吗？"

"我最讨厌电影了，简单地说，你找谁吧？"

"如果你是唯一没去看电影的，就找你吧！"俞舟看着她的明亮而又略带疲倦的眼睛，微微产生一丝好感。他将自己此番造访的来龙去脉叙述一遍，然后，上来等候对方的话。她的脸上依然带着倦意和一丝愉快的神情。"你想知道什么？"

"一切，或者说你知道的有关这房子的一切！"接着俞舟又补充说道，"我会考虑给你报酬的。"

"报酬嘛倒不必，你可以请我喝杯咖啡，怎么样？"

"好吧！"俞舟多少有点无可奈何。"我还想看看房子的内部，你能做个向导吗？"

她点点头，便领着他在楼内转悠起来，她指指这个，戳戳那个，讲起话来口气坦率，令并不熟知的人不存什么戒备之心。俞舟心想她一定是个演员，虽然长得不怎么漂亮，却也不乏吸引人的地方。她语速很快，神色坦然，但身上隐藏着一些令人不安的东西。仿佛她随时随地会改换说话的腔调，脱离她扮演的角色，暴露出另一种令人气馁的老于世故的面容。

"你是做什么的？"她在一条过道的尽头停了下来，使劲一顶一扇满是灰尘的小门。

"我不是告诉你了吗？"

"噢，对不起，我是问你的职业。"她终于将门打开，俞舟跟着她进入一条更窄的楼道，他们向下行走，经过一扇通厨房的小门，折向建筑背面延伸出来的部分。

"我做的工作可能不太好明白，我是测地下水位的，为了防止地面沉降，必须不时往地下灌水。"

"听起来这工作责任重大。你来参观一下我们的宿舍，据说从前这是用人住的地方。"

"地面沉降不是发生在一夜之间的，如果现代工业过度依赖于地下水的话，按照每年百分之……这地方看上去挺潮湿的。"

"这房子收回去派什么用处？"

"也许房主思念故乡，不外乎叶落归根一类的念头。"俞舟在她递过来的一把木椅子上坐下，他身旁的窗台上放着一碗僵硬的米饭。"你养猫吗？"

俞舟看见她眼睛一闪。"没有。"

沉默一会儿。"能知道你叫什么吗？"

"徐石。"她说。

"嗯嗯。"他尴尬地说了一句。

"挺硬的吧？"他见她表现出明显的心不在焉，便起身告辞，出门时，他指指窗台上的那只搪瓷碗，"这米饭有点味了。"

"一直是这样的。"她送他出来，看着他在门房的本子上签下离开剧院的时间。"你挺守规矩的。"她评论道。

"习惯而已。"他开玩笑道，"这样才能知道城市什么时候会淹没。"

"就像科幻小说？"

"不完全是，只是个人的一生无法体会和观察到。"

"那要多长时间？"她显出蛮有兴趣的样子。

"稍稍超出我们的想象。"他觉得自己这话说得非常得体，像一个成年人该说的，而且不乏成熟男子的幽默。但是隔了一会儿，当他在市中心的广场附近等车的时候，才渐渐觉得这话说得有点暧昧，似乎包含了若干卖弄的成分，不像陌生人之间惯常的那种交谈。他隐隐觉得对方会因刚才的谈话而困扰。在智力上产生一种受辱的感觉，又好像是有色人种因为肤色的原因在人格上受到了侵害。但仔细一想，那位女演员又不像这一类人，她对周围发生的事全都具有基本的几乎是身体的反应，她是直截了当的。俞舟这样回想着，觉得自己的访问算得上是成功的，虽然没有获得多少实质性的结果，但与他本人的内在感较为吻合，他恍惚觉得，他此行就是为了结识一位陌生人，只是在此之前，他本不曾设想是一位异性。

黄昏时分，徐石的一位女友上剧院来找她，两人到院内草坪边的那棵紫槐树下闲聊。她的女友是一位会计师，目前正在一所会计学校进修，以期获得一张大专文凭。她从包里翻出新买的袜子和一支唇膏给徐石看，还告诉徐石她在商场里被一个戴呢帽的中年男子骚扰。

"戴呢帽？"徐石笑了起来，"这季节不是早了点？"

她的女友也笑了起来，还朝她眨眨眼睛，仿佛两人对事情的神秘之处心领神会似的。笑了一阵，女会计师黯然地说："说实在的，我一点也不吸引人，那家伙还是跟了我老半天。"

"你自有动人之处。"徐石插了句。但是并没有下文。她独自沉默起来，恍惚间忘却了身旁的女友。紫槐在晚风的轻拂下发出阵阵索索声，使逐渐昏暗下来的院子显得有些清冷。徐石建议回屋去坐，两人便起身离开了草坪。

剧院自有其神秘之处。这幢建造于本世纪二十年代的西式洋房，在一九四九年之前是一个悲惨阴冷的故事的演出场所，进入五十年代它变成了策划上演虚构戏剧的舞台。俞舟在提笔给亚男姨妈写他的第一份摘要时这样想。楼房完好如初。虽然使用者改动了内部结构，但是极其有限。各个房间的门依然如故，陈旧破损是免不了的。但是窗户全都被替换掉了。俞舟接着注明，不仅仅是窗户玻璃。从环境看，它已不再具有当年那份清静安适之感了。俞舟建议，如果姨妈是想在故乡获得一处居所，还不如另觅新址。假如回忆和金钱这两方面都是必须考虑的因素的话，那么，他便前去剧院具体接洽。不过，他补充道：在今天看来，这个地方更适宜故人凭吊往事，真要使用的话，倒不如租出去给人做办事处一类的场所。在这种楼房居住生活的家庭似乎已经不存在了，至少它是分裂的。

俞舟使用他那九成新的飞鱼牌打字机打出了信封。在他用透明胶封信时，不禁又为自己在信中写下的劝告感到不安。他觉得自己给出了过多的评价而不是资料。仔细想来去了一趟剧院几乎是一无所获，他并没有得到什么实质的材料、协议或允诺。俞舟不明白为什么据此获得了一种收获感，他询问自己是因为某个叫徐石的女演员么？不是，这种只能导致想入非非的敏感不会令自己产生完满的稳定情绪。那么，是什么？是草坪上的那一阵晚风？这未免也太荒唐了，像风一样飘然而至的好心情也会风一样飘然而去。更重要的是，亚男姨妈唯一不需要的恐怕就是劝告和建议了。

俞舟将封好的信封放进抽屉。他决定再去一次剧院。如果依然空手而返，那么就把信寄出。他隐约觉得这样做虽然不够明智，但就他本人而言是恰当的。

前一天在草坪上的谈话多少使徐石有些意气消沉，这种情绪延续了一整夜。天快亮的时候，她醒过一次，抓起床头柜上的杯子喝了一口凉茶，然后重入梦乡。她迷迷糊糊地感到微凉的茉莉花茶水在胃里渐渐变暖，仿佛她从那只印有拉斯维加斯小丑图案的啤酒杯中真喝了一口泛着泡沫的保暖啤酒。她隐约记起出售啤酒杯的礼品店，甚至还记得店主插在一辆藤编小车上的一面蜡纸做的红色国旗。在她浏览那一排表情迟钝的玩具兵的时候，她的思绪逐渐从睡梦中摆脱出来，她被自己引导着漫步走向昨天见过一面的年轻人，好像自己是因他而产生忧郁之情……

徐石没有把他与记忆中的什么事物联系起来，这两者毫无相似之处。在她的故乡长春除了挺拔的杨树、南湖公园的垂柳，并没有什么供她借以永久缅怀的东西。在回忆中，她总是在城市的各个街角转来转去，犹如一名执勤的士兵，烦躁、紧张地倾听远处传来的轰轰炮火声。她隐约觉得早晚会离开这个地方，就像战役结束之后的幸存者，掉头远离硝烟尚未完全散尽的战场，或者朝着一个新的充满不祥预兆的地点飞奔。那时候，她是完全盲目的，内心隐藏着激情并带着微微闪现的幸福的预感，仿佛在南方抑或北方，西部或东部的某处有什么东西在等待着她，某种类似疲劳之后的休息或是假期结束后那种充溢在身体内部的跃跃欲试的活力。这一切都是年轻的表现。但是昨天，草坪上的一次谈话就使她改变了整天的心境。变化是无可避免地降临到了她的身上，她的生活中每时每刻都塞满了突如其来的、临时的事件，剧院的走廊里总是有一些吸着纸烟、来回错着双脚、神情似是而非的人。他们朝所有的人投去丝毫不加掩饰的空洞的目光。他们用一种极为夸张的、往往是虚构的方式与人攀谈，他们的大部分的日常闲聊都带有台词的印记，他们对事物的评价是戏剧性的或者说是言过其实的。如果偶尔获取一个片断必然觉得生气勃勃而又抽象乏味。于是，这些不期而遇的人聚集在一起表面上热热闹闹但实际上却是思绪游移，他们共同创造出一种氛围假装门第高贵只是故意庸俗不堪似的。他们打打闹闹，有一大堆重复了无数遍的下流话当作无聊的谈话的调味品，于是，所有的人，全都抽搐似的一阵狂笑。这些自封的电视剧导演，巴望着得奖的舞台剧演员，有学位或没学位的从学院里出来的人以及那些身份难以证实的人给徐石带来了各种各样的事由和层出不穷的新闻。他们互相邀请对方吃饭，对生活采取吹毛求疵的态度并以此来迷惑自己，他们的难以觉察的细微的笑意很少会浮现到面部，甚至在他们喝醉了酒，面孔通红的时候也没有放松他们的讥讽刻薄的对人世的恶意。

徐石略带倦意地收拾了房间，骑上她的红色凤凰牌女式自行车出了剧院的大门。她在一家玻璃上贴着某次展销会招贴的杂货店里买了些发夹，然后向邮电局骑去。她想给家里挂个长途电话。当她在邮电局那长长的柜台前排队等候的时候，看见俞舟朝她走了过来。他走路的样子有点怪，微微侧着身子，好像总在避让着什么人。

他朝她笑了笑："你好。我来给我的委托人寄封信。"

"我来打电话。"她说。

"你有什么急事吗？"

"没有，没什么事，只是想打个电话。"

"噢。"他沉吟了一声，表示他能够理解这些。

等候打电话的人挤满了大厅，队伍缓慢地朝前移动着。徐石望着这个瘦瘦高高的青年人，心里蓦然生出一丝摇摇晃晃不太稳定的遐想。

等候的时间是漫长的。队伍中的每一个人几乎都是焦急而又木然的，这种气氛弥漫在整个大厅里，像一层看不见的烟雾。

一个穿着藏青色崭新西装的年轻人在柜台前与营业员大声争执着，听不清具体的缘由，看上去只是为争吵而争吵，双方都是一副完全无理的模样。两人对骂的声音一浪高过一浪。不知道怎么，俞舟猛然想起印度影片中尘土飞扬、喧哗嘈杂的集市场面。

"就像印度人。"他对徐石说，"这大概是必然的命运。"

"是人都爱吵吵嚷嚷。"她似乎领会他的意思。

"人们先是麻木地沉默着，然后神经官能症似的吵吵起来，然后便开始东奔西窜，就像一只野兽。这时候他们又有点像犹太人。他们做买卖或者离开故乡。"

"我不明白你说的是什么。"她微笑着，并无嘲讽之意。

"人们相互之间不太熟悉的时候，总喜欢说些不着边际的话。"他看着她的眼睛，仿佛是她鼓励他说出这番话。

"而且这是某种征兆。"

两人笑了起来。"现在人人都会说这套话。"

"但是它掩盖了另外一层意思。"

"是什么？"

"人们彼此非常熟悉的时候，说的话就更不着边际了。"

徐石苦笑了一下，对这种观点不置可否。一瞬间，许多念头在她脑海中一掠而过，她的糟透了的刚刚结束的婚姻啦，她喜欢的那些音乐作品啦，她已过世多年的母亲啦，她的无人欣赏的通常是言过其实的诗歌啦。她觉得似乎可以跟面前的这个青年人谈谈这些，但是又无从说起。这种感觉是如此强烈，无处不在，但是又无法显露。

"你看上去挺随和的。"他说。

"我就是这样的。"她的目光越过大厅的人群，停留在临街的那排玻璃窗上。街道的外侧是市内运河微微凸起的堤岸，在污染严重的河面上慢吞吞地航行着各式各样的木船和水泥船，那情景仿佛是一部电影里的场面或者是对两岸的都市风貌的一种讽刺。她想，要是处在一出庸俗的戏剧里，自己会从桥上跳下去，从而使那出并不存在的戏剧在结构上保持完整。他们要说的不就是高潮吗？

"我几乎没有看过什么话剧。当然，"俞舟补充着，"知道一点易卜生，但不多。我想我这样的人不在少数，我不知道这是为什么。"

"没有人知道。"但她其实想说原因很多。

如果从眼前这个（在某种意义上的）攀谈者的角度看，自己会是什么模样？

她从故乡来到这个城市，隐约有点像从平淡的生活中走进一出戏里。过多的人、过多的梧桐树、过多的灰色楼房、过多的噪声仿佛是为什么人的记忆而设置的。此外，它是那么缺乏动人之处，作为一种素材，它只适合被人们用来互相开玩笑。在这幕背景前，像是为了迎合自己，她嫁给了一个建筑设计师，那是他的头衔，在举行了一次花里胡哨的婚礼之后，她住进了他的家（不是她的），当她从他手中接过那把房门钥匙时，猛然觉得自己仿佛是在与人通奸，她深信自己是无辜的，她对自己的错误供认不讳。但是她接二连三地做着蠢事，婚后很快就怀孕了，并且很快就进行了流产手术。她的建筑师除了稍稍有些恼火外，基本上是副无所谓的态度。接着她对化妆品失去了兴趣，她灰心丧气地对待自己日趋失去光泽的皮肤，她意识到她的婚姻失败了。就这么简单。

当她独自一人时，仍然喜欢在日记本上信笔写下点什么。那种分行的东西，称作诗也未尝不可，令她吃惊的倒不是她还会在本子上涂抹这种矫情的东西，而是虽然她满心凄凉，但写在本子上的东西还是那么咬文嚼字，华而不实。她告诉自己，也许据此可以再次投入新的感情，尽管早已精疲力尽，但是她需要的只是充分地休息而已。她的健康受到损害，体内伤痕累累，只要想一想，就会有痛楚的感觉四处泛起，似乎是传达一种信息，告诫她要怜悯自己，恰如其分地承认失败，而不是因为曾经莫名其妙地付出感情，就故意地作践自己。

"你看上去和你的实际年龄不甚相符。"

徐石意识到他在端详自己，饶有兴味地揣测自己的心思。"为什么？"

"你沉默的时候，更多地是在思考，而不仅仅是在回忆。"

"那么我看上去是比实际年龄大呢还是小？"

"两者吻合的人是没有回忆的，其余的人各种可能性都有。"

"理由呢？"她进一步追问。

"那些没有疑问，自信能解答一切问题的人是没有回忆的人。"

"你没有回答我的问题。"

"我无法解答，我只是这样觉得。"

"你是想说，你也是两者不符的那种人？"她面带狡黠之色。

"正相反。"

他看到队伍在朝前移动，便匆匆与她告辞，他走到大厅的门口又回过身来朝她站的地方张望了一眼。

她在柜台边侧身站着，仿佛是在微笑。

俞舟的家在市中心的一条旧式里弄里，这里的大部分建筑因为年久失修，均已露出摇摇欲坠的没落之态。门窗的木杠已为风雨所侵蚀得疏松腐烂，到处都是补丁的地板踩上去便带来一阵吱吱嘎嘎的响声，老鼠在墙洞和地板夹层间窜来窜去的脚步声清晰可闻。每当载重卡车驶过，地基便毫不犹豫地震动起来，直弄得人头皮发麻，才肯停下来。俞舟是少数身居斗室却又能超然物外的人物之一，他甚至有点偏爱这嘈杂亲切的生活。人们在这里婚丧嫁娶，出生死亡，风俗习惯多少都蒙上了一层文化的意味，它的清贫和腐朽，庸俗和奢华混合着，裹挟着人们向前走去。俞舟不为生活中的喜怒哀乐所动，他怀着一种秘密的态度观看这一切，他感到外部世界和他自身内部都隐藏着若干秘而不宣的成分。正是这些成分使人迷惑、哀伤、歇斯底里乃至不朽。他思索着，但从未探究这一切，犹如生活本身就是一份优秀的礼物，如果采用享用之外的某种态度，便玷污了它，使之重归污秽的泥淖。他认识到自己基本上是无所事事的，即使他怀里揣着亚男姨妈的信，跑去剧院办交涉也是一副心不在焉的样子。他的外表把他心里的那点事情全给掩盖起来，但他究竟在想着什么，他自己也说不清楚。金钱、女人、奇遇、稳定的生活、冒险、渴望或者垂头丧气地活着，发怒或者竭力使自己恢复平静，这一切散布在他周围的每一个角落，威胁着他，朝他闪烁、示意，呼唤他、打击他，最终使他隐入听之任之的可怜境地。

俞舟在桌上铺开稿纸，试图再次给亚男姨妈写信，以此来协调他与大千世界的关系。他看出这寻访含有多重含义，甚至是一次假想中的自我治疗，把记忆、归宿感、金钱以及亚男姨妈和他自己两方面的期待融合在一起，把对生活的茫然感归结为对生活的妥协。而剧院有点类似于一个象征，一个不断变化着的媒介，它恰是一个能令亚男姨妈无可奈何的居所，它给一个女人的出走和返回提供出她所需要的一切答复，它足以满足她心理上的全部欲求。唯有一点，在实际，她绝少可能在那里重新开始安慰性质的生活，甚至作为对她的一种补偿，也是非常渺茫。

俞舟想象着亚男姨妈的模样，为她设计着发型、在不同的季节里衣着的款式、围巾颜色及其质地，她的手提包和皮鞋，她佩戴的首饰、她使用的唇膏，她的细心描绘的眼影所遮蔽的令人伤心的老年妇女的痕迹。

无数次地化妆、补妆、修妆、精心地对容颜的刻画，似乎意味着岁月的延宕。有什么东西在向内心回复，俞舟认为她一定强烈地希望青春能够在身上驻留，她的思乡之情通过对旧居的惦念透露出对流逝岁月的挽留恋慕之意。

如果有一天，她重访那幢已挪作他用的寓所，她会发现她的岁月白白流逝，并没有什么东西在等候她去凭吊，除了她的凄楚之情，对爱情或者早年生活的回顾，那个地点，那个曾经度过时日的楼道、居室、草坪、一草一木、一砖一瓦、每一个拐角、每一扇窗户所折射的阳光都已不复存在。

俞舟心底里抱着这些信念，感情上的原因是促使她收回房产的深层原因，除此之外，都是假象和借口。

逐渐地，他的遐想从一个女人转向另一个女人。这是必然的。为遥远的时间和空间隔开的人物和事件在本质上有着天然的联系，她们各居一隅，只是因为他的几乎是事务性的造访，被百般纠结的思绪宿命地联系了起来。他在内心生活中将他们划为同一类人。在原则上，而不是在理论上。她们自身与她们所携带的有关这个世界的消息令他举措失当。每当着手行使受托人的使命，他就强烈地感到这事的虚假性，体会到处理实际事物的无力感，意识到自己更倾向于背离事件本身的初衷。俞舟心里明白，倘若最终无法解决剧院房产的问题，他反而会获得舒畅有力的感觉。如果相反，这不啻是一次人生的失败，亚男姨妈回到一个徐石必须离开的地方，无关的人就这样被赋予了关系，而这是他无意中促成的。而在他的内心深处，是更愿意以一种陌生的目光，带着一点惊讶仿佛观剧似的分别打量她们。也许，这一切，早已被冷漠的世界结构性地寓于其中，而他只是徒劳地试图分辨它。

夜深人静的时候，俞舟走出家门，到街上转悠了一阵，他原想命令自己的思绪平静下来，但实际上，在沿街道行走了一段之后，他变得茫然若失，只觉得心里空空荡荡的一片。他没想任何事情和任何人，什么都不存在，除非他继续履行对亚男姨妈许下的诺言。

他的二姐提着她的小巧的仿皮包赴完约会回家，迎面冲着他说："你怎么啦？深更半夜的，别是恋爱了吧？"

路灯的光晕淡淡地洒在俞舟二姐的肩上、头发上，她面带幸福的笑意注视着他。这情景使他略受触动，他问自己，"你爱上了谁？"

　　这天上午，天气晴朗，剧院的院子里堆满了将装运上车的布景和道具，演员们三三两两地在一起闲聊，门房里断断续续地传来电话铃声。一幅最最日常的景象，可以剪下来贴到任何一个人的纪念相册中去，它无声无色，看上去平静柔和，像用平淡的文字叙述的生活，它的广大的悲悯之处，如果不是夸大其辞的话，就像贝克特的小说，潜伏着无数动机，与宇宙的细微之处形成对照：爱恋和死亡、流放的欲念和无处可去的行星般黯淡恒定的结局。语言从人们的嘴里轻易地吐出，并没有耳朵在期待倾听。交谈者无所获取，在俞舟看来就是如此。

　　他置身于这群繁忙的陌生人中间，寻找着徐石的身影，他告诉自己，只要她一出现，只要他们相互之间对视一眼，某种东西必然会浮现，他自信一下子就能辨认出来，他不会欺骗自己，这是他唯一的长处。他觉得这些品质在别的人身上也可以找到，这使他产生了一种他代表着许多人的感觉。

　　门房一脸公事公办的神气，在他的注视下，俞舟在登记本上签了名，他是被叫回来补办手续的，这加深了他作为一名不速之客的局外感。"我并不期待与她有什么深入的交往。"他安慰自己。他用目光在院子里搜寻了一番，那些像男演员一样开朗的女演员、那些像女演员一样拿腔拿调的男演员来回忙着。他们冲着电话高声叫喊，使你产生一种整个世界都在喊叫的错觉；有人在人群中分发着什么。大多数人都穿着随便，比较而言，男人比女人更喜欢穿紧身的裤子和鲜艳的上装；其中一个打扮得就像一个要饭的叫花子，好像没卸装就从一出逃荒的戏里直接来到光天化日之下，人非常活跃，气色也挺不错，反反复复说着同一个笑话——对每一个走近他的人说一遍。而每一阵新的笑声都使前面的听众面露尴尬的神色。这些人在皮箱、人造革手提箱、帆布提包和网线提兜中间转来转去，看上去就像笼子里的珍贵的野兽那样又漂亮又烦躁，他们像播音员那样说话：美国。有人马上问：美国怎么啦？尼泊尔。一个登山队被雪崩葬送了，连一声叹息都没有，仿佛啪地关了收音机，他们互相叫着："亲爱的。"有人忽然唱起歌来，嘹亮的男高音，紧接着一声咳嗽，就像过紧的裤子开线一般。

"你在这中间寻找什么？"俞舟问自己。

这时候，徐石朝他走了过来。她用一块带格子的手帕擦着手，那情形是刚从厕所里出来。

她冲他微笑，亮开嗓门冲他寒暄了一番，仿佛他是一个熟人，把原先留给他的那种矜持的形象彻底修改了。

"你的姨妈，她怎么样？"

显而易见的心不在焉。

"我来送一封信。"

"给我的？"她开玩笑地问。

他犹豫了一下，说不是的，是给剧院，是他的姨妈托他转交的。他为自己编了一套瞎话，清了清嗓子，以一种轻松得近乎无所谓的腔调与她告辞。俞舟走进剧院的大楼胡乱转了一圈，最后在初次遇见徐石的那个厕所的门口停了下来，他从衣袋里取出一封写着烦交徐石的信。团了团，隔着门扔进抽水马桶里。做完了这些，他定了定神，忽然觉得有个问题要问徐石，便返回到院子里。

门房正在给剧院的大门上锁，行李和人群已不知去向。俞舟便向门房打听女演员的窗台上为何要放一盆发霉变臭的米饭。

"这你就不知道了，"门房面露得意之色，"从前这房子的女主人是个妓女。因为和人争风吃醋最终吊死在这幢房子里，有人遇见她的灵魂在剧院里面游荡，还偷吃演员的剩饭，所以才会这样。"

"这房子的事我知道一点，恐怕不是真的吧？"俞舟小心探问。

"那谁知道。"

门房也是一副将信将疑的神色。"还有一种说法，说是那女人曾经托梦，要派人来收回这房子。那个人别就是你吧？"

门房哈哈大笑起来，像一个驱魔人那样咧着大嘴。

忆秦娥

故别虽一绪，事乃万族。

——江淹

　　我依然记得她的面容，但已不记得她的名字了。我那已经过世的祖母管她叫苏。那似乎是她的姓氏。这一老一少，就像一对密友。许多傍晚，她们在窗前半明半暗的光线中轻声交谈，一边摆弄着手中的织物——一顶兔灰色的小帽或是一条深红色的围巾。她几乎成了祖母最后岁月的玩伴。苏替祖母梳头，并且分吃一小块松脆的煎饼。她给祖母看她儿子的照片，一个夭折了的漂亮的非婚生男孩。她的气质中有一种香甜的东西，一经与优雅遇合在一起，便散发一种罕见的柔和动人之感。毫无疑问，苏是我心目中的偶像，由我在内心深处秘密塑造的完人。与如今我接触到的成人世界相去甚远。她是我母亲的朋友，因为某种当时我尚无力理解的原因，借住在我们家。她来时正是夏末秋初之际。虽然暑气尚未完全褪尽，但入夜已是凉风习习。我发着高烧（这是每年夏季结束时我的例行公事），两眼瞪着天花板。虚弱、无所事事而且心烦意乱。苏用一条湿毛巾蒙在我的额头上，以此取代了我枕边的画报和一些必须秘密翻阅的东西。趁祖母转身去厨房之际，她告诉我她看了我的读物。她顿住了话题，那意思是说她理解我的窘迫和不必要的羞愧。苏以意味深长的凝视（是的，凝视）结束了她的谈话。那是我初次领悟异性间谈话的美妙之处，那种种含蓄和节制无疑是一种享受，那温和的语调，由苏的唇间吐出的音节利索的汉语，带一点点江浙的妩媚音调，顷刻灌注我的全身。苏要是能够读到这些，一定会笑出声来。我将我的第一篇小说给她看时，她就以一个疑问句作为对我的忠告，想想看，离开了夸张，我们的感受可能无法说出。那篇幼稚的习作早已无处可寻，想必是作为垃圾被清扫掉了。但我确实受到了触动。我首次意识到我们写下的文字与我们的内心世界存在着怎样的鸿沟。这不是什么重大发现，但对一个少年却是影响深远。有一个时期，我时常梦见这条鸿沟，它的宽度类似一张双人床。这个隐喻怎么样？这是苏猛烈批评的方法之一。她知道我这是天性使然，或者说是积习难改。她对文学的趣味虽然有失偏颇，但总是引人入胜。她倾向于直接陈述，她认为坦率是一种能力而不是一种品质。当然，最终将被塑造成一种品质。这个词经过音调上的处理，几乎就是一种恶习。

我们之间有着许多共同感兴趣的事物，但是并不持久。随着我的体温恢复正常，我的阅读时间和能力都在下降，户外的一切都在呼唤着，阳光，风，植物的色泽，城市的喧闹，欢畅的感觉。当然，主要是我的几名怪里怪气的伙伴。我不知道，我就此错过了许多东西。冬季来临时，苏离开了。她临走时没有与我告别。苏给我留下了一个日记本，缎子封面的，如今已很少能在市场上见到。可能因为写过些什么，撕去了几页。她的赠言写在本子的最末一页，字体娟秀，仿佛是一部书的简短的附言：

年年柳色，灞陵伤别。

故别虽一绪，事乃万族。

我想，如今她已辨认不出我的模样。我的变化甚至超出了我对自己的估计。而她，岁月会给她添上衰老的痕迹，这是一种公平的做法。我们无一幸免。她的容貌、体型、姿态无论有什么变化，我都能欣然接受。我的这种客观态度正是由苏传授而来。她的举止、气息无时不在向你递送着应付日常生活的方法和尺度，她就像一个手法纯熟的玩牌者，将骗局摆弄得意趣盎然。

那是一个雨天，苏与另一名陌生男子一同来访，母亲和祖母在楼梯口迎候他们。那是我第一次见到苏，她穿着深灰色的尼龙雨衣，还带着雨伞，而那个男人头发湿漉漉的，仿佛只是与苏偶然相遇。他们在楼道里磨蹭了好一会儿，用以清除从外面带进来的雨水。这个形象，这个以两米见宽的楼道作为背景的妇人形象，我永难忘怀。窗外的雨幕，楼道内微弱的灯光，冒着潮气的楼梯扶手。她忽然抬起头，她看着我时目光是那么黯淡、涣散，仿佛出自一个病人，那里面没有多少哀伤的成分，至于怨气，更是毫无踪影。这不是人们相互结识时的那种目光，也许她从我的眼睛里看到了惊慌和迷惑，这种对视，完全的漠然，但却是记忆式的。如果我们年龄彼此接近，还会从中发现一丝回避的迹象。那是什么？它由苏的经历和我的求知的渴望所组成？如今，轮到我神情涣散而又漠然，目光中探求和梦幻的点点光斑早已消逝殆尽。苏说过，一旦记忆变成了一种饲料，你就离牲畜不远了。

祖母房间的门轻轻地关上，几乎是同时，传来那个男人的啜泣声。他并不诉说，只是一味地哭泣。那一瞬间，我感到是如此地孤寂无助。那个男人仿佛是为了他的一团糟的生活而哭泣，而我坐在楼梯上倾听着这凄恻的声音，我原本以为苏的声音会很快地加入进来，凭她的眼神，我有这种预感。但是过了很久，只是在那个男人不再抽泣时，苏才开始说话。她的嗓音很低，带着一种抚慰人心的沙沙声，她在请求原谅，缓慢地请求。什么事情，我无从知晓。我摆弄着有待充气的篮球，最后让它顺着楼梯滚了下去。

我正处在一个十分奇特的时期，从内心到外貌都发生了急剧的变化，那种灰暗绝望的情绪类似晚年的尤奈斯库。对文学和周围的一切都丧失了信仰，曾经令我无限愉悦的语词已经变得死气沉沉。我开始更多地意识到年龄和疾病以及一些生活的琐事，季节的更替（我越过了嬗变这个词）和天气的变化已经不再具有丝毫诗意。（我对自己说，不要再到文句中去寻找节奏和音响。韵律，噢，让它去吧。）固执、暴躁、内心矛盾已经成了我的日常状态。而生活不正是一种状态吗？我毫不迟疑地说，一个巨大的梦幻的时代已经结束了，精神中的某些东西已经死灭，我将进入一个物质的真空，它为一系列繁华的幻象所组成，各种器械——军械和手术器械，极度的尖端、造价高昂、冰冷、精致并且无菌。谁都知道它们连接着什么。诸如此类。且慢，不要用这类东西去惊扰别人，因为，用尤奈斯库的话说：我陷入了不可表达之中。坦白地说，在苏的故事再次困扰我之前，我在写一篇文学方面的研究文章（我力图将工作进行到底），题目是《蝉与翼》，试图平行研究亨利·詹姆斯的小说《阿斯彭手稿》和索尔·贝娄的《贡萨加诗稿》。后者被认为是前者的仿作。一位大师对另一位大师的模仿？！我准备的材料中有这样一句话：庸人模仿，天才抄袭。语出 T. S. 艾略特。另一组作品是衣修伍德的柏林故事之一《萨莉·鲍尔斯》和卡波蒂的《在蒂法尼进早餐》，同时，两位影响稍逊的天才又必须分担至少是相互抄袭的臭名。我企图从中发现点什么。可笑的是，像是一种幻觉或者说症状，我也一直试图以寻找遗失的珍贵手稿为线索或者以一个动荡年代为背景，以一个一文不名的年轻作家与一名年轻女房客的际遇为题写一部小说，或者两部都写。

时光无情地流逝，我的研究进展缓慢。我焦虑地每天下楼四五次，看看信箱，到附近的小店铺里转转，似乎在日光灯照耀下的郊区商店里有什么灵丹妙药在等待着我。这种心情，倒跟克拉伦斯出现在马德里火车站时有几分相似，"充满了郁闷的活力和无所适从的聪慧"。我无法开始和结束每一天的工作，一切都显得紊乱不堪，仿佛在贝娄井然有序的叙述背后，隐含着某种令人意乱神迷的混乱。他在首页意味深长地写道：这辆汽车远在克拉伦斯出世之前就奔驰在马德里的大道上了。这个陈述可以被视作是次中心的呼语，它仿佛是无意地将克拉伦斯的马德里之行与一种潜在的不容僭越的古老事物联系了起来。隔开十页左右，他又假托诗人之笔写道：一首诗的生命可能比它的主题要长。又隔开十页，他让克拉伦斯模模糊糊地想道：一个活生生的女人大概比一个死去的诗人更有寻求的价值吧。但愿我所勾画的这种关系是一种谬误。

曼努埃尔·贡萨加，西班牙文学史上的隐形天才（克拉伦斯正是为他而来！），他的谈论钙质和欧姆的诗篇，或者如他的《忏悔》，克拉伦斯喟叹道：哎，我们是怎样为了获得一切而失去一切的。（那个感叹词是我加的，多余而无用。类似于一切赞叹。）

这些人物才智卓然，对悲剧性的生活赠以优渥的情怀。我所指的人中间当然包括苏。对文学，她似乎天然地具有良好的素养。这种人你在哪里都不会在人群中错失她。她并不显示，但总是完全呈现出来。犹如水中的一道波纹。她的遭遇也正隐含在这样一个形容之中。

对我来说，她的出现显得有点突兀，有一点不期而至的味道。她的形象，正是我关心的中心所在，与她的身世、品位是一体的。这种感觉是照片无法复制的，它宛如介质，光线可以穿透，但是不会留下丝毫痕迹。她在亮光中一闪而过，这一印象经由许多时日所组成，并不归属于某一个特定的日子和时刻。在我的记忆中，苏由众多的形象连缀而成。矜持、太多的矜持，将一个狂野的心灵恰当地收进了一个躯壳。没有丝毫的隐瞒，一种信赖感叠加在矜持的外表之上。她只是为所欲为。她是个衣着入时的女人，与周围的环境从无格格不入之感，但也绝不耀眼夺目。仔细想来，衣物的面料较之款式稍稍远离了时尚。但那是一个什么样的年代，她已将恰如其分视作一种享受而非责任。她一再重复说过：我们又怎能将白天和夜晚混为一谈。这话简单至极，这就是她所要说的。

我不想令人产生一种错觉，仿佛我是在谈论一个活人。但是死亡也无损于她，在我的心目中，这件事与她无涉。对于一个消息，一个未曾亲眼目睹的实况，我是极为消极的，我不否认，但是我已经使之浪漫化了。仿佛她突然陷入了睡眠，遥遥无期而且永不返回，困乏使她不再苏醒，犹如无法解冻的冬眠，使蛇（作为意象）在无知中窒息。

苏的祖籍是山东馆陶，而她的出生地却是接近内蒙古的商都，她在那片贫瘠之地长到七岁，便由她做商贩的叔叔带到了南方。我据此推断她说话时若隐若现的江浙口音的来源。这是我所迷恋的，远远超过了对她的早期经历的关注。人们可以从家庭的迁徙活动中获知某种信息，借以勾画出具体而微抑或硕大无朋的时代氛围，但我往往对此视而不见。一处地名，一条在地图册中被微缩了的界线，山脉的颜色，河流的位置，有时与日月星辰分属于不同的宇宙。我想我们正在一个边缘地带，就像苏惯有的神色，开朗，清晰，同时也有晦涩的痕迹。

我无法向过去的日子回复，甚至倾心接近的意向也被自己认作是虚妄，而那些已不复存在的场景始终驱动着我，唤起我的追忆，使那些腼腆的，在内心深处无比荣耀的岁月萦回缭绕。这是一种饮酒微醉的感觉，它源自祖母的卧房，为一丝恐惧所诱导，在清洁的散发着淡淡的肥皂香味的床单之上，一股醇厚、辛辣的香气扑面而来。在这样的傍晚，房间里的光线令人沉醉，四下里充满了反光，窗户、镜子甚至已经有些褪色的墙面。苏持酒杯的样子有点自傲，她与祖母长时间地谈话，对饮，直到房间进入完全的昏暗，苏的侧影才移向台灯。

为什么总是这个形象？这样一幅画面意味着什么？苏和祖母。她们确实能够互相宽慰，她们在一起时的那种融洽的情景足以证明这一点。这种在回忆中摸索的方式似乎是为了掩盖苏的生活中的邪恶的一面，她甚至在祖母看来也是荒淫的一面。但是祖母讨厌我使用娼妓这样的字眼。这不一样。她是这么说的。你应该设法理解她，而不是伤害她。我无法理解，我还不够老，老迈昏聩那时尚不适用于我。我还有许多心灵的疾患需要发作、诊治，我会逐渐沾染上一些恶习，这些事情都还在前方等着我。即使是处在青春萌动时期，我也隐约感到，理解是十分昂贵的，那是一个很少有人出得起的价。

我把我写的第一篇小说给她看，为的是引起她的注意。我的想法非常简单。我毫不掩饰地描写我的幻想，花园，古老而巨大的宅院，国籍不明的场所和依稀可辨的人物。我描绘了景色（如今我已再也看不到那样的景色），人们在黎明和深夜的莫名其妙的举动。还有，一星半点的性的憧憬，曲折、隐晦，不像是真正的健康的性。披着哲学的外衣，向往着语义上的成就，然而却是冰冷苍白的梦呓。其实，我的内心是一片荒漠，与今天没有什么两样。苏是足以洞察这一切的，她一边在厨房里来回忙碌，一边发表感想。我倚在厨房门口，看着苏和从蒸笼里冒出的腾腾热气，等待着我最钟爱的肉馅包子，"小作家，"她和蔼地说，"你不会成功的，你那么年轻，就如此混乱。"苏指指自己的脑袋，在太阳穴上留下一小团面粉。"文学会为你的方法作证，而生活不会。"她又指了指自己的脑袋，将小面团带了下来。"你应该读黑格尔的《小逻辑》，清理你的思路。"我父亲的藏书中有这本书，但是不在我为自己开列的书目之中。苏觉察到了我的失望，她走近我，神情专注，语调恳切地说："你想听听我的故事吗？"我当然想。于是我说可以。"你要仔细分辨其中虚构的部分。"她说。"为什么？"我问，"为什么要虚构？"

"为了让你分辨。"

这是苏为我上的第一堂文学写作课。

注意！当我引述别人的故事时，小说已经进入了一种双重虚构。她说得很干脆，仿佛她是在说，这是一件双面雨衣，如果再加以解释说，两面都可以穿，实属多余。

苏所讲述的故事，主要围绕着她儿子的父亲。一个南方人，祖先是福建的渔民。高大英俊，走起路来微微有点跛行。做事总是非常仓促，面带笑容时总是显得非常疲倦，他在一艘内河航运船上做厨子。苏初次遇见他时，他刚刚离婚，正憋着一肚子的火。他俩都在苏的一个教师朋友家里喝酒，他们没怎么交谈，苏就跟着他离开了。"那么轻易。"苏说，"连我自己都感到奇怪。要知道，我对他产生了一种感觉，我想要跟他生一个孩子，这是我从来没有过的感受。当然，那是后来的事。"

"那么，结局呢？"这是她叙述的必然结果，也正是我能够提出的唯一问题。

她笑了起来，"怎么会有什么结局？这种事情到死都没有完结。"

"为什么？"

她依然在笑。这可不是讲故事时所持的态度。

"应该怎样？"我一路问下去。

"谁？"我的祖母在背后问。她的出现中止了苏和我的谈话。她的目光仁慈而又严厉，仿佛我不该探询她俩之间的秘密似的。

我的祖母。她是那么老，那么慈祥，并且就她那个年龄来说，显得过分活跃。这不是靠素食和甩手操所能维持的。它源自天性，源自本能。有时候，我们也将这种现象称为青春永驻。噢，我不想编织什么神话，为了显得自己仿佛有些来由，便伪造说她是个一肚子民间传说和童话故事的老奶奶。根本不是这么一回事。我的童年根本就没有火炉、风灯、毯子、小板凳一类的东西。如果说我多少听到过几则人鬼参半的故事，那也基本是偷听来的。也就是各种场合的道听途说。我的祖母，确实足够老的，也足够仁慈，但她不会讲故事，她要是唠叨起来那就没个完，一件事要说上十遍或者在十件事之间颠来倒去地纠缠不休。只要她开口，我便避之唯恐不及，在记忆中，祖母并不是一个故事员，更多的是在发布道德训诫，因为她的年龄和在家庭内部的至尊地位，虽然言语亲切，但总有一种高高在上的架势。她一个人守寡多年，我想不该再对她老人家吹毛求疵。

但是，她确实成了我与苏之间的羁绊，她们同居一室，形影相随，亲密到了鬼鬼祟祟的地步。我无疑是受到了冷遇，但不是来自苏，而是来自无形的局面。祖母的房间成了我们家庭的涉外机构，这种感觉令我顿生遗憾。

我记得那个男人。那个每次来就躲进祖母的房间哭泣的男人。不是那个厨子。苏的儿子的父亲我从未见过。那时候我有点惧怕高大英俊的男人，他们要是笑起来，往往令我感到迷惑。而这一个不同，即使从一个儿童的角度来看，他也显得过于瘦弱。眉清目秀，像个书生。他也确实是个书生，研究二进制的《周易》和如今被认为具有可操作性的《论语》。他埋首于故纸堆中，总有几缕头发向上竖着，一旦脱离蒙满灰尘的典籍他便开始哭泣。以泪洗面是他的世俗形象。那时我尚不明白，这个弱不禁风的男人是为性爱而哭。苏说，这种事情是无以倾诉的，尤其在一个男人。他顽固地信奉自己的泪腺，苏说他是为哭而哭。我从她们的片言只语中获取印象，试图分辨其中的微妙之处。今天我知道，这只是徒劳。苏并不是一名悍妇，而男人总是为那些柔情似水的女子而伤怀落泪。我从未和这位古籍研究者交谈过，他总是来去匆匆。当然，我并不是说他总在哭泣。作为例外，一天深夜，通常在这种时候他已经告辞；我从床上起身，光着脚走出房门（是听从某种呼唤还是无所事事？）。祖母卧房的门虚掩着，这个为爱折磨得死去活来的男人，双膝及地，热泪盈眶。在苏敞露的胸前寻觅着、吞食着。苏低头抚弄着他的头发，我看不见她的目光。显然，祖母并不在房内。在这样的夜晚，在如此痛苦的时刻，人们本应各居其所，她们应该安眠于床榻，沉浸在睡梦之中。可以想见，那时我对于夜晚的了解是多么肤浅，以至于误以为自己是这个世界的一部分，一个有机的部分。我看到，在我的房间之外，我与世界的联系是多么脆弱。我再次变成孤零零的一个人。

仿佛是一个节日离我而去，它永不再来。虽然我可以期待来年，但那已是另一片景象，另一个故事。我似乎是涉足了一个过于喧闹的聚会，铭记着杯盘狼藉的场面，而对隐身其后的来龙去脉并不自知，事物本来是一个悬念，而现在却变成了结局。苏和我，成了两个遗世而立的身影，我们之间微弱联系的含义已被改变。我希望她从镜中看见了我，因为某些东西我们应当彼此获知。苏应该知道，我在观察、揣摩、测度，我在窥视她的生活，但是我一无所见。苏仿佛是彻底袒露的，她的行为举止表明她并不遮遮掩掩，而对此我正是盲目的。

这座城市，这片环境，我在其中居住多年，随着我的家庭四处搬迁，历经种种变故。我的外祖父、祖父、祖母都在其间相继辞世，悲伤来而复去，居室被改变、家产被变卖、书籍散失、家传的诸多信物也已不知踪影。生活时而沉寂时而喧哗，各种人物来来往往，在人生这个短暂而简易的舞台上，来回折腾，最终仆倒在地。有些人临终还面带着所谓功成名就的微笑，真是令人敬佩。

我总是这样设想，那几经改建的江堤，已经悄悄修改了城市的外观。那一片被称作外滩的地方，紧挨着浑浊的江水，涛声，满是锈迹的渡轮。那是苏领我去散步的地方。众多的阴云密布的时日，稀少的游人（那时候真是足够稀少的）。人们的脸上尚有悠闲的神色，会在街上停下脚步，因为某种原因，驻足眺望。这样一个上海已不复存在了。当然，它也许从未真正存在过。因为苏，因为时光飞逝，这一切都显得太像一段秘密的历史，越来越快地往深处塌陷，总有一天它会归于寂灭，因为她最初呈现的形象就是易逝的，她的美和毁灭在那时就已经注定。

那是最最不敬的一夜。我不想指出它的准确年代。那样做，又有何益？晚饭过后，我正在床上提前写我的当晚日记，母亲同校的一名教师正在钢琴上弹奏德彪西的《阿拉伯风》。算了，我还是不要谈论音乐，那些乐谱在我看来就像挂满微型炸弹的铁丝网，总是令我望而却步。苏忽然走进母亲的房间。"她过去了。"她说。对此，母亲并不是毫无防备，但看到祖母苍白的面容时，她还是晕了过去。

如今，那个夜晚已经为我所简化。因为，祖母安享天年只是为事件提供了场景。

中国人惯常所须做的一切是免不了的。祖母的卧房很快被布置起来，刚才还在钢琴前抓来挠去的女教师，此时一副有条不紊的模样，仿佛是早就预备好了来操办丧事的。她替母亲打电话找来一些干瘦的男人，他们大都上了年纪，穿着素色的对襟褂子，手脚麻利地将帐幔、烛台、寿衣、棺木一一安放停当。随着医生、亲戚、邻居的人流，我看到一名架着眼镜的年轻男子出现在楼梯口。他戴着一顶鸭舌呢帽，披着一小段深色的围巾，两颊刮得干干净净。苏刚好端着青瓷果盘从母亲房里出来。见了他，便停了下来。她见我在过道的尽头注视他们，稍稍犹豫了一下，便招手让他跟自己进了祖母的卧房。

母亲说那个年轻人是来给祖母照相的。他在马勒住宅附近开有一家私人照相馆，曾经在报馆做过事。最后，他是苏的情人。母亲说，他们相好。

犹在梦中。嘈杂的人群散去了，那女教师也已帮着熄灭各处的电灯，披上披巾下楼回家去了。母亲躺在床边守候父亲的电话。一切都已就绪，我似乎是在等待什么东西降临。

年轻的照相师半蹲在祖母的棺木旁收拾他的提箱，而苏正在给祖母擦拭身体。她的动作细致、缓慢。她抿紧着嘴唇，神色中毫无倦意。

我的记忆是不会在此处终结的。我至今仍然认为那是一次亵渎，苏辜负了祖母对她的庇护。不知道她老人家的在天之灵会作何感想？我听见哭泣声，这声音将我从睡梦中惊醒。我循着声音来到了祖母卧房的门前，房门敞开着，透过层层白色的帐幔，在昏黄的烛光照射下，我目睹了我生活中最耻辱的一幕。苏和她的照相师互相爱抚着，吮吸着，她扑倒在祖母的棺木上，毫不掩饰地哭泣着，照相师忘情地扑身在上，仿佛是她的斗篷。这时，电话铃声响了起来，我想是我父亲打来的。这铃声响了好一阵，而苏和她的情人浑然不觉。苏只是一味地哭泣，这声音在不知底细的母亲听来大概非常入耳。我跑向母亲的房间。她刚刚醒来，看上去疲惫不堪。她刚刚拿起电话，却已是热泪盈眶。

我无意回避我的震惊，它混合着苏的恣意放纵所引发的冲击，它是阴郁的，潜在地包含着欣喜和受挫感。她的姿容暴露得让人无法回避。我很难完整地刻画她的形象，当我直接面对她时，我无疑遗漏了许多。就我个人而言，苏是珍贵的，我所钦慕的正是某种被称为官能的东西，这是一个少年很难抗拒的，它确实是洪水猛兽。问题是我并没有被吞噬，就像你避过了一场阵雨，如果是在热带，那又算得了什么呢？对苏而言，这一切并不仅仅意味着寻欢作乐。我试着为我的这一想法寻找依据。当然，我是徒劳的，至今我仍是一片茫然。

苏在沙逊大厦北面的一家饭店里设宴答谢我们全家。赴宴的只有母亲和我。一周前刚刚安葬了祖母。苏说她已经订妥了船票，准备离开此地。母亲执意挽留，苏只是一味地谢拒。下午两点光景，饭店里没有多少客人，这倒更像是一次茶点约会，而非宴请。上了许多菜，而母亲和苏只是说话，或者沉默不语，看着盘子里的浮油慢慢凝结。窗外的街道直通外滩，不时传来阵阵汽笛声。我既不看母亲，同时避免苏的目光，就这样一匙一匙喝着碗里的汤。一个无所思虑的下午，脑子里一片空白。仆欧结账时，苏忽然从包中取出纸烟，她示意母亲，母亲笑笑摆了摆手，苏便自顾点上慢慢吸了一口。饭后，苏提议去外滩走走，母亲推说头疼便先回去了。苏领着我朝江堤走去。我想，此时她可能十分怀念她儿子的父亲。我暗自思忖不知有朝一日是否会做一名厨子。但那种妻离子散的生活我是断然不能忍受的。

"你要去哪里？"

苏抬起手臂指着江面画了一圈。"谁知道呢。"她笑道。

"如果有一天我写了书，应该给你往哪儿寄？"我幻想着有这么一天。

"不必了。"苏说。她看出我伤心至极，便不再说话。少顷，她宽慰我道："如果这本书对你十分重要，那你自己应该好好保存。别在乎谁会读它。实际上谁会在乎呢？"

一个人应当仔细阅读自己。这方面是苏给了我启示，从肉体到心灵，我是否已经无所畏惧地试过了？但这也是不会有答案的。但我不会躲入一个书本的世界（也许它是我的必由之路），虽然我看到它向我展开，充满了魅惑，吁请，令人无法无动于衷。但我仍然要尝试着逃避。苏紧紧地握着我的手，这正是我所需要的，此时此刻，我别无所求。

可以想见，那个时候，对苏的迷恋遮蔽了一切。祖母的故世被一场情欲之火减低了它应有的哀痛。对死亡，我知之甚少，或者说我误以为那也是一种迷狂。即便是今天，仅仅是谈论它，都会令我觉得自己矫揉造作。除非我不是在谈论自己，而他者的死亡，多少有点形而上学的味道。如若不是感情泛滥的话。

她原本应该很快离去的。但散步回家后苏就病倒了，整夜高烧，上吐下泻的。夜里，母亲替她换了两次床单，椅子和地板上，到处都是呕吐物。第二天清晨，苏已是不省人事。母亲将我反锁在房间里，以免受到惊吓。自从苏出现在我们家，我已是惊恐万状，但我还是感激母亲顾及这一点。我自觉地待在房间里，将床单蒙在头上，自言自语，借以解脱变相囚禁带来的焦虑。隔着房门，楼梯上下满是脚步声。祖母撒手人寰的那个夜晚似乎再度重演。不一会儿，传来苏的呻吟，间或是其他什么人的高声争执。我猜想，大概是一些江湖郎中，因为有人扬言要给苏放血。对于医学，我几乎算是个白痴，我不明白人们到底在议论些什么。我暗自祈祷，用我最为温柔的感情，让苏免受皮肉之苦，因为我已经听见手术器械的碰撞声。事实上，我已进入梦乡，对身边发生的一切并不知情。我疲倦已极，根本无暇顾及旁人的喜怒哀乐。

我的父亲从汉口归来，带着简单的行李。入门之时，一副旅人的风尘相。母亲就此躺倒，直至父亲再度离家，其间她一直病着。我从来不知父亲在外经营什么，他的生活，我是说那种最微观的部分，我无从知晓。在家人眼中父亲是个勤勉、诚恳而又惯于孤身闯荡的人。就我个人的观点，他似乎是有点惧怕婚姻。当然，我们父子之间极少交流，通常是他进门之后，我们互致问候，接下来便没了话题。他的沉默寡言，目光中固执任性的成分丝毫不见改变。我深信，随着时间的推移，我们彼此间相互了解的愿望日趋淡漠，他变得越来越陌生，像个异乡人一样操着难懂的方言，他说些什么，我真是永远也弄不明白。他与母亲原来颇像一双兄妹，外形举止，互为映照。逐渐地，父亲成了另外一个人，他的神态中有了一种房客的感觉。回家使他手足无措，找不到东西，经常让椅子绊着，站在窗前发呆或是莫名其妙地叹气。他对母亲彬彬有礼，言辞适度，仿佛是一名慈善机构的代表。他跟苏倒还融洽，并不因为母亲的安排有何不悦。他多少还有点孝心，听着苏回忆祖母弥留之际的种种事迹，常常黯然神伤。过了不足十日，父亲就回汉口去了。此后依然间或往返两地，仿佛出自习惯一直延续着，不似那种从此杳无音讯的伤感故事。这是在苏的影响之外，我接触到的最为意味深长的故事。虽说它出自我的家庭，由于我父亲的游子形象，我仍将它视作一个启示。婚姻是一个片断，闪闪烁烁，迎合我们的内在需要，如果其长度恰好等同于我们的生命，通常令人无言以对。

那段日子，我每日往返于两个女人的病榻之间，沉溺于一大堆琐事。在煮水的茶壶前沉思，分派药丸，上药房和烟纸店，途中就近拜访我的伙伴，但他们一律用异样的眼光看我，仿佛我是什么不祥之物。母亲和苏全都虚弱不堪，一半因为药物的因素，她们不断睡去又不断醒来。我似乎是为了证明她们依然活着而徘徊于屋顶之下。我想，那就是一个幽灵的形象。有时，母亲和苏会将手轻轻地伸给我，它们是如此相似，柔弱、苍白、掌心潮湿。她们何以会聚在一起，像两个迟暮之年的妇人，头发在枕巾上轻轻散开，稀疏得令人害怕。她们会提出一些近似的问题让我作答，像是为了缓解我的恐慌。她们使我与窗外的那个世界疏远，她们自己成了我与世界的唯一中介。但那却是我一生中最最充实的时光，它具有某种标志作用，使我具备辨认疯子的能力，我毫不怀疑那些装疯卖傻的角色不易逃过我的视线。我开始如此识别人事，并据此分类，仿佛街上的行人有一半出自疯人院的大门。我知道，这一念头是疯狂的，但与我当时在屋内逡巡的状态吻合。我想停下来，或者说按照小说的法则进入转折，向着一片开阔地带，也许是更为狭窄的幽暗之路。这个通道是否一直在等候着我，不为幻想和语言所动，犹如一个色欲和友情的深渊。

苏的身体渐渐开始恢复，她的情况比母亲要好得多。于是，书生和照相师便轮番在楼梯口出现。还有其他男人，装作医生模样或者说装作客观冷静不动声色。他们来自不同的社会阶层，言谈举止各异其趣，前后总计有十多个。总的来说他们都十分礼貌，只是在苏的床边伫立片刻，便告辞退了出来。有时，他们相互之间也攀谈几句，在楼道里点上一支烟，掸一掸帽子上那看不见的灰尘。这时，他们的神情很像一对陌生的路人，那份讲究真是滑稽透顶。我负责他们的迎送工作，将这些来路不明的人一一铭记在心，过后前去告之我的母亲，仿佛那也是对她的安慰。而另一方面，我似乎并不期待苏很快康复。她的卧于病榻之上的形象更适合于我。每当我来到她的床边，俯身探望之时，我便陶醉于此，这感觉不会轻易消失，但需要培植，增添养料。而苏似乎也欣然接受我的幼稚的迷恋以及感情上的馈赠。这时，她的笑容是惬意的，仿佛在向她的面容深处唤回淡淡的容光。

深秋的一天，有人给苏送来了玫瑰。满满一大捧，由一位文静的女学生模样的姑娘坐三轮车送来的。苏显得异常高兴，她仔细地将玫瑰插入花瓶，安放妥当之后，苏走进我的房间，用一种要与我分享秘密的口吻说：我要去会一位朋友，但是我需要一名旅伴。

"很远吗？"旅伴这说法令我想入非非。

"走着去，花不了半小时。"我有点失望，但我原先暗自期待的旅途似乎也长不了多少。只是一种心情，无以名状，仿佛旅程能加以证实。我找出我的皮鞋，在楼道里猛刷一气，致使双手沾满了鞋油。在路上，我们也许可以讨论文学，这个话题在我和苏之间几乎已被遗忘。苏收拾停当从房间里出来，穿了一件深色的条纹细呢上衣。虽说穿得早了点，但与苏大病初愈后的面容倒也相配。

我们最终放弃了步行前往的计划。室外风很大，苏决定乘坐有轨电车去，于是我们穿过一条僻巷，来到东面的马路上。在风中，苏微微有些颤抖，车站上没有多少候车的人。一个报童穿街而过。上车之前，苏将手伸给我。"小心你的皮鞋。"她说。

天快黑的时候，苏领我来到一幢灰色大楼前。路程远不止半个小时，一路上苏和我也没有谈论什么文学。她似乎又在发烧，脸色一阵阵地惨白。我完全盲目地跟着她走街串巷，对此行的目的一无所知。

我们乘电梯上到三楼，去敲一扇褐色的木门。一名女佣探出脑袋，见到苏，便侧身让我们进去。接下来的场面令人心酸，走廊尽头的大房间里，一个男人喝得烂醉，倒在沙发里。房间里一股难闻的霉味，东西堆放得十分凌乱，不知为什么，那女佣正用酒精替那公子哥擦身，他像死了一般，任凭女佣翻动他的身体，他的裤子褪到腿上，露出苍白难看的臀部，原先盖在身上的毯子滑落到地板上，苏俯身拾起湿乎乎的毛毯，一副伤心欲绝的样子，她让女佣去打盆热水来，说完，侧身在沙发边坐下，将那酒鬼的脑袋抱入怀中。

我永远也不会明白，苏的生活中（怀抱中）何以尽是此类人物。但从苏那儿是永远也得不到答案的。她是那种深藏不露的女人。母亲曾经告诫过我，那话听来仿佛是苏的生活的一个注释。她永远也不明白自己想要什么。

这怎么会呢？苏选择的男人，在我看来都是同一类型的。他们游手好闲，好吃懒做，无所事事却又是忧心忡忡。一副愁眉苦脸的可怜相，这些都是明白无误的。我对他们并不特别嫌恶。每当苏出现的时候，他们无一例外地显得特别的凄凉，犹如寒夜中的一名乞丐，穷愁潦倒到了极点。他们全都无可救药。

这个过着寄生生活的人，总算在苏的侍弄下醒了过来。"酒会，酒会。"他睁开眼睛，竭力回忆那个酒会的地点。"豪华，豪华呀！"他对苏赞叹道。苏无比怜爱地望着他，对他的胡话报以轻微的应答。地板上到处都是易碎的器皿，我竭力想把鲜红欲滴的玫瑰和眼前的一切联系起来。实际上这样做并不艰难。苏的温言款语就是他们的逻辑。（我是否接近了苏有关黑格尔的劝告？）"你饿吗？"噢，她在担心他会被饥饿所吞噬，而不是淹死在酒精之中。这种人由罂粟所陪伴，通过烟枪抓住了生活的要素，仰仗瞳仁里纤弱的光芒俘获苏的前额和嘴唇。他的瘦骨嶙峋的身影里有一种处女式的无辜风韵，这样的人将会置苏于死地。忽然，他开始辱骂她，得了疟疾似的浑身上下颤个不停。这本来似乎是苏的病症。而这也是一种僭越。他用咒骂来醒酒，以此搜寻苏身上的创伤。苏是沉默的，丝毫也不阴郁，眼眶里含着泪水。他开始砸东西，掀翻椅子，将酒瓶扔到窗外，并且竖起耳朵等着那声响，他咬牙切齿地扑向苏，对她又拉又拽。这时已经是第二天黎明。

我是如此渺小，在暴行面前，被苏领到隔壁的房间。苏命令我睡下。她让我保持安静，而我浑身上下似乎均已碎裂。虽然如此，我的目光中仍然不包含敌意，因为苏的洁净的目光中也没有储存敌意。

他衰竭了，也许是酒性已过。他又像一具尸体一般倒了下来，那巨大的声响直刺我的耳膜。我想，苏又将重回他的身边，守护着她的可悲的财产，她将亲吻他，我已深知这一点。

谁是愚昧的？来自荒僻地区的人，还是过分沉溺于书本不肯抬头的人？所有那些夜晚，在我兀自巡游之时，苏的形象已经向我显灵。我的目光所接触的已构成了真实的阅读，它赤裸、贪心，彻底沉浸在肉欲之中，甚至不为自己保留一幅平息之后可能需要的肖像，哪怕是一幅弄臣、小丑的肖像，或者一帧假面。这正是它的触目惊心之处。

这天傍晚，当这位酒徒清醒过来后，我被邀请与他一同外出吃饭。他穿一件晃里晃荡的西服在前面引路，一会儿停下来点烟，走几步又停下来擤鼻涕。就他个人而言是十分喧哗的。从他的背影看，他是个生机勃勃、没有什么恶习的有为青年。当然，这也仅指他没有被杯中物完全控制的时候。我在他背后亦步亦趋之时，根本没有意识到，他这么雄赳赳的，正是奔一家酒馆而去。

他先去卡尔登公寓索讨别人的欠账，进门之前，他转过身来问我，"我看上去怎么样？"

"你没刮胡子。"我如实相告。

"嗯。"他摸了摸下巴，"不过没什么关系。这样吧，你去功德林门前等我，欠我钱的人最见不得小孩。"

"我不是小孩。再说，"我补充道，"我不想吃素食。"

"我也不喜欢素食，但你还是站到那儿等我。"他走进了公寓，但又退了出来，"我可以请你看戏，作为补偿。"

我想，这是个面面俱到的酒鬼。

现在。在回忆之中，那幕等候酒鬼的场景，在时间方面已经被压缩了。实际上，我一直等到天完全黑透，他才提着一个挺大的皮箱从公寓里出来。这时候，他才显得与他的酒鬼身份较为吻合。他提着皮箱，一步三晃，跌跌撞撞地往我这儿冲过来。

"快来帮我一把。"他吼道，"这鬼东西，死沉死沉的，不喝上几口，根本就提不动。"

我上前显示我的臂力，但箱子并不重，里面并没有塞满东西。我想，他只是虚弱而已。我们俩提着皮箱，转过街角，朝一家张灯结彩的饭店走去。这双人运输者的形象很像是一对结伴越货的人。

皮箱以及里面的东西确实是抵押品。他领着我在一张临街的桌旁坐下，而皮箱占据着另一把椅子。它是那么扎眼，高出桌子一大截，像是给桌子增加了一道围栏。

他要了酒。威士忌。对我来说非常陌生。他谦逊地说："你应该喝点，在这个问题上，我对小孩没什么偏见。"

"不。"我谢绝了。

他显得有些遗憾，但很快，当然，在威士忌上来之后，他开始向我形容他的逼债经过。"没有钱，他居然对我说没有，不过，我很体谅他，他喝得比我多。结果，他给了一只箱子，衣服让我随便挑。你要看看吗？"说着他就要当众打开箱子。我再一次谢绝。

"那也好，我们就专心喝酒。"

"是你。"我纠正他，"不是我们。"

"那有什么关系，喝酒么，不分彼此。"他很快就醉了。我接受了邀请，但没吃上晚饭，最终，还是给苏挂了电话，让她来结账，并且接我们回去。

"谁的箱子？"苏问我。

"不知道，我在外面，没见到那个人。反正也是个酒鬼。"我说的倒是实话，只是经过了剪裁。这样，皮箱留在了饭店。

后来，当他酒醒之后，并未记起皮箱的事。记忆对他来说似乎从来就不存在。

　　一位妇女，有关她的背景和来历，我一无所知，而我对她的兴趣也并不在具体的细节之上。一组地名，若干男人的身影，并不能向我传达多少具有决定意义的信息，一如涌现于衣修伍德笔端的萨莉·鲍尔斯。武断地说，它的全部魅力几乎都集中在最后的那张明信片上，等等！那仿佛是卡波蒂的故事，那上面写着：满怀深情。笔迹出自一个从作者视野中消逝了的女人。

　　"你是她的儿子？"中年人朝前探过身子来。
　　"不是。"
　　没等我解释，他便自言自语道："那么你是她的兄弟。不，不对，她说过她没有兄弟。要不她是在骗我？"
　　非常像。我是说，与苏向我描述的那位电影演员的形象完全一致。
　　"苏和我母亲都出去了，她们去教堂了。"我如实传达。
　　"但今天并不是礼拜天呀？"演员很为自己的机智得意。
　　"她们去会一个朋友。"
　　"女的吗？"他确实善于辞令。
　　"男的。"我临时虚构了一个人。果然，非常见效。他开始在过道里烦躁地踱步，让焦急、疑虑、妒忌诸种表情在脸上轮番掠过，但并不一定按照我罗列的顺序。
　　"你，"他用手指着我，"知不知道那男的是从事什么职业的？"他怕我不得要领，做出老板、职员、打球的、教师等各种他自己认为颇具典型意义的动作或造型。我一个劲地摇头，表示否认和不懂。我看过这人出演的许多电影，多是一句道白或是如他刚才呈示的光有举动没有台词的一闪即过的角色。他曾以一部言情生活片而出名，片中，他饰演一名懒汉丈夫，他从不洗脚，甚至在他老婆将洗脚水端至他面前时，他依然拒不沾水，只是将双脚在脚盆上方搓来搓去，他首创了干洗法。在中国的早期电影史上风光过一小会儿。那是他的巅峰之作。而这会儿，他穿着一双锃亮的皮鞋，并且来回倒错着，借以表现他焦急难忍的心情。

我知道一些有关他的风流韵事，只是要我将他与苏联系在一起，着实有不少困难。只要想苏，单独的，不涉及旁人，就使我陷入忧郁。而这个有声电影早期的喜剧演员，只是一个落入俗套的丑角。虽然他长得相貌堂堂，但总是将脸拧成各种无以名状的怪样子。他以招徕人们的干笑为荣。就是这样一个人，赢得了苏的恋情。她临去教堂前，那去留不定的模样，修改了她一贯的矜持形象。

他们见面时，更是无所顾忌。像电影式的毫无保留地拥抱，接吻。仿佛我和母亲是两名免票观众。这位电影演员，对于自己的里外生活倒也坦然，他的态度赢得了苏，我就是这么推断的。他的普通话里，含有严重的南方口音，非常适宜向一位女子抒发他的感情。他是杰弗雷·乔叟的热烈的崇拜者，他从不朽的坎特伯雷故事中获得灵感和对生活的明朗态度。我猜想，苏的文学方面的对话者中就包含了他。"在他的妙趣横生的诗篇的开头，"他会这样说，"讲的就是武士。我喜爱那幅插图：武士缠着头巾，留着络腮胡子，面带微笑，骑在一匹倔头倔脑的马上，披风之下露出腰间佩带的小刀。在中世纪的阳光下，"他会忽然掉转话题，"那时的阳光是多么迷人哪！"这种时候，他说话就会结巴起来，他说自己总是随身携带好几副眼镜，分别用于阅读剧本，阻挡风沙，从远处眺望美女如云的夜总会的大门，坐在黑暗的电影院中独自神伤。

当他新婚燕尔（他绘声绘色地为我们描述），雄赳赳地要对他的新娘动手动脚之际，他就宣称自己是一名小武士。他说，"武士"一词由他妻子在婚床上听来自然含义无穷广大，但小字似乎包含了自谦、调侃、泛泛而谈之意，并且兼有骁勇、灵活、无孔不入的意思。这一切，他的妻子自然会慢慢领悟。婚后他的生活健康幸福，很少烦恼。直到有一天，他遇见了苏。

"我就要离婚啦！"他在饭桌上宣布。仿佛他是自己的解放者。而苏却是含笑不语。她笑盈盈地看着他，像是在欣赏一部影片。

无疑，他是我在饭桌上见过的最令人愉快的客人，甚至我对他的偏见都不能掩盖这一点。再者，我倾向于苏，苏对他的感情主宰了一切，包括我对世事的态度。

在苏最终离开我们之前，她和母亲都是平静的，那一段日子，家中很少有人来访。偶尔还会有人送花给苏，除此之外，仿佛生活已经停滞不前。苏离开了，无声无息的，并非出自预谋，想要避开我的视线，而是（我深信），出自遗忘。对我并不需要一次特别安排的道别，那样的话又会毫无道理地谈起文学，这是令所有的人都感到不自在的，我母亲能够容忍我在日常那神情恍惚的样子，但对一些特殊的场面，她没有把握，不知我会干出什么有悖常情的事来，而我也不想拂逆她的心愿。

苏走了。那以后，我没有再见她。围绕着她而出现的众多人物，也随之烟消云散。过了几年，有关她的消息零星传来。她依然居住在这座城市里的某一幢房子里，一会儿是这儿，一会儿是那儿，经常是东搬西迁，其间她和那个演员同居过一段。他们生有一个女儿，但苏最终还是遗弃了她和她的父亲。她若是不爱一个人，她是不会这么做的。我是指，她不会与人生育。我不知道这一念头源自何处，也许是一道目光，谈话间的一个手势，步态、语音中那种凄迷的腔调，总之，它曾经向我显现，并且常使之萦怀于心。苏离开之后，母亲便很少再提及她，似乎她只是将她视作一名曾经借宿的房客，仅此而已。母亲只是在忆及祖母时才会偶尔提到她。从某种意义上说，苏确实随着祖母的故世退出了我们的生活。

从那以后，我的个人生活中引进了几样新的内容：威士忌、烟、照相机、古典文学、美食以及对电影的无穷无尽的热爱。一个素不相识的人，可以根据这些东西推导出我的形象，再加上那个旧时代的背景，这就全了。

我还写过一些短篇故事，但全都遭到我母亲的痛斥。她称之为无聊透顶、庸俗、浅薄、无知。我很想知道为什么无知，对其余各项指责我倒无所谓，因为生活本来就无聊透顶。

但母亲对我的评论也就到此为止了。或许在她看来，无知是一个不宜展开的话题，你在某个领域里是无知的，那可能意味着你将永远是无知的。就像人们现在爱用的共时性概念，无知是无始无终的，并不因追加的事物而有所改变。这与那种对生活无所不知的人略有区别。算了，我还是停止分类吧，我并不想假装我是一个结构主义者。是不是并不重要，而是否假装才是至关重要的。这可能是我母亲的无知概念的内涵。

有一天（任意虚构的一天？我只是不记得它的确切的时间。地点我还记得），我遇见一位姑娘，她身上的某种东西唤起了我的记忆。我假设她就是苏和那位电影演员所生的女儿。她的脸上也确乎有一种生来就遭人遗弃的寂寞模样。她坐在房间的一个角落里，一副洁身自好的架势，一个喝醉了的家伙，端着酒杯，走了一段弧线，来到她面前，要求碰杯。他将脸凑近她耳旁，他说："你这是在为谁守身如玉？"说完，他就离开了，去走另一段弧线。

"他是喝醉了。"我向她解释，借以掩饰我偷听了他们谈话的窘迫。

"但愿你没有喝醉。"她不动声色。

"没有，肯定没有。"我对自己说，再喝一口，润一润嗓子，以免舌头打结，"我向你打听一个人，我想你一定认识的。

不过，请你不要回避我的问题。"

"请说吧。"

"干杯！"祝贺谈话开始，"你的母亲是否已经离婚？她抛弃了你和你的父亲。"

"这是一个游戏吗？一个笑话？可不太精彩。"

"请回答！"我得再喝一口，我需要勇气，坚持到底。

"如果肯定的答案合你的胃口，那么是的。"

"是的！"我听见了是的。我在她身边坐下，"好吧，谈谈你的母亲，她怎么样？"

"嗯！"她似乎在竭力回忆或者选择恰当的措词，"她一直，一直很孤独。"

"毫无疑问。"我鼓励道，"干杯！"

那个沿弧线走路的人又回过来旁听。

"她，她一直一个人住。"

"这正是她的特点。"我想，我应该不时加以点评。

"她很爱我的父亲，也很爱我。"

"她是干什么的？"弧线人插话。

"是啊，她是干什么的？"这正是多年以来困扰着我的问题。

"她么，什么都干，也什么都不干。"

"为什么？"在弧线的终端，那男人问。

"什么为什么？她为什么要干？有什么要干的？"

许多人都聚拢来："对啊，有什么非干不可的？"他们议论纷纷。地板在咯吱咯吱地响，过来一些椅子，人们互相碰杯，喉咙里发出咕噜咕噜的声音，像是在漱口。

"她身体不太好，她老了。"众人一起叹息。这是无疑的。

"跳舞吧！"有人提议。人们一下子就散开了。"谁比较年轻？"走弧线的男人临走问一句。他并没有等待回答。

"除了这些，还有些什么？"现在只剩下我们两个人。

"你还想知道什么？"她依然非常平静，仿佛是她支配着游戏的进程。

"没有了。"谈话忽然终止了，我也不明白我究竟想知道什么。"谢谢你，干杯！"

"干杯！"她看看杯中的酒，然后一饮而尽。

"好吧，现在谈谈你自己，你母亲离开你之后，你怎么样，如何生活，还有你的父亲。"

我。她说道，我想说的是，你还是避免听我的故事。她紧紧地搂住我的手臂。那是在几天以后。母亲下楼送一位客人，我们在房间里喝着半温的茶水。静谧已极，寂静本身都几乎成了一种声音。我们相对无言，任凭手指交织缠绕着。她耳畔的锤状饰物闪动着微光，她的侧面、脖子，在长发之下，仿佛绿树掩映的村落，某种东西在那里消失、消耗。我遵循习惯（仿佛我曾经这样做过），缓慢地对她加以巡视。她的微笑中似乎包含着歉意，一种我所熟悉的东西。没有谁比我们更加心不在焉，我对我们所倾心不已的东西一无所见，或者在其近旁犹豫。我有时闭上眼睛，觉得自己是个幸存者，从战乱之中逃离，受了轻伤，交融于互不相识的人群中间，凝视着，试图发现她们备受折磨的身躯里所隐藏着的快乐。

我接近了她的外形、轮廓，看到那份轻度的惊恐，仿佛我要闯入某种反常的生活。她沉睡时，或者假装沉睡时，发出浊重的呼吸声，这会将我惊醒，并且陷入失眠状态。这是不可理喻的。对我自己尤其如此。

母亲从外面归来，走进我的房间，用一种询问的目光看着我。她也不会得到答案的。

她向母亲礼貌地微笑。我们继续喝茶。在这一瞬间，我看见自己从过往的生活撤出身来。我的悲悼的仪式已经结束，道具都已被撤换下来，灯光已经熄灭，深处的若明若暗的景象彻底消逝了。我们起身，下楼出门，来到街上。让人流将我们淹没。

谁也看不到生活的这一面，它存在于我们相互错失的一页中。我们读到的，最终只是无法接续的碎片。它们最后被装订成册，仿佛我们的生活原先只是一些活页文选。

"如果我有一天写了一本书。"

我听见我在说，一些类似的话。

"我不会读到的。"苏说。

我曾经想过，用一个最简单的字来形容苏，概括她的一生。我想到猫这个字，这中间没有寓意，因为我还想到了她所追逐的那些老鼠。如果每一句话都是一重象征的话，那是苏所无力负荷的。她这样的人，用一份摘要便可囊括其一生的艳史。苏的生命过于短暂，而且已离我越来越远，那些酒精，尖利的笑声、毫不节制的性欲，她的情人的平庸而怪异的面容都消失了，随同那个年代，仆欧和买办摩肩接踵，大楼的色泽和最初的装潢，那潮湿寒冷的冬季，洋泾浜英语，私人电台播送的肥皂广告，电影和剧社，有轨电车的铃声，轶闻趣事，全都变成了追忆的对象，而它的中心，就是苏的形象，激烈但是不为人知，它是秘密的和私人的，深陷在遗忘之中，只是向我展放。越来越像是镜中景象，冷漠，散漫，次要，在她的故事中没有诺言，如果你为此忧伤，那就永远忧伤。她像正午的沙漠灼热而又荒凉，彻底地袒露在那儿，遥远而又切近，没有玄学的意味，却又使我执迷于此，正如别的事物，别的人之于其他的个人。

南方之夜

这一夜如此漫长，足够人们阅读某个家族的谱系。从头至尾，完整而伤感。丰溢却又是充满了折磨。满目尽是平凡的事物：沙土、石头、尘埃、锡纸、语词、屋宇、尸衣、味蕾、流苏、矾、玉米、丝绸、瓦砾、香料、乳汁、水，最后是一盏熄灭的电灯。

上海，这座梦幻之城，被植入了多少异族的思想和意念。苏州河上的烟雾，如此迷离，带着硫黄和肉体的气息，漂浮着纸币和胭脂。铁桥和水泥桥的两侧布满了移动的人形，衔着纸烟，在雨天举着伞，或者在夕阳中垂荡着双手，臂膀与陌生人相接，挤上日趋旧去的电车。那些标语、横幅、招贴、广告、商标，转眼化为无痕春梦。路面已重新铺设，六十年代初期尚存的电车路轨的闪光和嚓嚓声仿佛在街头游行的人群散去之后，为魔法所撤走。

那些记忆在哪儿呢？年轻，腼腆，神情迷惘，额前的黑发遮挡住目光，他的日记中留有布片、纸屑和树叶的标本，封面和扉页已经褪色。他的私人地图已需要重新绘制，比例尺必须改换，还须重新上色，重新为山峰标高。那些河流呢？整整穿过全部纸页，具有清晰的轮廓，犹如女性的唇线，布满了记忆和温暖的触觉，像音乐那么流畅，并且深邃。

街道始终是宁静的。如果冥想和缅怀不能滤去喧嚣的市声，那么像书页一般单薄脆弱的记忆只能留住指纹而非目光了。人们在这里出生，玩耍，上学，恋爱，谋生，用眼睛抚摩了它的整个外观。四季中的每一天，一天中的每一分钟，在暮色和晨曦中辨认它，不为什么。仿佛只是一次惜别前的凝视，深情却又是一片茫然。期待和许诺像条形码一样抽象简洁地隐含着金属的光芒。它是一座城市的脚注，或者一份无限适用的词汇表、摘要、梗概和枢纽。它是一首被激烈地演奏着的交响组曲（我们时代最最泛滥的词语之一），遗憾的是它没有延宕和休止，就像一次潜水，除非我演变为鱼。否则我们将不再生还。

细读一下总谱或者说运行时刻表吧。很少再有人终生追求一朵神秘的蓝花，诺瓦利斯已随一个古典浪漫的时代远去。进入视野的是装腔作势的诗人，他们是拼字游戏的能手，能够化合从丁尼生到拉金，从屈原到辛弃疾所有人的意象和韵律。这些优秀产品排出的废水，像浑浊的苏州河水一样污染着我们享用的空间。他们互相劝勉，挟带着一本《神曲》，他们每人都有一座"便携式地狱"，精致，优雅，与但丁的迥然不同。这也是人们所必须忍受的。

是的，生活以其硕大无朋的暗示力量（深色和亚光的），使耽于梦想的人向习惯和清醒现出暧昧的神色，犹如面对一份难以填写的精神志愿，犹如向一名无辜的兔唇者递进去一支名贵的笛子，你所期待的是幽怨的旋律，还是一次冰冷的手术缝合？

时间，漫长而曲折（其中包含了沙漠和茶），我们从中获取的沉思的品性因为陶醉和沉溺而逐渐丧失，归诸更为绵长、更加无以体会的冥想，犹如我无所领悟的微妙的计时装置，或者以墓地作为衬景的用途不明的教堂的洪亮悠扬的钟声。

一个人，他正处在生命马拉松的折返点（"朝前的路，就是回头的路"），如果他继续跑下去的话——叹息、呻吟、困惑、疯狂就像沿途的供水站。不然，他跃出母体的血腥而纯洁的冲动只能归结于一次练习者参加的半程马拉松赛。必须好好凝视这个标志，它貌似重点，象征着安慰、勉励和嘲弄。仿佛是缺乏毅力和耐心的人的一个活动衣帽架，它对你说，休息或者回家去吧！而赛会的志愿工作者则全然不顾长跑者个性中的某种奥秘和偏爱。他们正是为此而跑。（前者稳定地具有平庸而又冗长的充满琐碎细节的系统道德。）

此文正是为了纪念一个东奔西走的作家，说汉语的人，或者在草席上面壁枯坐，多少有点像在模仿我们的周游列国的祖先孔子：疲惫、饥饿，遭人白眼却是满腹经纶。这是偶像的典型经历。时而形容枯槁，时而神色凝重，冲着时代，抒写糅合着谐谑之风的惨痛的挽歌。贝克特、尤奈斯库是他们的当代形象。

这是一个时代。它需要誊写使之丰富完整地呈现出来。福尔曾经为类似的时刻作过批注："最初的一些行动所引起的短暂的幻想之后，在人们的心灵中又掀起了形而上学的绝望的巨浪，同时，一种无度的个人主义觉察到了永远不可能跃过的边界。"

当曙光即将来临的时候，当我们对夜晚还有片刻的体会之时，当这座沿海的城市即将苏醒之时，允许我为你念出这样的台词："我以忧郁的自负这样想，宇宙会变化，而我不会。"

天净沙

黑　暗

我现在独自坐在电影院内，等待黑暗来临。外面正下着雨。很适合我的心情。观众席渐渐消隐在银幕的白光之下。

在广告的配乐中，影片开始前的一刻，我回到了安的居室，那架半新的钢琴旁。

停止，音乐都停止。

回　乡

为了参加安的祖父的葬礼，我得以重返我的故乡。一年之前，仿佛是为了摆脱我和谢淳的不幸婚姻，我去了北方。

仅仅一年，当我再度从空中俯瞰上海，为它的似乎微微修改过的轮廓线生出一丝惊异时，我似乎是领略了我的婚姻悲剧的实质。

这个词是谢淳爱用的。她从旧金山邮来的每一封信都重复这一话题。

我对上海这座城市是冷漠的。但这是情人的冷漠。它包含了无数的触抚、思索和体会。

飞机着陆时的压力使我觉得是在接近一个被我遗弃的人或者往事。它们互为形象，或者说，这是我的心愿。

我坐在原处，等候最后一个离去。这样，可以和那位双目淡红的航空小姐道别。为了显得郑重其事，我得待到最后。

我把电话号码写在《闲情偶寄》的扉页上。原来我想用李渔的书来消磨旅途中的时光。看来得把旅途的外延稍加拓展。

她朝我走了过来。你好！她说。一副落落大方的模样。你需要帮助吗？后面一句是职业性的。但同样动人。

做个纪念。我把李渔的薄薄的小册子放到她手上。谢谢！礼貌用语？

我没有说再见，提起皮包就往舱门走去。她沉默着站在我的座位旁。

但愿她的注目礼已经越过了职业的边界，成为登机时我们目光初次接触那瞬间的一个美好的脚注。

她的年轻、美艳和疲倦令人触目惊心。她在机舱过道上侧身倾听旅客垂问的姿态，是我迷恋的起点。

肖　像

安妮·费舍尔。她的形象取代了咏涵。叶咏涵，这是她的名字。

我的情侣、伙伴。我可悲地忘却了她的面容，其余一切全都贮存在我的心中。

她的狭长的居室，那架半新的立式钢琴上方悬挂的安妮·费舍尔的大幅黑白照片——她的乌黑的头发在脑后绾成一只漂亮的发髻，穿着白色无袖衬衫，安详地垂着眼帘。腕部松弛，如在水上。

这是她在演奏肖邦《即兴幻想曲》中段时拍下的侧面像。成熟而温柔，为咏涵所珍爱。

这两位女性在我的记忆中有近似的容貌。这部分出自咏涵对她的钢琴偶像的模仿。比如那个发髻。

我嘲笑她，为之取名安咏涵。她倒也欣然接受。渐渐地，她的名字便简化成了安。

我的回忆时常源于安妮·费舍尔的形象，源于她演奏的肖邦夜曲，源于生活中令人心烦意乱的阴雨日子。源于安的诗意，迫不及待的情欲，她所迷恋的乐谱，以及她盘腿坐在床单上的凄迷神情。

安天生是个演奏家。她是个神思恍惚的人。

居　室

我的状态还算不错。一个人住在安的祖父留下的房间里，冷清安逸，避开了家里那一大群吵吵嚷嚷的女人。这种日子不会维持多久。

虽说我喜欢清静，但我也离不开女人。各式各样的。她们重要，体态迥异，各居其位，泪腺发达，谎言连篇。为各种莫名其妙的念头所制约。

她们分布在我的四周，有一些关系遥远，但不乏亲密表情。我套用曹雪芹的著名小说为她们命名。这免去了我的苦思冥想，而且还能获取一份风雅。

这德性由我从安的祖父处抄袭而来，如同我置身于他的宽敞明亮的房间，在带小圆拱的多格高窗前翻阅他的遗物。

那些书籍，纸张脆黄，霉味四散，眉批和夹注随处可见。很多废话私密得无从猜测，引得我隐隐有些恐惧。众多无法复制的场面和思绪在书页间游弋。

合上书本，却是一阵灰尘，一幅风去无痕的伤感画面。

要说风流，我以为这是专为安的祖父设置的词。听着舒坦，与他的音容笑貌暗迎明合，丝毫没有生拉硬扯之感。

在旧上海，这类角色有的是，许多由英文而来的称谓罩在他们头上。他们由笔挺的裤线、尖头皮鞋和纹丝不乱的头发构成。普通市民对他们怀有复杂的感情。

当我这么胡思乱想之际，一阵叮叮咚咚的乐曲声由窗外悠然而来。

按照惯例，我会对音乐假冒内行地乱发一通议论和联想。从辞典里摘取一束名词，撒在字里行间，使文章看上去像一份繁琐不已的勘误表。

必须说明，我正在埋头撰写一篇悼词。这是我独处一室的缘由。我的任务十分艰巨。我必须梳理安的祖父纷乱的身世，回避某些关键的事实，为他歌功颂德。这么虚假地寻章摘句还要保持所谓的文采，想来御用文人不是一桩轻松的买卖。

我对安的祖父，诸多不恭早已是众所周知。那群女人之所以命我撰写痛悼之词，实在是存心要将我折磨一番。

她们早先簇拥在安的家周围，模仿众星拱月的样子，亲昵与摇尾乞怜兼而有之。我历来痛恨此类谄媚之态。我之所以接受她们的委任，确实是因为安的缘故。

再见！悼词。再见！安的祖父。

我不是为你而来。

茶　具

因为在灯下书写，那十五瓦的白炽灯常会将我的思绪引向语词之外的某一点。一种情景、一种不为人知的丽莲·海尔曼式的甜甜的伤感——那是电闪雷鸣之后的休眠。

我时常注视着安的面影。在回忆中，无数次将目光移向房间上方的灯罩。

在夏末，那里密集着微小的幼虫，在炎热中哈着气，没有什么人能够看见。晚风透过阳台那敞开的门隐隐而来。凉意就在我们的膝间盘绕。

这样的时刻通常没有音乐。

立式钢琴的琴盖打开着。安的裙摆在身侧垂下。远处木器厂传来阵阵嗡嗡声。

在这样的时刻，安根本无心触摸琴键。

我们眼中唯有倦意。一种深不可测的虚无感受，不为时代所左右，仿佛要消失于细枝末节之中，在世界的任何地方全无踪迹。

至于时间，那更是无从纳入。从那时起就已退出历史，隐身于日常生活之中。这种愿望是如此强烈。

这与安的家庭，她的居室的颓败的气息不无关系。除了琴声，她的兄弟姑嫂都是轻声交谈、缓步行走，像是害怕惊动了什么东西。

在大部分时间里，你都能听见水壶中哒哒的水声。不停地煮水是安的家庭的一大景观。终日里，屋内尽是瓷器的轻微碰撞声。茶香萦绕。

要是遇到雨天，那更是饮茶的日子。窗外的雨水助长了她们的茶兴。

这份嗜好是我所迷惑的。

让我再度重返那个夏末，那种由欲望与暮色交织的傍晚。天边尚有一道光亮。

深蓝色的唐山茶具就在我们脚旁的地板上。杯子和碟子。我和安各一份。在静谧中相互对望。杯子边缘的呡吸间或打断我们的思绪，或者说使我们无所思虑有所间隔。

我所失去的时代、四季、书籍和不知其名的浆果，关于飞行的幻想，恶作剧，甜蜜的睡眠，还有安。

这一切都由上述场景所凝聚，所孕育，所揭示。我所有的书写都由它唤起、喻示和衬托。它逐渐向某个黑暗的深处陷落，捎走了我的乐感、音调、笔触和幻想。它不奢望与世事并存，它的象征物是茶和钢琴。诉诸我的味蕾和耳膜。

这些东西都是必将消散之物，它以变化而寄存在我的心中，一如我们的肉体所要经历的变化。

这些精致而易碎的东西！

言　词

有一个时期，我们经常谈论死后的情形。在种种设想之中，最有说服力的那个彼岸，恰与人世相差无几。

它的图形部分来源于上海的街景，安的居室，她祖父的书房，我的弃儿式的幻想，以及我的复杂的试图校正世界的稚气的渴望——它源自我的识字不多的祖母，一个新教徒，虔诚地在家中祈祷，在众人面前散布福音，论证耶稣的可能性。使我误读为世界具有某种光荣的归宿。

这不像是故事、小说。如果它有朝一日能成为一本书的某几页，我会感到无比欣慰。这也符合安的愿望。

仿佛是乐谱中散落的数页。安并不急于使之返回原处。它被夹在某本杂志中间，一如插页。当她自己某日偶然读之，会发现原本在上下文中被忽略的寓意。

这种奇怪的读谱方法，我是闻所未闻。

如今，我将它看作是我的世界观的一份素描。它从某处佚失，飘落，嵌入另一处敞开却又被遮蔽的场所。

它从来不被理解为号角，而是一只遥远的海螺（这种词性的异植已使我厌烦）。并且，它不在餐桌上。

每夜，我都看到语词在展开、铺排，在声音的伴奏下，将无数的细节和寓意累积。它的曲折和醉人之处，不在一帧乡村风景画之下。

电　影

安是这样的女性，你甘愿冒某种风险，怀着忧伤在书中描绘她、追忆她。她的热情和顽皮犹如舌尖吐出的清晰的音节在空气中很快消逝。她从她所处的那个年代中隐去。仿佛从我的个人影片中淡出。

一个段落结束了。方法是古典的。并不炫耀，不为人知，迷人而又伤感。那种缥缈感就像隔着国界或者在时间上有半个世纪之遥。

她的肌肤散发着蜂蜜般的香甜和甘醇（这个比喻适用于一切处子之爱）。

我们在电影院的黑暗中度过了许多时光。在前排中央，或者楼上梯形观众席的边缘。如今，我已很难找到合适的措辞来加以形容。

我们骑着自行车在市内寻找钟爱的影片。安的长发和她的红色羊毛围巾在细雨中飘拂。

我想，我是把这一切当成了一部影片了。然后是黑暗，这是无疑的。一个故事和一部影片都一样。开始之前和结束之后都是一片黑暗。而在这个黑暗的中心，就是我们携手注视银幕上那个经过无数次剪辑的世界。

它包含了欢娱、痛苦和无可名状的色欲冲动。

在银幕的光线反射下，安的表情是专注而圣洁的，她的侧影表示着一份惊讶。多少喻示着生活的黯淡，唯有写作和编辑才能加以照亮。

我的努力仿佛正是为此而来的。虽然它也无法逃脱黑暗的结局。

这个段落是隐喻式的。一堆谨慎而怯懦的能指，涉及基本和反面的能量，因此而缺乏光泽和创意。但是它的曲折是无可奈何的。

教　师

安的授课教师是个做事有条不紊的人。看上去神志十分正常。他的手势、节奏甚至言辞精确至极。对肖邦作品了如指掌，是一个从不出错的乏味的人。

他的脸上含有一种无赖的表情，正配他的花呢西服。他的领带皱巴巴的，宛如一个破项圈松松垮垮地套在脖子上。以此使他的形象显得稍微丰富一些。

他的名字叫沙梵。而安和我在背后管他叫大流氓。他对安的影响是无所不在的。他对肖邦的感情，他的呆板以及他的滔滔不绝的废话总是令人昏昏欲睡。

安的哥哥付给他酬金。这是他对安的热情的源泉。

安的另一名钢琴教师是一个大胖子女人。修，沙梵的妻子。手掌肉乎乎的。但是非常有力。演奏起来充满了柔情，细微之处令人诧异，与她的形象相去甚远。这是个和蔼的人，上了年岁，行动不便。可以用心灵手巧来形容。

每奏完一曲，哪怕是最最柔情的慢板，她都是气喘吁吁的。这正是她的可爱之处。

她从琴凳上站起身来，就像移动一架钢琴那样困难。

修看上去像是一位歌剧中的厨娘，肥硕而强壮。实际上她的心脏有些问题。这是由钢琴家半途而废地转成钢琴教师的原因之一。

我清晰地记得，一次她推门进入房间，不为我和安的惊慌失措所动。她的嘴角向两边收紧。这是她在琴键上作赋格练习时惯有的表情。每当两种东西交织在一起时，她就显得有些紧张。

安失声笑了出来。部分是借以掩饰我们的困窘。

"你们在干什么？"修朗声喝问。

"我们无法向你描述。"安说。

犹如经历了一处自由休止。片刻，修退出了房间。

在接下来的相当一段时间内，修不再出现。安的课程完全由沙梵一人承当。

间或修会给安邮来一封信。使用一种简单却又羞涩的行文，含蓄地表达她受到的惊扰。她认为，这虽是一件乐事，但是不宜观赏。

修。一位爱情卫士；她丈夫最坚贞的妻子；肖邦爱好者和阐释者；孤儿；乐观的大胖子；最深情的女性；卓越的钢琴教师。如今，越来越胖了。这个世界上任何灾难都无法削弱她的体重。修从不为自己的体态操心。确实，当她沉浸在自己的演奏中，她是轻盈而温柔的。

她已经成为这座城市某个区域里的标志，街景的一部分。

迷　失

我与修之间唯一一次深入的谈话是在安去世以后。

我去安的房间取回一些我的物品。

电话是安的哥哥打给我的。但等我的却是修。她穿着一袭黑色的长裙。在我看来毫无必要。

开始的时候，我们相对无言。我便起身去整理我的书籍，它们混在安的乐谱中间。

沉默是谈话的序曲，但它被反复演奏。谈话自始至终就是这样进行的。这一点使我和修都感到无可奈何。

修时常将目光投向窗外，然后开始她的独白。当她停止时，便将目光投向我。

安活着的时候，我从未碰过她的乐谱，在我本人，这也是找不到答案的。

我并不需要掩饰什么，因为我无所思虑。

要说我对修说的一切充耳不闻，那也是言过其实。但我无法将修的片言只语连缀起来。她的声音对我是一种安抚，令我心中一片空白。

有时候，我迷失于遐想。从它的皱褶和缝隙中无可奈何地溢出。我脱离了我的计划，一味地沉浸在对我所要虚构的往事的追索之中。而那两个本体（多么奇怪的词），却迟迟没有出现。譬如安和我，我们之间的真实事件，很少有机会和盘托出。并非出于回避的意愿，而是一种要求肃静的声音在鸣响。

回忆向我们索要纯度，也就是真实事物的过滤物。我们的陈述无可避免地将所述之物镇定。忏悔录、回忆录、通史和断代史。我当然地把这些探查人心的文本视作无所不在的，一次次重复编码。所谓锁上加锁。也就是循环、缠绕、无始无终的意思。

没有故事。从前没有，今后也不会有。

我宁愿人们认为这些都是不真实的。像这一类事情，无论从谁的口中说出，都会带有谵妄的色彩。

我想，有一天也许一个陌生人会向我讲述这一切。好像一部新摄制的影片，由一群完全不同的人来解释这个故事。以他们的感官注释我们的肉体、爱情、灵魂、软弱、青春、晕眩、存在和遗忘。

这中间到底会有多少真实性呢？

城　市

在我的童年。在比我意识到的童年更早一些的无所忧虑的时期，这座城市要更小一些。它的模糊不清的边界存在于我偶然接触到的街道的不可企及的另一端。

天空灰蒙蒙的。人群与电车相错而处，许多如今已被砍伐的行道树尚处在稚嫩时期。自行车远没有今天这么浩荡。在某些僻静的街道，你可以用令人难以置信的缓慢速度在马路中间行走，而零星的车辆几乎是温顺地在路边绕过你。

那是一个可以在纸窗前，沐浴着阳光，喝茶闲聊的时代，是一个可以在窄弄里静候玩伴的时代。如今许多游戏已经消失，因为那种空间和心境已不复存在。

除了这座城市的标志性建筑物，我记忆中的那个较小的上海仅存于我的意识——较为恍惚迷离的状态之中。它鲜明但光泽渐褪，平凡但更为隐秘。犹如一个无声的旋涡，将所有的生命拧紧于一种鲜为人知的情景中。它一部分建立于我的年幼无知，另一部分建立于我的冲动式的想象。

我告诉过安，即使在我的充满阴影的睡眠中，我已经在为这座迷人的城市绘像。我别无选择。我迷恋它的外观，它的温润潮湿的梅雨季节，它的隐约颓败的气息，它的混杂的人群和语音，以及那些妩媚的女性。

我不知道我会在什么时刻离它而去，但它确实使我魂牵梦萦。

它是我的村舍、四季、田野和情人。虽然它常常令我无言以对。

只是安使我遗忘了一切，逃离了虚幻的尘埃进入另一个更为虚幻也更为致命的温柔之乡。

我成长着。在安的陪伴下，注视着时间怎样修改这座城市和它的居民。我学会了沉思、温柔、欣赏异性，沉醉于一些琐事，用怀疑的眼光看待自己，领略了一点悔恨和气馁。由一个把梦幻看作是现实生活的人变成了一个把现实生活看作是梦幻的人。这中间的微妙差异，我花了很长时间才意识到。

也正是在这时，一对玩偶式的人物——修和沙梵进入了我的视野。他俩竞赛似的指导安的练习，像一对魔鬼在敲击钢琴（当然是错开的）。这是一对多么惹人喜爱的魔鬼呀。他俩的形象仿佛一组逆行的和弦衬托出安的忧郁脆弱的旋律。又像作弱音处理的小号，遥远地哀鸣。为安的隐忍的形象提供伴奏式的叹息。

亡灵。安的和沙梵的，在上海随风飘荡，无处可寻，只是在合适的时辰向我显现，宛如安的祖父的新亡灵。他们的世俗形象是微不足道的。但我关注的是他们私密的历史，它历来被认为是次要的。

遗　嘱

风在水上。这是安的祖父的临终遗言。他在弥留之际，口齿含混地念叨不已。令所有在场的人困惑不已。

那是我极为悲痛的时刻，但我依然为这四个字所触动。它大致勾画了一位 1922 年出生、1992 年辞世的老人的曲折黯淡的作家生涯。他在恶浊的苏州河畔散步的幽怨身影；他的情史以及他的两位先他辞世而去的情人；他的两部未经出版的书稿（不会有人再来出版它们了）；他的早年由开明书店印刷的唯一的一部作品集，由文言而向白话文勇敢而艰难地转折；他的屈辱的政治经历；他的最隐秘岁月中的幻想；他的慈爱和衰老；全都令我心碎。

他引导我阅读、入眠、遐想、执着地解析内心生活。他的纤细幽然的噪音与他的失望、忧愁和他送我的派克钢笔、缎面电子管收音机，都使我在无数个晨曦微露和暮色四合之时对空虚而丰盈的宇宙深怀悲戚。

这种情感如今已难以寻觅。我的一部分生命已随着安和她的祖父改变了存在的形式。

幻灭。这是巴尔扎克爱用的词。让我在批评的试金石上试试它的黄金一般的光芒吧。

写 作

一些词，一部小说，一部正在撰写的故事集。时间或者时代，近处或远处的人群，概念和学派，转瞬即逝和永恒的母题。荒谬的议论。言论、语音、声音、措辞、修辞。革命和废墟，历史与对历史的摹写，位移，滑稽模仿，反讽，佯装无知。由性而衍生的种种故事和理论，由对真实的回避而派生的对真实的呼吁，这一呼吁一再遮蔽了对真实的回避。

乡村和自然成了风景和优美行文的居所，而城市则成了一个突发事件的堆积场所，对金钱的无度的渴望和从未有的对生存的极度厌倦同时到来。

有些时候，写作将我引入了忧郁之中，安和修的形象因我的追忆而变得愈加面目不清。这种情绪左右着我，使我对写作深感疑虑。令我对人物的关注逐渐偏向她们周围的环境。

房屋、树木、小巷、街道以及季节所带来的风霜雨雪，阳光所带来的明暗变化。最终迷失在这样的情景中，无所思虑、无所适从。

对过去的追忆和对未来的期待全部停止。此刻便是永恒。变化使我迷惘。这两位女性，性情各异，年岁相距甚远，而在我的心目中宛如一双姊妹，彼此衬托，相互映照。修的身体使她显得不堪重负，但她却从容地活着。而安，外表娴静，平淡，爱开玩笑，对身外之物毫不在乎。对人是那么亲昵，对身体的触摸充满了迷恋，但是她却撒手人寰，不辞而别。

时至今日，也许可以将安的自杀看作是某种不可治愈的精神疾患。但这种种学说解释与安又有何益？她是一个女人，性别当然是她最为显著的天然标志。她要在钢琴上做无穷无尽的练习。她眷恋她教师中的一位，欣赏她，期待她，逐渐地，性欲减退，神色疲倦，寡言少语，最后她停止练习。

安是过量服药自尽的。没有留下一个字。她的厌世之情对我影响至深。

她被抬出房间前的形状我不忍描述。她的气息、容貌、嗓音乃至琴声一瞬之间全无踪迹。

这样的记述是否有什么暗示之意，指向修？这起不了什么作用，沙梵早已病逝，生活中常见的。他的死似乎是对安的一种响应和回报。不知是否也可以将他们视为一种赋格，再加上安的祖父。这是一支我编排的死亡三重奏。其中没有多少内在的联系（我宁愿这样看）。它很像是一支曲子，在我看来它确实像。

我曾经试图把安与修，还有沙梵写进一个故事集中。拉长他们的生命，让他们的嘴里吐出一些所谓隐含深刻意义的词句。总之，令他们的生活符合小说的法则（我本人从来就没弄懂那是些什么东西）。遗憾的是，我做不到这一点。每当我提起笔似乎就是为了要冒犯那些有形无形的守则似的。也许，我今天所做的，就是尽量歪曲与安、修、沙梵相处的岁月，使之更符合我的心愿。阅读中的许多东西据此延伸。而有些叙述是故意为之，令我们清醒地看待诸片刻之间微妙差异。犹如在我和安之间、修和沙梵之间存在的某种对应关系，或者在我和沙梵之间、安和修之间的某种映衬，或者我和修之间存在的不太严格的未亡人身份的相互影响——我把我们彼此的身份视作是一种天然的契约。它不似婚姻的承诺。而是那种不事声张的、内在的、不易更改的亲密关系。它由诸多微小的事物所构成，它的含义是难以传递的。它由我们无尽的接触呈现出来，它是那么持久，令我在迷惘之中感到一丝惊讶。它比肉体之爱的感受更为绵长，它在意义的水平面下浮游。向我的生命溢出，为我的生命定义，我似乎是为它而生存着。倾向于自始至终的完整，不为我的经历所制约。恰似容器中的水，被注入，被容纳，最终被倾倒。

梦 境

"我做了个梦。"安说，"修越来越胖了，无法出门。"

每当我的回忆之钟敲响时，首先浮现的场景，通常是安在讲梦。安在一个有关修的不断膨胀的身体的噩梦中逃逸而出。

修的形象具有某种压迫感，不是由上而下，而是那种涌向四面八方的挤压。

这个形象是不容忽视的，它向安传达出些许暗示，使安在若干时辰，恐惧于修的到来。但这并不是喻指她们之间的关系。

我从来没有梦见过沙梵。

安去世以后，我曾产生过妄念。先是在浅梦中抄写乐谱，疯狂地抄写。一种不可理喻的工作。我隐约觉得在乐谱的尽头，有一个可以掀开的盖子，供我进入一个秘密的场所。

每次醒来都是精疲力竭，像被厚厚的乐谱压得喘不过气来。我知道这些症状很快就会消失。我给自己计划的方案就是起床后抄写一份真实的乐谱。

后来，我梦见安在演奏。无声地，仿佛被擦去了声带。

车 站

我的话语、幻想、对外在生活的观察和内在的经验，都曾一一向安陈述。通过汉语（它既是舟楫又是家园），并且也使得若干词语在我的笔下萌芽、苏醒和呼吸。我的作品的所有印证都沐浴着安的光芒（目睹它本身就是一个奇迹）。有多少黯淡的时光笼罩着它。它的微弱之处由我的生命和安的生命所映照。同时，承受着域外之风的吹拂。

这种象征性的描绘，既是我的方式的一个缩写，也可以看作是我对汉语的一丝体会。一般而言，我从左至右横书这些文字。它多少意味着一种飘移、流浪、寻觅、思索和感恩。我是真诚地看待这一切。并不期许以此获取幻想以外的任何东西——除了它能向我允诺更多幻想的欢乐。

如果，我把我的生活理解为一个更悠久也更广阔的时空中的一个片断，它的每一瞬间都是宇宙中一个个小小的车站平台。在这个背景前，我倾向于把我的作品视作列车过后空寂月台上迟到的旅人。那迷惘的形象更为符合我的心愿。

练 习

每当下午，安停止她的练习时，我们坐在屋内闲聊。

在我的过往生活中，这个场景相当典型。我们通常谈得不多。更多的时间我们坐在那里，并不因为中断了谈话而受到困扰。确实是无思无虑。我曾反复提示这一点。当我不经意间回忆起它，令我觉得充盈、丰沛、亲切和平和。

在我的生活中没有发生过任何事。不是回避，确实是空虚。没有什么，从来没有，将来也没有，有过的也不曾有。也许这就是幸福，就是无，就是不曾披露，就是遗忘。

在这样的时刻，我的家人都不存在，我从未将他们与之联系在一起。他们属于另一种生活。一种将我孕育，也将我遗弃的生活。我们彼此并存，略微错开。曾经在一起，但已有一种分离感。

安和我，都曾经试图与家人完全融合，正是这一想法令我们与家人疏远，在我们内心的含义里，"疏远"这个词使我们远离了习俗。

安的祖父使这一局面得以巩固和强化。他从不向我们披露他的隐忍、痛苦，而这些是我们误解的起点。

最初，安曾让我去见她的祖父。我们彼此都没留下什么印象。他几乎完全不记得我。而我几乎是因为安时常提起，才在脑海里保存了一个模糊的影像。我不记得那次安的祖父说过些什么，安也不记得。

我不想说"忠诚"这个词。无论对安，还是别的什么人。不过这也不是刻意为之。不像人们说的是什么反面的力量，黑暗，还有诸如此类的词句。

那些人、处境、时日，无论从哪方面看都有令人动心之处。仿佛我是心仪已久。她们在我，本身就是两面的生活，是凄楚的风景。这中间，欲念的形迹是清晰的。安的容貌、嗓音、举止甚至她的练习，时常令我无所适从。她的无辜神情确实使我无言以对。

并没有什么需要特别提出来的人。我不想用她们来相互比较。她们是相同的，但你无法从她们身上发现类似之处。她们属于另外的故事。与安相比，她们是另外一种人，她们不会像安那样死于自尽。

椅 子

修的悲伤也是我的悲伤，这份感情没有丝毫的虚饰和膨胀之处。修的乐观和幽默不为我所具有。我敬佩她，这种感情遮蔽了对她的身世的凄楚之处的体会。这一点，总是由修走进安的居室，才由她的善良的面影和迟缓的步态呈现出来。

我是晚熟的，在私密的感情及对世事的一切方面，我几乎是怀着虔诚的忏悔之情承认我的呆滞、迟钝和麻木。我几乎从未能及时体认那些深情的心灵。

我何以从未觉察修对沙梵的倾慕、赏识和迷恋。沙梵那瘦弱的形象、过分细长的十指曾经一直是修的目光的汇聚之处。虽然他们是一对夫妇。

窗外依然是那典型的阴晦无色的天气，梧桐树暴露着修枝后的光秃枝丫。此时的景象和心境是我所熟悉的，它伴随着隐隐的愉快，一丝迷惘以及一种诗意的厌世之情。

唯独没有了音乐。安的钢琴已被移走，想必这屋子要挪作他用。这使我的回忆像是对一段早已在岁月中隐去的旋律的追索。

窗前那把背部开裂的桃木椅子，它总是落满了灰尘，因而几乎从未有人去坐它。墙角地板上那堆杂乱的乐谱，我从未想要发现其中的秘密。一次，安甚至从中翻出几张十元的纸币，它成了我们的一顿丰盛的晚餐。那个年代！

安妮·费舍尔的肖像还在，它令人惊异地丝毫没有破损。但是作为印刷品它已经蒙上了与墙壁一样的颓败色泽。

修在这位女钢琴家的肖像前伫立着，眼波中流溢着泪光。

"你还记得吗？"她的脸微微侧向我，鼻翼上有一片我所熟悉的上海阴天所特有的明亮光线。

我想我记得。无论此刻修的心中萦绕着怎样的旋律，我都能感受到她触键时的细微变化。从震奏到康蒂连那。所有的和声，所有的休止。

　　这是我能体会音乐的唯一时刻。

　　安曾经为我演奏过所有乐曲包括哈农，此刻都由修那垂询的眼神变成了话语。

　　修走到窗前轻拂椅背上的灰尘。这把优雅的椅子突然可笑地散了架，瘫落到地板上。

　　修微笑着对我说："你不知道，沙梵有一次曾打算坐这把椅子。当时我就怀疑是你和安的一个阴谋。"见我摇头，修摆动了一下她那有力的双臂，表示她也并不相信当初的这一疑问。

　　安死后，我就再也没有与什么人有过阴谋。在我和谢淳中间也没有。这也是我怀念安的因素之一。

　　安的哥哥下楼来招呼我们喝茶。他粗壮的形象完全类似于一名干重体力活的工人，但他仍然保留着若干布尔乔亚的精致习惯。

　　虽然茶具是旧的那套，而它的洁净和褪色的金边散发出某种呼唤。还是安喜爱的茉莉花茶，加上几瓣诱人的菊花。

　　安的哥哥为我们沏茶，他的妻子在临窗的大床上侧倚着冲我们微笑。她的偏瘫看来是无法治愈了。

书　籍

　　平心而论，这些古籍是我梦寐以求的。即使用来装点书架也是一流的。这份馈赠是安的祖父生前就定下的，我照单全收就是了。这些书用里外两层报纸包着，扎着蜡线。我考虑就这么原封不动地给谢淳，这个即将成为我的前妻的女人，不读书，但是喜欢附庸风雅。

我想到送给另一位女性的书，在一架飞机的机舱里。用李笠翁的书送人真是恰如其分，他的戏曲、淫辞、闲书刚好囊括了我们时代的风尚。

散　场

烟消云散。用这四个字取代风在水上，更朴素些。影片结束时我就是这么想的。

影院的侧门打开了，你可以感到影院内的浊气在往外冲击。

雨已经停了，再说我也没带伞。巧了。这正是进入黑暗之中的唯一原因。

此地是他乡

你们不是那望见港湾渐渐消失的人们，也不是行将离船上岸的人们。

——T. S. 艾略特

她们不听。谁也没法强迫她们这样做。这一点，在那个高个姑娘的脸上表现得尤为明显。但她假装是在沉思，托着右腮，胳膊支在桌布上，像是在研究桌布的图案。另一个在吸纸烟，优雅地吞云吐雾。这两个人仿佛随时准备大笑起来，拍拍裙子上的什么东西然后走掉，消失在门外寒冷的大街上。但她们没有动。似乎她们改变了主意，决定留下来继续忍受他的愚蠢的问题。那个高个姑娘打开皮包，取出进屋后摘下的眼镜，重新戴上。抬头看了李尤一眼。犹如用他作为一个点对了一下焦距。

他们继续喝杯子里剩下的那点凉茶。屋里很暖和，又有音乐，还夹杂着谈话声。人们的面孔都挺红的，不是因为兴奋，而是他们的身体确实在冒着热气。

那高个姑娘架妥眼镜之后，另一个抓过桌上的一份报纸读了起来。她前后翻阅，在找什么东西。找到之后，指给高个姑娘看。在对方瞅了一眼之后，立刻将报纸折了起来，防止李尤询问这件事。

这是一个非常漫长的下午，而且天空中开始飘起了雪花。李尤想，她们为什么不立即站起来走掉呢？他不会在乎自己问过的问题。虽然听起来有点傻，像什么音乐啦、乐器啦、电影院啦、书啦，她们并不真正关心这些东西，至少看起来她们不太关心。她们在想什么呢。

侍者来回走动着，衬衣是干净的，但是脸色疲惫。街上的尘土刮不到这儿，因为空气太潮湿了，令他想到女人的阴阜。

他不能肯定，她们俩中间究竟是哪一个更想滞留在这儿，等待着发生些什么事情。她们本该拿了东西就走的，至多呷上一口茶。那种淡而无味的东西，袋装的，看上去挺干净的。

一辆双层公共汽车从窗前驰过，两位姑娘一同侧过脸去看。车身上是一种皮装的广告，还有一串电话号码和溅上的泥水。紧跟着是一辆水泥搅拌车轰隆隆地驰过。餐馆的地板震动了起来，众人纷纷毫无目的地抬头乱张望。暮色越来越重，街上的灯全都亮了起来。

侍者经过他们这桌时停顿了一下，似乎在问是走还是再添点什么。

“还想喝点什么？”李尤问。

“喝茶。”戴眼镜的高个姑娘痴痴笑道。

“喝茶。”另一个也说。

“我一直不明白你们俩究竟哪一个结过婚？”李尤不安地旧话重提。

戴眼镜的那位笑盈盈地望着另一位。另一位噘着嘴说，你是在猜我们中间究竟哪一个更容易背叛自己的丈夫，去跟你幽会。是不是？

不是。李尤掩饰道。他心想，就是这个矮个儿的，略微有点胖的。一下午她都非常矜持，端坐不动，注意自己的举止，精心选择自己的一举一动。末了为了说出这么一句话。他决定告辞了。他起身收拾大衣和围巾，并招呼侍者结账。

"你刚才说你叫什么？"他问戴眼镜的那一个。被问者仿佛吓了一跳似的："她叫杜逸，我叫崔晶。"他这下完全确定了，他笑了笑，断定这一对宝贝如果是未婚者，那么经期前后差不了半天。

"我送送杜逸，你不反对吧？"他放低声音，温柔备至地问高个姑娘。她站起来显得比她进屋坐下前还要高。

"你要让她背叛她丈夫吗？"崔晶生硬地开着玩笑。

"不会的。"李尤接过账单扫了一眼，暗暗叫苦。这几杯凉茶可真不便宜呀。

崔晶连声说那她先走一步。她把围巾往脖子上胡乱绕了几圈，造成一种非洲土著妇女的效果。"这样很暖和。"临走她还解释了一番。

就在这一瞬间李尤改变了主意："你这样会被风刮倒的。我看你们还是做伴的好。"杜逸吃了一惊。从她的眼睛里，李尤知道她确实有个丈夫，并且将陷入不贞的娇妻对他的折磨之中。为时不远了。但眼下李尤并不打算去想这件事。

"我先走一步。"他似乎看见自己飘忽不定的身影消隐在夜幕中。李尤急于回家看看自己的妻子到家了没有。

枚乘放下电话的同时，电话铃又响了起来。她猜测这是谁的电话？她刚进家门，下飞机还不到四十分钟。就算是没托运行李，出租车也顺利，这也是最快的时间了。当然，航班还必须没有误点。

她去厨房点着煤气煮上水，从冰箱里取出一袋速冻的鸡翅扔到水槽里化冻，然后回到床头的电话机旁。对方仍然没有收线。枚乘知道只有三个人才会让电话铃这么没完没了地响上半天。自己的母亲、自己的丈夫还有自己的情人。她宁愿电话是秦咏打来的。她需要几句情话，而不是李尤那无关紧要的唠叨，如果是母亲，那么她希望至少过两个小时再打来。那时她大概已从波音飞机的嗡嗡声中彻底缓过来了。

是秦咏。枚乘刚说了句"亲爱的"，门锁一阵乱响，李尤拍打着身上的雪花进了房间。看到妻子平安归来，李尤心里一阵轻松。他解开大衣想过来拥抱一下妻子。杜逸失望的眼神在他的脑海里掠过，他庆幸自己没跟这位诱人的小妇人一同离开餐厅。他一下午的幻想此刻已经烟消云散。他觉得妻子依然那么楚楚动人。看着她凌乱的头发，一丝温柔的体恤怜爱不知从哪儿跑了出来。

"你母亲？"他平淡地问了一句。

枚乘无动于衷地点了点头，并朝厨房努了努嘴："替我看看水好吗？"停顿一秒钟，她又补充道，"热了就叫我。"

李尤垂头丧气地拐进厨房。水壶外表上的水珠尚未蒸发。他只好瞪着一堆杯子和瓷器发呆。杜逸在餐桌旁错着双脚的娇态再次掠过他的脑海。

枚乘在厨房门口注视了他一会儿，便过来拥抱他。"想谁呢？"语气里带着一丝娇嗔。"你走了有两星期了吧？"妻子用力点点头。李尤使劲将她抱了起来，几步就将她送到床上。

他看了一眼没架好的电话，索性将它摘下放到一边。枚乘突然坐了起来。"我受不了这忙音！"心里想着，上帝呀！两周以来我想的可全是秦咏啊。他的一切！噢，算了。坐飞机真是令人烦透了。

李尤将电话放回原处，坐在床边慢慢地脱去皮鞋，等到换好了拖鞋，忽然冒出了一句："还是先做饭吧。"

"鸡翅可能还没化吧？"枚乘冲着他的背说。"用热水浇一下吧。"李尤站起身来。他走到厨房门口又折了回来，摸摸妻子乱糟糟的头发："我很想你，枚乘。"

"我也很想你。"妻子温存地说，"我有点累了。明天一早我还要去学校。你知道这种会议费用虽然是对方出的，但学校的课得找人来顶。"

李尤让妻子躺着，说是晚饭由自己做。枚乘又说自己困了，想早点睡，让李尤做一点自己吃就行了。李尤便又回到厨房继续发呆。他试图回忆一下杜逸的容貌，天啊，他已经记不起来那张脸了。

你请我喝早茶么？杜逸在电话那头问。是喝茶，不是喝早茶，李尤费劲地解释道。我看不出这有什么区别。对方还在嘀咕。

一小时后，他们又坐到昨天的位置上。

"你没约崔晶吗？"杜逸似乎很吃惊。

"你想要我给她挂电话么？"李尤并没有挪动地方。

"挂不挂都行。我不在乎多一个人少一个人。"杜逸两眼望着街上的行人。

"也许应该叫上你丈夫。"李尤竭力使自己的语调不致太过分。

"好啊，那再叫上你妻子。"

李尤不再吱声。茶送来了，跟昨天的一样。侍者换了，他甚至懒得抬眼看人。

两人几乎同时端起茶杯送到唇边。就在这一刻他们和解了。杜逸的眼睛甚至有些湿润了。她注视着他，她想让他知道这一点，她想确认一下他们的关系或者说前景。毫无疑问，对面的这个男人被感动了，不仅如此，他的脸上还有另一层东西，情欲之外的东西，那是危险，是冷漠或者说是深情。谁知道呢？她喜欢他这样，专心致志。她欣赏他，她知道他也一样。他们彼此相似，甚至在欢爱中这种相似也是可以期待的。再说，他的脸上有一种落寞之感，这使他的情欲披上了一层伪装。她喜爱这一点，微微有一丝受骗上当的感觉。一个浪漫的骗局，一个花团锦簇的深渊。没有比这更令人销魂的了。

杜逸取出一份报纸。这是她的道具，她的念珠或者手帕，总之供她在手里摆弄的一件东西。他才不会在意呢，是吗？她问自己。

他彻底平静了下来，深知昨晚的停顿是必要的。这件事必须由同一个场景加以接续，某些秘而不宣的联系需要慢慢探寻才会呈现出来，一个秘密不会突然展示在你面前，何况这是一个由两人分享的秘密。时间和场所会如此充分地揭示。

你尽管享用吧。他对自己说。

"谈谈你丈夫。"他似乎并不是在请求。

"我很爱他。"她沉思了一会儿才说。想必如此。他暗想，这么多愁善感，怎么会不爱呢？他望着她面向窗外的侧影，其中有他熟悉的某种东西。他在思索，他最初是在另外一个人的容貌之中发现了这种神情。

几个月前，也是在这张桌旁，繁钦也是这么坐着，含着笑意，又仿佛微微皱着眉头。一瞬之间这些全从脸上消失不见了，过了一会儿，它又在不知不觉中回到了脸上。就是如此怡人。令李尤焦虑、困顿和迷惑。

"你是做什么的？"杜逸询问道。

"什么？"

"你走神了。我是说你靠什么生活。"这正是他近来每日自问的问题。他想对她说，他必须靠爱情来滋养。但他却对她说，他刚辞去了公职，他有很多打算，但她也可以认为他根本就没什么打算。

杜逸表示同意他的观点，但她的声音中没有一丝一毫理解体谅之意。他想这件事与她确实也没有多少关系。

餐厅深处有一群人在高声喧哗，似乎是在庆祝昨夜的雪终于没有下成。但很快又陷入一片窃窃私语之中。

这情景李尤是熟悉的，但只会在不经意间浮上他的心头，如缕不绝。而更多的时候，他总是无暇顾及，仿佛他从来不曾领略过其中的滋味。

"其实我上这儿来，是想等一个人。"他终于说了出来。他想对她谈及这件事。

"噢，是一次邂逅。"杜逸显得饶有兴趣，"结果来的却是我。"她并没有不高兴，仅仅是声调有些变化。一种他原先未曾注意到的沙哑的声音混进了她的喉咙。

"你认为她会来吗？或者说我来了她还会来吗？也许我不来她才有出现的可能性？"她断断续续地说着。

"我不怎么认识她。"他如实相告。

"怎么才算认识，我们这样算不算认识？就因为有人托我和崔晶给你捎了一块手表。"

"手表是给我妻子的。"他解释说。

"你给她了吗？"

"没有。"他们都笑了起来。有约在先似的。

"我不知道她会不会来。"他继续说。可是忽然之间他想到了贝克特的那个著名的笑话。立刻觉得索然无味。"算了，我们还是谈点别的什么吧。"

"好的。谈什么都行。"她的目光在餐厅里来回扫着，意思是说她无所谓。

但是，他想的依然是那个叫繁钦的姑娘。杜逸说得对，她有真正的敏感。那是一次真正的邂逅。夏末秋初的一天，午后，天气异常闷热。他来这家餐厅里喝杯饮料。餐厅里挤满了顾客，在空调器的嗡嗡声中，人们的燥热稍微平复了一些。片刻，一场阵雨便下了起来。接着，不断有避雨的人推门而入。繁钦就是他们中间的一个。她穿着束腰的碎花长裙，匀称，舒展。她的喘息带出一股沁人心脾的乳香。她径直走到他的桌边，刚好对面的一对中年情侣起身离开。她就势坐下，微微皱了皱眉头，因为座椅还没有凉透。

"接到我的电话你感到突然吗？"见她不吱声，他又补充说："我可能是太冒失了。"

"一点也不。"杜逸解释道："总是许多人给我挂电话，总是诸如此类的事情。"她观察了一下他的反应。"还能有什么事情呢，无非就是这些事情。这并不是说我会去赴所有的约会。"

"大部分？"他问。

"一小部分。"她力图说得准确，"偶尔为之。"

"真是难得。"他不知道自己指的是什么。

"确实如此。"她似乎是在回顾自己的履历。迅疾的初恋，两三次背叛，然后就是婚姻。一转眼，真正令她动心的恋情又回到了面前，又是背叛，真是令人心力交瘁。杜逸认定背弃使一个女人变得益发妩媚动人，无论在谁眼里都是一样。

"去我那儿么？"李尤问。

"这可是真正的偷情。"杜逸甜蜜地说。

他们在桌面上将手伸向对方。他的手是柔软的、女性化的，而她的手则是冰凉的。

"你的手总是这么凉么？"他说。

"你对女人所知甚少。不过有些人喜欢装作一无所知。"杜逸收拾起手提包。

"我属于哪一种？"他们并肩朝门口走去。

秦咏穿着宽大的已被漂白了的水洗布衬衣，袜子是无数冒牌货中的一种，仿皮凉鞋是他那个年龄层的男人夏季的随身之物——可以毫无顾忌地站在一摊脏水中间。缝制粗糙的牛仔裤（几乎是一夜之间套上了所有能够拉得上的臀部），被秦咏用来搭配他从西服到汗衫的所有上装。对了，还有鞋袜，这方面，他还有好几种赝品。秦咏无动于衷地往身上套着或挂着这些有着舶来品标签的本地产品。他更关心的是勃洛克的纯粹性，从那些哗啦啦的音节，到俄国十月社会主义革命所带来的弥漫的影响。冷啊，这些夏天的东西都该收起来了。秦咏朝窗前迈了几步。这是上海隆冬常见的天气。寒气逼人，窗外的景致也就是周而复始的建筑工地，那些脚手架令秦咏情不自禁地联想到北方乃至更北方室内的细细的暖气管。就这么一会儿，费杰尔·施塔姆的诗句噜噜噜地跑进了他的脑海："我爱我这片可怜的土地——因为别的土地我没有见过。"秦咏决意要篡改这诗句："我爱我这片可怜的土地，别的土地虽然我也见过。"

秦咏曾在莫斯科大学待过四年，他就是在那时爱上了勃洛克以及憨态可掬的冬妮亚的。哇！秦咏在诸多感叹词中特选了这个时髦的词。哇！爱情，在一大堆俄罗斯诗人的咏叹之后，我们也就只有跟着读的份啦！每念及此，秦咏都会会心一笑。幸亏四下无人，否则，他那凶悍的女友小小又要叫骂花痴了。

有必要解释一下的是，秦咏是有过一次婚姻的。前妻是他外语学院的同学，一位精瘦而敏捷的高个子女性。措辞文雅，用典深奥。虽说俄语是她的第二外语，但她决计要在勃洛克的汉译上与秦咏拼到底（很难说这就是毛语或"文革"用语）。秦咏是个从一而终的典范，情急之下，他甚至打算牺牲勃洛克，从而保全他的摇摇欲坠的婚姻。但是苏红（他的前妻）温柔而又不依不饶地敦促他交出从莫斯科带回来的所有书籍和唱片（两个卢布一张的民谣和一个卢布一张的叶甫图申科。是啊，浆果处处）。秦咏说："亲爱的，就让我们分享吧！""好吧！"苏红用唾沫润嗓子："但是得由我来分！"

说婚姻就这样破裂是不公正的，但是那个遥远过去的细枝末节早已无从稽考，欢声笑语和叫骂声全都荡然无存。秦咏被抛弃了，犹如一部被退回的书稿。这不是一个附会的比喻。这会儿，正有一部书稿放在杂乱无章的写字桌上——《勃洛克评传》。原著：什克洛夫斯基。译成中文三十九万二千五百字。秦咏最初是在涅瓦河畔产生了译书的冲动—— 一种甜蜜的憧憬。而这会儿变成了冰冷的回忆。他前后译了三年半，如今被一个因患甲状腺机能亢进而双目鼓出的女编辑冠冕堂皇地打发了回来。她的委婉的退稿原因是：订数不够，秦咏想，这话翻译一下就是：大众会问，勃洛克是谁？当然还有更复杂的译法，那是俄语这么完备的语言都无法在一个句子中表达的。

什克洛夫斯基的原著是冬妮亚的馈赠。护封是豪华的布纹纸，点缀着零星褐色斑点的纯净白色，一眼就让你联想到白桦林之类的俄国风物。内衬是浅灰色的，与瓦蓝的纸绸互为映衬，再就是冬妮亚优美的签名。这大约是苏红企图掠夺的原因之一。

冬天真是冷啊！而且越来越冷。在毛衣外面再加上一床花格毛毯，这样只能蜷缩到床上去了。在莫斯科的冬季，那可称得上是最最寒冷的一季。要说那是一部恋曲，还不如说像是一则传说。至少在回忆中像是传说。它会以怎样的方式流传或者湮没，那就无从知晓啦！

相对于秦咏的过去，他的就在眼前的未来也好不到哪里去。小小（仿佛她是永远也找不着的）就要在这一大块寒冷中的无法确定的一小块里突然冒出来，一边脱手套一边大喊大叫，她所嚷嚷的内容是任意选择的。如同她曾说，秦咏也是她任意选择的。秦咏认为，从逻辑的角度讲，这大概是小小发表的唯一一句合情合理的言论。另外，从她嘴里哈出来的气，多少也能使房间显得温暖一些。这一希望在花格呢毯的皱褶间支持着秦咏。

秦咏的住所远离学院以及学院的正当延伸部分——家属区。他住在——怎么说呢，噢，另外一所学院的延伸部分，待在另一群受学问挤压的人中间，由于一系列无以复加的繁琐的换算方式，秦咏在这里落了户。他可以从窗口眺望邻居们的校园。不错，院子挺大的，在草坪上闲逛和在小径大道上行走的人倒也符合这一环境。他们（她们）由眼镜、破自行车以及大部分落伍的时装和一小撮极端时髦的衣裙所组成。他们通常像受人检阅似的在食堂前呼来拥去，比之在梯形教室里挨得更加紧密。小小就是秦咏在嗟食队伍中寻觅的。在一瞬之间，仿佛十二月党人的妻子，在西伯利亚肮脏的巷道里，跪下亲吻丈夫的脚镣；小小踩在一份鸡毛菜上摔倒了，正冲着秦咏的旧皮鞋扑了过来。

一份惊慌加上一份羞赧，令秦咏的怜爱之情油然而生。普希金的诗句，来吧！（幸福迷人的星辰。）秦咏伸手要去搀扶这位落难女子。"你的鞋带开了！"对方说。

"我什么丑态全让你看见了。"在很长一段时间里，这是小小又得意又懊悔的事情。

下雪了。秦咏在莫斯科的晨雪中无数次遥想过这南方的纷飞雪花。我已老了。这是这个时代年轻人的普遍哀叹（叶芝可以来帮助描述）。你怎么就老了呢？秦咏问自己。像是叫莫斯科的冬天冻着吗？还是其他？比如：对感情的不切实际的完美主义要求。在这杆沙文主义的感情标尺之下，冬妮亚、苏红还有小小都会或已经落荒而逃，或从异国他乡送来阵阵咒骂。

门铃响了起来。但来人不是小小，而是枚乘。

李尤和杜逸静静地躺在床上，聆听着闹钟走时的嗒嗒声。他们必须赶在五点钟之前收拾完一切。在沙发上端坐饮茶，静候枚乘的归来。不过这会儿时间尚早。闹钟定在四点三十分，虽说有点冒险，容易心神不定，但他们过于留恋这份相拥而眠的惬意了。

李尤尚在浅睡之中，而杜逸已是无论如何也睡不着了。她回味着所有的细节。从唇齿、指尖及全身每一处神经末梢。她迷恋这一切，不顾羞耻，委身于她丈夫之外的另一个男人，沉醉于肉欲之中。要命的是，她爱上了李尤。她深知这一点，但无法向任何人说明，甚至不能向李尤说明。他也不会明白，何以在如此短暂的接触中陷于不可自拔的境地。他要她做他的淑女，那她的丈夫怎么办？让他以无穷无尽的自慰了此残生吗？他有时真是天真得可爱。她要与崔晶讨论这些，虽然这不是一个新的话题。但至少是个常谈常新的话题。

崔晶一开始也许会谴责她的不义之举，但她最终会迷失在那些色情的言辞中间。况且，杜逸觉得自己确确实实陷入了情网。

在远处嘈杂市声的衬托之下，房间里此刻安静极了。什么地方的打桩声隐隐传来，勾勒出这幅寂静之画的轮廓。她抚弄着他的头发，并不是为了惊扰他，使之从睡梦中重返人世。她只是一味地抚弄，怀着一份深切的眷慕。她喜爱这一次，造爱，避开丈夫的猜疑的目光，有一丁点儿庆幸的成分在内，对盘问应付裕如。因为她深知自己的容貌中天生就有一种纯洁无辜的神情。这足以欺骗所有的人，包括她自己。她总是为自己的身世遭际而感怀不已。

这些人在她的生活中——出现，他们，还有她们的言辞或者食指、无名指上的戒指在向她闪动着光芒。他们，所有这些人的面目，在十年之间便被毁去、修改，使人惊异得说不出话来。何时何地，他们曾经如此消沉！他们依然生活着，衣着随便但他们的生活彻底给毁了。但没有人愿意说出这一点，他们试图在沉默和言辞之外，在肉体的无穷无尽的接触之外重建生活，但这是徒劳的，那种更隐秘、更内在的生活与一种痛切的感觉相维系着，一经破坏便不复存在，永久地消失了。

每当肉体的欲望消散过后，杜逸便试图描绘他们的面容，群像或其中的一二个人。使他们在她的心中复活一小会儿。他们从来不曾有过不朽的愿望，或者他们把这层东西隐藏了起来，不向人展示。而尽量谈论时尚，并且给人一种错觉，似乎与十年、二十年间的社会变迁保持着敏感的接触，就是以使之在各种场合左右逢源且不论这种生活包含了多少屈辱、心机和变态心理。

是应该尽量地给予同情，他们多少患有广场恐惧症和幽闭恐惧症，所以他们尽可能地待在各种各样的过道里，随着人流上下楼梯，时不时地他们还领先一步。其中就有崔晶这样的人。如今，她已是夜夜失眠，难以入睡，脸上那困惑疲倦的表情既像个作家又像个厨娘，其实她倒是身兼二职。但此刻杜逸想要涉及的并不是她。虽然这个时代是由崔晶这类人所标识的。谁知道这种尺度能有效地使用多久。

至于另外一些人，即使是在她的记忆之外，她想它也早已褪色黯淡了。半个世纪，甚至还要多一些，在风霜雨雪的侵蚀之下，日复一日，细微的变化均来自于此。还有什么不曾为岁月所改变？哪怕是岁月本身，也已在她的记忆中衰变，不复再有往日的光辉和润泽。

在梦中，李尤就像是一个影子。当然，是他自己的影子。

走廊里阴沉沉的，光线从顶部和两旁的窗户照射进来，构成重重浮海尘埃的光柱和暗影，这是外祖父所在的私立学校的惯常景象。楼梯上错杂的脚步声、锃亮的小牛皮鞋、头油的香气、蝴蝶结、旗袍的下摆、轻拍扶梯的小女孩的手掌。这一切对他来说，记忆犹存，它是不朽的。虽然这一居所如今已被夷为平地，在一阵剧烈的震动之后，仿佛他的外祖父为一通骇人的咳嗽夺走了性命。他是那所学校的校长。这一段往事正是源于他的。他在那儿任期两年，主持讲授《古文观止》，并且在那儿病故。他手持课本，朝走廊深处校长室走去的形象是病态的，仿佛他生来就是一个病人，疲倦、举止轻柔、面色胭红，手指细长无力，好像课本随时会从他的手中散佚。

还有另外两个人，子光与子云，一对兄妹，他们的形象也是与私立学校的走廊维系在一起的。李尤与他们初次相遇就是在那儿。他们的母亲、一个茶叶商人的妻子，将兄妹俩塞上船，从连云港打发到上海。"去找你们的父亲吧！"于是，他们开始飘零。然后，有一天，出现在外祖父那所私立学校的走廊上，他们在那儿寄宿，成了学校日常景观的一部分。

子光散漫、漂亮、极端迷信，他产生预感时，脸上有一种愚昧的神情，非常明显。

李尤与他一见如故，李尤信奉他的朴素、他的邪恶和他的愚蠢。他的胞妹，子云，一味地仿效她的哥哥，似乎那是她的乐趣所在。她比他更漂亮也更散漫，整天思绪飘忽，不知所终。

那一年，李尤十四岁、子光十七岁、子云则介于两者之间。至今，李尤仍保存着一张他们三人与外祖父的合影。外祖父身着长衫立在中央，他们三人分散两旁。那样子似乎是要逃出画面。子云扎着辫子，李尤和子光新理的发，一副急于长大成人的架势。

无疑，他们是盲目的，这一点，照片上显示得清楚之至。

子光和子云来到的那天晚上，李尤就从顶层的阁楼内搬了出来。子光挽留他，但脸上并没有明显的表情："我们一起住。"李尤将目光投向了子云。此时，外祖父已经夹着他的被褥下了楼梯。"我还是跟外公睡。"李尤说。

兄妹俩都不再吭声，垂着脑袋，失意的样子。还是他们惯有的表情，含有些微冥顽不化的意思，这种时刻，谁也弄不懂他们在想些什么。也许什么都没想，只是一片空白而已。

李尤走进校长室时，外祖父已将他的床铺好了，这是他的办公室兼卧室。外祖父微笑着对他说："等他们的父亲一来，你就可以搬回去睡。"

"好的，外公。"李尤听见自己说。

他不记得还说过些什么，好像没有了，在记忆中只残存了这么简单的言辞。

屋内的扶手椅，案头的学生作业，放在裤袋里的怀表，纹丝不动的头发，依然历历在目。但是这些细节传达不出更多的信息，非常平淡吗？为什么不把它塞进某份大事记里，使它在与其他事物的联系中显得含义更丰富、更暧昧或者更虚妄？

那是一对喜爱东游西荡、探头探脑的宝贝，私立学校所在的懋益里的那幢红砖镶边的粉黄色楼房里，他们两人的身影随

318

处可见。兄妹俩像学监一样到所有教室门前巡视。虽然他们在教室门口止步，但神色却包含了若干审视评估的成分，使得这对寻父者多少显得有点滑稽。

这两个人的典型形象是交头接耳、窃笑、突然的疑惑以及戛然而止的黯然表情。他们也喜欢在街口与衣衫褴褛的人攀谈。子云在子光的侧后方站着，犹如一名侍从，注视着她的兄长与别人交谈。他们明显的外乡口音往往使人惊讶、费解乃至不悦，但旁人却又总是慑服于子光的略带蛮横的直率。他们与周围的人熟识起来。

这些总是显得睡眠不足的人，李尤大约用十年的时间也无法结识他们。

窗外已是漆黑一团，李尤打开灯。六点四十分。枚乘尚未归来，而杜逸早已不知去向。枕巾上散落着几丝她的头发，交织在枕巾的图案中，难以辨认。

他从床垫上掀起床单，重新展开，铺平，将四周折好塞入。一切又恢复平静。仿佛什么都没有发生过似的，而且他暗自认定，也确实没有发生过什么，不是因为矫饰和回避，而是对刚才过去的事，缺乏把握，没有什么记忆犹新的感触，美好但是不乏污秽之感。怎么可能？他很快就睡了过去。仿佛服用了什么药物。也有一点像是害怕羞愧，他回避杜逸的进一步的爱抚。她摸索着很快就显得漫不经心，并且自知这是令两人全都兴味索然的。她停了下来，不仅是手，还包括她体内的欲念。而如是这般对他休眠的敦促，使他立刻就陷入了梦乡。

他和枚乘的床恢复了原样。甚至人体的余温也早已散尽。他的妻子可以在此时回来，或者更晚一些，对此李尤已经无所谓了。

敲门的是马融。他戴着呢帽，短围巾搭在脖子上，忍受着走廊里的寒气。

崔晶开门让他进屋，领他穿过闹哄哄的走廊，将他介绍给她的父母和兄嫂。

"你的生活看上去很乏味。"马融以他惯有的腔调评论道。

"乏味吗？"崔晶扫了他一眼，请他在自己的单人床边坐下，"我倒不怎么觉得。"

"我来找杜逸的。我认为你们会在一起。"

"是么？"

"你在观察我？"马融笑了起来。

"你要是认为她是个坏女孩那就错了。"崔晶不明白自己为什么要替杜逸辩护，她走过去将窗帘拉严实了，并且冲马融眨眨眼睛。

"谁说她坏了。她是个有夫之妇。单凭这一点，她就是个好人。"马融嚷起来。

"真是妙论。"崔晶乐了，她一贯喜欢这家伙的奇谈怪论。没什么道理，但听起来逗人。

"好吧，现在请你告诉我。她上哪儿去了？"马融恳求道。

"谁？上哪儿去了？如果她去哪儿了，为什么要告诉我？如果我知道，我又为什么要告诉你？再说我也不知道。"崔晶一口气将这些话说完，如释重负地坐到椅子里。开始涂自己的指甲。

"我不喜欢这种颜色，你和杜逸都喜欢用它。真弄不懂。"马融垂头丧气地说。

"你知道女人为什么要涂指甲吗？"

"大概知道一点。"马融小心翼翼地说。

"好吧，你说来听听。"崔晶吩咐道，同时将自己的双腿盘到身子底下。

马融清了清嗓子，开始他的长篇发言。女人的日常生活通常或者说基本上是这样的。马融以他惯有的方式，从一个遥不可及的地方开始讲述。

"她或者她们在完全清醒过来之前的浅睡之中让自己再做一小会儿梦。内容通常可以转述，但是难以理喻，如果起床之后她忘了梦的详情，别的什么人最好不要去没完没了地追问。梳洗之前的女人一般是神思恍惚的。当然，这全由休息的安逸程度而定。倘若有人发现女人处在梦魇之中，眼球在眼皮底下转来转去，表明此刻女人急需搭救，但这种时刻，做丈夫的大体上是浑然不觉的。

"接下来的工作是雷打不动的。不管是工作日还是休息日，繁复的化妆程序及其细致程度丝毫不受影响，最多也就是频率特殊而已。在这种常见的不同时刻，旁边的人应该具有良好的耐心，或者干脆就当没看见。不过必须适可而止。在女人化妆的过程中，尤其是在全盘结束之后，适当的评论是有益的。这里指的适当的含义也就是无原则的吹捧。类似文坛和官僚机构中常见的那样。

"脸是女人最爱惜也是最不爱惜的地方。她悉心呵护，但是什么乱七八糟的东西都往那上面抹。诸如牛奶洗面乳、西瓜洗面乳，用过之后一股子小孩嚼过的奶糖味。

"从理论上说，女人对各种异味自得其乐，她相信这样可以避免香皂中碱性物质对皮肤的刺激。换言之，你只要将一段文字印在上光的花花绿绿的纸上，然后贴到形态各异的瓶子上，女人便会深信不疑，欣然试用。追悔莫及不属于女人的天性。

"假如女人对某种用来浓妆淡抹的玩意儿嗤之以鼻，一般也上升不到捶胸顿足的份。女人是宽容的，这种宽容包罗万象直至对那些负心人的一再谅解。这中间的奥秘她周围的人可以通过女人对化妆品的态度略知一二。

"勾唇线、涂口红是整个工程的最末一道工序。可以称这为画龙点睛，否则万难逃脱苍白的命运。即使女人上了过多的胭脂，也只能是一个苍白的红种人，或者是一帧聊斋插图。不过，女人投入精力最多的却是画眉毛。时下，在短而粗的平眉和细而高挑的弯眉两大流派之外，女人已不再另谋所谓创新之道了。这可以看作是女人的保守性的一个注脚。值得注意的是，女人要是一旦发狂，其局面是难以想象的，这可以从女人使用那些五颜六色的眼影粉中获得佐证。最著名的例子是索菲亚·罗兰画一次眼影使用四十二种颜色。女人最终奋拉下眼皮并且施行睑部手术的部分原因可以归结于此。据说浓重的眼影可以掩饰过度的夜生活留下的痕迹。反之，完全不使用眼影粉或者杜绝化妆也是通向无差别社会的一种手段。比如，一九七六年之前的中国。

"究竟怎样才算是恰如其分，这全由女人自己说了算，诸如北方姑娘喜用较多的粉；最南边的女性着迷于文眼线。不过这座都市趣味和时尚的天平还得仰仗于纸币的砝码。"

崔晶递过去一只杯子，里面有她喝剩的一小口水。马融一仰脖喝了下去。

"你的研究是建立在对杜逸的观察之上的吧？"

"错误！请你不要打断我。"马融拖过一把椅子，逼近崔晶，在离她一尺远的地方坐下。

"最惊心动魄的篇章要数夹眼睫毛了，有好事者引申说，这是女人自虐和受虐倾向的日常写照，还说苦中作乐，为美、为幸福而受苦之类的说法指的就是这类事情。"

"因此，"马融调整了一下语气，"当丈夫和情人亲吻妻子或女友的眼睛时，包括彩色的眼影部分和向上卷起的睫毛。女人那份悲喜交集的心情实在是无以言表。"

崔晶揉了揉自己的眼睛，表示不置可否。

"女人化妆时的标准心理状态可以称之为零度状态。类似于男人在理发店里收拾头发。无思无虑，物我两忘。此刻，手工活动机械而又高于一切，严格意义上的审美活动尚未开始，一切都在未定形之中。无怪乎现在的女人偏爱'似与不似之间''重要的是过程而不是结局'之类的陈词滥调。

"购物欲是女人的另一重要特征。"

"你好像离题了。"崔晶提醒他。

"我早就离题了。当女人处于个人经济大萧条时，它则下降为纯粹或相对纯粹的逛街。有两个原因可以导致女人疯狂购物，那就是心情愉快和怨气冲天。女人购物时的一个显要倾向是挑挑拣拣，买少量合适有用的东西和大量无用或者基本无用的东西。它的莫名其妙之处在于女人能够将有用化为无用。例如，她掉了一支昂贵的眉笔，立即花同样的钱去买十支廉价的眉笔备用。这种行为虽属罕见，倒也不失为应付艰难时世的一方良药。"

"另外，"马融的手在崔晶的椅子扶手上摸来摸去。"女人永远买不到她满意的外套，女人出门永远找不到她合适的鞋，女人的首饰永远是随处乱放，女人最痛苦的是计算零钱，女人永远期待礼物，不论它来自何方，女人的好胃口和她对苗条霜的兴趣成正比，女人又恨又爱的东西是高跟鞋，女人最令人费解的时候是她流泪的时候，女人最恨男人说她浅薄、庸俗，只知道逛商店买东西。"

马融观察着崔晶的反应。她点上一支烟，任他的手继续擦椅背。

"女人的好处是秘而不宣的，她的温柔需要旁人去体会。女人天生是母亲，是女儿，女人天生讨厌别人管她叫妻子；但女儿最勇于尝试的却是为人妻而非为人母。做女儿则是命里注定。当然，那些投身伟大事业的女性不在此列，她们的理想和业绩可以到别处去查找。

"显然，我说的女人指的不是作为女性的美的女人，犹如许多鸿篇巨制从宏大的类出发归结于微小的某人。我说的当然不是你或是杜逸。冲着巨大的量词或者概念发言通常是很可疑的，比如讲汉语的人现在一般避免使用'全人类'这样美妙的字眼，这倒暗合了华夏民族谦逊的古风。"

"我说的指甲，女人为什么要涂指甲？"崔晶不依不饶的。

"为什么？我干吗要知道为什么；愿意涂就涂好了。"显然，他发表演说的兴致已经衰退。椅子也已经挪开，他又重新坐到单人床上。

"我还认为你把女人看得很透呢。"崔晶一口接一口地吸烟。

"看女人，"马融借着余兴发挥道，"其实指的是看某些、某个、某方面甚至是某些时候的女人。更有可能指的是看某种有关女人的话语。所以，难免有看了等于没看、不看也得看之类的谬论。我有时想，看女人的最科学方式是睁一只眼闭一只眼，因为全神贯注、双目圆睁往往导致头晕目眩，视而不见。"

"你的朋友在这儿吃饭么？"崔晶的母亲推门进来问。

"你在我们这儿吃晚饭么？"崔晶问。

"不啦。"马融起身告辞，"既然杜逸不在，我还得去找她。如果她来电话，告诉她，我正到处找她呢。"

"要我给你提供线索吗？"崔晶送他到楼梯口。

"还是让我自己找吧。"马融又将他的小围巾在脖子上搭好。

"看来你并不急于找到她。"

"找到和找不到都令人痛苦。"说完，他摆摆手下楼去了。

"我本来以为你会在那儿多待些日子。"秦咏说。

"你希望我那样么？"枚乘抬眼注视着他，"这种会永远都是一样的。没完没了的发言、鼓掌、握手，名片递来递去。没有几个人在听别人说些什么。"

"你也没听？"

"我在想你，一直在想。一离开上海我就开始想。你不喜欢我这样？"枚乘温柔地将手递给他。

"谁知道呢，也许人们就在这样的相互思念中逐渐老去。"

"我老了么？"枚乘想从他的话中捕捉到些什么。

秦咏想了想："我们都还不算太老。他来了。"

酒吧领班漫无目的似的走了过来。

"看见了么？就是那个穿黑衣服的人，下巴很干净，像个女人。"酒吧领班白皙修长的手指在秦咏的眼前晃来晃去。

在大堂右侧的一个角落里，一群乐师在收拾他们的东西。

"哪一个？"秦咏微微侧过脸来，"看上去都像女人。"

领班启齿一笑："吃宾馆的残羹剩饭吃的。"

他们在等这班人慢慢走过来。那些人穿着半新的皮鞋，但擦得很亮。

"他们每晚要干几个小时？"枚乘问。

"一个、二个，也许是三个小时。看他们的热情而定。"领班的脸上浮出讥笑的表情。

"真的？"

"当然不是真的。开个玩笑。"

秦咏抬起头察看了一下酒吧领班。刮得发青的下巴，考究的领结，强压下去的洋洋得意的神情。

"他们演奏些什么？"枚乘又问。

"各种各样的肖邦。"他见枚乘诧异地望着自己，便补充道，"各种速度的肖邦。"

"你倒是个内行。"秦咏插了一句。

"假内行。"说完他便走开了。

枚乘站起身。"等我一会儿。"

"我等着。我总是等着的。"秦咏觉得自己的玩笑是善意的。虽然多少受了点那傲慢的领班的影响。

枚乘拿起手提包，向乐师们迎面而去。

将近晚上十一点，大堂里依然灯火通明，目光所及之处，样样东西全都一尘不染。

"请问，哪位是叶子光先生？"枚乘摊开双臂，挡住了这伙人的去路。

"你是谁？"他们中间个子最高的那个，嘴里叼着带过滤嘴的香烟，腋下夹着乐谱，双眼迷蒙地瞧着她。

"我这儿有一封给你的信，你妹妹的。"枚乘从旅行袋里翻出一本时装杂志，将其中夹着的一只航空信封递给手大指黄的乐师。

叶子光接过信，端详了一番信封上的字迹。"她跟你混在一起？"

"不是。"枚乘明确表示了不悦。

"那么是他？"叶子光用嘴里的香烟指指远处的秦咏。信很长，他不再理会别人。

其余的乐师从他俩身旁匆匆而过。枚乘抬起一只手："再见。"并没有人搭理她。枚乘只能将目光投向那些意大利真皮沙发，仿明清风格的长案以及墙上挂着的洒满金粉的纸扇。

"他们为什么要挂这些玩意儿？"枚乘指着装饰用的爆竹、红灯笼、倒挂的福字。有一搭没一搭地问。

叶子光疑惑地抬起头。"过年呗！"

"过中国年？"

"在中国过年。"叶子光的额发重又垂荡下来。少顷，他将信塞回信封，往枚乘怀里一扔。

"这是给你的信！"枚乘声明。

"你替我收着。"

酒吧领班在远处向他们打招呼。叶子光朝他夸张地咧嘴一笑。

"他很瞧不起你们。"枚乘边走边往手提包里塞她的时装杂志。

"彼此彼此。"叶子光取出防风打火机又点上一支烟，"我是不是该谢谢你？"

"不必。"

"那么谢谢他？"他指的是秦咏。

"跟他没关系。"枚乘已开始讨厌这个人。

"那么再见。我会替我妹妹还钱的。但现在没有。"他将浑身上下的口袋拍打了一遍。

"我没时间再来。"枚乘说。

"你会有的。"他用一种无赖的面孔来对付她。"只要有钱，你就会有时间。"

枚乘无可奈何地回头望了秦咏一眼。

"怎么，他是个打手吗？"叶子光挑衅似的问。

枚乘没再说什么。她招呼秦咏离开了酒店。

她看上去一副男孩模样。平胸、窄臀，走起路来给人一种一蹦一跳的感觉。她站住不动时，就眯缝起双眼，微微扬起下巴，像一个得了沙眼的病人刚点完了眼药水。她与大多数患近视眼的人不同，看东西时，双眼像金鱼一样朝外鼓起。而她什么都不看时，才是一副标准的近视眼形象。

"你最大的愿望是什么？"有人曾经问她。

"像鱼一样用鳃呼吸。"

她惯于说一些令人莫名其妙的话。别人就是这么评价她的。不过，这一点刘凡可是从来也没有看出。每当回忆来临，刘凡只是觉得崔晶和自己都是那种喜欢追抚往事的人。

刘凡是从他妻子嘴里第一次听说崔晶的。

"你知道有一个叫崔晶的人吗？"

"崔晶怎么啦？"他记得当时没有丝毫热情关心杜逸以外的任何人。在那年夏天，他妻子就是被称作身怀六甲的矫揉造作喜怒无常的那种人。她穿着厚厚的带蓝色条子的袜子在地板上走来走去，还不时用手很有风度地支着腰。他完全明白，这一举动是为了更深刻地揭示她那凸起的肚子的含义。

"你认识她？"他的妻子在他面前站住，很自然地将两腿稍稍分开一些，使自己显得更稳固一些。

"如果你需要，我就去认识她。反正我下午要上街买保胎药，这事我可以一起去办。"这下可把杜逸乐坏了。她是那种偏爱甜言蜜语的人。到了下午，他借故不再出门，她也不会有什么怨言。她马上坐到他的怀中，假装迫不及待地要和他做爱。

崔晶比刘凡的妻子小一岁，个头儿比他妻子高大。二十六岁的年纪，已经离了一次婚。据说她本来打算利用这段时间读完博士学位的。她喜欢对人说："我是农民的女儿。"虽然，她的父母眼下都住在城里。崔晶通两门外语。刘凡估计是英语和法语。结果证明是英语和朝鲜语。她平时不戴眼镜，看电影的时候才戴。她不停地实施各种减肥计划。在刘凡的妻子看来，唯有这一点有悖于她的传统。刘凡也不再指望从他妻子嘴里听到别的什么更有价值的东西了。

她打算到他们家借住一段时间。刘凡的妻子单方面宣布这一决定之后，这位非凡的朋友就在他们家的门口出现了。

实际上，她只是把他们那本来就不大的屋子当成了寄存处。

"你丈夫是个好人。"她当着他的面对他妻子说。刘凡猜想她的意思是说他是个窝囊废。他帮她从楼下往上搬东西，一停下来便围着妻子嘘寒问暖。她好像很欣赏他们夫妇之间的略带夸张的亲昵劲。

她靠着窗户点上一支烟，似有若无地吸上一口，像一个男人那样微笑着，注视刘凡和杜逸。有一次，崔晶给杜逸挂电话，说是自己已经成了一个不男不女的人。杜逸大惑不解地望着刘凡，仿佛电话另一端的崔晶已经成了一个怪物。她本人认为，离开了那种琐碎平凡的日常家庭生活，长期处在一群漂泊无定来去无踪的朋友之间，她的性别就像中年人那样逐渐陷入了一种长期缺钙的状态中，成了必须密切意识的对象。这真是令人恐惧。而在这个电话之前，她曾经一边把她最钟爱的萨拉·沃恩插入录音机，一边对他们夫妇说："我非常好色。"

那时，她真是他们在那有局限的、短暂的、自得其乐的生活中见过的最最坦率的人。刘凡和杜逸都喜欢她。尽管他们自认口味一般，对艺术所知甚少，但她们还是为能结识这样一位朋友而感到高兴。要知道，他和妻子都有一点小小的虚荣心，彼此之间多少总爱议论点附庸风雅的话题。而这正是他们当初互相仰慕的原因之一。

刘凡的妻子是热衷吃馒头的那类女性。在南方，这种人现在称得上是十年九不遇。在那么炎热的夏天，刘凡必须勇敢地梭巡于热气腾腾的蒸锅周围，围着她亲手缝制、被称作劳军用品的围兜，双手沾满了混合着鸡蛋的精白面粉，像个小丑那样手忙脚乱，同时还必须像小丑那样佯装无知。

崔晶进屋时，冲他哈哈一乐。仿佛好男人活该有此遭遇。

他的脸上沾着面粉，身体侧在门边偷听屋内两位女士的谈话。

一番窃窃私语之后，他的妻子开始抽泣、叹息、频频拭泪。仿佛那个刚被情人遗弃的不幸的女子不是崔晶，而是她本人。

他知道妻子会为众多事物所感动，对她同胞的婚事常常形同身受。而从崔晶的片言来看，事变似乎尚未发生。甩了她的那位，正是当初敦促她与丈夫离婚的那位，崔晶曾用"仪表堂堂""容貌英俊"一类的词句加以形容。这也只是情正浓时溢于言表的一种方式。

那么复杂的感情，他和妻子一致认为是他们难以领会的。

入夜，暑气逼人，那是一年中最热的日子。崔晶躺在他们的地板上翻来覆去。在刘凡的印象中，她总是在溽暑酷热中失恋。只把从她恋人家搬出的行李扔在房间的一角。他们夫妇两人本打算谈些有趣的话题，看她夜不能寐的模样，便没有了拖她去阳台纳凉闲聊的兴致。

在刘凡的记忆中，她总是善意地面对一切。她从不嚷嚷，也很少有咬牙切齿的时候，每当她陷入了沉思，那便是她最为痛苦的时候。她很少责备什么人，他想这实际上是因为他们夫妇与她还比较疏远的缘故。她待他们总是客客气气的，就像他们待她一样。她每次浪游归来，都会带一两件小玩意儿给杜逸，仿佛是提醒他们，她是一个客人，一个借宿者。

　　他们同处一室，但他觉得自己更像一个在屋外透过窗户往里瞧的人，一个窥视者。他看见一个陌生女人在他的家中走来走去，使他的房间变成了不能由他随意支配的场所。

　　他没有对妻子坦白这一点。她的朋友总是成为他的累赘，而她似乎尤为欣赏这一点。

　　严格地说，他的妻子也算不上是崔晶的朋友。她们相互结识勉强也能称作奇遇。结婚以后他才知道，自己的妻子是一个无原则地同情一切人的那种人。她那股子认真的劲头儿，使她的幼稚沾染上了几分可爱。她在一个中学时同过校的什么人家里，偶然撞上了正跟丈夫分居的崔晶，没说上几句话，当即夸下海口，解决了崔晶相当一个时期的住宿问题。那时她对后来将要发生的一切全然没有预感。

　　李尤是奉外祖父之命前去探查叶子光的若干不规矩之处。传说他最近勾搭上了一个花里胡哨、俗里俗气的妓女。外祖父在一则电视广告里见过这个女人，她抱着一只硕大的饮料瓶子，薄薄的嘴唇间发出啧啧的赞叹声，惹得七十多岁的老人对各种汽水全都充满了怨恨。

　　外祖父身板硬朗，一双大脚走起路来十分利索。他过于溺爱他这一对过继来的儿女，不能容忍任何对他们的伤害，他声称他的道德观使他无法坐视不问。他的邪恶的继子在一家据称是五星级涉外宾馆里为客人演奏中提琴。各种各样的曲子每晚来上那么一点，挣上大约五十元兑换券，然后回家。他就是在那儿搭上那个前时装模特儿的。

外祖父悲戚地对李尤宣布了必须准确传达的要点，就打发他去见那个忘恩负义的不肖子孙。从道德方面看，李尤对旁人苟且之事并无兴趣，只是因为他没有正当职业，赋闲在家。外祖父在遍查他的全部子嗣的档案之后，将这一绝不轻松的工作派给了他。不过，他也乐意前去，并打算在较明亮的灯光下，凑近瞧瞧那个模特儿。

叶子光是个浪荡子，这一点，虽然远近闻名，但一般没有真凭实据，更多的事迹来源于他疑神疑鬼的妻子的想象。

李尤念小学时曾经有幸目睹他表演提琴杂技，他叼着香烟，逐个糟蹋作曲家，那样子多少像个二流子。他喜欢在西服里面衬一件白色圆领汗衫，或者在皮夹克里穿一件跨栏背心。李尤始终无从领会他的时装美学。

他的纤细的手指在琴弦上移来移去，让人觉得他是在抓挠什么东西。这一切在李尤看来根本无法打动女人的芳心（他的尖嗓门的妻子除外，她的鹤立鸡群的形象，很难找到合适的男人与之相配）。

李尤认为，他之所以欣然接受外祖父的嘱托，理由之一是对音乐一窍不通。免得叶子光用几个世纪积累起来的小蝌蚪来蒙骗人，他才不管什么古板主义和浪费主义呢。他知道这个玩笑不近人情，与他的常识完全背离。但他就像在床上躺久了的人一样，根本无力批判他对音乐的嘲弄。一想到音乐他就四肢麻木、浑身乏力。

总之，李尤与这位风流的宾馆提琴师交往甚少，一年半载也难得碰上一次，偶尔见面，也是因为一些鸡零狗碎的事情。譬如有一年冬季，叶子光因为不便言说的原因，托李尤把他的本科文凭送至一位装腔作势并且肥硕无比的女人之处。据悉，那个巫婆用它投奔了一家四星级宾馆的大堂。令人难以理解的是，这两位提琴手就造型而言无丝毫相似之处，不知她在老外那儿是怎么蒙混过关的。即使琴凳对她都显得太脆弱了点。李尤曾恶意地想，钢琴里头那绞紧的钢丝做她的床绷倒还差不多。令李尤气恼的是，叶子光总是和这类妖形怪状的人搞在一起，而他总是被迫去觑见这类人。

不过，只要仔细考虑一下，他还是有其正派的一面。例如，他经常捐些破衣烂衫救济走街串巷的灾民，时常会在街角的大字横幅下花两块钱买一张社会福利奖券。他声称这种公益心只不过是添砖加瓦。作为儿子他有其封建性的一面，所以他总是避免让他的父亲撞见他的劣迹。作为丈夫，他纯粹是个混蛋。但是作为兄长，对于子云他倒是一腔柔情。

李尤花了半天工夫才找到了那位汽水女郎的家。千篇一律的公房中的一间，六层中最高的一层。客观地看，走廊是个废物仓库，肮脏而又凌乱，满适合胡乱交媾的人在其间通行。空气中含有石灰水和烂稻草的气味，并且隐隐传来萨拉萨蒂那著名的小提琴曲。

李尤心想，妓女是个挣钱的行当，买一把名贵的小提琴算不了什么。虽说叶子光获得了娟妓之爱，但这并不是荒废他的抓挠本领的借口。他有他的敬业态度。何况，所谓妓女、暗娼只不过是流言蜚语。当然，他从来都是乐于听信谣言的。

来开门的正是那位模特儿。要判断这一点毫不费力，电视里尽是这类支棱着胯骨的高挑个子。她披头散发地站着，等着她的"客人"出来辨认李尤。他不在乎这种待遇。她确实身材出众，是那种百里挑一的货色。他暗自对她大为不恭，并不妨碍她漫不经心地站着。

影 子

　　我们按照一种模式生活，这种模式不为我们所知。这是方格格持有的观点。尤其在她隐秘地怀上了孩子之后。不似那些虽不幸福但是足以公开的婚姻，方格格胎中之子的父亲是不为人知的。她为此忧虑、伤感、脆弱并且多泪。而她的丈夫可能会认为，如果再加上喜气洋洋，多少也能算得上是一个典型的孕妇形象。当然，她的丈夫是痛苦的，但我不描绘这残忍的境况。

　　我引用两种译文，试图增加或者删减本文的歧义。那个在湄公河畔度过青春的玛格丽特·杜拉斯声称："……这种冲突，既置身在一种充实的爱情之中，又向另一种爱情求援。"

　　而墨西哥人奥克塔维奥·帕斯的诗句是否可以看作是戴绿帽子的丈夫的一幅素描？"衣衫褴褛的王子／在被折磨的河岸上／祈祷／小便／沉思。"

　　我是在一家旅馆的门厅里遇见方格格的。她微挺着肚子，稳稳地站立在一组黑色沙发旁。她使用英语与另一名妇女交谈。那人看上去像是日本人或者是中国香港人、越南人、新加坡人什么的。后来，方格格证实她是一名本地人。她们谈笑风生，与环境非常融洽。两名本地妇女，在一处离家不远的"客栈"

的最显眼处，其中一人怀着与她丈夫没有血缘关系的孩子。她们交谈时使用的语言并非她们的母语，她们谈话的内容，据我费力捕捉到的若干单词和短语来判断，非常日常，也非常神秘。

我必须指出我出现在这家旅馆里的部分原因。有一个自称阿格隆的男人，失踪（也不知在谁的视野中失踪）十五年之后，忍受不了销声匿迹的痛苦，想以出售一份旧地图的方式，重新唤起世人的注意。这位阿格隆声称，那是一份自制的手绘地图，非常珍贵。四周饰以花纹，一种从带刺的玫瑰抽象而来的简约图案，观之令人禁不住要追抚往事。它既是一幅早期的城镇图，同时也隐含着大量极有史料价值的丑闻和秘事。而且，读解的线索为阿格隆一人所掌握。我受地图收藏委员会的委托前来接洽此事，防止它流入歹人手中。我们的原则是，有多少收多少，让它烂在仓库里也在所不惜。

前一天晚上，我与阿格隆在电话里约好，我们每人手持一份报纸（任意的一份）作为我们互相识别的标志。即使我们假设在场的人每人手持一份报纸，阿格隆也决意不选择更为显著更为私人化的识别方式。我不知道这属于他的个人癖好，还是有什么不可告人的个人企图。

我手持一份过期报纸在门厅里闲逛，想象阿格隆的形象，鹰钩鼻子或者扁平鼻子，三角眼或者金鱼眼。总之，他鬼鬼祟祟的行径只能招致这类丑化的想象。

我注意到那两位妇女的谈话已告结束。方格格迈着稳健的四方步向我这边走来。"阿格隆先生吗？"她试探着问。

那是夏季，如你所知，那种真正的南方夏季。燠热和台风，午后的酣睡，刺眼的光线，谁在敲打东西的声音，瓶中的药丸，讨厌的电话铃声，空调器或者电扇的呼呼声，总之，一种晕乎乎的感觉在头顶上方转悠。

我向她解释原委，不知道是否要向她出示身份证明。但她固执的神态表明她只关注我手中的这份过期报纸。

门厅里有不少闲人，一时还不见有其他手持报纸的人。我并不想申辩，只是请方格格耐心等待。她欣然允诺。也正是在这段时间之内，方格格似乎不经意地透露了她的窘迫处境。

通过她闪烁其词的叙述，我隐约看见一名梳洗整齐的男子，面黄肌瘦，摆动着一双大手，在方格格的生活中来回穿梭，影响着她，左右着她，并且使她怀孕，惊喜、悔恨和狂躁。肌肤之亲给一个女人带来的影响是明显的，甚至，能够使之错乱。

我这样解释方格格误认了我。

我在期待阿格隆，期待一名男子，甚至仅仅是在期待一份日期不明的报纸。虽然许多人断定那张所谓的旧地图完全是一个骗局。这与方格格的判断完全相反。也许，她是一个非常容易为表面迹象所蒙蔽的人。她的性格中一定包含了执迷不悟的成分。她的神态中没有多少清醒的痕迹，至少在我看来没有。但是她的这副模样，使我犹豫起来，似乎我在某种意义上就是一个手持旧报纸的阿格隆。

而且，这种环境确实容易模糊人们的视线，并使人注意力涣散，对各种行进中的事物丧失兴趣。一个袖口沾有污渍的行李员推着锃亮的行李架过来了，另一个一头秀发的卖甜食的小姐在冰柜后面探头探脑。人们各就其位，没有什么意外的事情要发生，一切都按照时间表在运行，看得见和看不见的规则都在起作用。但是我被一名自称方格格的女人误认为阿格隆。

在这个意义上，时间是停滞了，我被凝固在一个可疑的位置上，只有真正的阿格隆才能使时间重新启动，使我得以从某个时光齿缝中滚落出来。

实话实说。这则故事有三个主要来源：一个是加百尔《圣经中的犹太行迹》一书中有关哈斯蒙尼王朝的若干论点，另一个是博尔赫斯的一次有关德·昆西的谈话。最后，也是最重要的一点，是曾经流传甚广的有关上海某个时期的一段逸事。我简要介绍一下这段逸事，我引用的是已经定型了的讲述。

如果你处在睡眠之中，那么，你说的一切都将被视为梦呓。那个穿大褂的匪徒如是说。他就坐在那张方桌的后边。上海是不存在的。他断言。仿佛他说上帝是不存在的。他穿黑色的大褂，这一点是明白无误的。他用双手捧起杯子喝水，那双手像一副生锈的铁夹子。他仰脖喝水的样子非常文雅。他说他是铁匠的儿子。他的黑色外套是绸子的。他说，这是我的褂子。那是很久以前的事啦！他两眼直视前方。我就坐在那儿。我是说在这故事中我就坐在他的目光的终点。我扮演那个倾听者，象征着某种终结，筛选他的言辞，令他死去或者不朽。

我。这个我是一名匪徒。戴一副角质眼镜，穿黑色的印花绸布大褂，携带几件凶器，小腿上打着绑腿，吸着香烟。让冷峻和残酷等几种表情在脸上轮番经过。那个时候的上海雨水非常之多，空气中混合着一股酸臭味。那个上海已经不存在了。

作为这个故事的另一极，过分优雅、过分敏感的人物，像一名时尚杂志中勾画出来的同性恋者——医生。喜欢独自漫步、沉思和遐想的人物。他又高又瘦，脸色苍白。他将在故事中死去。如果我让他死，他又有什么理由活下去呢？不管这个我是匪徒还是将要转述他的回忆的什么人。

但是，死亡最先降临到穿黑色大褂的匪徒身上。他来到了这个城市，他住进了旅店。街上跑着叮当作响的有轨电车，警察骑的马，三轮车和人力车。那时候的妓女相当出色，有关她们接客的故事流传得十分广泛。她们穿着簇新的旗袍，在路灯下伫立。片刻，她们走一步或者半步，你要注意这中间的微妙差异。但是匪徒住进了旅店，他洗漱一番之后，躺到了床上。当他不行动时，其余的人在干什么呢？

医生。这个将被刺死的人。他坐在他姑姑家的方桌边玩纸牌。他是个非常迷信的人。他好几次抓到了3、7、9这样一系列的同样花色的牌。他略略感到惊诧。但是，除此之外，他又能抓到什么牌呢？把茶给我收拾了，给我喝酒吧！医生说。

有关这则逸事的回述就此为止。接下去我用方格格和阿格隆的故事补充它。我的意思是说，我们一起来看看，这两者之间究竟有多少关联。我希望我的叙述使两者像看上去那样是彼此孤立的。我不是要讲授事物之间的联系，我也不是在暗示这一点。我只是说，如果我们愿意以这样的观点看待事物的话，事物将会呈现出什么样的面貌。

　　我需要阿格隆。我依然在等待他最终出现。以使我的时间之钟重新走动。这恰好与方格格的愿望相悖。她已经在暗中将我端详过无数次了。这似乎足以使她确信，我就是阿格隆。

　　我不再试图说服她和我一起等候，因为这是徒劳的。方格格喋喋不休地重申，那个在电话中的阿格隆正是我。我们的声音非常地相似？这倒是常有的事。如果我是阿格隆，我对方格格说了些什么呢，方格格告诉我。我在电话里对她宣称我受她的丈夫周权之托约见她。磋商如何挽救他们濒于破裂的婚姻。我手持一份报纸作为标记，而她的肚子则是天然的特征。我暗想，这个故事也许可以叫作"一个孕妇要读的报纸"。但我决不会对一名陌生女子使用"约见""磋商"之类的词，从这一点看，给我们打电话的那个阿格隆，倒有可能是同一个人。

　　我们等了将近一个小时，阿格隆没有出现。当然，对方格格来说，如果我不是阿格隆的话。

　　此时，方格格的脸上现出了完全绝望的神情，这是我从未见过的景象，它像是求援和哀告。这使她显得极端的丑陋。这是我所不愿意看到的。我从美丽女性的容貌中受益颇多，领悟到世间的点滴甘醇，是我诸多回忆的一个焦点。虽然这个悲惨的世界总需要某些东西来加以点缀、熏染和麻醉，这种美与丑的比例和格局我大致是不会混淆的。

　　方格格不断倒错着脚步，调整着身体的平衡，这一切好像都是为了平复激动的情绪。我不知道这个形象就是一名死者的形象，但即使我当时知道，我又能做些什么呢？

过了一会儿，她的情绪平静了下来，脸色也不再那么苍白，她便与我友好地告别，仿佛突然之间忘却了刚才有过的一切。

　　一周以后，也就是我差不多淡忘了此事，而那个阿格隆又从电话里冒出来的那个下午，我从这个阿格隆嘴里获悉方格格的死讯。因为我一接电话，听闻是所谓的阿格隆，我便先与他讨论了方格格。阿格隆并不道歉，也不悲痛，并且也像完全的无关痛痒，他用一种播送气象报告的腔调播送一则噩耗。这又激起了我的好奇心。我表示仍然想收购那份未曾一见的旧地图，如果它还在的话……我们约定以同样的方式（报纸、地点等等）碰面。

　　必不可少的阿格隆终于出现了。他的脸就是那种要上电视冲着众人假笑的脸。嘴里镶着金牙，穿着一身温州产的皮尔·卡丹。下巴刮得铁青，但忘了洗洗头。我远远地看见他从一辆公共汽车内挤了出来，手里握着手提电话。看来那些旧地图的谣言就是从那里散布出来的。

　　酷暑逼人，但阿格隆在烈日之下步履从容。他边走边与什么人亲热地通话，无名指上的假钻石将日光反射到他嘴内的金牙上。他一直进了旅馆的大门才收线。门厅里还有四男二女同时在使用手提电话，十二双眼睛互相打量着。阿格隆是他们族中的一员，对这类场面毫不陌生，他微笑着朝我走来，好像他是通信部队的首长。

　　他朝我扬扬手中的报纸。接见开始了。

　　他在电话中并不结巴，但面对别人的目光，他变得支支吾吾了。

　　"压抑。"阿格隆并不提什么旧地图。他倒是开门见山。

　　"压抑。谁？"

　　"我？不是我。压抑，我，是，说，方格，格。"

　　"你不是说她死了么？"

　　"压抑，是因，为压，抑。"阿格隆吐字清晰，短促、有力。只是断句别具一格。

"她为什么压抑？"这可是一个愚蠢而又必要的问题。

"都压抑，我们，这就，是，为什，么，她压，抑。"阿格隆阐述得很好。

"那我们都还活着，她为什么要去死呢？"

"你又，不，会怀，孕。"阿格隆一针见血地指出我的局限性。

"这不能成为死亡的原因。"

阿格隆结结巴巴、支支吾吾地解释着方格格的死因，仿佛他约我出来就是为了解释这件事的。他的金牙在口腔内时隐时现，而他的手提电话则像出了故障似的，自始至终一声不吭。

"那个，"我不能使我的好奇心表现得过于露骨，"那个男人是谁？"

这可是一个具有广泛应用性的问题。

"当，然不是她，的丈，夫。"

"当然。"

"那么是谁呢？"阿格隆十分幽默地设问。

"这正是我的问题。"

阿格隆轻蔑地一笑。显然，我会错了他的意思。应该把扪心自问看作是风趣的表现。

要想从阿格隆的嘴里知道那个替身是十分困难的。且不论他的艰难的叙述听起来是多么费劲，要命的是他总是从一些否定性例子的相互关系中发掘所谓隐含的"作者"。他提到了一名游泳运动员，一名饭店经理，两个大学生，四个超市保镖。他们的体能、收入、激情和邪恶程度以及这几种因素相加都不足以"诱惑"方格格这样一位淑女。而只有一种因素，那就是神秘，才会使她昏头昏脑，置贞操于不顾。

阿格隆的一番宏论，似乎是在暗示他本人就是罪魁祸首。

但是从常识出发，这是不可能的。我幼稚地想。否则方格格不会在这个门厅里误认为我是阿格隆。

我明显忽略了阿格隆所说的"神秘"两字。我将"神秘"庸俗地、想当然地理解为某种大剂量的秘密。在此之前，我并不知道，神秘有可能是张冠李戴、指鹿为马以及执迷不悟。

这件事自始至终都没有越出那个令人头疼的夏天。每一个人都热得要死。人们用恨不得剥皮来与天气打趣。许多人学狗的样子不断往外吐着舌头。而阿格隆每次来找我都套着他的"皮尔·卡丹"，我估计那一夏天都没送去洗过。

每次他上我的办公室来，他都带着一两件小东西，文具盒啦、订书器啦，甚至还有一台便携式打字机。仿佛是要让我慢慢地接近那份带花边的地图。

在大热天里人们只能无所事事、昏昏欲睡，电风扇吹得人眼冒金星，而阿格隆却一如既往地西装革履。我让他坐在一边读报喝茶，在我彻底无聊的时候，则让他陪我聊上一阵。方格格是一个永恒的话题，我们从中品味、揣摩、测度男欢女爱所带来的悲惨结局，幻觉般地发现婚姻与受孕的虚无。在酷暑之中，生活很少具有什么诗意。

但是阿格隆似乎并不在意他所受到的冷遇。他上我的办公室的频率越来越高，简直快成了我们中间的一员。他心平气和地喝茶读报，额头上直冒汗也不解开衬衣最上面的那个纽扣。有一阵，我甚至觉得是我被他晾在了一边。为了取悦他，我取出我们协会收藏的各类地图供其观赏。阿格隆倒也兴致盎然。他尤其对各种历史地图集表现出了空前的热情。他的眼光是贪婪的，仿佛那是一些春宫画似的。这使我微微有些吃惊。他的外表是如此地堂皇，与他的目光形成鲜明的对比。就我个人而言，这确实是难得一见。

这种生活状态犹如一场旷日持久的战争，而这曾经就是方格格自杀的背景。

她所居住的那片街区，平心而论，是一处热闹而又不失僻静的所在。东一处西一处点缀着租界的遗迹，同时还散布着许多从地面上直接砌起来的低矮平房，加上一堆一堆的机关用房，一到星期日，便微微弥漫着上了锁的仓库的味道。一些旧汽车停靠在路边，仿佛已经停放了好几年，还没有人来将它们开走。

这样一片环境给人造成一种迷惑，一种灰尘之下的冷漠黯淡，类似虽生犹死的感觉。在这里，人们结婚生育，将一切遮掩在小小的屋顶下，除了在街头所见的那些半生不熟的脸，仿佛什么都没有发生过一样。这些脸不断地成长、成熟、变形、老去、被替换，周而复始，无声无息地，顽强地不为人知地继续着。

而正是在这片环境之中，某些人突然被抛掷了出来，就像一束礼花，缤纷又有点无可奈何，从一种被禁锢被压抑的状态中腾空跃起，闪烁着没入黑暗之中。它的背景总是黑夜，它需要以此来衬托来铺垫。

方格格就是这样一个人，面对这样的人，你又能有什么好办法使之脱离日常轨道呢？

阿格隆的焦虑是有道理的。他表示，方格格的丈夫掉进了一个自设的陷阱，他一错再错，以至最终断送了他妻子的性命。他选择阿格隆来从中斡旋，最终促使方格格走上绝路。这都是阿格隆的语汇，我们使用起来毫不费劲。这一点也是意味深长的。

那一天，阿格隆以一种记者的腔调前去拜访方格格。先是一个电话，然后突然就从门边冒了出来。依然是衣冠楚楚，汗津津的。他回忆说，他不知道这是否对方格格产生了什么不良影响。

方格格穿着孕妇装，像一块发面一样。这就是阿格隆的原话。

阿格隆听取周权的指示，对他的妻子采取胡搅蛮缠的战术。他无所不谈，并且在所有问题上作深入浅出的比喻。想要令方格格知难而退，最终因为对理性的畏惧向她的丈夫的说客投降。

但是他们都错了。他们没有意识到方格格是一个轻率的人，就像她丈夫没有意识到她会轻率地怀上别人的孩子一样。

阿格隆前脚刚走，方格格就在家中的浴缸里自溺毙命。她在浴缸中的裸体的形象令人联想到她要试着做一次水下分娩。

阿格隆，那个汗津津的阿格隆，在某一天，忽然沉痛地承认，并没有一幅所谓的带花边的地图。他最初给地图收藏委员会的电话纯粹是灵机一动。

我不想否认世事有时就是这样建立联系的。但是阿格隆确实荒唐。因为按照我的非常落伍的观点，这种荒诞派戏剧式的东西早就不再有人感兴趣。世界是非常之美好，非常有秩序的。出了问题的当然是我们的脑子，这才是混乱的源泉。

时间玩偶

在童年的时候，我就有一个幻觉，我将要度过的一生是我的生命的一个次要的部分，而我生命的核心，会以另一种方式，在另一种历史中存在。它逼真到我触手可及的程度，就像无数次地触抚自己的身体——真实中的虚幻、色情、慰藉以及悲痛。而身体的概念最初来自影像，来自对影像的记忆、放大和扭曲。它有时是一张家里的旧明信片，有时是过期画报中的一帧泛黄的风景照片，有时是电视里的一个一闪而过的面影，而更多的时候它是电影中的一个片断——它由那些人物、故事、场景所组成，而当它们进入我的视网膜时，却被置换成了无名的容貌、印象主义风格的景色、运动中的肢体和永恒而又不断变易的四季。一如但丁的诗篇《神曲》中的诗句：

> 我见到的幻象
> 几乎完全消失，但从中诞生的芳香
> 依然一点一滴落在我心中。

一种中世纪的柔情和哀叹，仿佛是无产阶级的情怀，喻示了电影工业的诞生及其历史命运。

自然，我要说的是幻象。它来源于仿佛真实存在过的上海，来源于本世纪上半叶滚滚而来的墨西哥阴阳币，来源于胭脂和肉欲，来源于醉生梦死的夜晚，来源于一首爵士歌曲，一首叫作 *You belong to my heart* 的歌曲。以那个年代的洋泾浜英语来翻译，它就是《肚皮上有一只蟹》。这就是这部电影的名字。这就是我的乡音，我的四处散佚的乡音。夹杂着尘世浊重的气息，在黄浦江和苏州河上空飘荡着尖锐的阴性的腔调。

我倾向于这样的观点，那个上海是不存在的。浮光掠影般的影像和昏黄的调子，仿佛都是在暗示这一点。而这是一个敏于接受暗示的城市。它在丝竹之音以外，忽然奏响了爵士乐，一种似乎与它无关的音乐，美洲的味道和黑人的节奏，一下子绕过沙逊大厦的转门，落在外滩的侧影之中。

音乐就像时光一样，轻易地在岁月间穿行，似乎是不经意地在各处留下它的令人心碎的印记。一种凄恻的声音叠加在浮世的影像上。转瞬之间，民国就到了中华人民共和国。有时候，岁月提供给我们某种省略的法则，使我们得以跳越若干晦暗的时代遗迹，连缀历史的碎片，那由镶嵌而形成的纹路，暗含着无意的遗忘和处心积虑的回避。在影像的皱褶里，栖息着受伤的微小生灵，他们的叹息有时就是一首漂泊着的异族的歌曲。这是曾经令我诧异不已的。

呃！Jazz。呃！电影。

好像是贝尔托鲁奇和基斯洛夫斯基的混合体，在歌剧式的热情中兑了一点东欧式的沉思。而开始部分，主要依据的是兰斯顿·休士的回忆录。它改写了其中有关上海的一章。一种幻想式的改写。一个旅人对他曾经驻足的地方的回忆。《我漂泊，我彷徨》，一个功成名就的黑人对他诗人生涯的不无得意的回顾。

这样的舞厅，你几乎可以在任何一部好莱坞的类型影片中发现它的原型，天然地具有布景式的奢华，没有阴影，每一缕光线都是均衡的。在欧洲的同类影片中，它出现的次数略少。而在这部影片里，它微微显得有些大而无当。它甚至比沙逊大厦那个真的舞厅还要考究、繁琐。当镜头在窗帘、扶手椅和映射着烛光的器皿上掠过时，它就是为了唤起你的惊讶。

我不知道有多少人听过我们的演奏，也不知道有多少人在我们演奏的爵士乐中日复一日地消磨着那些夜晚。虽然那些乐曲还在，时常还会不经意地在耳边响起，但是，那些面容、身影以及旋转的舞姿早已消失不见。我甚至不再记得我那时的容貌，虽然它会从一张旧照片中向我呈现出来，但那仿佛已是另一个人，在另一个地方，另一个故事里。那中间似乎隔着某些东西，犹如乐曲中的休止，停顿一下，然后，乐曲总会在某个你意想不到的地方再响起来，萦绕着你，触动你的某一部分，把你从你的生活的停顿状态中再次带动起来。在今天看来，这就是我年轻时每晚去沙逊大厦演奏的原因。我还记得什么人的口头禅，他喜欢套用艾灵顿公爵的话：马路就是我的家……上海只不过是替我存放信件的地方。

夜晚的逸园，（今天你还找得到吗？）奢华的内景。至少用一车皮的加拿大红松才能再现环境的肌理。当年用的是泰国松。而防潮的石灰夹层，如今被认为是致癌物质。在俄国流亡者的故乡莫斯科至今还有这类建筑。这些人物的出现是对这一时期的文学写作中的旧上海的一种讥讽，对一个免签证的大都会的避难实况的美化。透过时间的透镜，那似乎是一个乐园，或者说时间就是一个乐园。

那些年轻的中国人，（换句话来说，由年轻的中国演员扮演的萨克斯风手和钢琴师）兴高采烈地走了进来。他们穿过人群。马丁·斯科塞斯式的跟拍，夜总会内部的全景，（又是一个美国人，租界的气味越来越重了。）灯光柔和。是啊，人们的头顶上是几只纸灯笼。穿着二手货式的西服，而另一些人的衣着倒像是相互间的翻版。他们在此地与爵士乐的休戚与共的命运也可以看作是美国文化的翻版。在他们的周围大部分都是洋人，斯坦尼康流畅的轴心运动揭示了这一点。当然，还是马丁·斯科塞斯式的。不过，也就到此为止了。接着的部分，羞涩而又温柔得令人不知所措。

年长几岁的以一个常客的口吻说：那是爱琳·维丝特，这里的经理。"那个黑人是谁？"年轻人热切地询问道。

这是男主人公的第一句对白。一个疑问句，一个一连串疑问的开端。甚至整部影片也是疑问式的。仿佛有人在乐曲休止时高喊：嗨！爵士乐跟中国人有什么关系？谁知道有什么关系？

有人答非所问：她有很多朋友。等会儿，你会看到一个高个子黑人，弹钢琴的，那就是泰迪·威塞福德。今晚你将看到美国在东方最好的爵士乐队。

这两人的兴奋的交谈，像是要使悲剧人物必然地在某些时刻装疯卖傻。丹麦人哈姆雷特十六世纪在英国这样做了以后，几百年间这成了一个惯例。

这时候，那个自己的作品被这部影片挪用了的黑人诗人，仿佛是在对前述的疑问作出应答，恰好（适时）地转过头来。一张多么乏味的脸，当中国影片中需要洋人时，你通常就能看到这种形象。一个活道具，一张从环境中彻底分裂出去的呆滞的面孔。紧张的微笑，饱经沧桑似的皱着眉头，在他的原型笔下的夜总会里假装愉快地冲着镜头。他（一个历史人物）和这两个虚构的年轻人打了个招呼。带着他那商标式的假笑，转过脸去，对爱琳·维丝特（一个准历史人物）说："我发现上海的老百姓很有趣，很像我国内的黑人乡亲。"在兰斯顿·休士的著作中，他确实是这么说的。

"上海？！"爱琳·维丝特喟叹道，"确实，你再多待几天，就会知道它有多疯狂！"爱琳·维丝特的表演与兰斯顿·休士交相辉映。就像一个冒牌货在对另一个冒牌货暗送秋波。她的对白虽然有一点舞台腔，但是，离真实的情形并不遥远。

此刻，在年轻的中国人看来，那个黑人陷入了遐想。黄浦江上世界各国的军舰和商船，还有那些中国帆船构成的景象，令他久久难以忘怀。"这是一个不可思议的城市，混乱的芝加哥也比不上它。这样的城市，我久住不起。"

兰斯顿·休士的评论，缥缈而又真挚。会在许多不走运的上海人那里唤起共鸣。这是通常暗示给观众，赖以影响他们的视点，而剧中人浑然不知的老套手法。知情人的位置无疑是令人愉快的，正如电影的本体在起源上含有的那种令人口干舌燥的偷窥式的立场。

"他们在说什么？"有人在问。他显然已为逸园的气氛所感染。

在同一个场面中，一些人的谈话，另一些人是永远也无法知晓的。

泰迪·威塞福德的手落到了琴键上。对表演的要求也许是像一片秋叶落在水面上。"就是在这个晚上，"这时画外响起了旁白，"有人决意毕生侍奉爵士乐。他的一招一式全要学泰迪·威塞福德的样子，从音乐到他触键的姿势。这些美国人从加尔各答、孟买、马来联邦、马尼拉、中国香港以及阿瑟港一路演奏到上海，仿佛就是为了让我们爱上爵士乐。"

今天，我们知道，那晚和他们打招呼的是兰斯顿·休士，因为这个黑人的缘故，一个虚拟的现实，被镀上了一层薄薄的记忆的幻影，它的影像的依据也指向弥漫在二十世纪最后二十年的向旧上海致意的时尚。巴克·克莱顿的小号以及约瑟芬·贝克的漂亮外衣，影响了某些人的一生。他们一直梦想买一张"大洋丸号"的船票，经横滨往旧金山，到美国听一听真正的爵士乐。

那个夜晚，那个令人沉醉的夜晚，放荡的麦基双生兄弟因为前一晚上喝得烂醉，没有出场表演他们拿手的舞蹈，经理爱琳·维丝特没能把他们叫醒。

逸园的灯光暗下去了，画面正在逐渐淡出。这个日后遭受过大火的地方，此刻，正在将我们的思绪引向虚无缥缈之中。这一天，泰迪·威塞福德演奏的曲子是：《肚皮上有一只蟹》。

那个仿佛被考证过的地点叫懋益里，建筑风格——呃！如果有风格的话。是一种本世纪初英国许多城市里工人住宅区的条状建筑。它在本地的名称是石库门。一度它是上海市民殷实生活的象征之一。不过，这似乎是那种建筑的一个变体。

在一条弄堂的深处，如果不是由于地皮的缘故，就一定是在施工的中途——不知什么原因，忽然改变了原先的设计。总之，它的内部奇怪地以一个幽深的天井为中心，环绕着曲折多变的走廊，面对着一扇紧闭着的彩色玻璃门，一架锈迹斑斑的铸铁楼梯盘旋而上，与二楼的一个小平台相接。

它在当时就那么旧吗？而不是因为莫名的怀旧之风甚至使它扶手上的百合花饰也已锈蚀？光线仿佛被折叠过多次才被反射到窗户上。这使它的白天具有一种月球般的清寂，我们的目光掠过这一切，最终，滞留在已褪色的玻璃门上。它天然地带有一种暗示，仿佛它就是为了紧闭着才被造出来的。

此刻，没有人进出过这扇门。而有人总是从二楼的窗户跳进跳出。那架旋转楼梯正是通向窗户的。我相信这是一座真实的建筑，而不是电影中的布景。它的令人费解的布局，是它的精心的选择，在第一印象中避免了环境通常所带有的阶级分析式的表意功能。但是，随之而来的问题是，这部"向美洲"的影片，却含有了一种"自深渊"式的欧洲味道。它的摇摆的品性已经显露无遗。如果它不幸不是一个优点，但它至少是一个特点了。这个问题我们在后面还会谈到。

用人们通常从后门进出，带着她们采购的物品和听来的闲话。一个长镜头在水池处掠过她们用头油抿紧的黑发，仿佛是不经意地放开她们，镜头以新浪潮时期法国式的运动转向另一边，从幽暗的楼梯处将建筑的内部剖开。这个石库门的变体，在人们居住的三层阁楼上，以一个老虎窗表示了一点对传统的敬意。此刻，它向着星空敞开着，将我们的视线引向不可穷尽的暗夜。

阁楼里点着一只赤膊的十五瓦的电灯，它给了影片昏黄的影调一个暗淡的呼应。有人凑着灯光在做着去沙逊大厦演奏前的准备工作。他穿着衬衣和白色的短裤，悉心地梳理着头发——他的纹丝不乱的头发将伴随他的一生，即使在他最为落魄潦倒的段落里。他信口吹着口哨，作为声音元素，它幸运地是那种胡诌式的调子，避免了被过度诠释的厄运。

片刻，（真正的片刻）他收拾完毕，他小心翼翼地将椅背上的长裤搭在手臂上，拉灭了电灯。然后，提起装着萨克斯风的乐器盒，有条不紊地跃出面临小平台的窗户。最后，从外面把窗户带上。这时，他的乐器盒第一次在楼梯扶手的百合花饰后闪过，而且，音乐在这时响起，斯科特·乔普林的《华尔街》。在影片的尾声，在深夜外滩的楼群前，我们将再一次听到这首乐曲。

在天井里的彩色玻璃门前，他放下乐器盒，这才套上长裤。他对笔挺的裤线深感满意。这个形象，这个在未来将被影片反复拨弄的形象，穷愁潦倒的命运已不可避免。音乐在此停了一拍。影片转而接入一个喜剧性的场面。

在他父母的卧室里，门窗紧闭，窗帘低垂。他的母亲因病在床上躺着，她的头上蒙着湿毛巾，似乎是在做物理降温。而他的父亲也早早地上了床，与妻子并排而卧。虽然有人生病，但是两人看上去并不愁眉苦脸。我们将会看到，这对活宝言谈中常带有的奇谈怪论以及他们是如何袒护儿子的。

就像弦乐中的拨弦段落，这场戏含有一丝谐谑的成分。他进来问安，在床前逗留一会儿，就想离去。"姆妈身体好点了吧?"普通话中夹杂着南方口音。虽然明显,但并不刻意。影片显然没有染上方言狂热。他的母亲、有气无力地抬抬手,表示无关紧要。而做父亲的则欠起身,将背后的枕头垫高一些,以使自己靠得更舒服。"你母亲偶感风寒,无伤大雅的。你放心出去玩就是啦!"这对白听起来就像是被演员念错了一般,但也符合他的故弄玄虚的作风。做儿子的申辩道:"爹爹,我这可是正经职业!"父亲长吁短叹道:"哎呀!这种地方,你姆妈和我都见识过的。"母亲在病中附和道:"你爹爹说得对。"这无聊的对白只是为了让他赶快走。而他果然推说要迟到了,便朝门外走去。

他的父母还在后面啰唆着:"那你快走吧,人家帮你找这份工也不容易。不过说到音乐,你比他们有天分。他们比你勤奋,你比他们懒。将来……"他打断父母的唠叨:"将来的事情将来再说吧!"他出门而去。而他的父母在床上相对叹息,一副无可奈何而又志得意满的模样。

就我而言,上海在过去的一百年中,有四十年是隐含着肉体错觉的,其余的六十年,则是一个镜像式的幻想体。因为我所无法摆脱的个体的历史,使上海在我的个人索引中,首先是一个建筑的殖民地,是一个由家属统治的兵营,一个有着宽阔江面的港口,一个处在郊区的工人区,若干条阴雨天中的街道,一个无数方言的汇聚地,一个对日常生活充满了细微触觉的人体,一个把纳博科夫所谓"遵循优雅通奸的伟大传统"和毛泽东式的农民解放融为一体的地方,一个能指。

十分奇怪,对于我的出生地的幻想,仿佛有一个时间上的锈斑似的顶点,虽然我在迷宫般的旧城中见过几百年前的城墙遗迹,但我的充满幻想的视线始终在二十世纪的短暂百年内转悠,再往前,那是一个古代化的现代,一个在英语中尚未将"to Shanghai"这个词视作以强迫和欺诈手段雇用水手的同义词的时代，肮脏、糜烂和混乱就要同殖民者一同到来。此前，那个遥远的乡村中国的上海就像绢上的墨迹，意味深长而又无以名状。呃！这个在我今后的生活中还要不断修改的想象，却出乎意料地像是一个所指。我们置身其中的生活因为感官的作用时常令我们迷惑，而一个遥远的过去却稳定地散发着仿佛是传统的光芒。

我时常自问，我是否怀有普鲁斯特式的雄心，想要在记忆深处召唤出逝去了的时光的原貌，而我也不断告诫自己放弃这种努力，那个由诸种物质构成的上海是不存在的，因为它如同一代人的生活，如果未曾被恰当地描述过，它就是不存在的，而描述所经历的衰减、损耗和变易更加深了这一点。

我依稀记得那个下午，工间休息时，坐在邮局的折叠椅上读加缪的书，这位死于车祸的作家写道："我又听到了郊区的声音。"在窗外电车导流杆与电线的摩擦声中，我隐约获得了对上海的认识，一份在声音版图上不断延伸、不断修改的速写。在上海的市中心，一座如今已被拆除的建筑的二楼，隔着南京路，从它的窗口可以清晰地看见上海图书馆的钟楼，如今它已被改作了上海美术馆，而在历史照片中，我们被告知，这幢建筑曾经是跑马场的一部分。如果出现在虚构作品中，这种历史变迁虽然充满寓意，但依然可以被视作是笨拙的一笔。

外滩，上海的标志、心脏和边缘，那个被不厌其烦地四处展示的建筑群，曾经有两年时间，我在厕身其间的一所学校里念书，这使我有机会从它的背面观察它，从它缝隙般的街道眺望荒凉的浦东，黄浦江上漂浮着的铁腥味，着火的巨轮以及来访的各国海军的舰只。当我叙述这一切时，年代的顺序已经被打乱，因为我想着意呈现的是一幅由记忆连缀的图景，一些由语言的音节带来的触觉，由此与长久以来弥漫在我心间的莫名的沉默相呼应。

这是一个令我有一丝诧异的地方，它是这座城市的形象和象征，但又是如此地外在于它，仿佛悬挂在体外的心脏，在某处支配着这个城市的生活、经验和想象，即使我每日行走于其间，在某些时刻，与某些人、某些事在此相遇，依然只是没有奇遇的旅行，依然只是观光客的浮光掠影般的遐想，即便是本地人，它也给你一种过客的感觉，它只是明信片上的风景，或是你的私人的照片上因曝光过度而令你目眩的背景。曾经因各种原因在此聚集的人群，如今三三两两、若无其事地在此经过，一丝笑意不经意地在他们的嘴角掠过，令我不由得想起杜拉斯的片言只语，"我生命中的故事是不存在的"，"有过的也不曾有"。或者如艾略特所说的那样："而你所在的地方也正是你所不在的地方。"

以上所引译文出自两位上海的翻译家，王道乾先生与汤永宽先生，这些翻译家的译文构筑了上海的另一个外滩，另外一种若即若离的美。

沿着堤岸，向左右两侧望去，在目力不可及之处，分别是上海的老城和港区，这是上海最为拥挤和最为空旷之处，对我而言，这都只是偶然的与童年的嬉戏游玩相维系着，它们所代表的繁杂和辛劳，在当时都仅仅是为碎片般的记忆而存在的。南市更像是庙宇的后院，在人间含辛茹苦的烟火之上，带有一丝天国的微光，而港区在更多的时候是一个略显冷清的货栈，有些货物经年累月也不见有人挪动，这只是一个孩子们放学后闲逛的地方，它的郊区式的孤寂，码头工人也许是看不见的，一如孩子们所难以触摸的那个令人筋疲力尽的成人世界。

在未成年的时候，我一度喜欢上了黄浦江上的渡轮，花几分钱，随着人流来回摆渡令我沉思我一无所知的事物并且获得慰藉，江面在四季中的形态以及风雨中水面那令人窒息的味道，是最初令我产生迷惘之感的东西。流水天然地变成了一个象征，它的波澜和雾气绵绵不断向两岸涌去，似乎要使潮湿的南方陷入更深的纠缠之中。

　　后来，我离开江面越来越远，更多地在街道上徘徊、流连和观望，我所幻想的那个黄浦江畔的上海，消失了，因为时间的拨弄，我的杜撰的热情也消失了。我想我知道这是为什么。

镜花缘

她管她自己叫骆驼，一种我从未亲眼见过的动物，这既是真实的，也是一个隐喻，但是她到底以此隐喻什么，我也不太清楚。骆驼的形象我是见过的，没有嗅觉，在有关沙漠的电影中、在有关沙漠的照片中、由她手工绘制在一张 M'ON THE BUND 名片上，那上面溅有鹅肝酱的残迹，小陈平生第一口鹅肝酱的残迹，如今夹在他的记事本中，和骆驼送他的泰姬陵图案的金质书签夹在一起，一份奢侈品和一丁点对奢侈生活的回忆。

这个牵骆驼的人曾经对我说，他像许多爱好法国文学的人一样，想拥有一份普鲁斯特式的回忆。我不知道他指的是普鲁斯特所描绘的奢华生活，还是普鲁斯特认知事物的方式，或者从中引申出来的对感情纠葛的受虐狂式的偏爱。

就像他们认识的许多人一样，这两个人曾经如饥似渴地阅读萨冈、杜拉斯和昆德拉的小说，并且将各种两性关系制成索引，在性爱的间隙反复论证。这些论证多半是无效的，任何微小的事物都可以将其击碎。

我认识骆驼时，她刚从欧洲旅行回来，一份法国的商务签证，使她得以在申根协议签约国之间来回转悠。她半开玩笑地对她的情人说，法国小说是一种幻觉，性爱也是一种幻觉，你在巴黎街头或者地铁里转上二十年也不会有一次艳遇，小陈一脸失望地望着她，她没有说什么。

我甚至不记得那个晚上 M'ON THE BUND 是否有音乐，窗外，外滩正在渐渐地安静下来，对面的浦东笼罩在隐隐的烟雾之中，小陈起身去洗手间，那个性感的混血侍者傲慢地收起她的屁股给他让路。骆驼说她在飞米兰的航班上，见过一名中国男子想多要一杯饮料，一个英俊的意大利空少，俯身微笑着听完他的话，扔下一句 no，头也不回地走了。我想继续刚才的谈话，我说我也想知道为什么？骆驼微笑着说，失望。

小陈的生活总是令我无可救药地想起伊斯特伍德的柏林，或者海明威的巴黎，一种半个世纪以前的情怀，与骆驼的生活貌合神离，如同书中所见，他们在某一点上相会，我以为是爱，其实是物质生活，因为他们平凡的出身，使他们固执地爱着所有具有光华外表的东西。但是在这一切后面，总是有某种东西挣扎着想要跑出来。

就是因为这一点，最终导致了另一个人的出现。

她说她的睡眠是死的，骆驼说这话时，眼睛望着别处，那个地方，超出了她的视野，她睡在她所不知道的地方，无梦，完全的死寂，她希望自己能在睡眠中活过来，哭泣，说梦话，她希望她的睡眠浅一点，短暂一点，能够不时地被惊醒。我渴望被人打扰，但只是在睡眠中。说完这些她又回到她坐着的这把丹麦式椅子上来，又回到她的矜持的坐姿中来，回到她面前的甜品中。

我知道她说的不是谎话，虽然小陈说她是个满口谎言的人，谎言已使她毫不自知。如果你在清晨坐在床边穿袜子，她会因床垫轻微地起伏而恼怒。她不希望她的睡眠被人打扰，她就睡在离尘世最近的某个地方，而不是相反。

还有人在这张床边坐过，穿过袜子，那种高及膝盖的黑色男袜。他还在这张床上与骆驼相拥而眠，他也不知道自己是否进入过骆驼的睡眠，他的双臂环绕着她，试图用温柔唤醒她，越过现实的边界在某处赶上她，但是，除了她嘴里的烟味，他也找不到今生的印记，她确实是遥远的，比她所说的还要远。

她抽太多的烟，多到时常令他不悦，但她抽烟的样子确实优雅，令人相信抽烟是一件美妙的事情，他与她单独在一起的时候，会彼此影响着不停地抽烟，他抽烟的样子有点神经质，他是一个很难使自己平静下来的人，但是看上去他就像一个死人。

当他身处异地之时，他们就整夜地通着电话，诉说着他们永不相弃，骆驼使他感到她是他此生钟爱的女人，她离他最近的时刻，就是在电话里，在她性感的嗓音里，她的遥远的忠诚里。

靠窗的一桌客人，五六个男女，用完餐后，起身到露台上去吹风，两个上海女孩热情地走在前面，几个上了点年纪的洋人腆着肚子高兴地跟随在后，另两个上海男人拖在后面，似乎是在点烟。

骆驼微笑着也点上一支烟。

她最想去的地方是埃及和印度，古老、神秘、庄严和富人区的金碧辉煌，这些词总是在她的嘴边，与我相反，她所有的想象都来自阅读，不像我总是被图像所迷倒。连她三岁的女儿也是个善于言辞的人，经常说出一些她自己所不理解的话来逗人一乐。但是这两个古国似乎更适宜在梦中存在，骆驼经常去的地方却是西欧诸国，她对这些国家的景色印象不深，记住的全是一些商店所在的街区位置和门牌号码。

那个导游的车夫，那个穿黑色长袜的人，就这样出现在她迷乱的生活中。他来机场接她，大学毕业以后，他们有五六年时间没有见过面，但在感觉上甚至比这更久。他小心翼翼地开着一辆崭新的租来的梅塞德斯，平静地对她说着他的大他四岁的法国妻子，对他习以为常的巴黎景色毫不在意。

在骆驼看来，他在外表上没有什么变化，仿佛是从上海被平移到了巴黎，岁月没有在他脸上留下丝毫痕迹。为什么先老的总是女人？她问他。

我不知道中文该怎么说。他说。

这是骆驼在国外的中国人中听到的常用语。有些男人生下来就那么老，有些男人一生都是个孩子。她觉得他说的是他自己。

他的法国妻子要晚一些才能回来，他们就在桌边喝茶等她。巴黎的阴天令他想起了上海的生活。这几年间，他曾回去过几次，但没有想到要去看她，通过一次电话，导致了现在两人面对面坐在她所完全陌生的地方。

现在在上海可以买到法国产的果茶。她说。这茶叶是我从上海带来的。他说。

在他妻子回来之前，他们说定由他陪她去维也纳，值得一去。他说。克里姆特，那些扭曲着拥抱在一起的人像，痛苦、美，令你难忘。他说他们可以各自分担火车票，而且他不想再开那辆租来的梅塞德斯，他们要坐地铁去火车站，法国的汽油费太贵了。最终，是她负担了来回的车票。

他们在维也纳小住一夜，旅馆的费用也是她出的。加上她在德国的四天。他的裤袋里塞满了各家专卖店的精美目录，和她告别。带你的妻子来上海玩，我招待你们。她说。

她以为这个故事到此结束了，她以为结束是这个故事的结局，而且她自认这是她所要的结局。她忽略了自己的本性，她差一点忘了自己是谁。

回到上海以后的第一天晚上，她就梦见了他，他的黑色长袜挂在维也纳旅馆的椅背上，但是只有一只，与那天晚上的情形一样，另一只是在第二天早上才找到的，就套在那只袜子里面，她为此担心了一夜，而实际上那是他的习惯。

在她洗完澡后，他在浴缸里蓄满水，把他擦得锃亮的皮鞋并排放在床前，然后，退下他手上的劳力士表，小心翼翼地放在右脚的皮鞋里。这才安然睡去。第二天吃早饭时，他解释说，这是他的应急措施，万一着火了的话，他可以用浴缸里的水浸湿毯子，而鞋里的劳力士表，能够使他从世界上任何地方飞回巴黎。能活着回家是最重要的，他说。

她在睡梦中依然觉得奇怪，为什么这一晚上她都在担心另一只袜子，它象征着什么呢？

小陈后来开玩笑说，别分析了，也许是地点在起作用，因为维也纳是弗洛伊德的大本营。骆驼绕口令似的说，维也纳还是维也纳学派的大本营呢。一旦他们开始引经据典，不管是名著还是名牌服饰，两人便都觉得兴味索然，她要的并不是答案，而他每一个事都可以给出一个答案。

那天晚上什么也没有发生，这是令她迷惘的，她不知道自己是失望还是暗自庆幸。她梦见了下雪，不是在维也纳的那个晚上。她在荣格的书中读到过，你要是梦见下雪，就是在和你关系亲密的人中间，有人要死了。

她想什么时候再去一次奥地利，让维也纳收走那些莫名其妙的梦境。

夜深了，平台上有了些凉意，客人纷纷回到桌边，他们的神色中含有些许对外滩夜色的赞誉，那种典型的旅游者的表情，混杂在本地人的复杂的骄傲中。

因为酒精和咖啡的缘故，小陈和我都显得兴致很高，我问了骆驼女儿的情况，小陈也表示很关心的样子。她很好，她说。女孩子很听话，又好打扮，这是我最开心的。我们表示赞同，骆驼的女儿确实可爱，小陈说。

小陈不知道骆驼为什么对自己的生活不满意，她的职位是许多上海女孩子所羡慕的，她差不多每一季都要飞一次欧洲，到各处为她供职的时装公司选购衣物，而且她个人还可以得到店家的优惠，以半价购买她想要的名牌货。但她时常一副郁郁寡欢的样子，像个受气包似的四处行走，要不就是若有所思地领着她的女儿。

她说过她第一次去巴黎时见过的第一家专卖店。她去圣日耳曼广场赴朋友约会，受小陈的蛊惑顺道去寻访午夜出版社，想留个影什么的，在离午夜出版社不远的一条街上，她见到了迪奥的专卖店，朋友告诉她，这里原先是午夜出版社开的一家书店。

朋友领她到拐角处的咖啡馆小坐，并且又告诉她，这是从前萨特和波伏瓦经常来的地方。一瞬间，她忽然就起了买东西的念头，而且她在迪奥的门口留了影，手里拿着几分钟前从里面买的手袋。

快过春节的时候，他给她打来电话，告诉她他就在上海，这次他是一个人来的，如果她有空的话，他想见见她，他给她带来一点小礼物。

你来吧，她说。她觉得自己仿佛是一直在等他的电话。

夜里，她起身去卫生间时，特意开灯想找找他的袜子，但她没有找到，她怀疑在维也纳的那个夜晚是她自己记错了。等她重新回到床上，才意识到，他是穿着袜子睡的。

他的手臂又围拢来，她问自己，为什么不是在维也纳，而是在上海，为什么她丝毫没有想到小陈，而是想到了她的前夫，她女儿的父亲？

二十分钟前，她曾经问他同样的问题，他笑了笑说，我不会告诉你的。

我们从 M'ON THE BUND 出来时，已是凌晨，小陈喝得醉醺醺的，一位小姐在路边倒车，差点把他撞倒。大家互相喊了几嗓子，就各自走了。

在黑暗中，骆驼和小陈仿佛是相互搀扶着消失在拐角处，这就像是一对夫妻的背影，在某一个部分，他们是重叠的，是任何貌合神离的夫妻都有的某种东西，是他们需要挣脱的那种东西。

骆驼以一桌扑克来为他送行。我和小陈，骆驼和他。他坐在骆驼的对面，时常毫不掩饰地看着她，同时毫不费力地精确地打着牌，此刻，他是个十分健谈的人，他喜爱的克里姆特，还有其他我不知道的什么人的作品，他的妻子，领救济金的巴黎人，他的大学生活以及他已经不太适应了的上海的生活。

骆驼若无其事地打着牌，应答着他出的牌，而不是他的谈话，她不时地看看小陈，对他微笑，仿佛没有听见他说的话。

小陈对人们所说的一切总是兴趣盎然，绘画，包括无名者的绘画，他妻子的工作，救济金的数目，他念的大学以及所有的人都在拼命适应的今日上海的生活。

晚些时候，又来了几个骆驼的朋友，把她的小客厅挤得满满的，他们还带来了睡莲，那种盛开后显得湿润、饱满、性感的花朵。

骆驼让出位置给一位小姐，取出花瓶去卫生间盛水。小陈和客人愉快地切磋牌技，他喜欢热闹，喜欢混在一堆毫不相干的人中间，他提出要喝一点酒。但是没有人响应，那个将要回欧洲去的人说，他从不喝酒，并且补充说，他也不抽烟，所有不良的嗜好他都没有，这使他更执意地要喝一杯，他摇摇晃晃地站起身来，小腿发软，脸色苍白，赌气似的走进厨房，大家放下手中的牌，静静地等他。

小陈在厨房里磨磨蹭蹭地半天不出来，只有开关橱柜的声音不断传来。

这时，我听见一声轻微的声响，像是打碎了一只小杯子，我们跑进厨房，想看个究竟，但是看见骆驼满手是血地从卫生间里走出来。

我，我，她连连说道。我太难看了。

我们手忙脚乱地围着她，只有小陈和那个有法国妻子的人静静地在一旁看着。

骆驼虚弱地在地板上躺下，左手紧紧地握着流血的右手。有人在说那样止不住血，但她似乎已经听不见了。

少女群像

早上，他们来到了大镇。他问路来到那大寺庙，然后留在那里，绕着寺庙挪动以躲避太阳。

——V. S. 奈保尔《半生》

我的课程差不多结束了，毕业论文是关于亨利·米肖的。我对此不是完全没有兴趣——那些仿佛遁世似的片段，还有西·康诺利称之为"恶狠狠的情感的闪现"，这点与你相似。但题目是菲利普定的，在巴黎他陪我睡觉，所以题目由他来选。我也不知道什么时候能写完。

纽约怎么样？住了十年，你也该腻了吧？你有多久没回上海了？算了。反正你也没什么兴趣。我原来住的地方已经拆得差不多了，万一你哪天回去，别白跑一趟，又发一通还乡感慨，而且是拉什迪式的。印度是你这种人短暂的时髦，就因为你写不出印度裔作家所写的英文。这是我最烦你的地方。永远长不大似的，满脑子微粒状的西方意象，什么虫子啊、邮票般的家乡啊。在我还是个小姑娘的时候，就是这么叫你害的。当然，受害者不只我一个。今年冬天，我们在上海一起控诉了你一次。你很得意吧？

告诉你关于我母亲婚礼的事。在巴黎她就这么搞过一次，比我自己的婚礼还累。我得跟每个人说："感谢你来参加我母亲的婚礼。"为了表达我对她的怨恨，我把自己打扮得妖形怪状。你知道这很容易，恶心人是我的拿手好戏，况且如今上海的小姐也不是很难模仿。我看得出人人都很怜惜我，她们说我看上去又憔悴，又风骚。你知道说这话的是谁吗？

我母亲在她住的酒店里定了二十桌酒席，是她和我父亲结婚时的十倍，所不同的是，三十多年前来的都是亲戚，而这次，除了我父亲和我，没什么沾亲带故的。很像是一次关于时装方面的新闻发布会。一个快六十的人，在席间居然换了三次礼服，完全置她的哮喘病于不顾。她说眼下在上海不这么搞会遭人嗤笑。

但是，在婚礼上她是幸福的。我看见她眼里含着泪水，从头至尾泪盈盈的，像个少女。虽然她已不是第一次出嫁了。

当然，来贺喜的人也好不到哪里去，不是某人的前妻，就是某人的前夫。如今，这世界上大概只有这两种人。我也是其中之一。来喝喜酒的人中间还有胡心一，和我分手之后，被人造谣说改变了性取向。穿着打扮倒还严谨，没有传达出他的新爱好。他现在是我父亲的挚友，在喜宴上挨着我父亲坐。

为了考证他是不是双性恋，回巴黎之前，我还去过他现在的住处。他的新居在一条新开的路上，路牌还在地上躺着呢。行道树是从别处移来的，光秃秃的，很有志气的样子。那一大片楼房，叫法国风情还是地中海风情。差不多是军营和工人新村的变体，东一撮西一撮无法涉足的草地，威严的罗马立柱上依然满是治疗性病的广告。胡心一告诉我，地产商对这个楼盘的解释是，后现代主义风格。

他的房间香喷喷的，如果没有女人一起住，那就是他的确转变了。所有时髦的东西，他都有这么一两件。我用了他的洗手间。他过来帮我开灯。他是个君子，这点没变。抽水马桶盖子还是盖着的，白色的浴巾，牙线，漱口水，棉签，三把梳子并排放着，紧肤水，脱毛器，香薰油，一把正在充电的牙刷。一本心理学著作。我知道是谁写的，但是我没有读过。

他问我后来又恋爱过没有。注意，他是问恋爱而不是问结婚。他并没有暗示我什么，但是我反应过度。我说我已经不想做那件事。他觉得我误会了他。那是什么？我以为他不关心别的。他说他只记得我的耻骨。这是唯一还会浮现出来的东西。从这一点看，他还保留了异性恋的部分记忆。

我声明，我已经不再想靠近他，他知道这一点。但是我想，是我身上的什么味道，令他不安。他在一瞬间还是试图靠近我。我拒绝了。不要。我说。好像我吃了大蒜和韭菜没有漱口。我的肌肤已是一个成年女人的肌肤，就像他的衣柜里存着的一匹精心熨烫的料子，光滑，但是纹理已经熨平。

他的床单是白的，窗帘是白的，衬衣是白的，墙是白的，杯子是白的，碗也是白的。搞得像座医院。连摆设的照片也都是黑白的。他的黑发间也有了不少白色，这儿一摊，那儿一摊的，像是刚从面粉仓库里跑出来。你知道，他小时候住的地方，隔壁就有一家面粉仓库。

我母亲的婚纱很不错，这是那天晚上看着还顺眼的东西。当然，这是租来的。那个婚纱店老板十分有趣，在街上撞见的。他来巴黎旅游，我当了四十分钟免费导游，他便公布他的财产，说他是我的首选，死活要我做他的女朋友。我臭他说，在上海你这样追我的人可以一直排到巴黎，不能因为你到巴黎来了，就以为自己排在第一个。他马上耷拉下脑袋。当然，五分钟之后，又振作起来，赞美巴黎。为了安抚他，我为我母亲选了他店里的婚纱。

对了，忘了介绍新郎，瓦西里。我母亲的第二任丈夫，来自不相信眼泪的莫斯科，俄裔法国人，我母亲说他祖先是高加索人，彪悍，与我父亲完全是两种风格。他像一辆坦克开到我母亲面前，不像我父亲以领我母亲吃小馄饨，把她搞到手。瓦西里是我给他起的外号，这名字叫着顺口，现在连我母亲也跟着这么叫。他很会取悦我们母女俩，烛光下，来上几行勃洛克的诗句，那哗啦啦响的音调，倒是能迅速地唤起对雪原上骠骑兵的想象。如果不是我母亲先遇上他，被迷倒的可能就是在下了。别以为他能胡诌几句诗，就是个知识分子，这家伙是个标准的买卖人，贩卖个把人口也是完全有可能的。

他在拉丁区开了一家小旅馆，家庭式的。我母亲签证到期前，那绝望的最后一夜，就是在那儿投宿。结果，此生以巴黎的旅馆为家了。现在，瓦西里要关心法、俄、中三国的新闻，他前后娶了这三国的女人为妻。

他见我父亲的场面最搞笑，完全超出了必要的礼貌，他的右手紧紧握着我父亲的右手，左手则托着我父亲的右肘，用他的近视眼凝望着我父亲。一个劲地说：你好！你好！仿佛在练习汉语发音。当然，我父亲的眼神也好不到哪里去，他眯缝着眼，慈祥地仰望着他的继任者，膀子被对方晃得发疼。说的话完全不合规范：你也好！你也好！想来这种情景在上海历史上应该不多见。

我父亲这辈子完全叫我母亲给毁了，离婚之后，一度也学起了法语，搞得现在连汉语的使用都成了问题。他总是微笑着看我母亲，甚至当瓦西里亲吻我母亲时也是这样子，仿佛出嫁的是他的女儿。

胡心一对此的评论是，错位。他说得准确，但是用的是一个烂词，如今上海的一切，都可以找到一个准确的烂词来表述。要不就是，什么事一经表述，那个用来表述的词立刻就烂掉，从词汇表里掉下来。字典里现在好多这样落到泥地里再又捡回来的词，你已经不可能擦干净了，凑合着用吧。

我也是一个烂词。胡心一说我就是用来描述他的那个烂词，而你是我的烂词。你是一个邪恶而准确的词，从那本存放在高处的词典里跳下来，也不问我乐不乐意，就定义了我的一生。当你离开我的时候，或者说，当你开始在两张床之间转来转去的时候，我就看见你一路拖泥带水，重新爬回了那本精致的词典。

过去这么多年，我才第一次在时装发布会之外的地方看见她。在我母亲的婚礼上，她和另一张著名的脸携手进来。如你所言，她不仅是漂亮，而是美。我母亲和她边上的那个人互致问候，我则有时间打量她。她还是那么焦虑，这个让我痛心的词，对她依然适用。我现在知道她是如何勾引你的，第一面，第一次，就是你永远不会对我说的那些细节，你不必再告诉我了。我完全谅解了你。当她转身坐下，侧着身子，在她的男伴身边左右顾盼之时，我笑了。

她的一切我都是这么熟悉，举手投足，微笑或者冷漠的表情。很久以前，当你们缠绵的时候，我就在家里看她走秀的节目，这个台或者那个台，总能看见她穿着暴露地走来走去，她确实气质高雅，不像她对你所做的那么下流。

婚礼结束时，她似乎是无意地走过来对我说：我知道你。那意思是说，我知道你的痛苦，这件事我和你一样痛苦。如果是一篇论文，我同意她的观点。但我还是惊异于她的表现，回到她和你相好的那个年龄，如果我会陷入女性同性恋，我会爱上那个时候的她。爱上她，爱上她的肉体，是不奇怪的。她有理由为自己骄傲，一个雌雄同体的尤物，上等的肉体，绝色，艺术品，如此等等。

我这么说，你对我的伤害并不因之而减轻。也许，我应该这么表述：我一直希望，我也是你的那个烂词。

胡心一对此有特别的看法，他认为，我并不是最适合你的那个人，因为没有什么人是适合你的。你并非人类，不是靠结婚生子来传宗接代。你不会因此飞回来揍他吧。

原谅他，他是你间接的受害者，你满身的毒气，都由我发泄到他的头上。他不是你的同类，眼下却是浑身污泥浊水，他能挺着，把自己的住处收拾得一尘不染，实属不易。他说了一个离奇的故事，关于你的模特女友的，有一段时间，她几乎因为流产和自杀而轮番被送进医院，以她现在的年龄，她几乎是个高危产妇，所以她的流产也可以视作是自杀行为。她因另一个更著名的人而作践自己，你痛心吗？你这么冷漠的人，不会吧。

我不指望你因此而落泪，就像你说起有一次回到我们借居的房子，在马路对面，隔着树荫，望着楼上的窗户，满腹惆怅。是什么使你感伤？是那被换掉的窗帘吗？这是你在外面唯一看得见的东西。你知道，有一次你的那位美人，就是用窗帘裹着送进医院的。

你知道在亨利·米肖笔下，窗帘意味着什么吗？回忆吧，回忆你读过的书。这比我们用过的窗帘更有用。

哦，对了。胡心一在写一本书，按他的说法，一种介于小说和回忆录之间的东西。他声称他读到的那些作家写的书都太差，他不得不自己写一本，来娱乐自己。他开恩给我读了这部未完成的书的手稿。有必要向你介绍一下，这部卡拉 OK 之作，包含了许多这个时代的流行元素。

这部书，名为《少女群像》，我估计书名来源于上个世纪八十年代末翻译出版的美国女作家玛丽·麦卡锡的一部小说。挤满了奇奇怪怪的人物，书中故事发生的时间紧接着那部翻译小说的出版时间，叙述则充满了西方小说史家所谓的"斯特恩式的离题的乐趣"。

在正文之前，是一则充满了陈腔滥调的人物表。小玉，十九岁，一个上海女孩，一个叫盖茨的人的女朋友，后来嫁给了列文（托尔斯泰倒了霉），在茂名路上开了一家酒吧。她爱的是高尔基（又有俄国人遭了殃）。小艾，三十岁，高尔基的妻子，学钢琴的。后在俄罗斯圣彼得堡做贸易，卷走了一笔钱。

最终回到高尔基身边。列文，四十岁，单身。在莫斯科为库图佐夫（和俄罗斯飙上了）元帅的小女儿开车的司机。押高尔基来上海，后爱上小玉，杀了龙一（开始我误以为此人来自友好邻邦）。盖茨，二十五岁，网络公司打工的，喜欢爵士乐和村上春树，在写一个电影剧本——《尘世之爱》，实际上是和高尔基写的同一个剧本（趣味和难点）。后爱上马小姐。高尔基，三十七岁，学戏剧，在写一个电影《浮世之爱》，假冒的足球经纪人，后和小艾去了日本。龙一，四十三岁，在一家日本料理店打工，挣了一点钱，回沪。和马小姐一起行骗，后被列文杀掉。马小姐，三十五岁，去日本打工的上海姑娘。和龙一回上海，后爱上盖茨。刮宫太多（这词用得猛），生不出孩子，而盖茨刚刚失恋，两人决定不结婚，只同居。

这则人物简介，基本上可以使包括外星人在内的所有读者，对时下国内的阅读时尚建立基本的概念。

这个耸人听闻的故事大致是这样的：时间被标明为二十世纪九十年代。地点是上海及周边杭州、苏州这类天堂地区。

一对夫妻骗子：龙一和马小姐，这些人是在日本打工回来的。以在校园里张贴布告，为女大学生找工作、在一家宾馆的大堂里约见为名，为外籍旅游者提供陪吃饭、陪游泳、陪跳舞的女青年（实为色情服务）。押金五百元人民币，每周至少两笔业务，每笔佣金三千元人民币。

小玉，吃摇头丸的一年级旁听生，不知情，但是又有一点预感。在外与男友盖茨合租房。家境一般，生活拮据。前去应聘。

第一位客人就是一个从国内去俄罗斯读戏剧的中年人，高尔基。现在号称是足球经纪人，带着一个人高马大的俄罗斯人列文，说是运动员，实际上是黑社会的打手。列文押他来找另一个女人，高尔基的前妻，从俄罗斯逃回国内的、卷走了一大笔钱的小艾。

小艾原是一个去俄罗斯学钢琴的学生。到了俄罗斯以后，结识了高尔基，后结为夫妇。

俄罗斯打手列文，一直在一旁看着高尔基和小玉上床，爱上了小玉，留在了中国，他追求小玉，被小玉的爱好俄罗斯文学的男友盖茨暴打了一顿。

那伙日本回来的夫妻骗子龙一和马小姐想敲小玉的竹杠，扬言要送小玉进公安局，结果龙一被列文杀掉，那个老婆马小姐说自己只能在上海黑掉了。在她历经患难之时，小玉原来的男朋友盖茨和她好上了。

高尔基最终找到小艾，两人在上海待不下去，怕俄罗斯人再来找麻烦，逃去了日本。

这部以拯救中国文学为己任的庸俗小说，把过去不久的那个上海，描写得一团漆黑。不知道最终能否出版。

因为这部小说，胡心一变成了另外一个人。写作真是一件可怕的事。我试着从中找出我认识的，或者以胡心一小说的腔调说，和我上过床的这个男人的踪迹，我发现，这是一则对你我这些人的过往生活进行影射的寓言。

请仔细观察这些元素，地点：中国，一个介乎于俄罗斯与日本之间的地方。叙述的时间：现在时。回忆，爱情，性。金钱，欺骗，背叛，神秘。人物都用了假名或者外文名字。海埂、摇头丸、喜剧、俄罗斯文学、爱情、欺骗、电影院、酒吧、饭店、大浴场、上海、北京、杭州、苏州、东京、京都、奈良、莫斯科、圣彼得堡、机场、爵士乐、金钱、幻想、悬疑、神秘、背叛。

我总是在想，他究竟想干什么？

顺序来看。

第一章。《等待下一个航班》。龙一和马小姐在日本。在大浴场策划诈骗利用女学生陪境外旅游者、闪回到在日本洗温泉。那时，马小姐正处在绝境，签证到期，要被遣送回国，她在电影院里遇上龙一，当晚就跟他回家，龙一带她去了温泉。金钱、电影院、东京、京都、奈良、爱情。

第二章。《随身携带的镜子》。高尔基被列文押回了中国。高尔基在列文的押送下，乘俄航的班机到上海。两人讨论俄罗斯文学。俄罗斯文学、莫斯科、圣彼得堡、机场、幻想。

第三章。《火焰》。小玉和盖茨在一起。盖茨憧憬着他的网络公司，小玉晚上与朋友一起到迪斯科舞厅去跳舞，吃摇头丸。小玉和盖茨吵了一架，然后做爱，然后失落地跑到食堂去打饭，在布告栏上看到骗子的招工启示。摇头丸、饭店、酒吧、网络、性、金钱。

第四章。《谁知道这个地址》。龙一和马小姐遇上高尔基和列文。龙一和马小姐带着小玉去接机。浦东，机场。

第五章。《阳台》。小玉遇上列文、高尔基。高尔基带着小玉和列文去虹口足球场看球赛。小玉在宾馆与高尔基上床，列文在一旁看。列文爱上小玉。

第六章。《低一些，再低一些》。盖茨去找列文。在酒吧，盖茨去找列文算账，盖茨与列文探讨足球和文学，然后暴打列文一顿。

第七章。《在沙漠中》。龙一和马小姐敲诈小玉，龙一被列文杀掉，马小姐逃掉。龙一和马小姐见小玉和列文好上了，又没收到钱，扬言要告小玉，列文一怒之下便失手杀了龙一，马小姐逃脱。

第八章。《对面的那座桥》。小艾遇上盖茨，一夜风流。小艾对盖茨回忆她在俄罗斯的生活，两人一夜风流。

第九章。《夜间舞蹈》。小玉带列文去看高尔基电影中的上海。

第十章。《最薄的一本书》。盖茨遇上马小姐，相爱。

第十一章。《不会比这儿更远》。高尔基和小艾重逢，在上海待不下去，逃去了日本。

我个人的看法，这十一章，分别呼应他和我在一起厮混的十一个月。手段则是各种文类的拙劣混合，一路敲敲打打。

在《等待下一个航班》一章中，主题似乎是相遇、偶遇、男女之类。

他写道：

"当什么人在写一本书的时候，或者当他写完一本书的时候，上海已经不再是上海了。"盖茨半躺在沙发里，对着餐桌上的一台九英寸黑白电视机说道。

"你烦不烦？一开电视，就是这句话。"此刻，小玉不在，不然的话，紧跟着就会来这么一句。

他想到上海在电视里变化着，而不是在一本书里。这也就是说，他为自己引申到，上海的形象在变，而关于上海的陈述却没有变。怀旧，他随便为上海选了一个崭新的词。

他隔着内裤挠了挠自己的私处。他的动作是下意识的，而他的意识里出现的是内裤的牌子。小玉是多么爱我啊！不说你也知道，内裤是小玉送的。她对内裤是多么内行啊！小玉是他的未婚妻，"未婚妻"可是一个老词。

盖茨用遥控器将电视节目搜索了一遍，然后，选择了一场不知是直播还是重播的 NBA 球赛，还没等看清谁在比赛，他就起身去床上打开了手提电脑。

这时，地上的电话响了起来。一个浑厚的、邪恶的、礼貌的声音冒了出来：

"这里是小玉家吗？"

"可以这么说吧。"盖茨看见巴特利凶狠的脸。

"那么你就是盖先生了？"

"我是盖茨，但是我不姓盖。"

"也许这个字应该念 GE。"

"我不知道，也许它应该念 GE。"

"啊，我懂了。你是一个外国人。"乔丹远投三分中的。他笑了。

"笑话！虽然我不知道你是谁，但是我可以告诉你，我不是外国人，盖茨只不过是一个外国名字。"

"你们这些白领，好像每个人都有一个外国名字。"

"凭什么说我是白领。你是谁？"

电话里的人不依不饶："在我看来，这都是绰号。就像一个外国人叫大山，你认为这不是绰号吗？"

"你到底有什么事情？"他觉得盖茨听起来确实像个绰号。

"你不想知道我是谁吗？"

"那好吧，你是谁？"

"好！我要找的就是那个名字叫盖茨的人。"

他的预感应验了。

多么艺术而又恐怖的开篇，就像一堆狗屎，让你甩也甩不掉。我和胡心一讨论过这个问题，而他关心的是什么呢？或者说他看上去在关心什么？你知道吗？

"怎样使这美丽的城市和我的肮脏的文字获得和解？"他现在说话很绕。

"你心里想的正相反吧？"我说。

"我的每一个叙述都指向它的反义。"

"这样你不觉得累吗？"

"很累！——但是值得。"他有力而迟疑地说。

你看出来他病得不轻吧？

来看在温泉的那一段。马小姐的第一人称自白：

雨就这么一直不停地下着，已经超过了我所能忍受的极限，原来希望的潮湿和凉意，已经变成了对肌肤的折磨。这雨好像会无休无止地下下去。

　　我已经忘了是第几天了，手术以后，我已无心去欣赏雨中的景色，我从上海带来的雨伞还放在旅行箱里，我会把它再带回上海的家中，但是放在哪儿呢？安置它的地方已经不存在了。或者干脆把它扔了，就像把自己在随便什么地方给扔了一样。除了我自己，没有人会费心要把我找回来的。但是我会一直跟着自己，没法彻底把自己给丢了。（吃惊吧？他钻到了一个女人的体内。）

　　我起身走到窗前，看着窗台上的那只青瓷花瓶，这是他的遗物，在上海的地摊上买来的，他一直带在身边，居然从未损坏过。花瓶里灌满了水，一尘不染，但是没有鲜花，只是一只空瓶子而已。

　　窗外的街景在雨中显得比上海的雨天要干净一些，我从窗边往后退了一步（开始退回到一个业余作者）。除去上身的文胸，看着窗户上自己扁平的胸部，这个模糊的身影是不容易被忽视的，如此安静地注视着自己，依然无法使我平静。

　　我喜欢在房间里裸露着身体来回走动，抽烟，想事情，并且最终使自己兴奋起来。但是，此刻我想起的都是一些陌生的身体和面孔。我试图回忆我初恋时的一些事情，但是，那张脸，那种神情，都已经无处可寻。

　　我所渴望的旅行终于实现，但是隐身其后的另一个愿望也随之冒了出来，我想对着窗户上的那个人把它大声说出来，她希望有人会听见，但是谁会听见呢？（接近一个状态比较差的职业作家。）

紧接着转到了电影院。

　　我已经忘记了正在放映的那部电影，我依稀记得它的名字，一部新上映的日本电影，但是电影说的是什么，我已经完全记不得了。

　　电影院里的灯光一暗下来，我就开始无声地哭了起来，我不知道为什么要冒雨跑到电影院里来，我知道我并不想看电影，我也许是想到一个黑暗但又安全的地方一个人哭上一顿。我知道自己确实在哭，因为有一只手在抚摩我的手臂。

　　那是有人想安抚我。他并不想让我停止哭泣，他不知道我为了什么在哭，他的抚摩甚至表明他并不关心这一点，但是他令我平静地哭着，使我享受着哭泣。

　　我用眼睛的余光朝侧面的黑暗中扫了一下，那人也朝我转过脸来，他面无表情地注视着我。那是一张柔和的脸，双眼明亮，深陷在眉骨之下。此刻，我才意识到，我是在东京，外面在下雨，在放映机投射出的光线之下，他的手是潮湿的。

东京的雨天可真是够湿的。你还能对胡心一说什么呢？

在《谁知道这个地址》一章里，胡心一扮作高尔基写道：

　　这本书是写给毫不知情的人看的，这是一个承诺，她必须为了他放弃一次自己的原则，多少年来她已经放弃了无数的东西，微弱的幻想、嗅觉、爱、快感、仁慈、期待、事物的韵律，还有别的什么暂时她没有想到的东西。这一次她将把他彻底放弃。做完这一切之后，她会回到她每天的工作中去，安心拆她的烟囱。（多么奇怪的意象！）

当人们读到这本书，当什么人在上海市区的天空中看不到任何巨型烟囱时，那就是她最为宽慰的时刻。她所能做的微小的贡献不过如此。

如果她说她还没有忘记她的美人尖下那眉间的微笑和她的散光的凝视，那是因为这些对她个人还具有若干中等的价值，这是小我能够在私下里发扬光大的唯一时刻。人在中年还能含有一丝青春式的冲动已经是十分奇怪的事情了，她就把这看成是岁月岸边的一股洄流罢了，不必大跟自己的年龄过不去，还有，写作的益处就是让你能像个隐形人一样无处不在，饶舌、吵闹、叫喊，当然还有其他一些妙处。（他说的她像我吗？）

支配着她写作的另一个念头，一个反向的意念，是不断地延迟这一写作，她一直隐约觉得，这本书应该再晚些年写成出版，那时才是最恰当的时候，它将包含更多神经末梢类的东西，更能唤起人们阅读的兴趣，以她的叙述使上海享有乡村式的开阔远景和异想天开般的奇谈。

但是，魔力已经远离上海这个地方太久了，这个密度稀疏的地方——她说的当然不是人口，需要这样一本书已经太久了，她不得不挑战她的计划，和她的缓慢的天性暂时告别。

她第一次和他面对面的交谈是在她第一次见到他的十年以后，哦，时间！她所错失的唯一的东西？

她的美是他熟悉的，她冷漠的面貌中有着无法掩饰的无知似的仁慈，她的笑容酷似他的母亲，她时常沉思这十年对他意味着什么，是什么使她无所事事地期待他的出现？包括当她第一次见到她时，她正在经历着的愚蠢透顶的恋情。

那时的上海是有魔力的，但她那时是个瞎子，所有猥琐的形象都被他视作一个萨特、贝克特以及庞德的综合体。而且，非常不幸的是，那时她是以自我贬抑的形象自慰的。她那时的墓志铭是：每一个人都可以被其他任何一个人所取代。真不知道这见鬼的话是从什么人嘴里说出来的。

那个年代，一度是她时常回忆的对象，而今天，它正从她的脑海中逐渐地清除出去，那个曾经令她痛苦惋惜的年代，那段她曾经认为影响了她一生的时光（此刻，她正试图否认这一点），在今天看来，一直散发着上海阴沟的恶臭，而在当初，他闻到的却是苹果般的处女肌肤的芬芳。这只香甜清脆的苹果在他的记忆中腐烂了。十年！它确实也应该腐烂了。

一个圣诞夜（为了使这本书具有中国气派，她多么希望那是个腊月三十的夜晚啊！），在上海美术馆的台阶上（噢，如今它已经被拆掉了），在一大堆热情而又冻得够呛的艺术家中间，她朝他微笑着，带着一丝少女的羞涩，她的肤色是如此的幽暗，以至他在夜晚的寒风中无法看清她面部的轮廓。

模糊的黑色象征着什么呢？后来他知道那象征着在她背后站着的一个高个子美裔日本黑人。

她就是靠这么瞎联系想象这个世界的，而且不顾权威人士的反对，喜欢把所有的东西都看成是象征物。但是，她并不是在冲着他微笑，当时她正热切思慕着的是另外一个人，另外一个和他的冒着热气的猥琐形象毫不相干的人。

许多年以后（这话你听着耳熟吗？反正我是挺熟的），这两个人分别坐着新干线，从大阪和京都跑到东京去叙旧，他们在涩谷的一家电影院观赏了《失乐园》，然后一起买了车票，各自回到自己的日本丈夫和日本妻子的家里。

当胡心一以多重的捉刀人的形象出现时，比较接近他在我心中的模样。他的胡说八道也比较顺畅，他甚至渲染说，人们时常会有这样的幻觉，我从我们将要拆除的烟囱上腾身跃起，沐浴着烟尘和微风，无知无觉地降临地面。写得不错，但是非常恶毒。

在《对面的那座桥》一章里，他顺着烟囱这一形象，拐入了一个在工人区里盘踞着的另类形象的描绘：

> 他走上栈桥，出了那夹在港区中间的码头，路灯在这一带被安装得非常高，光线昏黄而黯淡。他在风中走了几步，几个下班的工人骑着自行车从他身边掠过。马路上冷清下来，使一处坏了的路灯留下的黑暗更加浓重。（他真是使自己变成了一个工人作家了吗？）
>
> 一处仓库门前堆着的碎石，已从人行道上倾撒到马路中间。一对套着港务局棉袄的年轻人在碎石上无声地簇拥着。远处，在一个丁字路口，已经可以看到街面房子的灯光。
>
> （那个怪人出现了。幽灵一般，他的叙述开始偏离了工人。）
>
> 他跛着脚，右手拄着那根深褐色的酸枝木拐杖，那手柄上饰有长胡须的寿星佬的手杖，这是他的爱

物，另一个人遗留在世间的信物。

他目光炯炯的样子，使他手中似有权杖，或者如一个匿名的刺客，手中提着带剑的手杖。（你不认为他是在影射出国之前的你吗？）

他在雨中行走的缓慢姿态，是那些年中，你在这一带经常可以看到的街头景象，他喜欢在细雨中散步，更甚于他喜欢在窗前寻思院中的树影——那个杂树丛生的，有着弯曲斑驳的水泥路的院子——他记得小时候，父亲在院内小便，第二天早上，他会起来看看小便处有没有蚂蚁在聚集。

蚂蚁在聚集，但是父亲已辞世多年。

那时候，在孩子们中间流传着这样一种说法：他喜爱自己跛脚行走的形象，他欣赏自己是个伤残者，他喜欢行走时微微倾斜的扭曲形象。

使用手杖使他变得具有个人风格，而伤残使他成了孩子们的偶像。孩子们对一种微微破败的、有细微裂纹的、仿佛轻微受创的生活怀抱着莫名的迷恋，每当他们见他走过时，总会频频回首，目送他远去，对他一瘸一拐消失在路口的倔强身影满含着敬畏和憧憬。

这种混杂的风格的急速转变，一直在提醒我对环境和人物之间的那种扭曲的关系。下面是一段可疑的对话：

　　"你要记住我。"
　　"什么？"
　　"记住我这条腿。"
　　"我什么都不会忘记。"

参加对话的另一个人，第一次出现时是这样的：

那姑娘在窗前擦洗身体，她用劲时，仿佛生气似的噘着嘴，她忽然意识到他在看她时，会微笑着向他送去她那似有若无的一瞥。她的黑边眼镜放在窗台上，那灰色的泡泡纱条纹窗帘（呵呵，窗帘）不时在眼镜上拂过。在春天的下午，柳树的枝条，香樟树那暗绿的拇指形的树叶，都在向她送来斑驳的光影，植物的苦香在风中摆动。在她侧身的一瞬间，他的目光掠过她的下体，她无私地向他敞开着。

她是害羞的，她会因为害羞而着急地哭起来，但是现在没有，她再也不会哭了，她带着害羞的神情长眠于一处无名的土丘，她的辫子扎得紧紧的。但是他一直会听到她的哭声。这令他哀伤，不是那哭声，而是他的幻听。

（终于出现了死亡的意象。）

他在这个城市中出生，在这个城市中受伤致残，在这个城市中过着公开而又隐秘的生活，在孩子们口中变成一个有魅力的、不可接近的人。一则由流言镶嵌的传奇。他在内心向往着遗忘，他希望自己不曾在这个世界上生活过，但是他没有想到，有一天，连这一点他也会忘记。

在实际生活中，关于胡心一的流言是他变成了一个同性恋。这个乔装改扮，跳来跳去的家伙，最后又假冒高尔基跑了出来。这一次，他改用第一人称：

我不想用第一人称来写这个故事，我用其他人称尝试了许多次，但是最终都写放弃了。我担心什么呢？我知道我担心的不是叙事方式，而是某种禁忌。我觉得自己真是可笑。一个作者开始担心某种禁忌，你知道问题出在哪儿么？原来想给这个故事取名为《我此生所爱的妓女》，而不是文雅的《浮世之爱》，还是所谓的禁忌使我最终选择了后者。实际上，前者已经够文雅的了。

但是如今她已经死了，我还有什么好担心的呢？一个隐秘的、《茶花女》式的故事。我又担心这个故事被看作是一部仿作。可是我本来不就是想要写一篇戏仿之作吗？像古希腊人说的（容我掉一下书袋）：佯装无知者。连书名都像是在向哪位大师致敬。这是我要做的事情吗？写作？她说，"你连爱上我都像是在模仿什么人。"她认为爱她的那个人根本就不是我。"你早就废掉了，你已经死了。你还写个什么劲？我在和一个死人恋爱，这够为难我的了。"

（我不记得我说过这话呀，但是从口吻看，倒很像是我。）

这个我知道，就像人们常说的那样，不是没有爱，而是没有爱的能力。在这个故事里，我是够愚蠢的，我闻到的都是杂碎和下水的味道。说实话，我不知道什么是对她爱，或者说妓女之爱。这样写，不知道是在亵渎我对她的感情还是在亵渎她？在感情上我可能确实是个废物。

难道他非把我比作是个妓女才痛快吗？让我们从他虚构的日常生活中找找原因。

"我每天是这样过的，"他是这样写的，"我从某人那儿拿了一万块钱的定金，要在两个星期内写出一个电影剧本的提纲来，因为他许诺，在这之后是一份一万美金的合同。我仿佛已经看见他身后站着的那个肥硕的台湾投资者。这对我来说可是一个大数目，而大的数目往往使我这样的人开始变得思维混乱起来。

我从那人家里出来，就看见我靠在墙边的自行车被一个穿西装的民工给骑走了，他远远的，在夏日的树影中慢吞吞地骑着。我知道我是赶不上他了，自从她去了国外，给我留下这辆锈迹斑斑的自行车以后，十年来，包括赶公共汽车在内，我就再也没有抬腿跑过二十米以上的距离。

那个民工在痴呆或者沉思中骑走了我的自行车，实际上，以我的视力，根本就看不清他的神情。我目送他远去，令我回忆了一小会儿那辆自行车的车主。她的屁股、手肘和耻骨。要是说实话，我根本就记不起来她的身体留给我的任何感觉，就是我曾经对自己说，我会记一辈子的那种触觉。强烈的肉欲大约会在我身上滞留一到两年，随后缓慢地递减，虽然缓慢，但每一次都递减，直到变成真正的肉欲，而毫无记忆。

偷自行车的人带给我的失落唤起了自行车主带给我的失落。这是她抛弃我时，遗留给我的唯一的东西。我想到，无论是她本人还是她的东西离开我，都会令我生出一丝身体的遗憾。

我还会在某个地方再见到这辆烂自行车，我想是在我的回忆录里，名字我已经想好了，《自行车》。这个书名我要趁早就发布出去，我不知道一个书名在世上游荡会发生什么事情。

我要写的这个电影剧本有一个从别处搜刮来的名字，《浮世之爱》，这是一个了不起的名字，我的意思是一部不可能的电影。我想着我的这个名字，一个人激动地在尘土飞扬的马路上站了很久。"

这差不多就是他写的东西的概要。我没有在他的书中找到太明显的你。你想知道我母亲对他的评论吗？

"他比我想象的要高大一些，也比我想象的要愚蠢一些。"

你认为她这是在说我父亲吗？

好好在纽约待着吧。

从那位令你咬牙切齿的拉什迪的小说中抄句话给你："如果你真心想摆脱外国人的身份，就不要一副失根兰花的模样。好吗？我们都在这里。都在你面前。你应该成熟地认识此时此地。"

身旁的某个地方

中　心

这房间的位置这么好。他说。

从临江的窗户望出去，宽阔的江面在窗下折了一下，拐向另一边。从高处看下去，江水平静而壮阔。眼前的一切全都为书籍所记载，铁桥、楼宇和一些拙劣的雕塑。他冲着窗外伸了个懒腰。

她就在楼上。她在说另一件事。我打个电话，叫她下来坐坐好吗？她愉快地说着，带着一丁点恶作剧的调皮劲儿。

好啊。他说。仿佛这件事和他无关似的。他依然望着窗外，在这个城市里，这景色并非随处可见。

也许你会在电梯里遇见她。她说。

从来没有。他说。

她走到窗前，递给他茶杯，在他身边坐下。平静地望着底下有点黏稠的江水。

你想做什么都可以。她说。她甚至想过更极端的。他知道，实际上那是可能的，他明白这一点。

住得这么高，会使你微微产生一点幻觉。

这些练习，我分一个月的时间做完。她说。把他从胡思乱想中拉了回来。他忽然意识到，她所想的较之他的思绪更遥远。

河水很脏，但是从高处看下去，河面的细节——她是说那些垃圾——看不太清了。这样似乎使河水显得干净点。

将来它会更干净的。她说。

什么人都这么说。他说。

你和别人没有什么不同。她说。

他有时候觉得她说得对，但是更多的时候他不这么看。

他接受她要他做的杂志上的智力测试，得分不高，在平均标准之下。这使她很高兴。她因为这套题目贬低了他而高兴。也因为她自己的得分高得惊人而高兴，仿佛这些测试就是为了取悦她这样的人而设置的。

他每次进门，她都在临河的窗前练习听力，神情迷惘，仿佛为空无的天空而困扰。她有时读几页诗词，似乎是在哀悼她的母语。她这样分析自己的嗜好。

晚上吃什么？他问。出去吃？她问。叫外卖吧。他说。

他在沙发上躺下，像一个接受心理治疗的病人。电视里在播《面对面》。这是拉康的守则。他想。

这是一天的尾声的开始。

那些民工在雨中疏通河道，还有一些人在小河边吸烟。

他们似乎永远也干不完。她说，折腾来折腾去的。

这条河叫什么？他指着窗外问。

不清楚，随便你叫它什么，反正是条河，一条发黑的河。她说。

她有时候很尖锐、孩子气，忽然之间又很世故、文雅。跳来跳去的，令他伤神。她开始不停地接电话，用不同的语调扮演自己——温柔的、职业的、虚弱的、家常的——最后，又跳回到她自己，一个不耐烦的漂亮女人。

我不美。她突然会说，漂亮和美差得很远。

她总算还知道这一点。

你帮我做问答吧？就今天。不然雨天还能做什么？她说。然后稀里哗啦地收拾好桌子。

我念得对吗？他试着读了一句。

也许他念得不对更好？她想。

保持语速。她说。

飞　地

屋里很暖和，他在窗前看院子里的月光。东厢房里的灯光还亮着，那位不知疲倦的读者，从下午到现在似乎没动过地方。她的金发依稀可见，她在读什么？

冬夜，没有风。地上的冻土非常坚硬，就像飞机降落时看见的一样硬。正房里有音乐传来，是笛子和琵琶。一墙之隔是那破败的皇家园林。这旧时皇亲国戚的院落，此刻十分安静。

他穿上外套，带上烟，去正房里聊天。

"浴室里的暖气片是新换的。"他正在电脑上打印账单。一边招呼他，一边皱着眉头。"我戒烟了，戒了好几次。"他的汉语纯正，随意戏仿本地的庸俗玩笑。他下午买的那条万宝路落在汽车后座上，所以抽他的烟。

唱片录有二十分钟琵琶，二十分钟笛子，二十分钟二胡。循环播放。焦急、散淡或者低回。

"明天一早俄语教师要来，一个小时，每天我只有这点时间。"他说。

"不是听说你要去印度吗？"他问。

"那时候也有说是巴基斯坦。我喜欢这类国家。"他解释道。

他起身去给他沏茶，他们继续吸烟，说了些闲话，呆坐着，也没有听音乐。

回到屋里，他继续写次日的发言。"……乡土和孤异是通往普遍世界的唯一道路……"

这院门正对着一个小花园，树丛中有一些上了年纪的下棋者的身影，街上人来车往。他和士兵说明来意，便进了院子。

客人大都已经到了，正在客厅里闲聊。他看见那对老人安静地坐在一起。主人为他介绍，译员在一旁谦逊地站着。

这位大师，比照片上更优雅。面容、衬衣、袖扣、鞋子，一尘不染。谈话声音柔和、坚定。那复杂的文体正是来源于这个清澈的头脑，和他妻子温柔的注视。他很有魅力，你会想要读他的书。

他对翻译说他的旅行观感，他的妻子也发表一下自己的看法。有些有趣，有些不那么有趣。

餐桌布置好了，主人招呼大家入座。

菜不错，酒更好。有人只是喝水，而他吃得很干净。大师精神饱满，胃口也很好，运用刀叉寂然无声。

他们认为中国姑娘如何热情，在街头如何开放。顺便比较了日本、印度等几个亚洲国家。还有中文有多难，法文有多优雅，俄国有多冷，朝鲜有多闷……

道别时，他们再次握手。

非常礼貌，就像他须发间散发着的隐隐的香气。

他们坐在街角的落地窗前休息。她明天就回蒙特利尔，行李都已经收拾好，所以现在可以只管喝茶，看天渐渐暗下来。

"我会尽快把文件准备好寄给你。"她说。

"非常感谢！"他说。

"这下我可以放松了。"她说。

"这工作很辛苦。"他说。

"人人都很辛苦。"她示意指的是窗外的行人。

"你从他们的衣着可以知道他们的来历吗？"她问。

他观察了一会儿："可以。"

他分析了十个路人，有一个不太确定。他觉得人们的一切都明明白白地写在身上。他又分析了十个人，还是有一个不确定。

"你来试一下？"他问。

"这我得到蒙特利尔找一家咖啡馆。"

沙 龙

她在电话里大笑，说些类似台词的东西，然后有人接过电话说，她喝多了。哦。呵呵。他说：在哪儿？

夜里起了雾，街上汽车移动缓慢。

他进屋时，豪饮已经进入尾声，还有五六张过量的面孔在搜寻瓶子里残余的酒。有人递给他一杯不知道什么东西，另一个人塞给他半瓶红酒，第三个人告诉他，她在卫生间里。

他推开门，把酒瓶和杯子扔进往外溢水的浴缸。

她正坐在地上，抱着坐便器，有规律地抽着水。她的腮边有泪痕或是呕吐物的残迹。他摸摸她的脑袋，她知道是他。

他在她身后蹲下，像她拥抱坐便器那样抱住她。

这是城里最好的酒店，套房很大，也足够高。在夜晚的风中，房间在晃动。

那些人依次进来解手。已故某人的孙女，某人，某人的闺女，某人的公子，某人的闺女，某人。总之，某些人有足够的理由喝得烂醉。

我下午一直在打你的电话。她说。没人接。

他在河对面的另一幢楼里喝酒，好在这会儿她闻不出来。

一晚上你都在干吗？她问。

没干吗？还能干吗？聊天呗。

聊什么聊了一晚上？其实她一点兴趣都没有。

政治、足球、性、餐馆、电影。他很不耐烦。

老一套。她不屑地接了一句。

那还能聊什么？他把牙膏对准牙刷。

你看看你的肚子，聊这些没意思的东西，还不如去健身呢！

他看见自己在镜子里光着身子，举着牙刷，大肚子，卑微的生殖器，烟牙，女式胸脯。

一晚上你都去哪儿了？她在另一面镜子前刷牙。

呃——上海、呃——约翰内斯堡、呃——伦敦、呃——摩纳哥。

没劲。她说。都有谁？

昆汀·塔伦蒂诺、罗纳尔多、齐泽克、小宝。

整一群废人。她总结道。

说谁呢？他嘴边流着牙膏沫含含糊糊地问一句。

他数了一下，大约有二十几对男女。大概五六对是夫妻，五六对是情侣，二三对属于乱搞的关系，其余的洁身自好地期待着随便什么。

我去找点喝的。他对妻子说。

她站在原地，估摸着客厅里的这些人加起来能值多少钱。三个女模特儿，有一张比较著名的脸，另两张脸又骄傲又紧张。六七个穿料子衣服的男人，脑袋凑在一起，仿佛比赛开球前在互相加油。靠墙坐着一双姊妹，像是一个牌子的玩具，惊人地相似。还有一些外国人在陆续进来，眉眼精致，十分威严。仿佛就要缔结什么条约。

事实上，是有人要在屋子里签一份什么东西。乐队开始演奏，照相机越来越多。

不严肃。她说。

你真是爱管闲事。做丈夫的批评妻子，同时递给她一只杯子。

是什么？妻子问。

管他呢！

晕倒。不知道是什么就给我喝。

真是来错了地方。他想。一个侍者问了一声，他就拿了一杯。杯子里的液体是无色的。大概是水吧？

旅　馆

他在给他的责任编辑写信，告诉她，自己已经到达目的地。这愚蠢的办法。等他回到家，她也不见得能收到这信。他找不到她的电话。他本来想向人打听一下，但是放弃了。她不知道他的想法，也许她知道？是他不知道她知道这一点。他应该对她说吗？你的文章写得怎么样了？她一定会问。

他在干净的床单上躺了一会儿，便下楼到街对面的咖啡馆要了一杯拿铁，闻着咖啡中的奶味，掏出烟来，坐在街边的圆桌旁开始吸烟。时近傍晚，街上的行人不少，因为少有汽车开过，还算安静。

他继续写信：这地方很干净，大概是世界上最干净的地方。空气是甜的，天是透明的，衬衣的领子一周都不会脏，床单大概一个月不用换。我都想躺在地上抽烟。这儿的报纸登了我们访问的消息。真恶心。他喝了一口咖啡。

他把信收起来，准备什么时候再写。他觉得这封信像一摊脏东西。但是人要是喜欢上什么人，不都是这样的吗？

这风光在她的家乡不容易看见。夏天有时像秋天那么凉爽，而冬季，雪后的晴天，像春天那么让人想扒衣服。在旅馆的窗前，可以远眺牧场上溜达的马匹，她觉得自己也可以闻到那有点泛黄的草的味道。现在是几月？我在想他吗？她问自己。

　　她戴上帽子。他喜欢我戴帽子吗？她看见街上两个男孩走过，她想回家了。想和他一起去擦那辆破捷达，去郊外钓鱼，把垃圾搬下楼，去买西瓜，跟陌生人吵架，生闷气，看他酗酒，看院子里香樟树下那一摊残雪化掉。这些她都没干过。也许他喜欢我的花格子衬衫，像男孩子一样高高卷起来的袖子，喜欢我一直乐个不停的样子，那是他没看见我生气。他受得了我生气的样子吗？

　　他这会儿在干吗呢？

　　傍晚，他穿过院子到餐厅去，他看见过道楼上的一扇窗户里透出的灯光。他其实没什么胃口，但是想到餐厅里待着。但是餐厅里客人不多。有一两分钟，他的心情坏极了。那些好看的格子桌布救了他，离家这么远，还能干什么？喝汤吧。

　　这镇上的房子全是白色的，好像是为了配合远处的白色沙滩。他在窗前一张桌子旁坐下，看着街上建筑的那些好看的轮廓在暮色中渐渐隐去。

　　他跑到这么远的地方来，就是为了读一门能够让他日后找到比较体面的工作的外语？他这么想他的妻子，但是很像是此生就这么开始背叛了她，搞得好像决心要在这个世界上消失掉似的。这算什么度假？

　　"多吃点，我们还要赶好长一段路，可能要很晚才能到家呢。"

　　他听见对面一桌有人在说。

现　场

　　她来过这地方，两年或者三年前。

　　一个暖春之夜。她到得早，和其他几个早到的人一样无聊地喝水吃点心。室内布置怪异，光线不只是昏暗，简直是黑暗。混凝土墙体裸露在外，鼻子里满是粉尘味，很快嘴里和头发上也觉得不舒服。然后，她就看见他向她这边走过来，站在圆桌的另一侧，掏出电话来摆弄了一通。她以为他会和自己说话，她觉得自己那天晚上真是漂亮。但是他走开了，从侍者托着的盘子里取了一杯酒，走到窗边，看着对岸那些乱眨巴眼的广告，叹着气。

　　在一阵汽笛声中，他又转了回来，直直向她走来。这时她的女伴已经增加到三个，围着圆桌雌头怪脑一通乱笑。

　　整个晚上她看见他的目光一直跟着自己，但是她已经找不出时间让自己单独站一会儿了。

　　现在她就站在他画的作品前，离原来放圆桌的地方不远。这儿变化很大，已经从头到脚都叫大理石包了起来，空气中带点甜味——一种介于香水和除臭剂之间的味道。

　　他画的这是什么？什么意思？她把自己那点关于现代艺术的零碎知识在脑子里过了一遍。心想，他也许属于装神弄鬼的那一类。这会儿，展厅里空荡荡的，她就这么直冲着他的画站着。这画价钱不便宜。他在那画上画了一张圆桌和一个有三只眼睛的女人。

　　她接电话的时候，态度生硬，当她意识到那个声音是他的时候，已经来不及收起她那刻薄的腔调。

　　抱歉。她对电话说：我在公司的线上，都是难缠的客人。

不用解释。他在电话那头嘿嘿着说：我失踪了这么久又跳出来，你还记得我就不错了。

她知道他又想干吗，她对自己说，整理一下你的思绪，保持风度。我在加班。她说。

无论做什么你都喜欢加班。他随口这么一说，使她感到十分委屈，她捂着电话，自己立刻哭了一小会儿。然后拉开抽屉，取出补妆用的小圆镜审视了一下自己。还不错，保养得很好。用的都是好东西，穿了新衬衣，外套让保姆熨得也不错。尤其是这双鞋，唉，多漂亮的鞋呀，虽然有点挤脚。而裤子的剪裁最好，她都不好意思向人形容这条裤子。哦，裁缝……

她感到有点热。加湿器还在一个劲儿地咕嘟，沙发、转椅、地毯、窗帘都在原处，那些亮闪闪的电器都设置在待机状态，办公桌上是干净的，其他人下班都走了好一会儿了，所以这个由工厂仓库变成画廊，变成健身中心，变成商务中心的大房子，现在显得有点空旷……

她重新把电话举到耳旁，他果然还在。

来吧。她说。

她唱了一首难度很高的歌，旋律复杂，调门又高。她以为可以唱得下来，但是失败了。她从来没有发现自己的嗓子这么难听，到这个年纪才认识到这一点，多少是个悲剧。她以前还误以为是偶尔的发挥失常，或者疲劳，要不就是心绪不佳，再有就是喝多了。要命的是她已经去过钱柜这样的地方不下一百次，差不多每次都有五六个新朋友，她都不敢再往下想。

大家都在拼命鼓掌，哇哇乱叫。这是起哄。她再也不相信这些不仁不义的家伙了。

只有那个人，长着一张成熟的，含蓄的，隐忍的脸。一晚上没有唱过一首歌，仁慈地望着她。

她假装上厕所，好暂时逃离这巨大的羞愧。

那人坐在靠门的位置，见她挪过来，勇敢地起身迎向她。

你唱得真好。他说。嗓子和她一样难听。

构　想

前一天晚上，他带着旅行箱去她那儿。第二天去机场也方便。箱子的颜色他已经不记得了。好像有一只轮子坏了。得斜侧着才能拖得动。她帮他整理箱子。做爱。

每天晚上他都在宾馆的大堂里给她打电话。一个一个地往投币电话里塞硬币。没完没了的。他想反正周围也没有人听得懂他在说些什么。说了些什么？此后他一句也想不起来。总之，就是那些话。

他回来没有多久，她又走了。他去邮电局排队给她打电话。周围的民工大声嚷嚷着。他躲在四面玻璃的电话亭里。必须提高嗓门。但是，他也听不见自己在说些什么。

他在等她回来。一个月后，她回来了。翻看着他带回来的织锦、首饰和录音机。她为他买的唱片没有带回来。

我们不要再见了。他记得她说。

他进旅馆放好行李，就下楼去给她打电话。据说当地的电信是全世界最差最昂贵的。陈旧的电话机。打了好几次也没有接通。他就没有再打。整个行程都是如此。他也不知道是为什么。他给她挑选礼物。一点点思念。很少。几乎不存在。仿佛没有这个人。

他回来时，给司机带了黑巧克力。他到家之前她已经走了。给他留了便条。叮嘱他要办的事。还有，思念。

他打开行李，往外拿东西。书、照片、画册、画、围巾、帽子、玩偶、鱼子酱、摇铃。摊了一地。

很快，她回来了。他们在沙发上分享各自带回来的礼物。

还有对方。但是，最终她还是说。就这样吧。

　　他不停地换旅馆，从一地到另一地。差不多每两天一次。还买过冒牌的优惠电话卡。打了几分钟就用完了。他不停地给另一个人打电话。说些不着边际的话。他也不知道说这些干什么。只有一次，对方电话占线，他才给她打了一次。她带着哭腔问他在哪儿。他告诉了她。他告诉她给她买了礼物。其实他还没有买，只是想买。她听上去挺高兴的。这样，他第二天不得不去把礼物买了回来。他想起来他们已经很久没有做爱了。

　　他回来的时候，她在家。他把礼物一件一件拿给她，展示给她看。帮她戴上。香水、手表，诸如此类。她含蓄地微笑着。很受用。她爱他，他也爱她。他知道这一点。

　　她跟他说家里的事。和往常一样。用和往常一样的语调。但是，她不再给他打电话。他又给她打过一次。她说了一些含糊其词的话，便没了下文。

　　隔了好多天，他才去见另一个人。

空　间

　　坐在对面的那个人穿着和她一样的外套，牌子、款式、颜色包括尺码。这她一眼就能看出来。她甚至大约知道衣着之下那具身体的模样。清洁，似乎毫无瑕疵。一张标致的脸，表明了其余的部分也差不到哪儿去。那人端庄地坐在一排座椅最靠窗的那一侧，侧着脸，沉思似的望着窗外的停机坪。中午的阳光下，波音客机那宽大的机身看上去几乎是贴着候机楼的玻璃幕墙。

　　她想，那人不会没有注意到自己。她的模样仿佛在说，她会注意到一切她应该留意的事物。她长着一张经常独自旅行的女性的脸，对环境有足够的敏感，当然，不会超出必要的范围。不然的话，她会体力不支而跌倒。如果她拖着过重的行李，有人会上前施以援手。只是没有人会有这样的机会，她的矜持利索使他人没必要这么幻想。她看上去是那种如果有侍从都会显得拖累的女人。

广播里在播送通告，航班延误了。没有说明原因。

那人仔细地听着，直到这则通告播完。然后，她在第一时间站了起来，提起脚边的棕色旅行包，离开了登机口。

她目送那套她熟知的衣服远去。这时，在她的耳边，一个温和的男人在问："小姐，请问这航班延误了吗？"

她出门前喝了一杯混合果汁，冲了澡，换了干净的衣服。她坐出租汽车去她常去的那家店吹头发，用坐车找的零钱付了小费。此间接了几个电话。做完头发出来时，她今晚的司机已经把汽车停在对面稍僻静的支路上。街上已经有行人打着伞。她从包里掏出一本杂志，支在脑袋上。就这么一会儿，他已经把车开到了她的面前。

他们去一家新开的餐厅吃饭，进门时已经有三四个朋友先到了。他们坐下要了饮料，又有三四个人陆续进来。随后又来了几个人。这一晚上的人才算差不多到齐了。这刚够她所需要的数。

饭后，侍者续了茶水，他们抽了一通烟，然后去市中心一个热闹的地方喝酒。他把她在街口放下，自己把车开进地下车库。

她站在一群围坐在路边的小圆桌旁喝咖啡的男女身旁。那些人像喝了酒那样高兴地喝着咖啡。更多的人在她面前经过，似乎都陶醉于这夜色。这时候，她觉得自己可以算是醒过来了。

有几张半熟的脸，向她投来辨认的一瞥。这一街区满是这种似是而非的探询的目光。她对自己说："早晚有一天人们会把你认出来的。然后，在你被遗忘之前，就将你唾弃。"

她正这么想着，她今晚的司机在远处向她招手。

在交响乐队热闹了一番之后，她从侧幕向舞台中央走去。

她看见那个形象恶心的指挥正假惺惺地向她致意，那双湿手啪啪地发出黏糊糊的掌声。

她一出现在舞台上，就将脸转向观众席，脸上浮现出的表情，告诉观众，她已经陶醉于他们的热情的掌声之中。

她的演出服十分合体，她欠身致意时，体态相当优雅。她知道这一点。她让自己显得比实际上更紧张一点，以示对演出的尊重。她的职业生涯让她明确支配自己所做一切。

前奏起来时，她就知道这将是一个糟糕的夜晚。乐队过分地热情，速度不稳定，冲刺似的越来越快。终于，她没有在拍子上进去。她想都没想就放弃了。微笑着，等着乐队重复一次。

但是，似乎是受那双湿手的影响，乐曲忽然就慢了下来。乐队发现丢了她似的拖拖拉拉地边走边等她。

一小撮观众似乎十分懂行地送出节制的又担忧又遗憾的叹息。仿佛在帮她数着乐句，看看在什么地方可以闪身进去。她知道，她今晚不可能靠本能从泥潭里拔出脚来了。

她示意乐队停下来。

"抱歉！"她对着观众席说道。然后转过身去，看着乐队。"我们重新开始。"

她听见自己说。

布　局

那个男人朝她走过来的时候，嘴角有一丝笑意。这张著名的脸，令她觉得亲切。他看上去足有六十岁了。但是，却有着那种较之年轻许多的男人才有的得意劲儿。那身外套的裁剪没得说，将他隆起的肚子掩饰得很好。袖扣、手表、戒指，暗暗地泛着光，全是值钱的货色。

他亲切地看着她，仿佛是在赞叹她的美貌。他甚至借着镜子打量了她的背影。他买了几千块钱的化妆品，堆在她面前，看着她慢慢地替他整理、装袋。他的眼睛随着她纤细的手指在玻璃柜台上移来移去，使她的手隐隐发烫。

这时候，她的手机响了，她不好意思地笑了笑，跑到柜台的拐角去听电话。她知道他的目光跟了过来。她冲着电话发了一通脾气，赶紧挂了。

她走回来的一瞬间，甚至忘了是谁打来的。

"你少装了一样东西。"

"什么？"她回过神来。

"心！"他微笑着说。

"啊?!"她抱怨自己昨天没有去做头发。

"接待顾客的时候应该专心一点。"

那个高个子的男人进来的时候，跟着两个比他还高的老外。他们的衣着过于讲究，类似于外交官的做派。浑身上下，一丝不苟，甚至使周围若干衣着随便的人有点局促不安。他们坐下来吸烟，那举止更使旁人自惭形秽。脸刮得发青，令人敬而远之。当他们开口说话，那份优雅则使邻桌的人彻底泄了气——他们觉得这个夜晚上这儿来真是多余。

侍者顽强地递上酒单，僵硬而弯曲地站在桌旁。

三人并不看他，还是彼此温柔地交谈，说到疑难处，他们就换一种语言，如果还有疑问，他们就说第三种语言。最后，他们回到本地方言。

这时候，推门进来三个年轻的本地女孩——成熟的学生，一色的长发，清纯而性感，稚气而又妩媚——径直朝他们走来。

三位绅士起身为她们让座，其中一位以本地最脏的脏话问候她们。那腔调文雅得没法形容。

　　少顷，有客人清了清嗓子招呼侍者。

　　他顺着自动步道上到三楼，远远地就看见她的背影。她永远是准时的，这不多见。

　　"你又不是士兵，没必要总是站得这么直。"他说。

　　"那我下次蹲着等你好了。"

　　她机灵得过了头，一开口，就没有她看上去那么可爱。

　　他们来为新居选购音响。把整层楼的商店都转了一遍。

　　"外观要漂亮。"她在电话里就定下了调子。所以要把每一种款式的器材都看一遍。

　　殷勤的店主想要显示一下他的货色，但是被她拒绝了。

　　"不用听，买回去我也没时间听。"

　　店主看看那男人。

　　"噢，款式好的一般来说声音也不会差到哪儿去。"

　　她就欣赏他这一点，会说话，得体，体贴。

　　"好吧，那就听听吧。"她说。

混　合

　　"你好吗？"

　　"就这样啊。"

　　他第一次这样问，但是她的回答还是老样子。认命，无可奈何、安之若素。

　　"前一天晚上就开始下很大的雨。"上午旅行车穿过隧道时，司机说："天气预报说这雨傍晚就停。"

　　实际上他们傍晚出门时，雨下得更急。她在他身前半步抱紧自己，他在她的身侧举着伞。两人的肩上都是雨水。他们围着街角来回过马路，进第一家商店时，她看着他挂满雨珠的外套笑了笑。她买了一只多向插座，带安全护套的。他们回到街上。"你把雨带来了。"她开玩笑说。

七年以后，那个电话中的人终于出现在面前——在她认识他之前所在的地方。这个他未曾到过的、纸上的、电影中的城市，和他的预感没有什么出入，只是更脏。

他们在第二家商店买酒，在上百种葡萄酒中选了三种。在第三家商店买了鲜花。她到店内付款，这时雨基本上停了，他收起伞，在街边掏出烟来抽。她推开店门时看看天："哦，你来了雨就停了。"

她想说什么？

他坐在楼梯上看着她们俩进出洗手间，在他身边上下楼梯，画脸、换衣服。他开玩笑说："我要是有了钱，就把你们都娶回家，生孩子。"她们中的一个说："娶一个就可以了。"说完三个人中有两个人哈哈大笑起来。

隔壁人家的笑声更响，一阵一阵的。"他们好像每天都在聚会。"那个没笑的微笑着说。

他拉开玻璃门到阳台上去抽烟，看着六七幢大楼间的一小片天空，底下微型庭院中的树干，一个喂狗的女人。他把绕在栏杆上的串珠灯插座上的水擦干，把它晾在风里。

这季节，东部黑得很早。三个人穿上大衣，去十一街的VENIERO'S排队买起司蛋糕。然后，在街上轮流提着，好让腾出手的那一个拍照。

好像全世界都派了人到这里来凑热闹，人们挤成一团嘻嘻哈哈地在大圣诞树前留影，荷枪实弹的军人在一旁值勤，警车的频闪灯加入进来似乎也很和蔼。

他不像她们那么矜持，在照片上笑歪了嘴，跟在她身后，好像在用上海话问：去不啦？去不啦？活像街头的搭讪者。

回家前，他们又拐到 CAFFE REGGIO 喝一杯咖啡，仿佛谁都不想睡。店里的布置就像明信片上一样。陈旧、格局不变，没有一张桌子是一样的。他们在正中间的椅子上拍照，五十年以后发表。他开玩笑说。头上的油画黑乎乎的，一群人挤在一起，不知道在干什么……

咖啡来了。圣诞快乐！大家说。

就像诺拉·琼斯在唱纽约，或者《远走高飞》中的一曲《七年》。

流　转

他们上午出发。他开车送她去郊外的那个著名的地方。他说天气好得过了头，简直让人想找块空地直接躺下来。她说是啊是啊。她喜欢好天气，但是好像又有点附和他的意思。用了大约四十分钟。他们进入小城。他放慢车速，领她在幽静的街道上转了转。很美。她说。

他在一个路口停下车。去看吧。他说。著名的学校，著名的海湾，著名的宫殿。都是必到之处。书上是这么写的。你可以坐下午的通勤火车回城里。你随便问一下，都知道的。我就不陪你了。他微笑着说。晚上见。

他很周到，还细致地将晚餐安排在音乐会之后。这让她感到自己确实是个游客。而不像是他的未婚妻。

她参观了那著名诗人的房间，还有诗人同学的房间。还去看了他们上课的教室。那仙境般的园林。然后，又去海边转了转。眺望那很多人眺望过的对岸。其实什么都看不见。

她在站台上等火车的时候，下午温暖的阳光照在长椅上，令她顿生倦意。那些下班回城里去的工人，吵吵嚷嚷地凑在一起抽烟。她想：是该改变一下了。

因为不出城，她来陪他。和他差不多的时间到达。在一旁含蓄地站着。她不全然是在翻译，也和客人说说家乡话。看到气氛融洽，他也很高兴。吃饭的时候，他们坐在一起。她吃得不多，而他则是狼吞虎咽的。她只是笑盈盈地望着他。兼有鼓励和欣赏的意思。他长得又高又瘦，而她是娇小丰腴。两人并排坐着，像是装错了货柜的两件东西。

天快黑的时候，她就有要走的意思，但是她并不着急。一般她不和大家一起吃晚饭。她只是征求一下他的意见，看看没有什么需要她做的事了，就委婉地和大家道别。不好意思，我先走一步。

再见再见。大家说。

她要回家给她家乡来的丈夫做饭。他说。

次日。大家提着所有的行李去赶电气火车。而他还不忘在杂乱的站台上买报纸。这是习惯。他解释说。误不了火车。

车内采光很好。一个小时的行程他一直在读报。有什么新闻？有人看不懂，只好问他。

没有。他说。

那你还看得这么津津有味？

不然还能做什么？他问。

她比约定的时间早到了一个小时。外面很冷。她下到地下的商店里瞎逛起来。报摊、面包店、礼品店，甚至还进了一家小药房。她买了一盒润喉糖，含一片在嘴里。一边等待着。

她的样子平淡无奇，在这个肮脏的地铁里赶路的人，谁也不会看她一眼。她想。

她甚至有很长时间没有注意过自己了。洗头的次数比她心情好时减少了一半。她又想，较之她一度心情不好时，似乎也减少了一半。她送去洗的衣物也减少了。化妆少了。吃得也少了。戒了许久的烟，又抽了起来。

她看见他从台阶上下来，晃晃悠悠地。径直朝她走来，在面前走过，仿佛没有看见她。她从后面小跑几步，拍了一下他的肩膀。

他转过身，直直地望着她。

你没有看见我？还是不认识我了？她说。

我当然看见你了。我当然认识你。

那你为什么像没看见我一样？

你在等我？

不是。我在等别人。

说完她就后悔了。

奢　华

那地方，除了游客和服务人员，几乎见不到其他人。从高处看下去，这个世界著名的山谷，仿佛是一座空城。那些曾经出没于此的标致的面孔，只是幽灵般浮现在游人的脑海里。转过每一个街角，都有两辆或者更多一尘不染的汽车，展览式地停在路边。那份干净，令人望尘莫及。

"我不认识她。"他对警察说。警察请他帮忙回忆一下，尽可能多的细节。

"十八岁至三十五岁之间。"他力求表述准确。警察看了他一眼。他试着复原她的形象。金发，开一辆他从未见过的汽车，戴着墨镜，围着带图案的丝巾，穿墨绿色西服，黑色皮包在副手座上。头发是那种一分钟前刚做完的样子，先点上纸烟，然后才发动汽车。她绕着草坪间的蛇形道路离开时，宛如电影中的片段。那些东西是什么牌子的，他一概不知道。那脸上的神情，大概意思是，她要去处理的事情，不外乎是给某个人划去一个亿，也许还多一点；或者有五至六千人要失业。

"你等于什么也没说。"警察说，"这儿全是这类人。"

她驱车在沙漠里跑了一天。傍晚时分，拐过一个山头，开上大坝。她调整好手表，向脚下那闪烁的城市驶去。

她那肥胖的身躯从车里挪出来时，天已完全黑了。她去威尼斯人二楼喝了杯咖啡，看着蓝天下游人挤在冈多拉上接吻，然后穿过一道门，跑进夜色里转了一圈，结果又喝了杯咖啡。最后，如愿下到一楼。

她的手气好极了，庄家从黑人换到亚裔换到印第安人换到俄国人最后换到一个精瘦的白种女人。而她原本打算把汽车卖了，坐飞机回去的。她去兑换了筹码，为自己留了一枚五十美分的硬币。

她出来时，天已经大亮。街上有一些拍照的游客。她在路边徘徊了一阵，取了份报纸，然后折回二楼喝咖啡。

他们下午在街上吃了份土耳其肉卷，从那著名诗人命名的车站下到极深的站台，坐地铁回旅馆。前不久恐怖袭击爆炸过的痕迹已无处可寻。主人立刻领他们又下到地下，一处酒窖风格的餐厅。鱼子酱和鹅肝，以及英国产的斯米尔诺夫。非常暖和。大家愉快地谈论着街上的寒风、米哈尔科夫、纳博科夫、契诃夫——契诃夫说得对，有人回应另一个人引用契诃夫的话。下午很快就过去了。

入夜，主人的生日宴会。他们转移到另一个餐馆，更多的斯米尔诺夫，更多的客人。主人为他们一一介绍，其中一位优雅和蔼的妇女，她父亲的塑像就在街对面，那举世瞩目的广场的一侧。

你好。她起身从黑面包和酸黄瓜上伸出手来。

幕 间

她坐在剧场中间右侧靠走廊的座位，边上的加座上是一个衣着整洁、高大英俊的年轻人。他很早就进了剧场，逡巡了一番，找到自己的座位，羞涩地在近处观察了一小会儿，便走开了。直到场灯暗了下来，他才悄无声息地坐了下来。此后，一直没有发出过任何声响，就像是一件干净的外套放在了翻开的座位上，还带着一股女用香水的味道。

这大概是在世最好的男高音，或者是最好的之一。他的高音已经有点困难，不用麦克风，对剧场的控制也略有逊色。虽然不是处于巅峰时期，但是那韵味依然使她陶醉，比她听过的其他几位更令她心仪。虽然最使她动情的也是那号角般的高音c，但是观众席里弥漫着的那股未满足的对高音的失望使她转而对这个走下坡路的男高音充满了无限的怜惜。毕竟他微暗的音色就像衣领上褪色的标签，基本上是无法察觉的。

幕间休息时，加座的那个年轻人如释重负地走开了，他没有再回来。整个下半场，她听见的都是某处翻动座椅的声音、某个被揭开的塑料袋的声音、某处间歇性咳嗽的声音，最后，她听见有人掏出纸来大声地擤了一把鼻涕。

她整个下午都在旅馆的双人床上研究地图，进了房间连行李都没有打开。白色的被褥有一股好闻的干净味道，落日的余晖慢慢照进来，令此刻显得更加安静。

她在地图上找到旅馆所在的那条街道，用红色的记号笔圈了出来。顺着这条小街向右走不远，就进入了横贯城区的商业街，一家咖啡馆、一家小杂货店，然后又是一家咖啡馆，以及一家服装店和一家饰品店。街对面的商店也大致如此。稍远处，跨过一座水泥桥，街道向四面散开去，一条拐向河湾，一条拐向一处墓地，另外几条则在一个公园前岔开，伸向树林深处。越过几个街区，有一个大型广场，以及连带着的环形道路。那些回廊下的椅子、在喷泉旁觅食的鸽子、举着数码相机的游客。

她不知道自己是不是要和事前约好的旅伴一起再去逛一次？当另一个人已经不在了的时候。

她在六层的购物中心里上上下下溜达了一个下午，她没戴手表，手机的电池也用完了。她不想知道现在几点了。她在二楼洗了头，在四楼喝了咖啡，在六楼看了场电影，再回到一楼买了几罐护肤品，最后下到地下一层，把超市的食品货架梳理了一遍。她对自己说，增肥吧！

她为自己买了面包、蛋糕、奶酪、人造黄油、巧克力、饼干、咖啡豆、葡萄酒、红茶、蜂蜜、牛奶、酸奶以及乳酸饮料。

一个年轻英俊的小伙子在一旁注意了她好一会儿，这时候走上前来，善意地表示帮她提着购物篮。

她跟在小伙子身后，慢吞吞地朝收银台走去。小伙子身体绷得挺直，步履轻快，很快就走到了排队结账的人群中，她在最后一排货架前拐弯溜掉了。

篝　火

那匹马长着一张人脸，如果笑起来也许会有一只鹅的表情。实际上，她也想不起来鹅脸是怎样的，它那么窄小，五官挤在一起，和其他家禽没什么不同。

她一早起来就在窗前看着这匹马，隔着河在对岸的牧场上游荡，低头嗅着草，时而小跑几步；鬃毛披着霞光，沐浴在微风中，臀部结实。那姿态，介乎有力和懒怠之间。

她看见另一匹马从不远处的马厩里被牧民牵出来，检查蹄子。随后，那马被拴在木桩上，不安地在房屋的阴影里来回走动。它生病了吗？可是看上去要比对岸的那匹马更有力量。

她问自己，哪一匹是母马？

她的姐妹都在梳妆打扮，嚷嚷着叫她关上窗户。她忽然看见那匹被拴着的马，用蹄子不紧不慢地踩着一堆篝火的余烬。那是她们昨晚烧烤的残迹。马为什么要在早上踩那堆东西呢？

索道两侧的铁链已经完全锈蚀，山谷一半处在阴影中。那个中年向导此时已经差不多走到了对岸。她想等后续的伙伴赶上来壮胆，但是多一个人索道会摇晃得更厉害。她犹豫着，而向导的身影已经转过山口。

一瞬间，寒冷的山谷安静下来。古时工匠凿出的栈道起伏不定地镶嵌在陡峭的山腰间，令她不敢涉足。她仔细地打量着山谷，试图辨认古时河水在栈道下方留下的印迹。一无所获。

她抓住冰凉的铁链向对岸挪去，索道随着她的移动开始摇晃，脚下的万丈深渊向她呈现出来，山谷间的一切声音都消失了，她只看见面前的一小团热气。

她艰难地走到索道的中央，那向下深陷的最低处。她想，要是在古时候，自己已经站在河水中了。

她朝屋外看了一眼，露台反射的阳光刺痛了她的眼睛。八月里，小镇上的女孩子都穿着短裙，男孩子光着上身在树荫下跑来跑去，上了点年纪的妇女则半敞着怀，像是刚奶完了婴儿。镇上的建筑像是遗迹，而居民像是土著，他们的肤色加深了她的这一印象。他们日常似乎总是在打瞌睡。

历史上这里出过几位显要的人物，一位画家，一位吹玻璃的，还有一个有名的浪荡儿。

她关上百叶窗，在漫射进来的光线中抽烟、饮茶。她简要回顾着自己的行程：邮轮、一支笔、南部的旅行手册、两三家酒店、一堆水果、面包、上百次的按动照相机快门、火车、记忆中的手术、吃坏了肚子、扔掉的内衣、想不起来的一段旋律、接过的五六个电话、信用卡、一只哨子……

她迷糊了，她带着哨子干什么呢？

河　湾

连着一周都在下雨，目力所及，一切都是湿漉漉的。航班误点，一直过了午夜还没有消息，接机的人逐渐散去，几家旅行社的导游凑在一起抽烟，一列穿制服的机组人员拖着手提箱穿过大厅，嘈杂的候机厅渐渐安静下来。

他坐在靠窗的塑料椅子上，发短信消磨时间。一个清洁工慢吞吞地打扫地面，一边东张西望，目光含混，似乎期待着什么人的遗留之物。

广播通告了延误的航班半小时前已经从始发地起飞，接机的人稍稍骚动了一下立刻恢复了平静。他目光涣散地望着窗外，几个小时前他就接到电话，说是送东西的人已经开车去机场了。

他在玻璃的反光中看着自己模糊不清的脸，消瘦、未加修饰、呆滞、黯淡。脑子里转来转去都是多年前读过的尤金·奥尼尔的剧本《送冰的人来了》里的激烈台词。

有人在背后拍拍他的肩膀，他在玻璃的反光中看见一张更加模糊不清的脸……

他把写完的诗稿寄给一位诗人，对方回信说：你要是继续写下去，事情会变成喜剧。要是搁在平时，他会回信说，你又幽了一默。而此刻，他真心希望这是一句骂人话。

在这首诗中，他描写了一只纸箱，里面收纳着一些小纪念品。一只忘了谁给的石膏制少女胸像、一只从开罗的地摊上买来的黑色盘子、一只从墨西哥城的纪念品商店买来的稍大一点的金色盘子、一只从大理的地摊上顺来的仿铜笔架、一只从纽约过了几道手的银质烛台、两副断了腿的意大利墨镜、一组猪形柬埔寨古钱币、一块产自越南的石头佛像、一支购自勃朗蒂姐妹纪念馆的鹅毛笔、从旧金山一家同性恋书店买来的明信片，诸如此类。

他知道，只有在阅读中，这些东西才会被记取或者被忽略。

气温足有四十度，他从遮阳棚退回到咖啡馆深处，在吊扇下坐着。电影昨天拍完了，他喝了半夜的酒，一直睡到中午才起来。剧组的成员在逐渐散去，有人经过门前还在大太阳底下冲他挥挥手。他不知道自己都拍了些什么，只是每天看着从各处临时找来的人，在面前晃来晃去，说一些不着四六的话。他甚至希望自己从来就没有拍过这部电影。

一辆汽车在门口停了下来，女主演，那个不太红的明星从车上一跃进了咖啡馆。她来和他告别，拍拍背、蹭蹭脸，微笑中带着倦意。是啊，大家都累了。拍到一半，所有的人就都明白了，别指望这部电影大卖或者在艺术上有多少价值。唯一的可取之处，是影片的外景地选得不错，伙食好，住得也好。他觉得好像是一群陌生人凑在一块度假，顺便拍了一部电影。

她走出门去，上车前，他听见街上有人在用剧中人物的名字叫她。

帷　幕

暖气足以使人伤风，列车由上海往北京而去，他遥想着多年前的俄国之行。送行的人将他推入彼得堡夜晚之站台，说了句：安娜去莫斯科坐的就是这班火车，转身走了。他知道这是笑谈。俄国列车之旧稍逊于俄航之班机，包厢的内饰陈旧而整洁，混合着烟草和熏肠的气味。夜行六百里，窗外是看不见的十月之原野。再上一次坐火车旅行也是向北方的某处。总之，逃避感情或者朝着终将逃避的感情。沃伦斯基式的或者托尔斯泰式的，由安娜所唤起。

对面的女士年轻而沉静，带着大号的旅行箱，衣饰雅致，向他投来探询的一瞥。他微笑着扮演苦力，试图将箱子举上行李架。"太大了。"他说，将箱子放在脚边。两人蜷缩于各自的下铺，对视无言。

那女子取出一本书来，低头阅读，目光不再游移。他掏出一张皱巴巴的报纸，翻到体育版，研究阿布的切尔西一路高歌猛进，势不可当。

山脚下人头攒动，他们汇入人流朝山上走去。每至一处景点，他们便坐下来喘气、喝水、慨叹岁月和渐趋报废的肉身。山间的一处厕所，上下各光顾了一次。最后轻松地爬进汽车。

返程时交通更加拥堵，游行的人群和他们同一个方向，路边的警察多过围观的路人。一个扎着马尾辫的女孩上来敲了敲车窗。"捎我一程吧？"她礼貌地央求道。

司机折回高速公路，飞速地开了半天，从另一端绕回城里。那女孩一路在副手座上狂打手机，约了练瑜伽、洗头、修指甲、取车、改衣服、餐馆、酒吧。最后，她侧过脑袋，优雅地将食指竖在嘴边，示意他们不要出声。然后约了一家备选的酒店。

她让司机在一个地铁口将她放下。"谢啦！"她几乎是顽皮地道谢，"给你们留个电话吧！？"

他们中的一个拍了拍司机的肩膀："你要她的电话吗？"

时近傍晚，他们冒着细雨踏进几乎废弃的厂区。售楼小姐打着伞，在前面引路，她熟练地越过那些水洼，不时在突出的屋檐下蹭蹭鞋底。她的透明丝袜上沾着几星泥点，她厌恶地皱着眉头。

他们跟着她在未开工的地基上转来转去，举着伞，像一群侍从。等他们再回到售楼处，鞋底满是污泥，一组人围着门前的擦鞋垫蹭了半天。

售楼小姐失踪了一样，不再露面。他们被晾在开足了暖气的大厅里，像一群避寒的难民。

"你们这谁拿主意啊？"等她再出现时，已经褪下制服，换上了便装，手里捧着一本印刷精美的楼书。

"你帮我们拿主意吧。"其中一个人说。

她疑惑地望着这群人。心想，该死。这群人到底是干什么的？

片　刻

她关上车门，他就说：不习惯了吧？

她望着前挡风玻璃：说什么呢？

他说：这不是什么好车。

她侧过脸：你要干什么？

他嘿嘿一笑：是不是啊？

她假装有点生气：我不知道什么叫好车。

她不看他，自己笑着。他看见她笑得很开心，样子妩媚。但是她不年轻了。比他熟悉的那个她要大。他不再看她。他认识她时，她可真是年轻。他喜欢看她往前走，在他前面。他告诉了她，他有一次在她身后这样想。她记住了。她做了他希望她做的一切。

别的车是不是比较大？

我怎么知道？她好像是在问自己。她脑子闪过那辆宽大的汽车。他说的那辆车。但是他不知道那车有多旧。他要是知道，他会说什么？

每天她都看见他从办公室的窗前开过，绕过花坛，一把就将车倒进该停的地方。她喜欢他的利索劲。这种时候，他们就像两个不相干的人。礼貌地打招呼，微笑，问候。有时候甚至是完全的职业的对视。他们有多久没有单独见面了？一年？三年？她知道他就是那个人，她熟悉他那一套。他的她也熟悉。每天都一样，渐渐地，就开始厌烦。隔一天见面，这间隔越来越长。差不多四个月见一次。她有一次看见他从车里出来。回头冲着车窗摆摆手，然后，冷漠地四下张望。他在看什么？提着一只皮包。像个职员。也许本质上他就是个职员。

哦，你们的制服很不错，蛮漂亮的。

她知道面前这个人言不由衷，但是她还是挺享受这种恭维的。

这不是制服。

那人一愣。对不起我说错了。他向她很诚恳地道歉。

她发现他其实长得不错。挺招人喜欢的。身上有股淡淡的香水味。她慢慢看着他把音响调试好。

好不好？他问她。

不错不错。她敷衍道。她其实什么也没有听见。只是看见脖子后面的浅浅的绒毛。那是什么？

等她回过神来，他开着车已经到了家门口。

她拉开车门的一瞬间，他看见副手座上有一张卡片。

他告诉自己这是那个人留下的。现在被她坐在屁股下面。

他可以叫她抬抬屁股。但是他什么也没说。她扭来扭去，好像坐得不舒服。

有什么东西在你屁股底下。

我无所谓，她说。但是她还是抬了抬屁股，从下面抽出一张纸来，顺手就扔出窗外。

我扔掉的东西没什么用吧？她问他。

没用。他说。

他对自己很失望。

海与街景

只有不属于时间的事物，才在时间里永不消失。

——博尔赫斯

……灰色的云层压得很低，江面上空荡荡的。偶尔可以听到短促的汽笛声。

一列陈旧的拖轮从右向左在他面前慢吞吞地驶过。十四、十五……二十五、二十六……他非常仔细地数着数。

拖轮那月牙形的尾部泛起一片混浊的浪花。等到他想去注意拖轮上铁青色的帆布蒙着的货物时，它已经驶出去好远了。刚才数数时的那种沉重感一下子远去了。被平稳的拖轮带走了。

交通艇靠岸时，他竖起了衣领。这件风衣是他去长崎卸货时买的。他没想到岸边的风比江心大得多。

他看到轮机长的女朋友依在栈桥边等候着。他经过的时候，那姑娘看了他一眼。他感到自己仿佛正沿着一部探案电影中的街道走进这个城市。

一个叫基亚的小个子法国水手跟他说过，上海很像波尔多。两年前，他随"鸽翔"号运一批竹编工艺品什么的到过那儿。他实在看不出有哪点相像。至少今天不像。波尔多的阴天是银灰色的，而外滩的是暗灰色的。

他沿着防波堤慢慢走着，很费了一点事才点着了一支烟。

防波堤的石阶上一位年轻的母亲正在为儿子擦鼻涕。那孩子严肃地为母亲顺了顺被江风吹乱了的长发。

更远处，防波堤的尽头，有一对偎依着的青年。江风轻拂着那姑娘脖子上的印花真丝围巾。

他不能想象那姑娘是否幸福，反正远远地望去，有点像电影中常见的那种惜别的场面。景很深，镜头慢慢地摇过……

四年前，"鸽翔"号通过博斯普鲁斯海峡的时候，他接到了父亲的死讯：肝癌。

在地中海沿岸的一个小城作短暂停靠时，他上岸转了转。在一个小教堂外面的台阶上站了一会儿，还给自己照了张相。

他已经不记得那个小城的名字了。真是奇怪，他通常总能记住这些东西的，甚至一些细节。但他把那个小城给忘了，一干二净。再也记不起来了。就像他有意要将它忘却似的。

他只记得教堂里传出的那段管风琴曲，他不知道那是谁的作品，正如他不知道教堂尖顶后面那瓦蓝色的天空意味着什么一样。

生活有时倒真像一部电影。他想，只是当它变得荒唐的时候。

他踱下防波堤。他注意到，正对着南京路的那个巨幅广告牌被人拆掉了。视线毫无遮拦，令他想到检阅仪仗队什么的。

一个设摊拍照的中年人，正摆弄着一个穿土黄色衣服的外地人。边上一个穿得很花哨的女青年在咻咻地笑。

他穿过中山东一路的时候，看到一辆飞速驶过的电车里女售票员正跟一个中年妇女吵架，隔着车窗，仿佛在看哑剧。他想象驾驶员死活不顾地疯开着车。他大概要去赴约会。他笑话自己这些无聊的念头。

船员是很能无聊的。他也许会忘记点什么，但他绝忘不了睡在隔壁的那个水手每当船进港时，架起高倍望远镜查看那些交会而过的客轮甲板上散步的穿裙子的姑娘。那极端负责的神态，跟一个在显微镜前观察细胞变异的科研人员差不多。

和平饭店前，一个有一头金发的年轻姑娘正把手伸向出租汽车那镀钴的拉手。

希腊人。他对自己说。他在雅典见过这个人。一点不错，除非就是世上有完全相同的两个人。

那也是在一家饭店门前，那也是一扇低矮的红色拱门。也是这种天气。那个希腊女人，把手伸向汽车的门拉手。那拉手在灰色的大街上闪着光芒。

他几乎要感慨生活的魅力了。它有时候以一种出人意料的重复任你陷进它的层层叠叠的欣悦中去，让你领受极为清晰的神秘。

他想穿过四川南路到对面的德大西餐社去喝一杯咖啡，坐一会儿，在那儿待到下一班交通艇把他带回船上去。

警察岗亭边有一个戴老花眼镜的老头，正低头仔细地读着一张晚报的中缝，他大概在找一部立时可去、坐下就看的电影。

马路斜对面，警察在教训一个站在斑马线旁推车的男青年，他一副满不在乎的样子。

几年前的一个初夏，《鸽翔》途经赤道。他望着那满天风帆的奔驰的紫色的云霞，产生过一种对什么都不在乎的感觉。只有那么一回。那是在零度纬线上。离太阳那么近。

可是，他想，他们是可以在许多地方对许多事情满不在乎的。

他的手滞留在光滑的铜把手上。透过门玻璃。玻璃后面乳黄色的灯光，他看见她冲门坐着。女朋友，或者叫恋人。那时候，他还不太懂事呢。他们一块在澡盆里玩纸船……她的两只脚伸在褐色漆皮鞋里，两条腿沿着身子的一侧并拢着。这个姿势他太熟悉了。他想退回去，抬腕看了一下表，到八点十分还有一个半小时。他听见一个声音在鼓励他。那是他自己。

他转过身去。他看到水线霓虹灯在江对岸闪动着，他原想上这儿来喝杯咖啡，坐一会儿，毫无目的地坐一会儿，仅此而已，如以往有过的那些日子一样，看看所有这些陌生的面孔，根本没打算要碰上一个熟人。况且是她。

他依然拿不定主意，她必定是在等人，一个男人，但没有你自己那么漂亮，这时候，他发现他的漂亮对他自己是一种不必要的奢侈。犹如寂寞对大海是一种奢侈。

他看到她拢了拢头发，他还记得，她一坐到桌前就老爱拢头发。她一定已经坐了很久了，那杯咖啡早该凉了。他从前可从没让她等过那么久……

有两个姑娘从他身旁擦过，入时的衣着、发式，在他眼前一晃，拉门开启的一瞬间，他听到轻快而又有点忧郁的乐曲声：《人行道旁的咖啡店》。

有些水珠滴落到他的额头上。下雨了。

中学时代的一位俄语教师就说过她：眼睛里充满了渴望。她很瘦弱，她一直害怕自己那小小的个子总有一天会容纳不下那么多的渴望。

中学最后那一学期，开学第五天，早操前，她围着操场跑步。场地中央有几个初一的男生在练习盘带。天边有几抹朝霞什么的，是那种让人高兴的天气。

他去沙坑边练习跳高，她每次跑到他跟前的时候，都和他点点头，他预感到有什么事情要发生了，等到操场上的人渐渐多起来的时候，她朝他走过去，他正在弯腰收拾器材。

"你们每次都是以最后失败的人为胜利者的。"

"这是一项奇特的运动。"

这以后，他们去田径场上还说过几次话，都是关于田赛和径赛的，以及运动医学和运动创伤什么的。这些都无关紧要。重要的是，他们互相表露了心迹。

后来，他们毕业了。他进了远洋公司，而她进了一家食品厂。

再就是一九七六年唐山地震，她的在铁路局工作的父母一块儿遇难了。

他想着这些，仿佛想着另外两个人的故事。这么简单的一个故事，是不足以拍成一部电影的。这中间没有什么感人的东西。到今天，连他自己也感动不了了。就像太平洋上的季风，过一阵子，就朝他袭来。让他费力地抵挡一阵子。

马路上已经很暗了，细密的雨丝中不时透过来几声行人的交谈声，它是那么清晰，顽强地穿越过喧嚣的市声，让人在匆忙中突然体味到一种熟悉的恬静。

这种境遇在海上是没有的。海上的雨，那种不紧不慢地落下的雨是叫人忘却一切的东西，它在你周围组成一道松懈但无法超越的屏障，隔绝了你和外部世界的一切联系。在这种时候，你听着从遥远的大陆传来的无线电波，平日那种温暖而亲切的感觉荡然无存。你只是感到不真实。海上的雨是无纪元的。

他沿着南京东路无目标地朝前走着。在巴黎国家银行的红色巨幅广告前停留了一会儿，看一个上了年纪的男人借路灯和广告灯交织的光芒给一个女孩子剪影。那女孩的两条腿出奇地修长，唇上的汗毛显得很密。雨水淅淅沥沥地落在那一老一少身上。这种对剪影的热爱，简直使他感到惊异。

……

他又折回去，往回走。身上微感到有些寒意。他阻止自己再去想海上会是什么样。

他重又走到西餐社的那扇玻璃门前。

那个位子空着，边上坐着一个上了年纪的老太太。她正颤抖着把麦管含到嘴里。

于是，他推门进去，去账台上买了筹，坐到了那只空位子上。椅子表面的人造革上还有些余温。他熟悉这余温，正如他熟悉大海常会有的那种忧伤的古老而沉重的平静。

马路上湿漉漉的，在这一瞬间，他感到城市是那么宁静，宁静得像默片时代的电影。

也是在冬天。他看着那些从门前闪过的变了形的人影想到。冬天，开始时是在教学大楼里，然后，转到了操场上。当时操场上挤满了做早操的人。最后涌到了马路对面街角上的一家正对着校门的南货店的门口。

死了三个人。陈原，他还记得名字。他是在教室里被杀死的，他们班的教室在二楼走廊的尽头。教室有两扇门，通常是不关的。那天因为天气突然转凉，起了风，不知是谁把后面那扇给关上了。当时，他站在教室门口（开着的那扇）和同班的一个不太正经的女生调情，来寻衅的人突然出现在教室门前，他奔向后门，想从那儿溜出去。门没有被拉开，他被七个人围上了，他没吱声，两手扒着门，他身下的课桌面上浮着一层血浆。

康平也没能跑出去，那帮人对付完了陈原，又来堵他，他显然不愿被捅死，他从窗口跳了出去。下面是人防工事刚结扎的钢筋，他掉到了那上面，他叫了一声，一条胳膊飞没了。

小和尚，乘混乱之际，他跑出了校门，跑到南货店门前他们下来了，也许他以为没有人注意到他或是把他忘了，就在他回头之际，第一个追赶的人到了，那人握着一把生了锈的三角锉刀，转眼又陆续赶来了几人，有一个大高个子，提着一把消防斧，南货店朝北那一排玻璃被砸得粉碎，小和尚的头最后卡在了门框上，他的皮带也绷断了。

伤了四个人。三个轻一点，另一个比较重。二和尚，他当时在操场上，他看到康平从窗口飞了出来，赶忙跑向大楼，刚跑到半道上，就被人拦住了，他跑进了人防值班室的木房子，拖出一把铁锹，后来被打脱了手，他的脑袋被这把铁锹插了进去。

来打群架的外校学生有三十多人，携带各种铁器不少于五十件。他们中间有一个人被削掉了一只耳朵。

操场上的女学生吓得拥成了团。有些胆大的男学生，追赶着围观。教师们没有挪动的地方，那些体高气粗的体育教师只是在事后赶来平息已经平息的斗殴事件。实际上是在驱赶那些看热闹的学生。

事情从头至尾大约七分钟。正是他喝完了这杯咖啡的时间。

他起身让那个老太太从窗边的位子上挤出来，他拍拍脑袋，想赶走这些阴森森的记忆，他知道，这就像挥手驱赶海上那些快要散尽的薄雾，只是徒具形式罢了。

他让服务员把他要的第二杯咖啡端来，就这会儿工夫，雨停了。

两对年轻但却非常老练的男女一脸高人一等的神气推门走了进来。

老地方，老位子，老花头。他听见他们那稚嫩却沙哑的嗓音在说。

如果我不在海上……他站起来的时候，几乎感到要呕吐了。

……交通艇驾驶室顶上的红色信号灯在江面上闪烁，一明一暗，就像一种暗号。

栈桥边站着轮机长和他的女朋友。

他们见有人在跟他打招呼，他回过头去，并没人，防波堤上空荡荡的，就在这时，他看到了一个奇迹，至少对这个有点像波尔多的城市来说是个奇迹。

黑色的江面上停满了白色的海鸥。它们像鸽子那样一动不动地蹲伏着，一艘双体客轮驰过，它们如梦一般地缓缓地浮起，然后，又轻柔地如夜曲般再度覆盖住了浑浊的江水，这些小小的生命浑身水淋淋地簇拥在一起组成一面超乎想象的镜子，在这黑夜中闪闪发光，这是给渐渐入夜的城市的一种告诫，也是给即将启程的他的一种款款而至的慰安。

图书在版编目（CIP）数据

时间玩偶：孙甘露中短篇小说编年 / 孙甘露著 .—北京：作
家出版社，2022.8

ISBN 978-7-5212-1430-7

Ⅰ．①时…　Ⅱ．①孙…　Ⅲ．①中篇小说—小说集—中
国—当代②短篇小说—小说集—中国—当代　Ⅳ．① I247.7

中国版本图书馆 CIP 数据核字（2021）第 090199 号

时间玩偶：孙甘露中短篇小说编年

作　　者：孙甘露

责任编辑：李宏伟　秦　悦

装帧设计：任凌云

出版发行：作家出版社有限公司

社　　址：北京农展馆南里 10 号　　邮　　编：100125

电话传真：86-10-65067186（发行中心及邮购部）
　　　　　86-10-65004079（总编室）

E-mail:zuojia @ zuojia.net.cn

http://www.zuojiachubanshe.com

印　　刷：河北鹏润印刷有限公司

成品尺寸：142×210

字　　数：341 千

印　　张：13.25

版　　次：2022 年 8 月第 1 版

印　　次：2022 年 8 月第 1 次印刷

ISBN 978-7-5212-1430-7

定　　价：88.00 元

ISBN 978-7-5212-1430-7